Zhen Guan
Big Idler

贞观大闲人

2

关云 著

三辰影库音像出版社

图书在版编目（CIP）数据

贞观大闲人. 2 / 关云著. -- 北京：三辰影库电子音像出版社，2018.2
ISBN 978-7-83000-320-3

Ⅰ. ①贞… Ⅱ. ①关… Ⅲ. ①长篇小说－中国－当代 Ⅳ. ①I247.5

中国版本图书馆CIP数据核字（2018）第004290号

书　　名：	贞观大闲人. 2
作　　者：	关　云　著
出版发行：	三辰影库音像出版社
地　　址：	北京市朝阳区北苑路媒体村天畅园2号楼
出版人：	王六一
印　　制：	三河市祥达印刷包装有限公司
开　　本：	700毫米×990毫米　1/16
印　　张：	22
版　　次：	2018年3月第1版
印　　次：	2018年3月第1次印刷
印　　数：	1-5000
书　　号：	ISBN 978-7-83000-320-3
定　　价：	45.00元

版权所有　翻版必究

凡购买本社图书，如有缺页、倒页、脱页，由发行公司负责退换

目录

第一章 婚姻大事 001

第二章 李素问策 013

第三章 再献妙策 026

第四章 圣意征召 038

第五章 马载离愁 046

第六章 牛大将军 055

第七章 帅帐论战 063

第八章 铁蹄铮铮 071

第九章 鏖战松州 081

第十章 献计破城 093

第十一章 收复松州 102

第十二章 封爵召回 112

第十三章 进退难取 121

第十四章 归心似箭 129

第十五章 衣锦还乡 138

第十六章 蹊跷亲事 146

第十七章 危机暗伏 153

第十八章 峰回路转 162

第十九章 官职加身 172

第二十章 新官上任 181

第二十一章	监丞来历	189
第二十二章	再生波澜	197
第二十三章	错综关系	205
第二十四章	冷静屠夫	213
第二十五章	君臣城府	221
第二十六章	积累人脉	230
第二十七章	挑拨是非	237
第二十八章	王师凯旋	245
第二十九章	程府训斥	251
第三十章	一亲香泽	255
第三十一章	无妄之灾	263
第三十二章	术业专攻	271
第三十三章	莫名邀宴	281
第三十四章	混世处世	290
第三十五章	度日维艰	299
第三十六章	欠债还钱	307
第三十七章	身陷监牢	315
第三十八章	牢底坐穿	323
第三十九章	家门不幸	333
第四十章	李家破财	341

第一章 婚姻大事

大唐初期的官府并没有专门的官媒机构,官媒只是个说法,一般由县衙里的小吏兼任,比如扈司户这种管户口的。

说明来意后,李道正和李素父子俩的表情迅速变幻,而且截然不同。

李道正乐得两眼眯成了一条线,大手撩着衣角使劲擦了擦,然后朝扈司户不停施礼,一副农奴见解放军的狂喜。

"想啥来啥啊!我家娃子可不就要成亲了吗?我还发愁到哪里找个媒婆说说这事,大人这就来了。不多说,今日留我儿吃饭,酒饭管饱……"

扈司户笑着摆手:"不吃饭咧,太平村里还有几家的娃子也到了年岁,该去问一问咧,李家当家的,你家只有李素一个娃子吧?"

"对,只他一个。"

"说亲了没?若是已定下亲事,我就不多事咧……"

李道正忙不迭摇头:"么有咧,么有咧!娃子说话就十六了,以前家里穷,没底气说亲,怕好人家的闺女不愿嫁,现在多少有了一点家底,该成亲咧,哪有十六岁的娃子不成亲呢?说出去都成笑话咧!"

扈司户笑得更灿烂了:"放心,你家娃子的婚事包我身上咧,一定给你家娃找门好亲,不但模样水灵,性子也好,主要是能生养,将来生三四个男娃,你老李家就开枝散叶了,官衙还有赏钱咧。"

李道正闻言老脸笑成了一朵花，连连点头："托你吉言了，一切还请大人多费心，附近十里八乡的都打听一下，模样好、性子好、能生养，聘礼不是问题……"

二人兴高采烈地讨论起十里八乡哪家闺女模样好，哪家闺女屁股大的话题，大家表情很严肃，都拿出研究学术的态度来讨论这个话题。

李素怔怔地看着他们，心里别扭极了。

十六岁都不到的年纪，咋就要成亲了呢？虽然是活了两辈子的人了，但他现在的心态却越来越年轻，几个月来已经真把自己当成了十五六岁的少年，心态变了，但价值观还是没变的，十五六岁的孩子都要娶老婆生孩子了？

落差太大，李素接受不了。

况且，跟一个素未谋面的女人躺在一张床上胡搞瞎搞，李素也接受不了，或许跟洁癖有关吧，不熟的人凑一块……难道不脏吗？

李素一激灵，脱口而出喊道："不行！"

"嗯？"李道正一愣，目光有些不善了，脸色阴沉地瞪着他，"成亲、生娃、接承香火是天经地义的事，哪里由得你说不行？再敢胡咧咧老子抽死你！"

李素看着老爹那张阴沉的脸，渐渐明白成亲、生娃是他的底线，这个底线碰不得，碰了不说大义灭亲这么严重，把儿子揍成伤残人士还是很有可能的。

李素只好撇撇嘴，朝扈司户投去不善的目光。

这个多管闲事的媒婆……难怪自古有句俗话叫"车船店脚牙，无罪也该杀"。其中这个"牙"便是指专做买卖中介的牙行，也有指媒婆的，说是媒婆靠着一张把死人说活的嘴，造了不少孽。

扈司户与李道正聊了几句，约好这几日将附近乡县有待嫁闺女家的底细打听清楚后，再与李道正仔细商议。

李道正满脸堆笑，千恩万谢地将扈司户送出了门。

李素眼睛眨了眨，趁老爹没注意也悄悄蹿出了门，追上扈司户。

"啥？不想成亲？"扈司户皱眉，"这可不行，你都十六岁了，哪有十六岁不成亲的说法？县令大人每月都要问话的，放着十六岁的娃子还不给说媒，县令大人要治我的罪咧，我可担当不起，今年因为天花，县里人口降了不少，县令大人急得很。"

"大人留步，留步！"李素急得满脸通红，匆匆摆了个不胜娇弱的造型，"大人……我还没发育好呢，放过我吧……"

扈司户哈哈大笑："瓜尿，啥发不发育的，男人嘛，是个带把的就行，男女吹灯以后还不就是那点破事。赶紧回去，以后可不敢说这种胡话，被你爹知道非抽死你。你的本事我们泾阳县衙上下都知道，有空去县衙里坐坐，当初若不是你把天花治好，怕是县令大人都要被治罪咧，如今大人对你赞不绝口，你去县衙我们大人一定待你为上宾，回去，快回去！"

"哎，大人，大人……"

不理会李素焦急又语结的模样，扈司户挥了挥手，径自走远。

李素怔怔地站在原地，看着扈司户的背影，恨恨地跺了跺脚，悲愤道："我还是个孩子啊……禽兽！"

很久没来河滩了，李素坐在河边那块平整的石块上，怔怔地望着湍急的河水发呆。

突然之间，婚姻大事竟摆在自己面前了，李素很不适应，心情也很低落。

今日来得有点早，看看日头才上午，东阳一般午后才来。

李素发了一阵呆，然后索然叹了口气，从怀里掏出一面小铜镜——没错，就是骗程处默说要做科学实验，让程家给买的镜子。

实验很重要，光合作用嘛，现在高度酒的成品已经面世，程家也没问过镜子的事，镜子自然归了李素，一面大的摆在自己卧房里，一面小的随身携带。

镜子打磨得很光滑，反光度很高，将他的脸照得毫发毕现，除了铜面色泽有点暗黄外，虽然还是差很多……好吧，也该满足了。

李素举着镜子，痴痴地注视着自己的脸，扭到左脸，再扭到右脸，又扭到左脸……

不知过了多久，就这样一直看，一直看，几乎连脸上的每根毫毛都能数清，李素这才意犹未尽地放下镜子，心情莫名好了许多，满足地叹了口气："哎呀，美滴很，美滴很……"

"噗嗤！"

身后，娇柔的笑声再也克制不住，喷笑出声。

李素回头，东阳娇俏地站在身后，笑意满面地看着他，杏眼笑得弯成了两道月牙儿，虽然穿着一身很寻常的布衣钗裙，却像刚从画卷里走出来的仙女，干净而清澈，不沾一粒凡尘。

"你呀！你呀，你呀，你呀……你能不能要点脸？"

东阳的笑容很美，无忧无虑的美，李素每次看到她的笑都觉得无比舒心，仿佛在热水里泡了一个澡，每个毛孔都放松了。

"你啥时来的？"李素笑问道。

东阳的笑容越发深了，可爱的琼鼻微微皱了起来。

"很久了，久到……从你掏出镜子开始，我就站你身后，本想吓吓你的，结果发现你这家伙照镜子足足照了半个时辰，你就不能要点脸吗？"

李素严肃地道："你错了，正是因为太要脸了，所以我才对脸这么重视，所以我才照这么久的镜子……"

说着忍不住又掏出镜子看了一眼。嗯，严肃时的脸仍是那么英俊，没救了。

东阳又气又想笑，恨恨地咬牙："程家真是造大孽了，没事给你送镜子做甚，看看你现在这样子，真恨不得……"

李素小心翼翼地将镜子塞入怀里，正色道："你又错了，程家的镜子不是送我的，是我骗来的，我若不骗，程家绝不肯白送我镜子。你看，世道多么现实，人心多么不古……"

东阳气得呆住了："你……你骗了人家，反过来还怪世道现实，人心不古？你，你……"

"好了，好了，不要在意那些细节，几天没见怎么变结巴了？这可不好，以后多说话，不然语言能力会慢慢退化的。"

东阳深呼吸，忽然好想回家静一静……

河滩边的土地有点软，踩上去绵绵的，上面的绿草郁郁葱葱一大片，微风拂过，一股泥土和绿草混合的清香吸入腹中，非常舒服。

李素平日常坐的那块石头旁边，不知何时多了另一块平整的石头，两块石头靠得很近，李素想，石头应该不是最近几天长出来的。

李素和东阳又沉默了，和以前一样，见面聊几句，觉得没话时便不说了，各自发呆想着心事，想到了什么又开始说，说完又沉默……周而复始，二人的相处就是这样平淡，或许里面掺杂着几许怪异的味道，但他和她都没有深究过，反而很享受这种感觉，像多年的老友，也像携手半生的夫妻。

东阳坐在他旁边的石头上，两人很近，近到几乎背靠着背，看不见彼此的表情，却感受得到身边的人陪伴，对抗孤独。

无所事事，李素垂头，看着脚下软软的泥土，神情微有所动，却又有些挣扎犹豫。

踯躅许久，李素叹了口气，还是克制住洁癖，双手插入泥土里，挖出一大块软硬适中的土，手上的泥土随着手指拈捏变幻出一个很奇特的模样。

东阳被他手上的东西吸引了，奇怪地盯着那块怪模怪样的泥土。

"你又在做什么好东西？"东阳两眼发亮，饶有兴致地问道。

李素头也不抬："不算好东西，排遣无聊的玩物罢了。算是……乐器吧。"

"乐器？笙？箫？不像呀，你在上面钻了孔，应该是吹的吧？有点像埙，不过埙是圆圆的，你这个……样子好怪。"

"埙？"李素一愣，然后笑道："不一样的，我做的这个，这里还没有……"

李素手上的动作一顿，喟然一叹："我做出来的很多东西，这里都没有，有时候真觉得自己不合时宜，可是，我还是要在这个世上活下去啊，而且要活得好好的。"

东阳怔怔地看着他，心中微微发疼，为他。

"李素，你是不是很孤独？你每天堆着笑，对乡亲们笑，对程叔叔笑，对我也笑，无论权贵和贫民，你都笑得很开心，谁都能和你交上朋友。可是，你心里应该是很孤独的，每次坐在河滩边，我看着你的背影，总觉得……任何人都走不进你心里。"

东阳难得地说了这么长的一番话，说完后俏脸通红，眼圈却泛了红。

李素扭过头看着她，忽然笑道："公主殿下真是够闲啊，别看我，看它，明日我在家旁边盖个小窑，亲自烧制，多做几个，兴许有烧坏的，也有音色不准的，烧好后我吹给你听，很好听的声音。"

东阳有些失望，沉默片刻，却也笑着点头："好啊。"

李素手上动作不停，嘴里却淡淡地道："对了，最近我又弄出个新东西……"

"酒，对吗？"东阳笑道。

"你咋知道？"

"程家在太平村西边盖了个大作坊，每天都能闻到一股很浓的酒味，全村的乡亲谁不知道？都说李家小子越来越有出息了，啥都懂，李家不出几年注定要发达。"

李素笑道："这话我喜欢听……前几日与程家合伙盖了个酒坊，酿出一种烈酒，很霸道，一口就醉。"

东阳两眼发亮："给我府上送两坛，我也尝尝。"

"很贵的，你先把钱准备好……"

"你……"东阳气结,"你居然连我的钱也收?不行,我非要喝它,而且一文钱都不给!你若不答应,我派府里侍卫去你家作坊抢,想钱想疯了,就不能惯着你!"

李素叹道:"程家不给钱,公主家也不给钱……大唐的人都怎么了?为何养不出给钱的'好'习惯?"

东阳仿佛占了天大的便宜,皱着鼻子笑得很开心,河滩边荡漾着银铃般的笑声。

"我算知道了,以后你有什么好东西,只管抢来便是,跟你谈钱简直是跟自己过不去。"

"堕落了,公主殿下,你堕落了!这样不好,来,我跟你谈谈人生,钱这个东西呢,是很重要的……"

"不听,不听,不听……反正以后你不给,我就抢。"东阳捂着耳朵哈哈大笑,这会儿什么礼仪全抛到一边。

李素叹气,很失落,今天不该出门,更不该来河滩,显然黄历上写着破财……

"好吧,送你两坛可以,不过有个条件……"

"什么条件?"

"你最近进宫吗?"

"你想怎样?"东阳的表情有点警惕,防贼似的。

"我能怎样?只不过想送几坛好酒给陛下而已……"李素说着情不自禁向太极宫方向遥遥拱手,"陛下日理万机,操劳国事,乃千古未有的圣明君主,我等草民对陛下敬仰无比,如此好酒佳酿,怎能不请陛下品尝一二,稍慰陛下为国事劳累之辛苦?嗯嗯……"

东阳狐疑地盯着他:"真的?真的只是送两坛酒给父皇?"

李素嗔怪地看着她:"当然,别总以为我市侩,人性总有发光的时候,比如现在的我就在发光,你难道没发现眼睛快被我的人性光辉闪瞎了吗?"

"呸！"东阳啐了一口，叹着气笑道："好吧，既然你如此忠君，我便帮你捎带两坛酒进宫，请父皇尝尝……"

"太好了，顺便请你父皇给我的酒题个字……"

胳膊上又青了一块，有点痛。

李素黯然揉着胳膊，唉声叹气。

"公主真的堕落了，以前多温柔、多客气、多像白莲花的一个女子啊，现在居然学会动粗了……"

东阳气得脸颊通红，恨恨地瞪着他："你的人性刚才不是在发光吗？话刚落地就要我父皇题字，光辉哪去了？"

"刚熄了，不能一直发光吧，总有暗淡的时候，题个字而已，你气啥？"李素很不可理解她的"气点"在哪里。

东阳叹气："我真蠢，亏我还以为你真转性了，转眼就露出了本性，你就是个死要钱的性子，请我父皇题字也是为了钱。"

李素严肃地盯着她，正色道："我不许你这么侮辱自己……你不蠢，真的，要相信自己，你真的不蠢……又掐！又掐！没完了是吧？"

吵了一阵，闹了一阵，东阳有点累了，脸蛋红扑扑的，呼吸有点急促。

二人又安静下来，东阳坐在石头上，娇俏地白了他一眼："明日我便进宫给父皇献酒，题字的事想都别想了，真是的，你以为父皇的字是那么好要的，许多王公大臣想求都求不到呢。"

李素怔怔片刻，迟疑道："题不了字？那我这酒岂不是……"

不经意看见东阳杀机毕露的目光，李素只好机智改口："也得送！忠君之心，不求回报，嗯嗯……"

东阳叹道："每次跟你说话，总要窝一肚子火回去，李素，你这勉强也算本事吧？"

"谬赞了，真的谬赞了……"

说过、笑过、闹过，二人又坐在河边发呆，各自想着心事。河边蛙叫蝉鸣，给宁静的下午添加了几分生气，也令二人之间那种莫名的气氛变得越发晦涩难言。

不知坐了多久，东阳抬头看看天色，笑道："不早了，侍卫们劝我外出最好不要超过一个时辰，他们跟在后面不放心，我……走啦。"

李素点点头："明日给你府上送酒去。"

"好，我一定尝尝你酿的酒。"

东阳深深地看了他一眼，然后垂下头，嘴角抿出一丝淡淡的笑容，迈着轻快的步子。轻柔的香风拂过李素的鼻翼，伊人已渐行渐远。

扈司户的效率很高，生怕李素这个大龄男青年打光棍，从而变成大唐和谐社会的不稳定因素以及隐藏在人民内部的一颗毒瘤，没过几天便再次登门。

这次扈司户的准备工作做得很充分，十里八乡没嫁的闺女都被他摸清了底细，进了门便受到李道正的热情招待，扈司户越发眉飞色舞，煮酒论英雄般地将附近乡县的闺女一个个拎出来说一遍。

"牛头村陈家有个闺女，今年十四岁，正到了说婆家的年纪，生得颇为俊俏，就是骨盆子小了点，有点瘦……"

李道正如伟人挥斥方遒般，狠狠地一扬手："这个不行，骨盆子小咋生娃，不行，不行！"

"方庄刘家有个闺女，十三岁，骨盆大，绝对生男娃的相，不过壮得有点过分，而且长相……咳咳。"

李道正犹豫了一下，扭头见一旁的李素脸色发青，心中一软，有些遗憾地咂摸着嘴道："这个……先放着，还有别家吗？"

"有，泾阳县里有户姓许的人家，家里开商铺，家产颇丰，闺女十四岁，相貌好，据说骨盆子也大，宜男旺夫之相，上门求亲的人家很多，许家没轻易松口，只说再看看。李素这娃子长得俊，有本事、有学问，还得过皇帝陛下亲旨褒奖，而且你家也不差，若去求亲，许家一定会答应，怕还会觉得他家高攀了……"

李道正很喜欢这种看似认真的恭维话，闻言笑得满脸皱成了褶子，谦虚地摆着手："可不敢这么说，不敢这么说，我家娃子还小，本事嘛……嗯，反正我没夸过，夸他的都是别人。"

这话太嘚瑟，透着一股子矫情的低调，李素听不下去了，起身打算溜出去。

"坐下！说你的事呢，想去哪里？"李道正恶狠狠地瞪着他，涉及传宗接代的大事，李道正态度很认真，而且也绝不允许别人不认真。

李素只好坐下。

思索半晌，李道正仿佛做了决定，一字一字说得很庄重："那户姓许的人家，还请大人帮忙试着打听一下，看看他家满不满意，不在乎他家的家产，我家娃子挣钱的本事很高，他家那点还看不上眼，只求闺女懂事，能生养就好，聘礼什么的都好说……"

扈司户笑开了花，两眼发亮，仿佛已经预见李素和许家闺女成了亲，拜了堂，一夜之间抱了个大胖小子。而县令大人交给他的人口业绩又往前迈了一小步，虽然只是一小步，却是人类的一大步……

"一定，一定，积阴德的好事，从来不推辞，这就帮你问问许家的意思，李家当家的静候佳音。"扈司户满面春风地离开。

李素心中越发沉重了。

脑海里浮现一道模糊的身影，离他似乎越来越远。

他与她之间，仿佛横着一道无法跨越的天堑，大家无可奈何地各自站在一端，能相见，却走不进彼此的人生。

程咬金最近几日有点倒霉。

自从上次喝了李素酿造的高度酒后，程咬金醉得很厉害，当时干过的事情，干了也就干了，他没觉得什么不对，只不过现在是民风朴实的大唐贞观时期，可谓军民鱼水一家亲的年代，一个几乎人人都可称君子的国度，出了程咬金这么一号老流氓，借着喝醉酒公然在大街上摸年轻闺女的屁股，这事实在太丢人了。

事情传得很快，第二天整个长安城都知道了卢国公程公爷某日恰有雅好，大街上摸了一个闺女的屁股，而且摸得好开心、好满足。

李世民知道后呆了一阵，又怒又想笑，却也只能无奈地摇摇头，当作没听到。

但朝堂的文官和御史台的御史们可就不能当作没听到了，君圣臣贤、一派欣欣向荣的气氛里，赫然冒出这么一件恶心的事情，就跟喝汤快喝完时，突然发现锅底躺着一只蛆一样恶心，这事怎能忍？

于是，以尚书省侍中魏征为首，御史台一帮御史们摇旗呐喊，参劾程咬金的奏疏源源不断地飞进宫闱之中。

魏征在奏疏中痛骂程咬金不知廉耻、举止失仪，而且道德败坏、淫靡奢逸、欺压良民等，反正世上一切贬义词汇几乎全能从奏疏里找得到，这份奏疏活脱成了一本贬义词典。

程咬金被参得脸都绿了，气得在朝堂上哇哇大叫，摸个屁股的事，居然被闹上朝堂，魏征这老匹夫吃撑了？

一场口水战不可避免地在太极殿内火爆开场，期间程咬金多次欲殴打风烛残年的魏征，皆被眼疾手快的李靖、李绩等人拦了下来。李世民头疼地看着闹哄哄的场面，文武双方闹得山崩地裂，劝都劝不住，顿觉当皇帝好累，好心塞，开始怀疑自己当年决定玄武门兵变时是不是脑子被门夹了……

最后，李世民终于发飙了，因为事态已经升级，从闺女的屁股衍生到对方的祖宗十八代女性，各种粗话、脏话满殿四溅，庄严肃穆的太极殿须臾间成了山头匪窝的聚义厅，李世民没法再忍了。

事情很容易解决，先劈头盖脸地把程咬金骂一顿，然后勒令找到当日被他摸了屁股的闺女，命程咬金把她娶回家做妾。

程咬金满脸晦气地答应了，当日为了给李素传业授道，不惜亲身试摸，谁知最后竟闹到这么一个结果，自己摸的屁股，含着泪也要继续摸下去。

散朝后，程咬金被召进甘露殿，做圣明君主就是这么累，打一巴掌再给颗甜枣的事几乎每天都在发生，每一碗水都要端得四平八稳，不让下面的臣子心中有怨言。

程咬金是直脾气，李世民温言安抚几句后他又眉开眼笑了。摸了把屁股还奉旨把闺女娶回家，这事……似乎也没吃亏呀，虽然摸的那个屁股确实干瘦了一点。

安抚过后，自然要详细说起当日事况，终于不可避免地说到了酒。

"烈酒？很霸道的烈酒？"李世民喉头蠕动了一下。

虽然已是万乘之尊，但李世民也是武将出身，戎马半生的将帅人物，没有武将能拒绝酒，特别是被程咬金吹得天花乱坠的美酒。

"非常霸道！"程咬金眉飞色舞地比画，"老程只喝了一口便觉浑身是劲，肚里全是火辣辣的，要烧起来似的。"

李世民眼中露出一丝馋色，皇帝什么都不缺，但这种烈酒却是一辈子都没喝过，他真的很想试试。

"谁酿的？朕派人去买点来，若知节所言属实，此酒以后便作宫廷贡酒又何妨？"

程咬金大嘴一咧："酿造此酒之人说来陛下也认识，正是泾阳县太平村的李素，那个十五六岁的小娃娃。"

"李素？"李世民吃了一惊，表情变得有些古怪了，"这小子……怎么什么都懂？此子到底是英才还是妖孽？"

程咬金笑道："老程早觉得这小子是个人物，所以刻意与他结交，果不其然，小娃子没让俺老程失望，如今老程已和那小子合伙，还在太平村给他盖了酿酒作坊，将来陛下要喝，尽管找老程，要多少送多少。"

"你给他在太平村盖了作坊？"

"是。"

李世民笑容变得有些莫测："知节不必送酒了，朕，要亲自去太平村看看。"

第二章 李素问策

如果一个人太出色了，做出一件又一件旁人认为是天才甚至妖孽才做得出来的事，那么，他的生活一定不会像他想象中那样平静，隐于田园终老此生，渐渐变成了一个美好却无法实现的愿望。

李素并没发觉当初的人生规划已渐渐偏离了方向，大多数时候他都在太平村里过着真正太平安逸的日子，不会想太多距离他太遥远的事情。皇帝是什么样的皇帝，大臣是什么样的大臣，关他一个农户小子啥事？可他却没想到，自己这个农户小子已渐渐开始被很多人关注，包括皇帝和大臣。

李世民是日理万机的皇帝，然而朝政再繁忙，国有隐士也还是要寻访一下的，这种行为似乎已成了古往今来皇帝诸侯的日常。无论哪个朝代的史书上，但凡听说国中出现隐士，不大讲究的君主便只下道圣旨把他召来，稍微英明一点的君主就一定会微服探访，一顾、两顾、三顾的。人才值得拥有这样的礼遇，见面之后以国事问策，算是代表朝廷人事部门对这位人才进行简单的面试，人才说得合胃口，二话不说签合同聘用，职位终身制，待遇敞开了给，前提是别跳槽，跳槽就弄死你……

李世民对李素大抵也是这般心思，只可惜李素的年纪给李世民造成了很大的困扰，毕竟年纪太小，别说大唐了，纵观上下数千年，十几岁入朝为官的人才，也就只出了一个甘罗，李世民若贸然任用，说得好听呢，这是国朝盛世气象，以至少年英杰辈出，说得不好听呢，便是国君昏聩，朝中无人，竟连奶娃子都能当官……

同一件事，好话坏话都有，李世民不能不顾忌，而且上次寻访李素后，通过聊天也看得出此子没有丝毫当官的欲望，李世民也就顺势按下不提。

这次李世民又来太平村了。

尝尝传说中的烈酒自是目的之一，还有一个目的，李世民也想再跟这个看起来有点奇怪的少年郎聊聊，上次随意几句便令他和房乔大有收获，这次若是摆正态度，也许……收获更大呢？

于是在这个渐渐炎热的下午，李素独自半躺在自家院子的摇椅上发呆时，李世民敲响了李素家的门。

是的，李素的新家有大门了，不再是以往连狗都防不住的柴扉和篱笆。

家里没有仆人，老李家虽说鸟枪换炮，日子越过越红火，可李道正却仍是庄户汉子本色，除了儿子不喜欢使唤别人，李素只好把买十个丫鬟排成工整对称队形的想法暂时埋在心里。

亦步亦趋地跟着李世民的数十名皇宫侍卫已悄然散开，李素开门时便只看见李世民独自一人，站在门口朝他笑，笑得一嘴白牙在阳光中森森发光。

李素一愣："你怎么又来了？"

李世民老脸有些发黑……多少年没听过这句混账话了？堂堂大唐皇帝，竟被一个农家小娃子嫌弃。

幸好李素是个有礼貌的好孩子，最初脑子犯抽说了这句话后，很快意识到不妥，不管眼前这家伙什么身份，可以肯定是个官，而且是个不小的官。

"恕罪，恕罪，小子刚睡醒有点犯抽，这位大人里面请……"李素急忙施礼，然后识趣地侧过身。

李世民轻轻地点头，暂时压下拂袖而去的想法。

院子里摆着一张摇椅，是当初李素骗程处默所谓科学实验的收获，类似的新奇家具，李素打造了不少。

李世民刚踏进院子，第一眼便瞧见了这张摇椅，两眼一亮，几步上前，啧啧有声："这是个啥么？用来躺人的？有点意思……"

说完李世民很不客气地往上一躺，然后摇了起来，微微晃动间，李世民闭上眼，舒服地叹了口气。

"好东西，小子，等会儿把此物的图样画下来给我。"李世民眼睛都没睁，语气却不容置疑。

李素知道，这大概就是所谓上位者的威严吧，人五人六的，果然很侧漏……

"是，是，是，小子马上就画。"

不跟他提钱了，这种人得罪不起，就当是被黑社会勒索了吧，李素只能这样安慰自己。

李世民睁开眼，朝李素投去满意的一瞥，算是对这小子的识趣表示了赞赏。

摇了一会儿，李世民舒服得快睡着时，总算想起自己此行的目的，这才坐直了身子。

"北方军报到了长安，上次你所献推恩薛延陀之策，已然奏效了。"李世民缓缓地道。

李素今日神情懒洋洋的，打不起精神，闻言只是笑笑："小子胡说八道，奏效了亦是运气好罢了。"

李世民犹豫了一下，有些事情是军国机密，不能乱说，但主意全是这小子出的，跟他提一下应是无妨，于是笑道："按你所言的用间之策，大唐派了不少探子潜入薛延陀，亦收买了不少部将，他们与各部落的牧民们混居一处，行煽动刺探之事，亦与各部落头人暗中联系。如今薛延陀的大王子和二王子已与其父真珠可汗有反目之势，二子俱被我大唐封为可汗，名位无差之下，他们的野心也渐渐露出来了。现在大唐的使节仍驻居薛延陀，大王子与二王子皆遣人与我使节暗中接触，望我大唐能助其推翻真珠可汗，一统薛延陀各部落……"

"好啊，好啊，好厉害……"李素心不在焉地点头。

说起国事，李世民意气风发、滔滔不绝，正待继续说下去，却见李素一副懒洋洋无所谓的模样，李世民不由一滞，顿觉有种抛媚眼给瞎子看的羞怒。

"喂！小子，你这副没精打采的样子是不欢迎我吗？"李世民怒了。

"不敢，不敢，大人莅临寒舍，小子岂敢不欢迎？大人错怪小子了。"李素急忙赔罪。

李世民凝目注视他，瞧了许久，嘴角露出一丝笑容："我看出来了，你小子有心事。"

"吃得好，睡得好，没心事。"李素嘴硬道。

国事说不成了，李世民索性放下不提，笑道："有何心事不妨与我说说，别当我是什么官，就当我是长辈，出得你口，入得我耳，绝无第三人知晓，如何？"

李素犹豫了一下，想想觉得自己的事情确实有点烦，而且几乎是个无解的死局，跟这个素不相识的人倾诉一下应该无妨，就算没有对策，说出来也舒坦啊。

于是李素道："大人，你看啊，我有一个朋友……"

李素说着脸颊使劲抽了一下，好狗血的开场白，几乎等同于那个掩耳盗铃和此地无银三百两的千古二货了。

李世民的脸颊也抽动一下，这话……似乎有鄙夷他的智商之嫌。

"嗯，你有一个朋友，接着说……"李世民皮笑肉不笑地道。

"咳，我有一个朋友，年岁呢，其实不大，才十五岁，结果被老爹和官媒逼着成亲……"李素说着便有些愤慨了，"才十五岁啊！十五岁便被逼着成亲，大人你说，是不是太禽兽了？这与逼良为娼有何区别？"

李世民仿佛突然患了颜面神经失调症，老脸不停地抽搐……

"十五岁男子娶妻不是很寻常吗？我大唐无论权贵还是百姓，娃子十几岁的年纪便可说亲了，为何你……那位朋友十五岁却不肯成亲？"

李素黯然叹道："这又是另一个令人肝肠寸断的故事了……"

李世民："……"

好想抽他，真的好想……

"心里中意别的女子了，是吧？"李世民鄙夷地斜眼看着他，少男少女的把戏，多少年前他便经历过了，比如那个姓程的老匹夫，竟然抢在他前面娶了清河崔家的那个美貌女子……

李素急忙拱手："大人慧眼如炬，小子佩服，我……那个朋友确实中意了别人。"

"中意谁就去她家提亲啊，怕什么？"

李素嘿嘿干笑，农户小子喜欢公主这种事绝对不能对外人说一个字，更何况眼前这人貌似来头不小，说了可就给自己和东阳惹上大祸了。

"不提她的事，此生怕是不大可能了。就说逼我……那朋友成亲这事，他是真不想跟一个素未谋面、不知底细、不知性情的陌生女子成亲，不是说她不好，而是……两个好人过日子也不一定美满无憾，性情互补才能真正美满和气地过完一生。两人都没认识，一见面就洞房，等于拿自己一辈子在赌，赌彼此能适合，可万一赌输了呢？大人是过来人，小子所言想必大人亦有体会。"

李世民点头，仰天喟然一叹，这一刻，他又想起了长孙皇后。

"说的倒是正理，小子你打算怎样？悔了你爹和官媒给你说的亲事？不怕你爹抽死你？"李世民幸灾乐祸地笑。

苗头不对，不能把事情坐实了，李素急忙纠正："不是我，是我的一个朋友，交情很不错的朋友。"

李世民不屑地嗤笑："行了，行了，你那个朋友和你的交情好得就跟同一个人似的，对吧？"

李素肃然拱手："大人好一双犀利的……"

"闭嘴，糊弄糊弄得了，真把这烂借口当回事了？"李世民怒哼一声，缓缓道，"若是亲事已定，此事绝无转圜，悔亲可是大忌讳，小子你这一辈子都别想抬头了，若是亲事尚未定下，便还来得及……"

李素两眼一亮："敢问大人，计将安出？"

李世民咂巴咂巴嘴，总觉得现在气氛不大对，今日不是朕来向他问计奏对的吗？怎么现在反过来了？

李世民现在的心情很别扭。

明明怀着问策的心情兴冲冲跑来乡下，与这个不知是英才还是妖孽的家伙好好畅聊国事，或许能收获某个治国平天下的良策。可是现在，他却干巴巴地坐在人家院子里，反过来为一个农家小娃子出主意，而且是毁人姻缘的损主意。

画风不对啊……

况且从贞观人口生育国策角度来说，品种如此优良的妖孽，正应该鼓励他多生娃、多下种，怎会脱口说什么悔亲的事？

迎着李素兴奋且满怀期待的目光，李世民有些骑虎难下，黑着脸捋着长须，沉吟半晌没出声。

二人僵持许久，李世民没办法了，只好道："若是尚未定亲，想断了这门亲事亦可，但是治标却不能治本，这门亲事断了，你爹和官媒难道不会给你找另一门吗？"

"那也没办法，拖一拖再说吧，待到十七八岁再说亲，小子大抵也不会太抗拒了。"李素神情黯然，十七八岁以后，东阳和他还是如今这般吗？

年年岁岁花相似，岁岁年年人不同。

李世民也很无奈，这娃子左右看着奇怪，跟同龄人太不一样了，十五岁娶妻多么正常的事，到了他这里却成了禽兽行径……都说异人异行，有本事的人大概都有些怪毛病吧。

思索许久，李世民缓缓道："若是不想娶亲，又不想你爹抽你，行之恐将不易……"

李素期待地笑道："小子相信大人一定有办法的。"

李世民狠狠地瞪他一眼，道："笨！一条路走不通，你不会换另一条吗？岂不闻'反其道而行之'？"

李素呆了片刻,接着两眼发光,恍然大笑:"懂了!多谢大人指点!我爹逼我娶亲无法拒绝,但我可以让女方家里拒绝啊!"

李世民眼中露出异色。

这小子反应好快!自己只含糊指了个方向,他一瞬间便什么都明白了,果然是难得一见的少年英才!

"你真懂了?"李世民笑问道。

"真懂了!"

"倒也不蠢,懂了就好,此事说完了吧?"

"说完了,小子多谢大人指点之恩。"李素长长一揖。

李世民心安理得地受了这一礼,捋须笑道:"既然说完了,你也安心了,那么,我们接下来说说薛延陀的事?"

李素愣了一下。

又扯国事?没完了还,我一个农家小子你老扯这个做甚?再说……不给钱谁跟你扯这个?刚才李世民的指点之恩迅速被李素忘到九霄云外,一码归一码,再说,李素确实也不想再出风头了。

李世民脸上的笑容渐渐凝固,然后变成了愕然、愤怒、狂暴……

是的,李素这小混账又变脸了,满脸喜悦突然间变成了皮笑肉不笑,斜瞥着的眼睛半眯,咧开薄薄的嘴角,扯出一丝不像笑容的笑容。

"呵呵……"

许家没错,许家的姑娘也没错,可李素确实不想如此草率地被别人决定自己的终身大事,老爹也不行。

还是要有爱情啊!

在李素的人生规划里,每一件事都必须完美,完美到挑不出一丝瑕疵,没有爱情的婚姻,必然是人生中的污点,不能忍的污点。

悔亲这件事,认真说来其实与东阳的关系并不大,就算没有东阳这个人的出现,李素也绝不愿意将此生的幸福交托在一个完全不认识的女人身上,这种赌博似的人生,李素赌不起。

赌不起就彻底断掉它!

李素难得主动地进城拜访程府,嗯,空着手拜访。

李素总是挑东阳的礼,说她不识礼数上门也不提点礼物,换了自己拜访别人,礼数这种陋习亦被他扔得远远的。

程处默对李素的到来很意外,意外之后马上将李素打横往肩上一扛,兴冲冲地往府里跑,边跑边大吼:"来人,开宴,上酒!"

"停!慢!住脚!"李素这回不认命了,在程处默肩上死命挣扎。

程处默只好住脚,把李素放下来:"咋了?啥事?"

"有事找你。"李素很严肃地道。

程处默盯着李素看了一会儿,脸上很快布满杀气:"难道有人盯上了酿酒秘方?快说,何方狗杂碎作死!"

"没,不是这事,是我的私事……"

"说,能帮上忙的绝不推辞。"程处默很直爽,他是真将李素当成了朋友,对朋友他一直很仗义的。

"我们外面说?"

程处默想了想,点头同意:"外面比家里好,今日就不拉你进府了,最近老爹脾气不大好,上次非拉着你在大街上摸闺女屁股,被文官们狠狠地参了一本,陛下只好命老爹将那个被摸了屁股的闺女娶回家做妾。老爹最近心气不大爽利,说此事皆由你而起,若是让他碰见你,怕是要寻你晦气……"

李素脸色迅速变黑。

这就是传说中的躺枪吗?

"关我何事?还讲不讲道理了?"李素急了,被混世魔王惦记可不是什么好消息。

程处默瞥了他一眼,目光很奇怪,但李素看懂了。

讲道理这种事呢,在程家属于随机发生的事件,而且概率很低,大部分时候是不讲的,偶尔也有讲道理的时候,前提是程家真的占住了道理。

李素对天发誓以后绝不进程家的门，有多远绕多远。拉着程处默，将他领到程府旁边的一条暗巷里。

程处默环视一圈，道："行了，此处僻静，说事吧。"

李素想了想，道："想请程兄帮个忙。"

"啥忙，尽管开口。"程处默胸脯拍得啪啪响。

"把我的婚事搅黄。"

程处默呆住了，定定地看着李素，许久不出声。

李素心事重重，对程处默的态度不大满意，愁容满面地道："程兄，行不行说句话呀。"

"你……喝醉了还是生病了？"程处默不确定地张开手在李素眼前晃悠，伸出两根手指："这是几？"

"程兄莫闹，我没醉也没病，这事必须要做。"李素态度很坚决。

程处默沉默许久，忽然一叹："程某浪荡唏嘘半生，总被老爹骂我混账，真该把老爹拉过来长长见识……"并起两指朝脸色发黑的李素遥遥一指，程处默乐得跟什么似的，大笑道，"说我混账？这里不是有一个比我更混账的吗？"

程处默的话不客气，也不客观。

世上的混账不少，老程家特别多，但李素绝不是混账，或许胸无大志，但娶老婆却绝不能草率，前途无所谓，幸福却必须自己掌握。

"为何要搅黄你自己的婚事？"程处默这次不豪爽了，毁人姻缘是损阴德的事，这种忙他实在不想帮。

"因为我不认识人家闺女啊，我为何要跟一个不认识的人成亲，而且还得躺在一张床上。你不觉得这事很荒谬吗？换了是你，你干吗？"

"干啊，怎么不干？不管认不认识，既已躺我床上了，焉有不办之理？"程处默很奇怪地看着他，"大家都是跟不认识的人成亲，咋就你不乐意呢？"

"有感情才能成亲吧？"

"搞反了吧？成了亲才有感情啊，你这人咋那么怪？"程处默的表情越来越疑惑了。

"不知性情，成亲后不合咋办？"

程处默嗤笑："屁大点事，谁不合？谁敢不合？结结实实拾掇她几顿，看她合不合。"

李素："……"

代沟啊，千年的代沟啊！

李素决定以后多教他几首流行歌，你爱我、我爱你，爱到疯、爱到死、爱到半身不遂那种，好好培养他的爱情观，然后冷眼笑看他来求自己帮忙搅黄他那不幸福的婚姻……

"痛快点，一句话，帮不帮？"李素不耐烦了，跟一个大男人讨论爱情，而且谈论得很失败，是件很没有成就感的事。

程处默很犹豫，在仗义和损阴德之间来回挣扎。

"最近腰腿酸乏，可能懒病发作了，酿酒作坊先停工吧，休息一年半载再说……"李素仰头喃喃自语。

"帮！"程处默痛快得一塌糊涂。

与程处默约定明日泾阳县城相见后，李素便独自出城回家。

李素回到家时，发现那位扈司户又来了，正眉飞色舞跟老爹传佳讯。

昨日扈司户以官媒的身份登门，试探了一下泾阳县许家的态度，许家闺女的长辈很客气。扈司户还是很有职业道德的，没有添油加醋地把李素吹嘘得天花乱坠，只是把事实一件件摆出来给许家看。

"十六岁，长相俊俏，白净整洁，家教良好，为人有礼厚道，有学问，会作诗，也会挣钱，小小年纪在长安城已开了一家店铺，那家店铺的招牌还是当今陛下亲自题的字，而且还开了一家酿酒作坊，恶名满长安的卢国公府正是酿酒作坊的合伙人……"

"如果这些条件还不够的话，嗯，几个月前泾阳县闹天花瘟疫，你家闺女也种了牛痘吧？家里人全须全尾没死没病吧？知道这东西是谁想出来的吗？就是他！认真论起来，大唐关中的百姓都得给这娃子磕响头，谢他的活命之恩，包括你许家在内。当今陛下还因为此事封赏了他，赐钱、赐地还封官，从九品级，小娃子高风亮节，给辞了，不然你以为为啥皇帝陛下肯给一家商铺御笔亲题招牌，陛下记着他的情分呢……"

说的全都是实话，李素都没想到自己居然这么有前途，换了自己若是有个闺女，怕是也忍不住嫁了，别的不说，平民百姓跟当今皇帝有了交集，仅这一件便是资本雄厚了。

李素自己都动了心，许家就更不用说了，闺女的爹娘听得两眼放光，稍稍合计了一下便表了态，说是愿意与李家定亲，扈司户今日来李家的目的就是商议聘礼和正式求亲事宜，即六礼中的第一礼——"纳采"。

李素静静地看着讨论得热火朝天的二人，额头惊出冷汗。

搅黄自己婚事的行动必须加快了！

……

次日一早，李素便蹭牛车赶到了泾阳县城。

说是县城，其实只是一个小土城，城墙都是用泥土夯实后垒起来的，城里稀稀拉拉地开了十几家商铺，商铺不远有一个小市集，到处可见摆摊的小商贩在招手兜售，城里人流不大，大抵离国都长安太近的缘故，货品买卖显得并不热火，无论买还是卖，谁都愿意多走几步去长安城里。

程处默很早就到了，李素找到他时发现他正坐在一家简陋的酒肆里喝着醪糟，醪糟也叫"醴"，南方人叫"甜酒"，至今仍有。这东西在关中很普遍，勉强也算酒类，无论权贵还是百姓都无法拒绝酒，权贵喝的三勒浆太贵，百姓喝不起，于是酿点醪糟存在家里，每逢年节舀点出来尝个鲜，酒精度很低，味道酸酸甜甜的，喝多了腻得慌。

程处默喝醪糟时一直皱着眉头，仿佛在喝一碗赐自己自尽的毒酒，很生动地向世人证明何谓"由俭入奢易，由奢入俭难"，喝了半碗便搁在桌上，不再碰它，神情颇为怅然，看来在懊悔今日出门前为何不灌一皮囊五步倒带在身边。

今日小公爷不是独自出门，还带了国公府的几个部曲，是李素特意交代的，部曲都是跟随程咬金征战天下的百战老兵的后代，老兵年纪大了便离军归农，成亲生了娃后被程咬金收为家将，也算是有了前程。

李素笑着朝程处默招招手，程处默起身迎上，几位部曲亦步亦趋。

"怎么个章程？"程处默一脸不情愿地问道。

"很简单，找到一家姓许的人家开的商铺，然后当着他们的面，让我表现得像一个混账，吓得他们退婚，这事算成了。"

程处默指了指他，气道："你什么都不用干，现在这样子已经很混账了。"

狠狠地瞪了李素一眼后，程处默挥手，几名部曲一声不吭混入人群中开始打听。

没过多久便有了消息，确定了许家商铺的位置后，一群人悄悄地朝商铺靠近，背靠在商铺旁边的暗巷墙角里等待时机。

程处默一直唉声叹气："这事干亏了，不该答应的，毁人婚事缺大德了啊……"

李素蹲在墙角画圈圈，神情更郁闷："你还只是缺德，我是在亲自毁我自己的亲事，跟这么混账的事情比一比，你心里有没有好受一点？"

程处默想了想，确实觉得好受多了。

"罢了，今就帮你一次，说好了，仅此一次，下次你若还想毁亲找别人去，程某不干了！"

李素叹气，点头。

两名年轻的程家部曲上前，模样很普通，其中一人身材矮小，眼眸却很灵活，一看就是个机灵人，另一人高大壮硕，一脸凶相。

李素苦笑着朝二人拱了拱手，道："二位兄弟有劳了，待会儿下手尽量轻点，回头送你们一贯钱打酒喝。"

矮小的部曲满不在乎地咧嘴笑："没事，别看这家伙傻壮傻壮的，揍在小人身上只能算是挠痒……"

壮硕的部曲气坏了，抡起拳头便朝他胸前揍去，矮个子发出一声凄厉的惨叫，捂着脑袋便朝许家商铺前跑去。

"打人啦，杀人啦！仗势欺人啊——"

"狗贼哪里逃！我家李素李公子治好了天花，被陛下亲旨褒奖封赏，与你家青楼姑娘抱一抱，亲一亲，喝几杯酒而已，你竟有脸要钱？找打！"

李素远远地躲在墙角，惊愕地扭过头："这不对呀！不是说好了买东西不给钱吗？咋成了嫖妓不给钱？"

程处默慢吞吞地揉了揉鼻子，道："买东西不给钱太没品了，所以我临时改了一下……"

李素两眼通红地瞪着他。

难道嫖妓不给钱比较有品？

远处两位部曲跑跑打打，到许家商铺前忽然停下，挨打的抱着脑袋在地上蜷缩成一团，另一个高大汉子则惨无人道地对他又打又踢，当然，台词一句也没少，无非便是太平村当红小地主李素上青楼嫖妓不给钱。台词念得很大声，许家商铺里面很快涌出来一群人，掌柜、伙计和顾客一窝蜂全出来看热闹，李素眼尖，清楚看到人群里一位穿着绸衫，戴着黑纱笼帽的中年男子脸颊直抽抽……

……

两名部曲很机灵，打闹半晌，赶在泾阳县衙的差役到来之前溜了。

李素终于放下了心，如果许家闺女的爹娘不是对女儿有深仇大恨的话，经过今日之事后，想必不会再把女儿往李家火坑里推了。

果然，第二天扈司户再次登门，脸色有点难看，而且态度跟以前全然不同，一脸鄙夷且嫌弃地告诉李道正，许家反悔了，死活不答应把闺女嫁进李家，给多少聘礼都不成。

李道正大惊失色："咋咧？咋回事么？咋又反悔咧？"

扈司户气得指了指李素："问你家娃子！"

李道正神情不善地扭头瞪着李素："你干啥了？"

李素一脸无辜且茫然地睁大眼："我？关我何事？爹，我最近老实本分待在家里，啥都没干啊，就昨日在酿酒作坊忙了一整天……我咋了吗？"

李道正回忆片刻，然后挠挠头，道："扈大人，是不是有啥误会？我家娃子这几日老实得很，没闯祸呀。"

见父子二人神情真挚，不似作伪，扈司户从愤慨渐渐变成了疑惑。

第三章 再献妙策

扈司户把昨日泾阳县城许家商铺前发生的一切细细说了一遍，一边说一边用狐疑的目光打量着李素。

李道正听得火冒三丈准备祭出法器时，李素很及时地嗤了一声。

"我？上青楼不给钱？我只是个农家娃子啊，而且只是个十六岁的农家娃子，娶亲我都不愿意了，还上青楼抱姑娘，大人你信吗？"

这句话很适时地熄灭了二人的怒火。

说得也是，找个黄花大闺女给他他都不乐意，怎么可能去那种污浊之地？根本说不通呀。李道正对自己的儿子更是了解，最近几个月来确实变灵醒了，但为人还是很老实的，说他上青楼，而且嫖妓不给钱，这话真的很难让人信服。

"谣言！定是有人见咱家的印书坊和酒坊买卖红火，看不过眼了，所以背后使坏，毁孩儿的名声，爹，你可不能信！"李素严肃地道。

李道正想想，还真有可能，于是点头，咬牙道："若是被老子知道谁在背后造谣，定然一刀劈了他！"

话说得霸气，有一股很陌生的凌厉杀机萦绕充斥，李素盯着老爹瞧了好半晌没出声。

……

冤有头债有主，该被一刀劈了的正是程家小公爷，不按套路出牌，典型的猪一样的队友。

亲事算退掉了，就算扈司户巧舌如簧跟许家解释李家娃子如何无辜，以许家对闺女重视的程度来看，应该也不敢再冒险了。

很好，一切圆满。李素的目的达到，代价是付出了自己的名声。

这个无所谓，李素对名声没太在乎，虽然嫖妓不给钱这种名声太难听了点，至少比买东西不给钱……好吧，其实还是比买东西不给钱难听多了。

想抽程处默又没那胆子，唯一能报复的方式大概只有在送往程家的烈酒坛子里撒泡尿了……童子尿大补呢。

毁亲之后心里轻松多了，虽然可以肯定老爹还会为他找下一个，但眼下的危机算是解决了，而且以后也有了应付的办法，继续败坏自己的名声便是，把名声臭得十里八乡的闺女人家都绕道了，到那个时候……老爹或许会放眼关中以外的地区，或者直接从人牙子手里买个清白闺女。

那是以后的事，总会对付过去的，到了该娶婆姨的年纪，或者，当他与东阳之间越来越走进绝望的时候，李素也许会认命地娶一个女人回家，然后，把他和东阳曾经的这份情愫当作朽骨般深深埋进土里，永不见天日。

那日，李素心情特别好，难得地早早来到了河滩，坐在熟悉的大石头上，怀里掏出镜子，一边顾影自怜，一边等着东阳。

照镜子很容易陷入沉醉，特别是李素在自己的鼻翼边发现了一个小小的红痘后，时间就更容易过了，又挤、又挠、又掐，与那颗小红痘奋战了半个时辰，终于……小红痘变成了大红痘。

李素整个人都不好了，明媚的心情霎时间阴云密布。

青春期啊，完美无瑕的俊脸多了那个该死的不工整、不对称的红痘，这是要活活逼死强迫症患者啊。

镜子很快被塞入怀里，李素愁容满面地叹气。过了不久，又掏出来，不甘心地对着镜子继续又挤又掐，然后不忍直视地再次塞回去……

反反复复，周而复始，李素忙坏了。

"你到底在做甚？"东阳软软糯糯的声音从身后传来，"掏出来塞进去的，镜子招惹你了？"

李素回过头，哭丧着脸，看着她："你没发现今天的我有点不一样吗？"

东阳凑近仔细看了看，忍着笑道："发现了，你脸上多了一个痘……"

李素黯然长叹："没脸见人，我这几日还是不要出门了……"

东阳又仔细看了看他，抿嘴一笑："虽然你唉声叹气的，但我怎么觉得你今日的心情比以往好了很多？"

李素笑着摇摇头。

东阳却忽然沉下脸："还有脸笑，今日泾阳县令来府上拜见我，与我商议封地庄户落籍的事，泾阳县令寒暄之时说起一桩闲事，某人啊，做了买卖，有了钱啊，哼，开始干缺德事了！"

李素眨眨眼："好深奥啊，一个字都不懂……"

"还装！你昨日是不是……是不是……"

东阳说不下去了，贵为公主，"青楼"二字是耻于说出口的，可她的神情却很愤怒，俏脸涨得通红。

李素盯着她："我知道你说的是哪件事，我只问你，你信吗？"

东阳呆怔片刻，垂下头轻轻地道："我不信，你不是那种人。"

"不信的话，你为何生气？"

"我没生气。"

"刚才你气鼓鼓的样子难道不是因为我干了缺德事，而是路上不小心踩到牛屎了？"

东阳的小拳头捏得紧紧的，俏脸越发红润，不知是羞是怒，却仍嘴硬地道："我没生气！"

"好吧，我只随便问问。"李素很识趣地放过了她，怕再追问下去她会羞愤得一头栽进河里。

终于避开这个尴尬的问题，东阳明显松了口气，俏脸仍红通通的，神情却恢复了镇定。

"为何会有针对你的谣言？你最近得罪人了？"

既然信任，东阳自然将此事定性为谣言，语气很愤慨，立场很分明。

李素大笑，这件事当然不是谣言，他做这件事一半是为了自己，一半也是因为她，但他不打算告诉她，决定永远瞒下去。

东阳很认真地看着他："名声不是小事，你莫掉以轻心，日后你就知道，名声坏了，诸事难行，我已请泾阳县令好生查访，看到底是谁在坏你名声，查出来一定严办。"

李素点头："多谢了，不过名声于我如浮云，查访就不必了，莫浪费了朝廷官府的人力。"

东阳很执拗地摇摇头。

二人面对着潺潺的河水发了一阵呆，东阳忽然道："李素，父皇又要攻伐邻国了，上次你所献的推恩之策奏效，薛延陀果然陷入内乱，中书省的大臣们商议了很久，说这次内乱一年半载怕是缓不过来。我大唐如今终于能够腾出手来了，父皇准备攻打西边的吐蕃，这一次，满朝文武都没有反对……"

又是打仗。

大唐立国以来，战争几乎没停过，李世民对土地的狂热和执着远甚后世房地产老板，而且从来不挑食，除了土地，也不介意邻国的人口、财物、牛羊等，打仗的目的其实就是这些，开战、掠夺、纳入版图、建都护府……是的，大唐君臣就是这么简单粗暴。

东阳慢吞吞地说着朝中事务，原本大唐今年的形势很不利，西边吐蕃的松赞干布于贞观六年统一吐蕃后，开始露出早已蠢蠢欲动的野心……或春心。

说野心自然都懂，吐蕃也是大国，是大唐邻国里最强大的国家，大国的领导人怎能没有野心？松赞干布对土地也很狂热的。

说春心是不是有点难懂？不难懂，这正是如今大唐决心跟吐蕃开战的原因。

吐蕃的赞普松赞干布十三岁即位，这些年左拉右打，终于在贞观六年统一了吐蕃，并把都城迁到了逻些（今拉萨）。贞观八年，松赞干布派使节入长安朝贡，与大唐取得了联系，并约定两国和平友好，互不侵犯，你快乐就是我快乐云云。

一切都很正常，双方皆大欢喜，作为千年礼仪之邦，李世民自然要派使节回访逻些，把在长安时大家说过的和平友好之类的废话再说一遍。

这次回访搞出事情了。

因为李世民派使节的时候间歇性瞎了龙眼，派了一个很不靠谱的使节，名叫冯德遐。

冯德遐代表大唐皇帝回访吐蕃本来是很称职的，一切礼仪谈吐皆滴水不漏。后来回访日程结束，准备启程回国了，松赞干布设宴饯行，冯德遐被粗鄙的吐蕃蛮子们灌了几大口青稞酒，顿时有点飘了，于是说话也没那么多顾忌，张嘴就说以前东突厥和吐谷浑都被大唐赏赐过公主，两国皆是大唐的女婿之国。

这句话捅了马蜂窝。

贞观八年，松赞干布十七岁，正是情窦初开春心萌动，到了该婚配的年纪，而且松赞干布本人对大唐的文化还是非常仰慕的，东突厥和吐谷浑居然都能娶大唐公主，吐蕃为何不能？必须娶！

于是冯德遐回国时，随行的仪仗队伍里又多了几位吐蕃使者，跟随冯德遐一起回长安，他们的目的只有一个，求婚。

李世民一看吐蕃怎么又派使者来了？再一看，咦，这回很不讲究啊，居然空着手……当然，这是李素以己度人的猜测。

对吐蕃的求婚，李世民感到很无语，吐蕃第一年朝贡就觍着脸要我大唐公主，当朕生的女儿很多吗——其实真的很多，李世民生了二十几个女儿……

求婚理所当然被李世民拒绝了，大家根本不熟好不好。

吐蕃使节回国后担心求婚失败会被松赞干布治罪，于是想个借口，说是唐皇本来答应的，后来吐谷浑在中间挑拨，于是后来拒绝了……这事对大唐和吐蕃都是个教训，教训就是，大国之间来往，派一个人品好、酒品也好的使者多么重要。

松赞干布顿时大怒，你不嫁女儿，我就开战，打……吐谷浑！把吐谷浑揍个半死，看你嫁不嫁！

没招谁没惹谁的吐谷浑可汗无辜躺枪，哭晕在茅房……

松赞干布说打就打，当即发兵。贞观九年，吐谷浑可汗被吐蕃雄兵打得狼狈逃窜，一直逃到青海湖北边，大约被吐蕃打出了战争心理阴影，青海湖边一待就是好几年没敢回去。

松赞干布这回得意了，挟大胜之余威，又派使者进长安，这回讲究了，带了许多礼品，然后……继续求婚。你看，我把吐谷浑揍趴下了，赶紧嫁个公主给我！

春心勃发的少年，其言、其行真是不可以常理揣度啊……

到这个时候，大唐的君臣仍未将吐蕃放在眼里，蛮夷之国打蛮夷之国，胜了败了也就那么回事，你把吐谷浑打趴了，凭什么我大唐就得送个公主给你？关我屁事，你找吐谷浑要去啊。

李世民想都不想便拒绝了，第二次求婚又失败，松赞干布的玻璃心碎了一地……

今年是贞观十一年，五月初时，松赞干布领兵二十万，兵临大唐松州城下，放言曰："大唐不嫁公主，我即当入寇！"

松州都督韩威冒进击敌，被吐蕃打败。狼狈回城后立马送出军报入长安，吐蕃大军压境！

若换了半年前，大唐的兵力因薛延陀牵制，腾不出手收拾吐蕃，或许真会嫁一个公主过去，暂时稳住吐蕃，可是现在，李素数月前所献推恩之策已奏效，薛延陀陷入争权内乱，北边的府兵完全可以调出一半，于是收到松州都督韩威的奏报后，李世民当即决定西击吐蕃，狠狠地给他一个教训。

这一次满朝文武异口同声，全同意了，纷纷曰：该揍。给陛下点赞！

河滩边，李素听故事似的津津有味地听完了大唐和吐蕃的恩怨情仇，笑得很开心。

这位松赞干布，后世史书上把他吹成吐蕃的中兴之主，多贤达、多英明，谁知竟是个如此奇葩的棒槌，为了娶一个大唐公主，真的蛮拼的。

"你笑什么？"东阳没好气地白他一眼，"没心没肺的，又要打仗了呢，关中子弟本就不多，这些年父皇鼓励生育，官府卯足了劲又是奖赏，又是做媒，还不就是为了多生几个娃，结果一场仗下来，不知又要死多少关中子弟，你还笑，别忘了你也是关中人。"

"我是笑松赞干布……"李素仍止不住笑意，哪朝哪代都不缺奇葩，太可乐了。

东阳叹了口气，不解地道："真不知那松赞干布怎么想的，求娶大唐公主失败，反过头却去打吐谷浑，吐蕃使节胡说八道难道他就信了，然后不惜发起两国之战？"

李素仍在笑，笑着笑着，又觉得不对劲，若说松赞干布耳根子这么软，使节几句话便煽得他发起战争，未免有点荒谬了。

大国之间绝不会因为一个简简单单的理由而发动战争。

时年吐蕃在松赞干布治下刚刚完成统一，而他又是一个二十来岁的年轻君主，难免被包括大唐在内的周边邻国轻视，再说旁边有个大唐这样的大国虎视眈眈，发动对吐谷浑的战争大抵也有求婚失败后恼羞成怒的原因，但这不是最主要的原因，松赞干布这是要给邻国立威，顺便给本国扩张一下领土，让国内与他面合心不合的贵族们不得不与他同舟共济，如此才能更深刻地完成吐蕃国内贵族和平民的万众归心。

兴许是吐蕃对吐谷浑一战打得太轻松，太没压力，松赞干布的心气顿时高了，发觉看似庞然大物的邻国，其军事实力也就这样，如此说来，少不得要称称大唐的斤两，于是对松州发起试探性的攻击。而松州那位名叫韩威的都督也不给大唐长脸，第一战便因轻敌而大败，这才令松赞干布的野心越发炽热，于是导致二十万吐蕃大军兵临松州城下。

这些理由都是李素刚刚想出来的，本来他也不太喜欢想这种军国大事，然而东阳所说的什么松赞干布求婚失败，于是发动战争的理由太扯淡了，李素一万个不信，脑子一转，前因后果个中内情便被他猜个八九不离十。

这事太复杂，懒得跟东阳明说，战争离他和她太远了，虽然大唐如今是府兵制，可府兵制召兵出征也有规矩的，独子不出征，长子不出征，李素两条都占了，所以丝毫不担心官府会征召他入伍。

李素又掏出镜子，痴迷地欣赏了半天……再说了，如此面若冠玉的英俊容颜，怎能去打仗呢？粗鲁！

"打仗啊，这一仗不容易打……"李素摇头叹息，如同前世与狐朋狗友在烧烤摊上喝啤酒、撸烤串时顺便意气风发指点江山的模样，反正自己不用入伍，胡说八道没关系。

嘴里说着话，眼睛仍盯着手里的镜子，真帅，叹息的模样竟然也是如此英俊，三百六十度无死角的英俊……

"怎么不容易？"

"西藏……不对，是吐蕃，吐蕃是高原啊，海拔多少来着？嗯，反正很高，关中子弟若没适应那里的气候，劳师跋涉，还未进入吐蕃境内估计就得倒下一半，高原反应懂吗？就是脸红心跳，喘不过气来，那时别说跟吐蕃蛮子拼命了，能不能拿起刀剑还两说呢，这一仗首先便输在地利上了。天时嘛，现在是夏天，吐蕃牛羊壮硕，青稞即熟，后方无粮草之忧。人和嘛，大唐孤军深入吐蕃境内，遍地皆是敌国百姓，而吐蕃兵力强盛，挟大胜吐谷浑之余威，正是军心极锐之时。嗯，你看，天时、地利、人和，大唐一样都没占住，所以说，这一仗不容易打啊……"

李素漫不经心地说着，东阳却听得两眼放光。

"若依你之见，此战该如何打呢？"

"切，照我说，根本不用打，松赞干布要娶公主，给他不就是了，大唐作为泱泱礼仪之邦，嫁公主过去总得给陪嫁吧？据说吐蕃全民信佛，是佛教密宗一支，多派点和尚过去，国内那些不生产、不劳动，专吃百姓供奉香火的德高望重和尚都派去，越多越好。现在有了活字印刷术，多给吐蕃劳动人民印点佛经，多派些盖房子的工匠，给吐蕃百姓们盖寺庙……若是这些都在吐蕃实施下来，不出三五年，吐蕃的国力一定会被消耗殆尽，百姓们不劳作，光念佛了，将士们不吃肉改吃素了。而我们大唐呢，便专在吐蕃国境边日夜练兵，主要是适应当地的高原气候，那时此消彼长，大唐只消派出精骑一支，就能把吐蕃揍得哭爹喊娘……"

东阳原本越听越高兴，后来仔细一回味，脸色顿时有些怪异了。

"你……你什么时候想出的这些主意？太阴损了。"

李素愕然，我阴损？史书里文成公主远嫁吐蕃就是这么干的，我只不过原样照搬，真正阴损的人是你老爹好不好……

随口议论一下国事，却被东阳跟他的人品联系起来，这让李素很不爽。

"不说了，回家吃饭去。"李素抬头看看天色，日已渐西沉，夕阳的金色余晖洒满了河滩，确实到了回家吃饭的时辰了。

东阳急道："怎么不说完呢？"

"懒得说了，对了，我今天说的话只限于你知道，别又傻乎乎告诉你父皇，我不想出这风头，再说……"李素笑得很坏，"我刚才说的这些，前提是必须送一位公主去和亲，你若没头没脑跟你父皇献上此策，说不定你父皇顺手就把你打发到吐蕃嫁蛮子了……"

东阳吓得俏脸一白。说起和亲，大唐君臣从来只将它当作一个政治怀柔的手段，所以上下并无太大抵触，但对大唐的公主们来说，被选中和亲无疑是天降横祸。谁愿意离开繁花似锦的长安都城，远嫁到蛮夷之地，跟着那些茹毛饮血的蛮子睡帐篷，吃带血的牛羊肉？而且番邦还有许多令人无法接受的风俗，比如首领死了，儿子即位，那么首领的妻妾也顺势成了儿子的妻妾，被老爹睡完接着又被儿子睡……反正一句话，贵圈真乱。

精神稍微正常一点的大唐公主都绝不愿意成为和亲的对象远嫁番邦，东阳自然更不愿意了。

李素看着东阳被惊吓到的模样，分外楚楚可怜，不由心一软，温言笑道："别担心，既然大唐已决定对吐蕃动武，绝不可能送公主和亲了，你就算想嫁都嫁不了。"

"若是……若是战后安抚吐蕃，父皇仍要嫁公主过去呢？"东阳语声发颤地道。

这也是实情，是李世民的一贯做法，先打，再抚，打是为了立威，抚是为了怀柔，抽一巴掌再给颗甜枣，大唐公主就是甜枣，以往大唐将公主嫁予东突厥、吐谷浑，都是先打过后再和亲的。

东阳确实很害怕，大唐的公主说起来荣贵之极，实则比民间女子惨多了，得宠倒好说，像她这种下嫔所生的公主，李世民从来不甚珍惜，就像关在笼子里的鸡一样，家里来客人了，主人打开笼子从里面随便挑一只出来宰了待客。东阳现在就待在那个笼子里，说不准什么时候便被一道圣旨送往番邦了。

李素看着她的模样不由有些心疼，道："陛下亲生的女儿是最高贵的，怎能远嫁千里之外而至父女永世分离？莫如你劝陛下且行权宜之法，李家宗室旁支繁多，从里面选一位宗室女封为公主嫁过去便是，这法子说来有点自私，但正所谓死道友不死贫道……"

东阳眼睛越来越亮，听到最后却忽然噗嗤一笑，狠狠地瞪他一眼："死道友不死贫道，这是哪个混账说的？"

李素大拇指一翘，指着自己笑道："当然是我这个混账说的。"

"走吧，走吧，看见你就烦！"

李素哈哈大笑着走远，东阳立在原地不动，定定地看着李素远去的飘逸背影，不由痴了。

"刚才他所说的那些话若是献上父皇……或许，能免了一场大战，少死许多无辜子弟呢，即便父皇选公主和亲，他也给出了办法……"东阳贝齿紧紧咬着下唇，良久，终于做出了决定。

"还是要将此策献于父皇！他怪我我也顾不得了，一言可免生灵涂炭，如何能不为？"

第二天东阳进了宫。

李世民正与朝中文武商议出兵吐蕃之事，战争不是说打便打，毕竟十万大军没有整天拴在皇帝裤腰带上，关中各地调兵，粮草筹备，搜集兵械、马匹，确定后勤供给，制订战略战策和行军方向，还有如何与周边的邻国外交，使自己站在大义的名分上，让战争的舆论正义化等，这些都是必须要做在正式开战之前的，一旦真正开战，其实结果差不多已能看出端倪了。

甘露殿内今日武将居多，李绩、程咬金、侯君集、刘兰、牛进达等，人人披挂带甲，黑压压的一大片，文官却只有长孙无忌、房乔、魏征等寥寥数人。

殿内君臣正议论得热烈，诸多名将杀气腾腾的请战声此起彼伏，掺杂着程咬金骂骂咧咧的粗话，以及与众将的对骂声，热闹得跟煮一锅粥似的。

宦官神色紧张，匆匆走进殿内，在李世民耳边说了句话，李世民眉头微皱："真会挑时候，为何每次都是箭在弦上之时进宫献策？"

说完李世民心中一动，上次即将出兵薛延陀时，东阳代李素进宫献上一策，免了一场刀兵，这次难道……

"诸将皆在，且宣她进来说说，大家有个拿捏。"

宦官应命退下，李世民笑道："众卿对太平村李素那个小娃子想必有过耳闻，推恩薛延陀之策亦正是此子所献，今日东阳公主又说李素献上吐蕃之策，你我君臣一起听听这个小娃子的高论。"

程咬金哈哈大笑："俺老程早看出这娃子不简单，果然老程的招子没瞎，可惜啊，老程膝下没有闺女，不然非招他为老程的女婿不可……"

诸将心中了然，大家都曾经参与过出兵薛延陀的朝会，对李素自然不陌生，于是纷纷点头，然后对程咬金笑骂几句。

东阳刚走到殿门外，便听到一众名将毫无顾忌地互飙脏话，吓得她小脸一白，脚步顿时停住，进退维谷不知如何是好。李世民见她小鹿受惊的模样，心下也是一阵疼惜，招了招手将她叫进殿内。

东阳进了殿，名将们自然也知晓分寸，脏话、痞话都住了口，换上和善的长辈嘴脸，仿佛刚才大声骂娘的跟自己完全无关，纷纷捋着胡须朝东阳点头微笑。

吐蕃之策很简单，东阳亦是聪慧女子，很有条理地将李素说的话分成一、二、三点，说得层次分明，殿内君臣一听就懂。

东阳很快说完，垂着头惴惴不安地等待君臣的评价。

殿内君臣听呆了，张着嘴面面相觑。

良久，程咬金哇哇大叫道："这娃子也太损了吧！这是软刀子割肉，我大唐一个公主就能让吐蕃丧尽国运，这……这还要我们武将做甚？明日老程便去太平村，我抽死他！"

东阳吓坏了，俏脸苍白，讷讷道："程……程叔叔……"

李世民哈哈大笑："东阳莫理这老货，辅机，此策……你如何看？"

长孙无忌优雅地捋着青须，带着几分阴恻恻的笑，缓缓点头："不战而屈人之兵，上策也。"

一旁的尚书省左仆射房乔却忽然道："虽为上策，然则，我大唐对吐蕃仍须一战！那个小娃子所献之策，战后或可一试。"

第四章 圣意征召

大唐仍须一战！

这是宰相房乔的建议，房乔是文官，但不是纯粹的文官，他是最早一批跟随李世民打天下的文人，而且在李世民还是秦王的时候，房乔扮演的角色便是秦王府记室，参与军谋大事。

李素所献的是不战之策，不战而屈人之兵，从国家利益的角度来说，它实现了利益的最大化。李素献此策时是完全站在旁观者的角度上的，毕竟，他对这个时代来说，确实只是个旁观者，谈不上爱，更没有恨，如同翻阅着一部活生生的史书，历史该走到哪个进程，该是怎样的结果，他只是脱口而出。

而房乔坚持认为先打再和，也是老成谋国之言，甚至比李素看得更远。

吐蕃大军压境，兵临城下，这是挑衅，是威胁，尽管暂时没有攻城、屠城，但仍践踏了大唐的尊严。大军压境之时答应和亲，看在天下人眼里便是妥协，大唐是天可汗之国，尊严绝不容许被触犯，不论后面与吐蕃如何相处，至少必须打一仗再说，这一仗付出多少生命、多少财力、人力都是次要的，重要的是打出一个结果，打给吐蕃看，也打给那些周边的邻国看。

甘露殿内的君臣皆是百战将军，文官们也都不是吃素的，房乔只说了这一句话，众人顿时明悟了。

"战！"

武将们高高地举起了拳头，异口同声，杀气腾腾。

李世民点头："好，战！"

东阳怔怔地看着殿内充斥蔓延的一股戾气，吓得畏缩在一旁不敢出声。

李世民神情淡漠地下旨。

旨令：侯君集为当弥道行营大总管，右领军大将军执失思力为白兰道行军总管，左武卫将军牛进达为阔水道行军总管，右领军将军刘兰为洮河道行军总管，征召关中府兵五万，出征松州，将松赞干布小儿与朕拿下！

众将凛然抱拳领旨。

这次又没抢到出战机会的程咬金张了张嘴，然而此刻群情激奋，况且圣旨已下，断难更改，只得悻悻地哼了一声，耷拉着脑袋不出声了。

李靖却是一副悠闲模样，哂然一笑，眼睛半阖半睁，似入定老僧。

贞观四年，李靖北击突厥，活擒颉利可汗，为大唐立下不世之功。这个功劳太大了，大得令李靖承受不起，也令一向博怀能容的李世民也产生了些许不安，四个金光大字反复地在他和李靖的脑海里闪现，"功高震主"。

后来御史大夫萧瑀参奏李靖北击突厥时纵容部属抢掠，借着这个平时根本拿不上台面的理由，李世民将李靖叫进宫狠狠谈了一次人生，李靖谈完后便懂了，从此闭门谢客，深居简出，绝不主动参与朝事军务。

李世民也放心了，从此吃得下睡得着了，是皆大欢喜还是一家欢喜一家愁，各人自知。

众将领命即将散去时，李世民神情若有所思，淡淡地道："那个太平村的李素小小年纪，难得竟有如此见地，可惜此子志不在朝堂……然则我大唐百废待兴之时，朕怎能眼见英才隐于野，而不为朕所用？"

东阳闻言心中一紧，收在袖中的小拳头攥得紧紧的，脸色忽地苍白起来。

李世民没注意到东阳的表情，扭头笑着望向牛进达："进达。"

"臣在。"

"朕决定破例征召此子入府兵，嗯，还是封个官吧……"李世民沉吟片刻，笑道，"便封李素为行军总管府录事参军，参预军机事。此子入军后进达好生照拂，还是个十几岁的奶娃子，却也是难得的人才。"

"臣领旨。"

"录事参军"是从八品，算是个很微妙的职位，若在地方上相当于监察御史，若在军中则相当于随军参谋，说实权的话似乎什么都能管，但仔细一寻味，能管却不能治，也就是只有建议权没有处理权，更像是一个闲散官职。

现在既然在录事参军前面加了一句"行军总管府"，那就是说这个职位能管事的范围仅限于军中，即大将军身边的随军参谋。

李世民给李素封的这个官也是颇费思量，官不大，却能随时给牛进达出主意，两军交战非同儿戏，当然也不能指望一个小娃子能对这场战争起到什么惊天动地的作用，把李素扔进军中多少有点撒网捞鱼的味道，一网撒下去，能不能捞到鱼看天意。

重要的是李世民要表明的态度，作为皇帝，他绝不能容许眼皮子底下的人才安逸地隐居乡野，而不能为他所用。

原本脸色苍白的东阳听到父皇如此任命后，神情虽仍有几分惶然，却比刚才好了许多。

行军总管府的录事参军是官，不是上阵冲锋打仗的军士，而且是与总管大将军形影不离的参谋，除了从长安到松州行军辛苦一点，安全倒是无虞的，除非此战唐军大败，被敌军连帅帐都一锅端了。

牛进达是赫赫有名的百战老将，相比其他名将用兵，如李靖用兵以正，气势磅礴，狮子搏兔；李绩用兵以诡，钝刀子割肉，令敌人生不如死；程咬金用兵以猛，直来直去，一拳狠狠砸来，管他什么魑魅魍魉一拳全砸了。而牛进达用兵却是出了名的稳，稳扎稳打，绝不冒进，宁愿舍了军功和战果，也要先确保己方将士的安全，东阳可以肯定，以牛进达用兵之稳，战事再不利，也不至于被敌军端了中军帅帐，李素跟着牛进达，性命必然无碍的。

李世民没有将李素分到侯君集或刘兰的帐下，而是直接安排给了用兵最稳的牛进达，也是费了心思的。

圣旨已下，无从更改，东阳有心想私下再劝劝，看到李世民那张面无表情的脸，即将脱口的言语却卡在嗓子里，一个字也说不出。

李素浑然不觉自己已被当今陛下绑上了战车，是真正的战车。

他仍在为自己的产业忙碌着，每天睡觉前掰着手指细细算一会儿账，便觉得生活无限美好，他正以无比销魂的姿势迎来了事业上升期。

赵掌柜在长安县衙受的伤差不多好了，请人做了一块大得离谱的黑底金字招牌，把李世民御笔亲题的"李记印书坊"高高挂在新店铺的门楣上。

长安城里的文人们沸腾了。

陛下亲笔题字啊，大唐立国以来从未有过的事，这家店的掌柜到底什么来路？

在无数惊疑的目光里，李记印书坊开业了，有了当今陛下的亲笔题字，文人们仿佛受了鼓励似的纷纷走进店内，印书坊重新开业第一天便生意兴隆，至于赚了多少钱……李素左算右算之后得出一个很吃惊的结论——很多！

这年头有算筹，却是一块块的竹片，李素怎么都不会用……是不是该发明算盘了？

相比印书坊，程家和李素合伙的酒肆却是来势汹汹，程家做买卖也和程咬金领兵的风格一样，招数大开大合，一开便是十家，位置选得好，东西两市不知用了什么手段把位置最佳的店铺买了下来，然后非常高调地开张庆祝，当然，明面上与卢国公府和李素都无关，酒肆全部交给一个与程家血缘关系足有十万八千里的远房亲戚打理。

五步倒的上市令长安城轰动了一阵，这年头的酒除了权贵喝的三勒浆外，平民百姓喝的基本都是浊酒，稻麦所酿，但发酵不够充分，比如那句有名的"绿蚁新醅酒，红泥小火炉。晚来天欲雪，能饮一杯无"。听起来文雅悠长，意境十足吧？其实所谓"绿蚁酒"，便是发酵不够充分的米酒，属于下等酒，嗯，穷酸文人没钱又犯了酒瘾就喝这个，喝完以后觉得自己这么清高的人喝这种下等酒实在没面子，于是憋红了脸憋出这么一首诗来，算是聊以遮羞。

　　五步倒上市后，长安城无论文人和贩夫都疯了，一口下去，肚子里火辣辣的烧得痛快，叫酒肆伙计打个二两，足以大醉半天，而且喝得也痛快，不像别的酒喝了大半桶都没感觉。

　　酒是好酒，只不过这酒的名字……

　　文人们暗暗鄙夷的同时只好摇头，算了，不要在意那些细节。

　　……

　　酒肆比印书坊更赚，这是李素得出的结论。毕竟长安城里文人不多，肯自己掏钱印书的文人更少，但酒这个东西是消耗品，每个人都无法拒绝的，更何况程家一口气在长安城里开了十家。

　　现在令李素寝食难安的是……程家到底会不会分钱？以程咬金那流氓性子来说，还真干得出独吞的事，那时李素该爬高楼一脸走投无路状叫程家结账分红呢，还是把程处默一棍子敲晕绑票，威胁程家不给钱就撕票？

　　越想越觉得不安，这种独吞的事李素前世也干过不少，只希望程咬金的人品比他自己强一点吧。

　　算完了账心情十分美好，李素哼着小曲儿独自来到河滩，即将成为大唐富翁，如此美好的心情一定要与人分享。

　　东阳今天有点晚，李素等了一个多时辰仍没到，百无聊赖地打了个呵欠，静静地看着河水发呆。

　　有了钱，房子是不是应该再扩建一下？挖个大池塘，上面建个水榭，内院开一块花园，园内置一条弯弯曲曲的长廊，花园旁再垒一座假山，山上建凉亭，凉亭柱子上挂一副楹联。上联曰"招财进宝"，下联曰"恭喜发财"……嗯，雅俗共赏，很有文化，而且很接地气。

土地也要再买几十亩，家里该雇一些庄户了，添三头大水牛，再给老爹续一房妻，买几个丫鬟侍候，差不多就可以做个安静的收钱的美男子，躺在钱堆里混吃等死了……

每个人的价值观不同，李素想要过的就是如此平静、平淡的日子，最好能过一辈子，于愿已足。

身后的脚步声有点杂乱，带着几分细细的急促的喘息。

李素回头，见东阳匆匆朝他跑来，后面跟着十来个侍卫，快到河滩边时侍卫们便很懂规矩地不跟了，静静地站在远处守着。

很难见到东阳奔跑时的样子，平日里太注重礼仪，走路迈腿肩不动，显然是从小有宫女或宦官训练过的，此刻不顾礼仪跑起来的样子李素从未见过。

"李素！"东阳声音有点大。

李素挑了挑眉。

跑到李素跟前，东阳仍喘着气，白净的额头上沁出细细的汗珠，身上带着些许热气，香香的。

"咋了？"

东阳深呼吸几次，神情既愧疚又惧然，调整了呼吸后，才缓缓道："李素，我有事跟你说……"

李素看着东阳无比严肃认真的模样，心下顿时一惊，立时露出戒备的神情。

"借钱？我没钱！你找别人试试？"

"你……"东阳气得想笑，又想抽他，重重跺了跺脚，却忽然哭了出来："李素，我对不起你，我害了你……"

李素见她哭了，急忙心疼地抬手，打算为她拭泪，手举到半空，不知怎地又停下。

"别哭，到底啥事？"

"父皇刚刚下旨，决意攻伐吐蕃，命侯君集、刘兰、牛进达等大将军领军出征……"

"那又怎样？"

东阳垂着头，委屈而小声地道："我把你所献之策告诉了父皇，谁知房相说必须先打再和，父皇也是这个意思，于是仍命几位大将军出征，而且……父皇也给你封了个录事参军的官，命你入牛进达叔叔帐下效力，随军出征……"

李素仿佛忽然间被天雷劈了一记似的，整个人怔怔地站着。

东阳见李素怔怔地毫无反应，心中越急，哭得越发大声了："对不起，都是我不好，我不该向父皇献策的，当时没想到父皇会做这个决定……"

许久之后，李素回过神，急得脸都白了："这不对啊！府兵制不是这样的，家中独子和长子不是可以不出征吗？"

东阳哽咽道："按例是不出征的，沙场诸事难料，朝廷不会干这种让人绝后的事，但是父皇的亲旨又不一样了，况且，不出征的是兵，而你，是被父皇封了官的……"

李素懂了，官和兵不一样，当了官就得做好为国殉身的准备，况且就算不封官，李世民的圣旨亦可以决定一切，游戏怎样个玩法，他说了算，偶尔改个规矩，谁能说什么？

东阳见李素沉默不语，急忙又道："父皇的旨意是封你为阔水道行军总管府录事参军，也就是说，你只需时刻跟着牛进达叔叔便好，除非敌人打进了中军帅帐，否则你不用亲上战阵的，牛叔叔用兵稳健，断不会让吐蕃兵冲进中军，此行除了行军辛苦一点，性命却是无碍的。"

李素心中终于稍微轻松了一点，铁青的脸色渐渐恢复了原样。

一个十几岁的孩子若是抄着刀戟上战阵，跟那些孔武有力的吐蕃兵拼命，活下来的概率委实不高，几乎等于那种一碰就死的炮灰角色，但若只是在中军帅帐附近转悠，时刻跟着军队的最高首长，倒是不必担心冲锋陷阵的事了。

这样一想，李素顿时轻松了。

李素只是个胸无大志的小人物，若说为国为民征战沙场，委实有点高看他了，他其实只是个市井小民，懦弱、贪财、好逸恶劳，偶尔也好个色……属于市井小民的毛病，在他身上都找得到。当然，也有决绝无畏热血沸腾的时候，比如上次以一己之力击杀结社率二人，那是为了自救，也有一小部分想救这个令人怜惜的女子，毕竟，人性这种东西，偶尔还是要发一下光的。

但若让他主动抄起刀戟上战场，这种事打死他都不会干的，然而现在皇帝下了旨，不干也得干了。幸好李世民的良心没有完全被狗吃掉，只让他跟在大将军身边转悠，没让他冲锋陷阵，性命应该不会有危险，也算是不幸中的万幸了。

"赔钱！精神损失费、劳务费、营养费，各种费！赔钱！"心情放松之后，李素顿时露出了狰狞面目。

东阳本来哭哭啼啼的，被李素忽然变脸吓呆了，傻傻地看着他，半响没出声。

"说话，傻愣着啥意思？打算赔多少？"李素不耐烦地道。

"你，你这……"东阳气得指着他，道，"这种时候你还要钱，你……我去府里搬一筐钱出来砸死你，你要不要？"

"做人要讲信用，说话算话？"

原本愧疚的东阳见李素又恢复以前那副德行，心里也好受些了，瞪了他一眼，道："别闹了，现在几位大将军各自忙着点兵，牛叔叔估摸这时已派人将官身告书和官服送来了，府兵出征自带盔甲，你若没有，我派人去那些叔叔府里借一套。还有，出征时多带些干粮，多带几个装水的皮囊，盐巴也多带一些……"

东阳絮絮叨叨地说着，说话毫无条理，想到什么说什么，李素静静地看着她，心中渐渐泛起暖意。

眼下这一幕，不正是妻子送夫出征的画面吗？表情那么温柔，说话那么轻细，绕指柔般将他的心缠得绵绵又紧紧的——叫他怎么再好意思开口让她赔钱？

第五章 马载离愁

李素觉得自己陷入了一个旋涡，权力的旋涡。

这个旋涡有着无比强大的吸力，一旦陷入，身不由己，它会拉着自己使劲往下拽，无从挣扎，无力反抗，直到最后将他淹没。

一个时辰前他还在美滋滋地盘算着家产，思考着用怎样的姿势迎接未来混吃等死的美好日子，一个时辰后他就莫名其妙地成为了唐军府兵里的一员，而且是个从八品官，什么官来着？录事参军？

无论乱世与盛世，权力都是如此的蛮横粗暴，从来不容许别人说不。

李素也不敢说不，除非他有想法揭竿造反，拉一批同样对李世民不满的人上山落草，像梁山好汉那样一边喝酒吃肉，顺便打劫强抢良家妇女，一边优哉游哉地等着被朝廷招安，然而……招安以后是不是仍旧被朝廷封官？那么，他上山落草的目的是什么？换个不同的姿势当官？

而且以目前李唐江山天下归心的大势来看，找一个和他一样志同道合的土匪上山，其难度无异于找一只纯天然绿色无公害的野生奥特曼……

李素叹了口气，忽然发觉前途好迷茫。

闷闷不乐地与东阳告别，李素往家里走去，回到家时发现家门口围了一堆乡亲，院子里站着两名军士，官身告书和官服果然送来了。

老爹一脸茫然地看着它们,正与两名军士说着什么,见李素回来,两名军士同时朝他抱拳行礼,李道正赶紧将李素拉到一边问道:"咋回事么?咋又当官咧?"

李素叹了口气,神情满是苦涩:"当官不正好合了您的意吗?从八品呢,比上次的从九品医正高了两级……"

"无缘无故的,咋又让你当官咧?"

李素苦笑:"或许陛下见我太闲了吧……"

李道正神情有些惴惴:"我咋觉得心里寞寞的……陛下给你封了个啥官?"

李素直视老爹,道:"随军的官,爹,我马上要出征打仗了。"

李道正浑身一震,眼中闪过一抹惊慌:"不对啊,这不对啊!你一个奶娃子打甚仗?关中府兵没有让家中独子出征的道理……"

转过身看着两名军士,李道正焦急地道:"错咧,你们错咧,我娃还没成亲咧,而且是家中独子,怎么点他出征?错咧!"

两名军士面面相觑,无奈地朝李素抱拳:"参军大人,琅琊郡公牛大将军差我二人将告身和官服送来,并下军令,三日后午时一刻,大将军长安北郊校场点将,请大人务必赶到,否则军法无情。"

两名军士说完后行礼告辞,李道正怔怔地盯着摆放在院子石桌上的官身告书和官服,忽然浑身失去了力气,虚脱般瘫坐在地上,嘴里一直喃喃道:"错咧,错咧,官上搞错咧,我娃是独子啊,咋出征了咧?"

李素蹲下身,将老爹搀扶起来,道:"爹,这是陛下圣旨,不能改的,孩儿从军有官职,不必冲锋陷阵,只在大将军帅帐里参知军机,此行没有性命之忧,爹你放心。"

李道正浑身颤抖得厉害,垂头沉默半晌,终于长叹口气。

"放心,只能放心了,还能咋样咧……娃啊,爹不认字,也不懂大道理,既是陛下相召,想必你一定有本事的。爹看着你长大,不知你的本事突然从哪里冒出来的,不追究了。我关中子弟报国杀敌,家家户户送儿出征，都是亲手把娃子送进鬼门关，是死是活全凭运道，我也不能拦着。娃啊，一定要保重自己，一定要活着……你是唯一一支香火了，你不能有事……"

李道正背对着李素，魁梧的身躯颤抖得厉害，说完艰难地迈腿，一步一步慢慢地往屋里走去，平日如劲松般挺拔的背影，此时此刻却佝偻得像一株被蛀空了的老树。

松州位于蜀地，离长安大概……很多里。

没心情计算路程，想想从黄土高原走到四川盆地，李素就觉得很心塞，想当逃兵。

路途遥远，不能太亏待自己，男人要对自己好一点，那些对自己不好的男人听说后来都累死了……

所以李素决定去长安骡马市买一匹好马，如今自己不大不小也是个有钱人了，有钱人从来不靠脚走路，打仗也一样。懒得打听军中允不允许私人买马，先买了再说，自己大小也是个官，骑马的权利总该有吧？

随便收拾了一下，正打算叫王家兄弟陪他一起进长安城，院外传来一阵马嘶。

一名很眼熟的公主府侍卫牵着一匹青鬃马站在门外，马鞍上鼓囊囊的，是一副崭新的千叶铠甲，马鞍旁的皮袋上还挂着一柄长剑。

侍卫很客气地朝李素笑了笑，然后恭敬地把马牵进了院子，抱拳行礼后只说了一句这是东阳公主送的，然后便告辞离开。

很神骏的马儿，拴在院子中间的银杏树下，不时打出一个响鼻，前蹄有些不耐地刨着地。

李素心中流过一阵暖意，轻轻抚摸着马儿油光发亮的鬃毛，马儿摇头晃脑将头扭过来，在他身上闻了闻，又打了个响鼻。

牵过缰绳，一脚踩进马镫，李素试图骑上去，然而马儿却不太听话，一直朝旁边闪躲，李素费了很久的劲，连马背都没跨上去。

太没面子了，李素恨恨地瞪着它，马儿甩了甩头，朝他喷出一口带着口水和鼻涕的热气，似乎……在嘲笑他？

拿这畜生没办法，村里都是种田的庄户，似乎也没几个会骑马的，李素只好又找到了东阳。

因为骑马还是因为又想见她，李素自己也说不清楚。

……

"不要了，把它退掉。折现，十贯钱卖给你。"李素不满地道。离公主府不远的小树林里，马儿被拴在一棵小树上，低头啃着青草，十分的悠然自得。

东阳气得哼了一声："我送你的东西你反过来再卖给我，要不要脸？此马是我差人从东市买的，说是大宛与陇右马种所杂，府里懂马的侍卫说它是一匹很不错的马，好好的马被你糟蹋了。"

李素脸有点黑："说话注意点，我没事糟蹋一匹马做甚……它是母的？"

"公的。"

"那就更不对了，我没那爱好，这匹马我骑不了，太不听话了。"

"没马你怎么行军？长安到松州上千里，以你这懒性子难道会靠脚走过去？"东阳白了他一眼。

李素想了想，道："我去买头驴，骑驴行军。"

东阳噗嗤一笑："别丢人了，数万大军旌旗飘展，杀气腾腾直奔松州，一个骑驴的夹在中间左突右窜，时隐时现，不时还听到两声驴叫唤，这种丢大唐将士脸的败类，不等到松州，牛叔叔先把你斩了……连同你的驴一起斩了。"

李素的脸越来越黑："你这嘴越来越毒，谁把你教坏了？"

"除了你还有谁？"

东阳瞪了他一眼，走过去将马儿的缰绳解开，抓在手里，道："看好，看我是怎么骑的。"

东阳被李素叫出府似乎预料到会做什么，穿的一身男式长衫，发髻也学着男子一般高高在头顶束挽成髻，说完后握着缰绳将脚踩进马镫里，只踩了三分之一左右，然后摸了摸马儿的鬃毛，飞快偏身上马，眨眼间便稳稳当当地骑在马背上，英姿勃发地挺直了腰，挑衅似的朝他挑挑眉。

李素眼睛很亮，不是因为骑马，而是……以前这姑娘腿脚藏在裙子里看不出，今日才发现，她的腿很长啊。

"怎样？学会了吗？"东阳下了马，将缰绳递到他手上。

"没学会，你再多上几次？"李素眨眨眼。

坏坏的目光令东阳顿生警觉，哼了一声，道："不上了，你自己试试。"

李素的心思邪恶了一下。

"你怎么会骑马的？"李素好奇地问道。

东阳淡淡地道："宫里教的，皇祖父和父皇皆是马上得天下，无论皇子还是公主皆须习骑射。其实我也骑得不好，勉强能跑，那些皇子都不错，还有几个公主，他们经常邀约一起出城游猎，我喜静，骑马也只是随便学一学，马儿能动便够了。"

似乎不愿多谈宫里的人和事，东阳瞪着他道："快点试试，过两日就要出征了，连马都不会骑，丢不丢人？"

学骑马很辛苦，从上午学到下午，李素也只能勉强骑在马背上，抖动缰绳让马儿跑起来却很难，而且这匹马儿的脾气不算太好，好几次发了火把李素从马背上掀下来，痛得李素想装残疾当逃兵算了。

整整学了一天，按东阳所教的，手中的缰绳放松，脚后跟轻轻踢一下马腹，马儿悻悻一哼，迈着心不甘情不愿的步伐，有一步没一步地慢慢溜达起来，李素也全身放松，配合着马背上下的节奏上下起伏，一人一马围着树林边走了一圈，默契越来越足。

李素心情非常激动，这算是学会了吧？

东阳一直耐心地教着他，见马儿终于能走了，不由露出欣喜的笑容。

"走了！看我如何斩将夺旗，万马军中取上将首级！"李素意气风发地朝东阳挥手告别。

催马欲行，发现马儿纹丝不动，缰绳被紧紧抓在一只白净纤细的小手里。

垂头望去，东阳站在马下，眼中露出浓浓的不舍的离愁。

"李素，后日我不送你了，行军艰苦，沙场凶险，你一定要好好保重，一定要回来，我每天都会坐在河滩边……等你。"

东阳流着泪依依不舍地松开缰绳的画面深深印在李素脑海中，那一刻，他忽然很想下马狠狠地抱她一下，最后还是忍住了。

终究隔着一道天堑啊。

脑子里忽然冒出一个想法，若是此生奋发上进，一路立功封爵，不断展现自己的价值，让李世民渐渐重用，成为国之柱石，从此高官显爵。到了那时，他若求娶东阳，李世民会不会欣然赐婚？

然而，从一介草民到高官显爵，这条路要走多久？东阳已十六岁，到了该婚配的年纪了，留给他和她的时间……还剩下多少？

想法一旦冒出来便不可遏止地疯长，曾经立志闲懒碌碌一生，然而若是闲懒，他和她今生绝无任何可能，志向与她，该向哪一方妥协？

李素陷入挣扎之中。

或许，不能这么自私了。"喜欢"这个词，不能再当它是一种情愫，而是一个目标，男人至少应该为这个目标去做点什么……

李素又当官的消息在太平村里掀起了风浪。

为什么说"又"？

这次当的是军官，但村里的乡亲哪里能区别这些？反正是官，从八品，比上次治好天花后封的官足足高了两级，看在乡亲们眼里，这就是出息，就是光耀门楣。

乡亲们一窝蜂似的涌进了李家，朝李道正行礼道贺，一堆人道贺过后站得远远的，隔着好几丈小心翼翼地看着躺在李家院子树下乘凉的李素,朝他指指点点、窃窃私语。李素目光扫过去,众人急忙躬身行礼,态度很恭敬,李素移开目光,又是一阵指指点点、窃窃私语,如此周而复始……

很别扭的感觉,李素觉得自己成了野生动物园里的猴子,若再不表示点什么,乡亲们很有可能会朝他扔个桃儿过来……

于是李素打算跟乡亲们打个招呼,和善一点,亲切一点,努力克制自己想用鞋底子扇他们脸的冲动。

端着官威轻咳几声,李素站起身刚露出笑容,呼啦一声,人群中仿佛被人放了一个臭屁,全跑光了。

王桩和王直两兄弟最近也很忙,自从中书省向关中各州县村镇颁布讨吐蕃檄文和征召府兵令后,王桩和王直便一直没见人影,而且鬼鬼祟祟,不知在做什么,远远见了他掉头便跑。

李素很生气,别人不知道这俩憨货干什么,他能不知道?

战争啊,玩命的活儿,两个什么都不懂却心比天高的家伙上了战场,死得最快的就是这种人,王家还过不过了?还出人头地,人头落地还差不多!

跑得了和尚跑不了庙,找不到王家兄弟,李素找到了他们的老爹,非常痛快地便把俩兄弟出卖了,王老爹吓得冷汗直冒,忙不迭向李素行礼道谢,感激得差点给他跪下了。夜里二话不说将俩兄弟扎扎实实抽了一顿,这回抽得很痛快,大半夜的整个村子都能听到兄弟俩的惨叫声,抽完后把俩兄弟关在屋里,连门板都给钉死,王家爹娘农活也不干了,日夜守在门口当门神。

李素满意了,不孝的二货,就该这么抽!

……

第三天,阔水道府兵北郊校场点将,李素收拾好了行礼,穿戴上东阳送他的千叶铠甲,牵着马儿,向老爹李道正叩首告别。

村里还有三十几个一同被征召的府兵,和李素一起上路,李素在人群里仔细找了半天，没发现王家两兄弟的身影，这才放了心。

每名被征召的青壮都分了一碗酒，村中宿老赵爷爷端着酒碗高高举起，中气十足地大声道："此战诸将士当奋勇杀敌，扬我大唐兵威，莫使关中子弟蒙羞，满饮此酒，上路了！"

众人包括李素仰头饮尽碗中酒，纷纷跪下，向父母和乡亲们磕头拜别，然后义无反顾地转身上路。

人群跟着青壮们慢慢地朝前挪动，不时传出几声妇孺的抽噎声，很快被当家的一巴掌抽断。

送到村口，乡亲们止了步，青壮们再转身，眼含热泪朝父母和乡亲再次跪拜。李素仰头，看着李道正挤在人群里，眼眶泛红地盯着他，李素抿了抿嘴，恭敬地朝他深深跪拜。

寂然无声里，一股金铁激昂与悲壮的气息交织缠绕。

三十多人沉默上路，李素牵着马儿，与村中青壮并步而行，一边走一边不自觉地朝村子东头熟悉的河滩方向望去，忽然眼睛一亮。

河滩后的树林里，一袭绿色的身影在林隐深处若隐若现，远远看见她那只洁白如玉的皓腕慢慢举起，缓缓挥扬……

看着那道凄怨不舍的身影，李素心中顿生豪情，仰天长笑数声，激昂吼道：

"弃身锋刃端，

性命安可怀？

父母且不顾，

何言子与妻。

名编壮士籍，

不得中顾私。

捐躯赴国难，

视死忽如归！"

长安北郊校场。

校场围起了辕门栅栏，无数新征召而来的府兵蜂拥而入，手执号牌纷纷向军中书记处集合，校场内此起彼伏一阵又一阵悠扬冗长的唱名声。

李素牵着马儿，拿出官身告书向辕门口的兵士出示了一下，兵士恭敬行礼，并告诉他帅帐所在位置，便任由他牵着马进去了。

看来当官还是有好处的，马能进军营，大抵也不会反对他骑着马行军吧？

帅帐设在校场正中心位置，周围用栅栏和拒马围得紧实，执戈按剑的府兵一队一队巡弋而过，戒备十分森严。李素看了看天色，还未到午时，于是老实躲在帅帐外等候大将军擂鼓点将。

坐在一个偏僻的角落里悠然打了一阵盹儿，很快便到了午时一刻，帅帐旁五人合抱的两面硕大牛皮鼓被隆隆擂响，一声声震得校场地面上的沙粒都在微微颤抖、跳动。

李素赶紧将马拴好，整了整身上笨重的铠甲，朝帅帐走去，脚步很急促。

听东阳说过，帅帐聚将只给三通鼓时间，三通鼓后若仍未进帐，是要被拖出去打板子甚至砍头的。东阳说得煞有其事，也不知是不是在吓他，李素不懂规矩，只能当真，鼓一响便立马朝帅帐走去。

第六章 牛大将军

校场帅帐只是一个临时搭建起来的白色帐篷，周围散布着许多小帐篷，是诸将领和大将军亲卫居所，小帐篷散布得很有规律，呈梅花状四散，在中军阵内延绵，众星拱月一般将帅帐紧紧拱卫在中间。

工整而对称的布局令某李姓强迫症患者感到分外赏心悦目，如果世间一切人和物都这么摆放，这个世界该是多么的美妙……

隆隆的鼓声里，帅帐帘外两旁的将军亲卫按刀雁形而立，中间留出一条丈余宽的通道，数十位披甲戴盔的武将三五成群地朝里走去。

李素很低调地跟在众将后面，左右环视，没见着一个熟人。其实他在这个年代根本没认识几个熟人，认识的权贵就更少了，东阳算一个，程老恶霸以及六个小恶霸，吴王李恪算勉强认识，还有就是那两个莫名其妙且神神秘秘的工部官员。

众将走进帅帐时，三通鼓差不多也到了尾声，李素进帐后很老实地站在众将队伍末尾，低眉顺目不发一语。然而帐内的武将们大多是三四十岁，更年轻的也有二十多岁，十六岁的李素夹杂在人群里，相貌终究太过年轻，不少武将忍不住扭过头好奇地扫他一眼，李素也赶紧回以和善的笑容。

不能不小心，军队这个群体从古至今都是很彪悍的，地位只靠拳头说话，一个眼神不对都有可能造成一桩喋血惨案。李素才十六岁，未来有丰富多彩的人生等着他享受，若是在军营里稍微高调一点，下场不会太妙，比如"你瞅啥？""瞅你咋地？""你再瞅试试"……李素卒，终年十六岁，军营殴打致死……

……

帐内数十名武将很自觉地排好了队，站在大帐中央，三通鼓息，阔水道行军总管，琅琊郡公牛进达走进帐内，众将纷纷朝牛进达抱拳行礼。

牛进达四十多岁，相貌威严，皮肤黝黑粗糙，脸型方方正正，颔下两寸青须随风飘扬，又长又粗的浓眉下生得一双精光四射的眼睛，令人不敢直视。

牛进达站在大帐正中的主位前，缓缓环视众将，李素这个年幼白净的小青年在人群里太显眼，牛进达的目光不由自主他身上多停留了一下，短暂的疑惑很快释然，似乎已记起了他是谁，随即目光慢慢移开。

"众将听令！"牛进达中气十足地喝道。

轰！

一阵甲叶撞击声，众将人人抱拳曰："诺！"

"本帅领阔水道行军大总管，率本部兵马二万，即日开拔松州，众将立聚部曲兵士，明言军律，开拔后骑营先行，步营其后，日行六十里，每日驻营依山靠水埋锅造饭。沿途不得袭扰百姓，不得毁坏农田，不得聚众喧哗，违令者，斩！本部兵马行至松州境再聚将论战。行了，都散了，准备拔营。"

众将轰然应诺，行礼后三三两两地散去。

李素依然低眉顺目混在人群里，慢慢地朝帐外挪去。

"哎，那个白白净净的娃子，你留下，瓜尿，东张西望个甚？说你呢！"

李素浑然无觉似的依然往外走，牛进达不耐烦了，迎着众将愕然的目光，三两步走到李素身后，朝李素肩头重重一拍。

"哎呀！"

李素如同被人在背后敲了一记闷棍似的，右肩膀顿时失去了知觉，一声惨叫刚出口，便听牛进达喝道："叫个甚，瘦瘦小小个身板，一巴掌都受不住，尿货！"

李素左边肩膀高高耸起，右边肩膀软软耷拉下来，配合着一脸疼痛的表情，如同中了风的老人似的，身躯扭曲，面孔也扭曲。

"大总管见谅，小子弱不禁风，更别提您这一掌了，刚才那一下怕是骨头断了，小子……小子想向大将军告个假，出营找大夫治一治……"

李素一脸疼痛难忍地看着牛进达，楚楚可怜的大眼里透露着一个非常强烈的讯息：开除我啊，开除我啊，快点开除我啊……

牛进达嘴角微微一扯，露出一个皮笑肉不笑的表情，不慌不忙地点头："装佯倒是装得挺像，就你这残废模样去长安街上走一圈，定能被善心人施舍几个胡饼……"

人身攻击……忍了！

牛进达接着道："不过呢，这里是军中，军中杀才多，善心人可不多，你这模样换来的绝不是胡饼，而是军棍。"

仰头看着帅帐顶部，牛进达语气仿佛谈论天气般平淡："再给你三个呼吸时间，三息过后若还是这般模样，本帅定让你知道真正的骨头断了是怎样个疼法。"

李素浑身一凛，额头冒出细细的冷汗，半个呼吸间，李素的残疾不药而愈，正常得不能再正常了。

牛进达斜眼睨着他，哼了哼，道："滑不溜手个小娃子，在本帅面前耍这一套，你就是李素吧？"

"小子……"

"自称官名，没礼数！"

"是，下官……末将，这个，小子年幼不懂规矩，敢问大总管，小子这官儿……到底是文官还是武官？"

牛进达眼角抽了抽，道："随军文官，参预军机事，也就是说，以后你只管跟着本帅便是。"

"是，回大总管话，下官正是李素。"

牛进达眯着眼打量他一番，咧嘴淡笑道："倒确像个白面书生，陛下夸你有几分本事，本帅虽未见过，想必盛名之下无虚士，日后与吐蕃动手时，你可莫要藏私，有啥主意赶紧说，早说一刻便少死无数关中子弟，积德的事，且记在心上。"

李素赶紧躬身应是。

"好了，大军马上开拔，日落驻营时叫本帅亲卫给你找个小帐篷住下，便住在本帅的大帐后面吧，官身告书和腰牌随时带在身上，莫在营中乱跑，遇到巡夜将士及时亮出身份，否则怕会吃苦头。行，今日就跟你认认脸，退下吧。"

牛进达说话做事很有效率，没有多余的废话，交代几句后便挥退了李素。

李素走出帅帐，眯着眼仰头看了看刺眼的阳光。

阳光很明媚，心情很灰暗。

他咋就不把我开除了呢？身为大将军，咋就不能敬业一点呢？自己这种小身板的废材也要，我还是个孩子啊……

有个问题李素到现在都没想通，李世民特意下旨让他随军出征，到底有怎样的目的？李素对自己有着清醒的认识，自己这种人充其量有点小聪明，偶尔胡说八道几句勉强当作国策献上去亦可，但怎么也不可能影响到一场战争的胜负啊。战争是真刀真枪的硬拼，李素实在看不出自己这种小身板与战争的胜负有什么联系。

据说李世民在贞观后期有点昏庸，而且笃信方士，经常在宫里炼丹，求长生不老之术，他把自己召入军中时不会正好嗑了药吧？

走出帅帐没多久，便听到帅帐旁的兵士吹响了冗长悠扬的牛角号，这是拔营启程的军令，营盘内顿时躁动起来，无数甲士匆忙来去，各营之下以队火为单位（一队五十人，一火十人，六队为一团），各自向自己的直属将领靠拢集结。无数来来去去的脚步声，带起校场的黄尘烟土，灰灰黄黄的尘土伴随着此起彼伏的马嘶金鸣，一股无形的压抑的气息渐渐充斥、弥漫。

相比众人的忙碌，李素很悠闲，因为他是官，而且算是比较特殊的官，理论上只归牛进达管，只要不掉队，永远没人管他在做什么。

两万大军开拔动静不小，准备工作也多，不可能做到说走就走的旅行那般潇洒，将士集合、分发兵器、各兵种归建、骑兵步兵、弓箭、长槊、横刀等，兵种各自聚集，绝对不能乱扎堆。将来在战场上，也不是像电影里那样，大将军一声令下，无论拿刀的、拿枪的、拿长矛的一窝蜂全上，然后各种飙血、各种厮杀。战阵之上是绝对禁止个人英雄主义的，各兵种皆须排成严整的阵形，一动一静皆由上官发令，若是有人擅自脱队与敌人厮杀，哪怕你把敌方大将军砍了，回营还是被杀头的大罪。

说是两万大军开拔，其实并不止两万人，两万是编制内正式作战的府兵，除此之外还有许多编制外的人员也要随军启行，比如军中医官、伙夫、负责运送粮草和大型军械的后勤民夫等。当然，也包括李素这种不上战场只耗粮食的录事参军、随军长史、秘书郎、军器监丞等。两万大军真正启行时，实则人数差不多已有三万了。

开拔军令已下，营盘内一片忙碌，李素默默看着周围将士们来回奔忙，有条不紊地收拾着粮草军械，大致算了一下，没有半个时辰估摸上不了路。

于是李素也放心地在营盘内来回溜达，他很好奇大唐关中精锐们到底怎生模样，这可是千年来最负盛名的一支百战之军，李世民就是靠着数十万关中精锐，生生造就了一个光耀千年，令后人交口传颂的大唐盛世。

不知不觉走出中军范围，离帅帐大约两三里了，李素看了看天色，估摸差不多能动身了，于是转身朝帅帐方向走去。

转身的刹那，两道熟悉的身影从他眼中一闪而过。

李素愣了愣，以为自己看花了眼，眨了眨眼睛后再次看去，一看不由气得火冒三丈。

三步并作两步走到那俩憨货身后，李素也不客气，一人一脚狠狠踹去，踹得二人双膝一软差点打滚。

二人还没回过神，李素面色狰狞地揪着他们的衣襟，一手一个把他们揪到一旁。

"两个不孝的混账！你们怎么混进来的？"

俩憨货是熟人，熟得不能再熟，爱肥婆、爱偷窥、三观不正、智商堪忧，他们为自己代言。王桩和王直无故被踹了一脚，立马开启蠢萌模式，呆呆地张大嘴看着李素，半天没反应过来。

李素看见他们这副样子更来气，蠢萌这么高级的表情，被他们一摆便只有蠢没有萌，越看越想抽。

又是一人一脚，终于把这俩货踹回了神。

"你们咋混进来了？你爹不是把你们锁在屋里了吗？"

王家兄弟被逮个正着，神情有些尴尬，王直咧嘴笑道："我哥一把子傻力气，趁爹娘出门给你们送行时撞破门跑了。"

李素见二人已换上了府兵暗红色统一制服，而且每人腰上还挂着一块木牌，上面写着兵种、籍贯和姓名，心知俩货已被登记在案，这时再撵他们回去便成逃兵了，后果更严重。

重重叹着气，李素阴沉着脸道："老二我且不说，按律家中长子不能进府兵，王桩你咋混进来的？"

王桩挠挠头，憨笑道："什么长不长子的，我过去跟召兵的上官说我是家中老二，王直是老三，就这样混进来了。"

李素仰天无语长叹……

要不要发明照相机？然后把王桩的丑脸拍下来印成照片满大街发放，每张照片下面再加上一句话：这是王家老大，老大，老大！谁把他认成老二，你瞎啊……

二人是李素来到这个世界后最先交到的朋友，李素心底里确实把他们当朋友的，对兄弟二人的任性，李素感到很无奈，连生气都没力气了。

"松州是战场，战场什么意思你们明白吗？敌人不会站在那里傻傻伸出脖子让你们砍，你们不是我，你们上了战阵是要拼命的。"李素长长地叹道。

王桩笑呵呵地点着大脑袋："知道咧，我们就是去拼命的。"

李素怒道："你们拼个屁的命！王桩你更浑蛋，爹娘上月才把你的亲事谈妥，就差定日子下聘礼了，你若成了亲生了娃，想死我不拦着，现在你们二人都来了，万一死在战阵上，家里只剩一个老四了。你王家这一代生了四个，乡亲们都羡慕你家开枝散叶，如今倒好，闹天花死了一个老三，打吐蕃你们又来凑热闹，就不担心你爹娘在家哭瞎眼？"

　　一番话说得二人低下头，许久之后，王直抬头直视李素："李素，我们兄弟知道你对我们好，只是……"

　　王直叹气，神色黯然："只是，家里太穷了，太平村太小了，我们不想一代又一代过着同样的日子。大唐军功封赏最厚，我们拿命搏一搏，生死都是天意，比一辈子窝在村里强。"

　　李素无言以对。

　　两个寒门农户少年，两颗不甘平庸的心，贫寒驱使他们走出村子，用性命搏一个未来……

　　从古至今，有过多少这样的故事？成也好，败也好，他们得到了一段人生，而后人，得到了一段故事。

　　还能说什么呢？劝他们回家，用贫寒换一生的平安？李素是朋友，但不是他们的爹娘，既然他们已对人生做出了选择，他有什么理由阻止？

　　拍了拍王桩的肩，李素沉重地道："不多说了，既已入了府兵，算是把脑袋拴在腰带上，你们多保重，临阵莫贪功，莫慌乱，一定要全须全尾地回来。"

　　王桩和王直绽开了笑容，重重地点头。

　　垂头看了看他们腰间的木牌，王直分进了弩箭营，而王桩或许因为壮实魁梧的缘故，竟被分到了陌刀队。

　　陌刀是大唐军队战场上的绞肉机，一队千人的陌刀队，足可将上万敌军绞成一堆堆碎肉。不过陌刀很重，柄手加刀刃足有近丈长，重达二十来斤，临上杀阵时，一千或两千陌刀手排成整齐的方阵，在将领的指挥下将陌刀舞动起来，一边舞动一边向前推进，任何敌人碰到便是身死肉碎的下场，是真正意义上的绞肉机。

战场上不管什么兵种都是有危险的，而陌刀队作为唐军最重要的军种，战事不利时往往要发挥扭转乾坤的作用，冲杀也是第一线的，当然，也是最危险的。

王桩似乎不知道自己将要面临什么，只是咧着嘴憨厚地笑。李素的心更沉重了，却也说不出什么，只好拍了拍他们的肩，叮嘱他们保重。

……

帅帐方向牛角号吹响，李素与二人道别后急忙往回走。

中军已拔营，大将军亲卫有条不紊地收拾好了行李，牛进达骑在马上，穿戴一身银色铠甲，一杆迎风飘扬的帅旗紧紧跟着他的坐骑。

前锋五千骑兵已出发，中军各兵种也启程了，李素也骑上马，跟帅帐几名文官走在一起，那几名文官皆是七八品左右的小官，管理一些诸如粮草登记、府兵名册、军器监管等事宜。

官员们有几个骑了马，还有些无品无级的文吏可就辛苦了，只能跟着后军驮运帐篷文书等杂物的骡马大车一起走，走一段便顺势往大车车辕上一坐，坐十几二十里又下来步行。

李素不由暗自庆幸，幸好东阳送了自己一匹马，否则只好和他们一起挤那又脏又臭的马车。现在自己骑着马，垂头看着马旁的大车上挤着几名文吏，李素顿时生出一股高富帅开着超跑俯视屌丝挤公交的优越感，很不厚道，但……真的很爽啊。

马儿颇有灵性，仿佛传染了主人慵懒悠然的性子，也踏着小碎步，懒洋洋地随着大队走，走得很慢，看着一辆辆骡马大车超过自己也不急，反而朝他们打了个很不屑的响鼻，似乎在嘲笑骡马的庸碌，展示自己悠闲的生活态度。

李素有些忧愁，这马……当初不是这德行啊，为何短短两日后变得和自己一样了？看着连骡子都超过自己了也不急，典型的不求上进。

李素不轻不重地拍了一下马儿的大脑袋，怒道："用点心！我可以懒，你不能懒，不然把你卖掉，卖到别人家，给骡子配种。"

马儿不满地嘶了一声，不情不愿地加快了速度。

第七章 帅帐论战

行军苦，苦不堪言。

李素是享受主义者，一辈子躺在钱堆里有吃有喝不动弹才是他的人生理想，而现在，李素骑在马背上龇牙咧嘴，脑中不止一次冒出当逃兵的想法。

行军第三天，大军离开长安才一百多里，李素便觉得火辣辣的痛，原来骑马的滋味也不好受，大腿内侧被马鞍磨脱了皮，而且两腿长时间劈叉，稍微颠簸一下便感觉快抽筋了，下马步行一段路，脚又开始痛……

行路还是小事，最难忍的是吃喝。行军时只吃干粮，干粮里没有肉，只是一块硬得跟石头一样的饼子和一小团黑乎乎不知什么品种的野菜，每隔两天，晚上扎营的时候才有一碗漂着几许油星的菜汤。李素亲眼看见中军伙夫做汤时将一条沾着盐巴的布带扔进锅里，煮了一会儿后捞出来，一锅汤算是有了盐味，伙夫对自己的手艺似乎很满意，捞出布条后用嘴舔了一下，顺手塞进一个黑不溜秋的包袱里，下一顿继续用……

李素快疯了，含泪看着那碗汤，死活不敢尝一口，毕恭毕敬端进了帅帐，双手献给牛大将军，牛进达对李素这娃子的孝心很满意，三两口便喝掉了。

既没有浪费又拍了马屁，很好。

"小娃子不错,勉强算个有礼数的……"牛进达很欣慰,意犹未尽地舔了舔嘴角,看来那碗菜汤很合他的胃口。

李素躬身笑道:"大总管快乐就是下官快乐,不耽误总管决断军情,下官告退。"

"回来,行军路上哪有什么决断军情,过来陪本帅说说话。"牛进达招了招手,路边大咧咧招的士的气势,李素只好凑过去。

牛进达捋着乱糟糟的胡须,方方正正的脸型很严肃,无论从外型还是表情,李素都觉得这张脸类似某种冷兵器,比如板砖……

"小娃子,你说说看,长安到松州一千多里地,我唐军赶到松州,吐蕃那帮杀才会不会已将松州攻下了?"

李素苦笑,这种事他哪里知道,军国大事,能胡说八道吗?

"这个……回大总管,下官委实不知。吐蕃兵虽骁勇,但攻城似乎没那么厉害吧?或许松州都督韩将军能守住?"李素挠着头,话里全是"似乎""或许"之类的字眼。

牛进达垂头看着矮脚桌上的羊皮地图,李素的目光也投注过去。

地图很潦草,简单得令人发指,仅仅只是勾勒了一个大致的地形图样,长安画个圈圈,松州再画个圈圈,两者之间一条弯弯曲曲的路,除此什么都没有,不见山不见水,很难想象这张地图居然是大将军用的军事地图。

牛进达的目光很忧虑,显然他对松州都督韩威并没有太大的信心。

"韩威是个尿货,这种人不堪大任!"牛进达摇头,继而冷笑,"二十万敌军压境,竟只带轻骑数十人去探营,被发现后慌不择路,狼狈逃回城里只剩他一人,亲卫为护他而全部战死,他以为他是霍去病吗?这样的将领守城,本帅可不觉得他能守得了多久。"

李素唯唯点头。

"此番出征,兵分三路,侯君集领一路,刘兰领一路,本帅领一路,共计五万人,小娃子你说说,五万对阵二十万吐蕃兵,胜算几何?"牛进达眯眼看着他,似乎有点考究的意思。

李素急忙道："我大唐兵锋正锐，势不可当，这些年征东突厥，征薛延陀，从来都是以寡击众，大胜而归。下官相信在陛下的圣明光辉照耀下，在诸位大总管的智勇兼备的号令下，此战定能一击而胜，大败吐蕃小儿，吾皇威服四海，万邦称臣……"

一边说李素一边胡乱找了个方向，就当是太极宫所在，毕恭毕敬地长长一揖。

"那边……"牛进达脸黑得像块黑炭，阴沉地指了指另外一个方向。

"啊？"

"太极宫……在那边。"

"哦……"

李素从善如流，急忙换了个方向，再次长揖。

牛进达眼角直抽抽，粗糙的大手掌几次抬起又放下，看来在抽他与不抽他之间激烈挣扎。

李素也察觉到牛进达的不良居心，小心地往后挪了几寸，很不解啊，都是精雕细琢想出来的好话，没一句难听的，干什么要抽他？

"小娃子不实诚！"牛进达狠狠地瞪了他一眼，"话虽听着提气，实则言中无物，你怕个甚？怕说错了挨刀吗？"

"都是下官的真心话，可不敢胡说八道……"李素随即换上一副惴惴的表情，"说错了会挨刀？还有这事？"

牛进达气笑了："小娃子再装傻，信不信本帅亲自剁了你。刚才全是废话，现在重新说，有啥想法不妨说出来，再拍马屁，十记军棍定然不饶。"

李素倒真有一些想法，刚才只是摸不准这位大将军的脾气，万一是个听不进实话的，自己巴巴地说完被推出帅帐一刀砍了，多冤啊，所以索性一通滔滔不绝的马屁拍了再说。现在看牛进达的模样，似乎是个很务实的人，刚才自己拍马屁时很有可能让他产生了一刀砍了自己的想法，为了打消大将军这个不理智的想法，李素觉得自己有必要上点干货。

"五万对二十万吐蕃兵，此战，下官以为会很艰难……"

牛进达挑了挑眉："哦？何出此言？仔细说道说道。"

李素斟酌了一下言辞，缓缓道："下官所言'艰难'者，非以寡击众，而是地理和气候。吐蕃兵不过化外蛮夷，用兵无非直来直去，下官没领过兵，如何击之自有诸位大总管决断，用兵来说，吐蕃必然不敌诸位将军运筹帷幄的，唐军若只解松州之围易如反掌，攻守皆不在话下，但若诸位大总管解松州之围后欲合兵深入吐蕃境内，下官以为这才是艰难的开始……"

"何以言艰？"

"大唐以前未曾征伐过吐蕃，故而不知吐蕃底细，吐蕃人不可怕，可怕的是吐蕃的位置和气候，那里终年大雪，山脉连绵不绝，每深入百里，便会觉得心跳越发加快，伴随头晕、呕吐甚至昏迷等症状，严重者几乎能丧命，就算死不了，也会觉得虚弱无力，如同醉酒一般，莫说上阵与吐蕃兵厮杀，便是行军怕也没了力气。而吐蕃人早已适应了当地的气候和地理，况且吐蕃是高原，敌在高处，我在低处，战略上便陷入以低敌高的被动，对敌而言，则是居高临下，处于有利的俯冲态势……"

"故下官以为，此战在大唐境内必然大获全胜，勿需忧虑，若继续击敌，深入吐蕃境内，我唐军……可能会吃大亏，以寡击众固然上善，以弱击强则大为不智了。"

李素难得说了许多话，一半算是闲聊，另一半，也许是为了王家兄弟吧，一将无能，累死三军，王家兄弟冲杀在第一线，他不想看到因为大军指挥者的失虑而害死他们。

牛进达神情渐渐凝重："此战之前，中书省曾召过几个长安城里的胡商咨问吐蕃天时地理，他们曾经在吐蕃与大唐之间贩卖过货物，胡商们的说法与你所言一般无二，但你所言却严重许多，吐蕃的气候，当真那么可怕吗？"

李素肃然点头："一旦深入，必然有这些症状，下官敢以性命担保所言无虚。关中子弟厮杀自是勇武无敌，然而，终究拼不过天威，扭转不了地势。"

牛进达点头："人难胜天，倒是实话，中书省的官员曾与本帅详细说过吐蕃的气候和地理，陛下和本帅都想过此战或许艰苦，苦在敌境的气候和地理上，但我们没想到竟如此严重……"

李素认真地道："大总管，此时大军尚未走出关中，若是大总管不信，何妨派出军中快马斥候火速潜入吐蕃境内，不必打探敌情，单只试探其地势，越深入则地势越高，人便越发不适，下官所说的这些症状，必然会发生。"

牛进达道："确要派斥候，本帅不能因你一人之言而累全军，也不能昏聩糊涂到不把你这番话放在心上，只有斥候传回来的消息，本帅才能相信。"

李素长揖，由衷地道："大总管不愧为大唐名将，下官拜服。"

"好，这样的马屁以后不妨多拍一拍，本帅喜欢听。不啰唆了，你滚蛋吧，本帅要决断军情。"

牛进达很不客气地将李素一脚踹出帐外，随即帐内听到他的大喝声："进来十个亲卫，快！"

一群披甲亲卫呼啦一下涌进帅帐内，然后便听到牛进达语气急促地下达军令。

李素揉着屁股，恨恨地咬牙："卸磨杀驴！"

想想这四个字对自己很不利，又恨恨地改口："过河拆桥！"

斥候骑着快马迅速脱离了大军，朝吐蕃境内飞驰而去。

李素提醒牛进达之后，虽然前方尚未传回消息，牛进达却似乎信了七分，这几日行军对他明显和善多了。

行军之时有事没事把他叫上，两人两骑并排而行，聊农事、聊琐事、聊国事，什么都聊，李素本来在中军阵中很低调，任何事情都不愿冒头的，现在每天被逼着与全军最高将领同行，引来无数猜测的目光，李素越发如坐针毡。

有心想离牛进达远一点，又怕这位脸长得像板砖的大将军不爽，大将军不爽，李素便很有可能被安上一个吹毛求疵的过错吃几记军棍。

于是李素只好苦兮兮地跟在牛进达身边，这下真成了他的录事参军，老老实实地跟随大将军左右。

大军行进速度不快，骑营为先锋已出了关中，剩下的中军步卒一日只行六十里，另外侯君集和刘兰的两支大军提前三天开拔，估计已走出了关中，牛进达这一支是最后拔营的。

每天重复着同样的事情，骑马、吃饭、再骑马，看不同的风景，从荒凉的黄土高原到绿荫成林的丘陵。若非行军太苦太累，若非军中伙食太差，若非队伍里骑马的、走路的、拉大车的参差不齐，不工整、不对称……其实这样的日子也挺不错的，有一种淡淡的古代小资情调。

行军第十日，李素骑在马上，突然察觉座下的马儿不大对劲了，喘息有些急促，不时发出几声痛苦的悲鸣，走路更是一瘸一拐。

李素急了，赶紧下马检查，相处日久，他与马儿多少也培养出了一些感情，此马颇通灵性，从当初一匹奋发上进、傲气十足的大宛良驹，变成如今不求上进、不思进取，只知偷懒耍滑的懒马，李素就觉得它今生一定与自己有缘。

把马儿勒停在路边，李素仔细查看了一番，别的地方都正常，左前蹄却微微发颤，显然疼痛难忍，费力将它的前蹄抬起来，赫然发现前掌已被路上的石子磨破，甚至渗出了血。

李素心疼地摸了摸它的头，马儿似乎感受到主人的善意，大脑袋慢慢扭过来，舔了舔李素的掌心，黑亮的大眼睛可怜楚楚地看着他，仿佛在无声倾诉自己的痛苦。

李素挠头，喃喃自语："这年头难道没有钉马蹄铁的习惯？"

马蹄铁是哪个朝代开始用来着？

不管了，李素只知道自己的马儿需要用这个，而且很迫切，再不给它穿上铁鞋子，好好的马儿就废了。

中军后面有辎重后勤大队，后勤里面有专门的军器监，主要是保管和修理军械的,比如坏掉的攻城投石车,断了柄豁了刃的陌刀等,都会统一送到军器监来修理,里面配了十多名铁匠,白天跟着大军走,晚间扎营后叮叮当当敲个不停。

录事参军的官职终于发挥了作用,李素仗着自己从八品小官的身份,再加上觍着一张白净粉嫩的俊脸,和"叔叔""伯伯"一通甜得发腻地乱喊。军器监的监丞苦笑着拉过一位铁匠,然后拍拍屁股继续走,铁匠只好停在路边无奈地生炉子开火。

马蹄铁的打造很简单,四个半圆的铁片,中间钻几个小孔方便钉钉子,不到半个时辰,四个马蹄铁打造完成。

顺手又拉来几名经过路边的府兵帮忙,几个人合力将马儿固定住,铁匠在付出被狂躁的马儿狠踢了几脚的代价后,终于将马蹄铁钉进了四只蹄子上。

"这个……有啥用吗?"铁匠肿着半边腮帮,疑惑地盯着马蹄。

李素看着他的脸,很愧疚,伸手入怀想送他几十文钱,想想又舍不得,于是掏出一块风干的麂子肉,牛进达悄悄塞给他的,不过李素觉得风干后的肉嚼起来跟吃木头似的,一直不爱吃,此刻正好借花献佛。

铁匠很高兴,这块肉让他觉得挨多少马蹄都值了,千恩万谢捧着麂子肉跑得没了影,至于马蹄铁这东西,估计已被他忘到脑后。

钉了马蹄铁后,李素特意留了心,发现大军中所有的马都没有钉这个东西,李素顿时有些惊喜,这东西可以卖钱啊,虽然无法阻止盗版,但是可以把这个创意卖给朝廷,一百贯钱总值吧?

无缘无故穿了两双铁鞋子,马儿很不习惯,像刚从红灯区里出来的处男,走路的姿势透着怪异,不时嘶鸣两声,然后不满地用牙齿咬李素的袖子。"刺啦"几声,袖子被它咬得零零碎碎,李素无奈地回头,马儿与他对视,目光很不爽。

李素只好摸了摸它的大脑袋,这鞋子怕是脱不了了,脱下你得废掉。

走了一段路后,马儿渐渐习惯了新鞋子,无奈地认了命,行走也正常起来。

李素很低调地没声张，牵着马儿跟上了中军。

第二天行军时，牛进达又把李素叫过去，二人并骑而行。

"你这娃子怎么回事？"牛进达不满地道。

"啊？"李素愕然。

"每晚扎营，你第一件事便是找有水的地方洗澡，行军打仗还臭讲究，看看我大军上下，哪一个像你这般一天洗一次澡？"

李素叹气，爱干净还成了错，每天走得脏兮兮的难道不觉得很羞耻吗？

踢踏踢踏……

钉了马蹄铁后，蹄声听起来很特别，牛进达疑惑地朝李素的马儿看了一眼，皱了皱眉，忍住没开口。

"听亲卫说，你带的零碎还不少？镜子啊、换洗衣裳啊、零嘴啊，还有人说在你帐篷外闻到了酒味，小娃子，你带了酒？"

"啊？没有，没有，绝对没有，下官沾酒就醉，素来不喜此物……"李素慌忙否认，高度酒这东西对处理外伤很有效，虽说自己身在中军，受伤的概率很小，不过凡事多准备总是没错的，再说王家兄弟或许也用得着，这事解释起来很费劲，而且估计牛进达很难相信，索性瞒下不说。

牛进达点头："军中禁止饮酒，小娃子你可小心，若被本帅发现，十记军棍决然不能免……"

踢踏踢踏……

牛进达发飙了，板砖脸估计也是处女座。

"你的马蹄子上到底装了甚？什么声音如此难听？"

这话不对，有歧义，李素必须解释清楚："大总管，是'我，的，马，的，马，蹄子'，不是我的马蹄子……"

"再啰唆信不信我抽你？下马！本帅看看你的马蹄子到底有什么关窍！"

"是我的马……的马蹄子……"李素弱弱地再次纠正。

"闭嘴！下马！

第八章 铁蹄铮铮

大将军要他下马，李素不敢不下马。

他知道牛进达即将发现什么，嗯，这个东西可能会对大唐的骑兵产生非常重要的意义，如同马鞍、马镫的出世一样，充满了划时代的什么什么……开口要一百贯会不会太客气了点？要不，两百贯？

牛进达很不高兴，看来对金属敲击声很敏感，正如李素对任何物体都非常讲究工整对称一样，大家都是有个性的人。

李素将马儿勒停在路边，下了马，老实地站在一旁。

牛进达好奇地注视着马蹄，马儿似乎对牛进达的灼灼目光感到有些……害羞？于是不安地原地尥起蹄子踏了几步。

"咦？停下别动！"电光火石间，牛进达发现了什么，忘形地叫道。

马儿可不管他是什么大总管大将军，自然不会把蹄子停在半空中，理都没理会牛进达的命令，径自放下了马蹄，甚至很不屑地朝他打了个响鼻，一副视他为土鸡瓦狗的革命大无畏作死气势……

牛进达似乎也觉得刚才有点忘形，神情闪过一丝赧然，然后道："来，帮个手，把这畜生前蹄抬一下……"

李素只好帮手，马儿对主人还是很买账的，很老实地任由李素抬起了它的左前蹄。

李素一边抬着蹄一边推销产品创意，这是笔大买卖，必须端正态度。

"大总管，您看啊，这是一块马蹄铁，下官无事时琢磨出来的，嗯，费了很大心劲，头发都白了几根，创意这个东西啊是很主观的，一个点子或许分文不值，或许价值千万。我这个点子不敢多说，五百贯还是值的，东西在识货的人眼里才是好东西，才叫得遇明主……"

李素唠叨个没完，牛进达不耐烦地挥了挥手："闭嘴！给我说说，这玩意咋弄的？咋个意思？"

"马蹄铁啊，咱们大唐的马儿不都是光着脚走路吗？这样不好，很容易把马蹄磨坏，一匹马若磨坏了蹄子，就废了，多好的马都没用……"

"光着脚走路？"牛进达有点不适应李素的说话方式，皱了皱眉，还是忍了，"你继续说。"

"所以啊，咱们得给马儿穿上鞋子啊，有了鞋子，马儿在路面上想怎么撒欢就怎么撒欢，想怎么蹭地就怎么蹭地，一块马蹄铁足够它磨一两年吧？磨得差不多了再换个新的，又够它磨一两年。这个想法我琢磨得很费劲，不仅有功劳而且有苦劳，若把耗费掉的心力折算成钱，五百贯真的是挥泪跳楼价，业界良心了，当然，银饼也行……"

牛进达眼睛盯着马蹄铁，神色渐渐有了变化，时红时青，变幻莫测，此刻他大概明白马蹄铁的用处了。

李素正说得起劲，忽觉胸前一紧，双脚莫名离地。低头一看，发现自己整个人被牛进达单手拎了起来，抬头再一看，牛进达的脸离他只有半寸，正恶狠狠地瞪着他，那张方方正正的脸像一块板砖似的朝李素迎面砸来，很惊悚。

"大……大总管……"李素吓到了。

牛进达吃人似的目光瞪着他，一张嘴有股子……嗯，老牛一定肠胃不太好。

"你知不知道，我大唐每年因马蹄磨损而不得不折损多少战马？"牛进达面目狰狞，仿佛把折损战马的罪过全摊给了李素似的。

第八章 铁蹄铮铮

"不关我事啊……"李素像块吊在门廊下风干的麂子肉，两脚腾在半空还微微晃荡，行路的府兵好奇地看着路边这对奇怪的人，发现其中一位是大总管后，急忙扭头无视径自走过。

李素只好捂住脸，人为的给自己的脸打上马赛克……

这个姿势，好羞耻……

"你知不知道大唐因为战马马蹄磨损，无敌天下的大唐骑兵每年只有府兵步卒数量的三成？"

"也不关我事啊……大总管，先放我下来，先放下来……"

牛进达终于发觉自己的失态，恶狠狠地瞪他一眼后，才悻悻地将他放下。

"是个好东西！"牛进达再次仔细观察了一番马蹄铁后，脸颊不停抽搐，眼圈通红，似乎想哭，"其实就是一块半圆的铁片，这块铁片千年来都没人想到过，也因为这块铁片，我大唐皇帝陛下少征服了多少国土！多少骑营一个冲锋能做到的事情，却令我关中子弟多了无数无谓的死伤，恨啊！"

"小娃子，你若早生二十年，早把这个东西鼓捣出来……"牛进达说着忽然顿住，苦笑摇头。

重重地拍了拍李素的肩，巨灵大掌落在李素肩上，半边身子又没了知觉……

"好样的，这块铁片片已强过十次大战之胜，小娃子，军功簿上本帅记你头功！哈哈，陛下说你是我大唐的少年英杰，本帅原是不信的，今日观之，本帅错了。"牛进达很高兴，脸上终于露出了笑容，给他那张不苟言笑的板砖脸增添了几分味道，看起来像是……一块正在笑的板砖？

"来人，飞马入长安，将这铁片片送进太极宫，献给陛下！"牛进达大吼道。

李素急了，这不对啊，说好的酬劳呢？

"大总管，造这个东西花了下官许多心思，头发都白了，您看啊，是不是……"

"把军器监丞叫过来，今夜扎营后召集所有铁匠打造这个铁片片，传令下去，三日内全军骑营的马掌都得钉上这个东西！"

"五百贯或许有点惊世骇俗，都是熟人，二百贯也不是不可以商量，银饼和铜钱都……"

"过来几个亲卫，快马至侯君集、刘兰所部，把铁片片带去，让他们的骑营也装上。"

"大总管，功劳也好，苦劳也好，不能不给钱吧……"李素的气势越来越弱。

"都散了，继续行军！快！"

牛进达下了一连串命令后，拍拍屁股走了。

李素呆呆地站在原地，感受着心如针扎般的痛苦，脑海里冒出一串扑通扑通的落水声，钱掉进海里了，然后呢，他也有了一种跳进水里的冲动，跳楼也行，死法不必拘泥一格……

牛进达走了两步忽然顿住，然后回过头。

李素精神一振，满怀希望地看着他，求求你，快点把良心长出来……

牛进达转身走到李素跟前，亲昵地拍了拍他的头，神情满是赞许："好娃子，不错！将来你了不得，以后有人时叫我大总管，无人时叫我牛伯伯，若有人欺负你，尽管来找我，伯伯给你撑腰。"

现在牛进达看李素就如同看自己的子侄一般，很慈祥，顺手从怀里掏出一块风干的麂子肉，塞到李素手里。

"小娃子还在长身体呢，要多吃肉，乖巧的娃，难怪陛下和老程那憨货都对你赞不绝口，果然怎么看怎么顺眼，以后琢磨出什么新奇古怪的玩意，记得先向我禀报，不然抽不死你，去吧！"

牛进达亲昵地一脚踹上李素的屁股，把李素踹远。

晚间扎营比平日早了一些，太阳还斜挂在半空中，牛进达便下令找了个依山靠水之地扎下营盘。

两万大军再加后勤辎重和各种编外人员,营盘扎下后连绵十余里。前军、中军忙着打桩围栅栏,后军的军器监已生炉开火,十多名铁匠叮叮当当地敲个不停,一块块马蹄铁新鲜出炉。

李素不想听那些叮叮当当的声音,太心碎了。于是拿着腰牌出了中军大营,直奔前面的前军而去。

文官在军中的地位有点尴尬,军中都是粗鄙武夫,一说起是位文官,纷纷露出肃然起敬的模样,况且这位从八品的文官看起来这么小,更令人高山仰止。然而敬仰归敬仰,总与将领和府兵们隔了一层似的,可谓相敬如宾,互相不招惹。

凭着录事参军的身份,李素一路走一路问,终于在前军陌刀队找到了王桩。

陌刀队正在操练,王桩精赤着上身站在方阵里,手中一柄丈长陌刀舞得虎虎生风,数百人的方阵进退攻守如同一人。李素离得远远的便觉一阵阵劲风拂面,看着这个方阵时有一种说不出的古怪感觉,仿佛面对着一只庞然巨兽,再靠近一点便会被它连皮带骨撕成粉碎,令人下意识的直想逃。

"大唐陌刀队……"李素喃喃自语,眼中绽放出灼热的光亮。

方阵旁一名将领手中的白色的令旗重重挥落,数百人的陌刀方阵挥舞频率加快,然后忽然将陌刀停住,双手握刀使劲往前一劈,动作停顿,一阵如金石崩裂般的大喝彻底将李素惊住。

"杀!"

喊杀声落音,地面上的黄尘莫名飞扬起来,李素只觉得心神一阵恍惚,仿佛被这一声"杀"惊走了魂魄一般,胳膊不由自主冒出一层鸡皮疙瘩。

队伍操练完毕,将领宣布散去,王桩将陌刀交到小吏手上。陌刀属于战略型重武器,按律,不到即将临阵杀敌之时,府兵纵然在营盘里也不能随便持有的。

看见不远处的李素，王桩很高兴，光着上身半裸奔状态跑来，胸前的腱子肉随着跑动而上下……肉颤，画面太美，看不下去。

"你咋来咧？"王桩大手随便往脸上一抹，擦了满手的汗，然后顺势朝李素的肩拍去。

"停！离我远点，别碰我。"李素吓得退了好几步，好险，这满手的汗拍到他肩上，今晚糟心得没法睡了。

王桩早清楚李素这些毛病，也不介意，呵呵地憨笑几声，满手的汗液朝自己下身的犊鼻裤上狠狠一擦，然后……重重拍上李素的肩，重复刚才的话："你咋来咧？"

李素的心直抽抽，很无语地看着自己肩上的那只大手："你非要拍我一下才舒服吗？"

王桩将李素一勾："走，找个说话的地方，这里火长和队正都看着咧，对我们新入的府兵凶得很，可不敢招惹。"

王桩领着李素走到陌刀队营盘的栅栏外面，搬来两块平整的石头，一屁股坐下去，李素犹豫地盯着石头，神情很纠结。王桩很快明白了，用腰带当抹布使劲擦了几下石头，抬眼瞪他一下："可以了吧？臭毛病！"

李素心满意足地坐下。

从怀里掏出牛进达给他的麂子肉，递给王桩："赶紧吃，大总管赏的，以后想吃我再给你弄……"

王桩惊奇道："大总管对你这么好？"

李素黯然道："别提了，这是一段悲伤的事，总之……就当这块肉是我花五百贯买的吧。"

王桩愣了半晌，把肉接过来，笑道："我这里不缺肉，回头我给老二送去，他那弩箭营才叫真的苦，每顿一张干饼加一小团野菜，前日行军路上我远远见着一面，那小子脸都快变绿色了……"

李素指了指那块清理出来的临时操练场，道："你们每晚扎营后都操练？"

王桩笑道："白天行军，晚上操练，不过操练的是我们这些新入的府兵，老兵不练。"

"累不？"

"还行，就是睡不够，吃得倒挺好，比别人都好，火长说我们是陌刀队，舞刀要花大力气的，所以每餐格外给我们配块肉……"王桩咧开大嘴笑得很开心，"在家都没敢这么吃，半月能吃一顿算走运了。"

李素脸色有些沉重："上阵的本事学会了吗？"

"不需要什么本事，只需要把刀舞起来，然后看队正或校尉的令旗，红旗推进白旗停，没见白旗挥下就得不停地舞刀，再累都得舞起来，不管人还是马闯入我们阵中，眨眼就把他绞碎了。还有就是阵形，一定不能乱，谁先乱了阵形要被杀头，这是铁律。"

李素点头："说话就到松州了，上阵莫慌乱，跟着袍泽弟兄走，特别是第一次杀人时……"

李素说着顿了一下，他第一次杀的人是结社率，杀过以后其实没什么感觉，因为当时自己也受了不轻的伤，一心只想着活下去。被救出来后才感到恶心、手颤，几天没吃下饭，每晚一闭眼便是血肉模糊的尸首，那段日子很难受。

若让他跟王桩做第一次杀人后的心理辅导，他也说不了什么，顶多一句"吐啊吐的就习惯了"。

谁知王桩却似乎没什么心理障碍，咧嘴笑道："杀吐蕃贼算甚杀人，我只当宰畜生了，我们火长说了，大唐以外都是蛮夷，蛮夷能算人吗？猢狲！"

强大的骄傲和自信，这种爱国情怀几乎深入到每个大唐子民的骨子里。大唐百姓放眼天下的目光不一样，看外国人都是一只只猢狲，胡商是黄皮猢狲，吐蕃是红白相间的猢狲，日本人是矮猢狲，东突厥……嗯，东突厥已被英明神武的皇帝陛下灭了，全部纳入了大唐版图。所以东突厥正慢慢从猢狲朝人的方向进化,总之,大家生活在一块人与猢狲并存的诡异大陆上。

这才是真正的种族歧视,歧视的不是所谓上等人和下等人,而是人与其他物种。

李素没想到这年头的低级军官连心理医生的活都兼任了,既然王桩不在乎,李素自然没必要再说什么。

今晚从中军帅帐跑出来看王桩,为的也是这个,他很担心王家兄弟。

太阳渐渐西沉,已是傍晚时分,金色的余晖公平地铺洒在大地的每一个角落,夏日的蝉虫在最后一丝光亮消失前竭尽全力地鸣叫着,给静谧的荒野平添一丝烦乱。

王桩捡了根树枝随手在地上胡乱划拉着,沉默许久,忽然道:"李素,我和老二入了府兵,算是一脚踏进了鬼门关,这一战能不能活着我们都不知道,现在只能权当我和老二已经死了,所以托你一件事。我家老四不到一岁,年纪还小,若是我和老二真的战死,我爹娘请你照料一下,待老四长大成人,能养爹娘终老了,你再……"

"别说不吉利的话!"李素打断王桩,加重了语气,"你们一定会平安回家的。"

王桩笑得很坦然:"生死由命,路是自己选的,下场是死是活都不怨,只是有些身后事放不下。咱俩一起长大,这半年你变了不少,你的本事也越来越莫名其妙,不过你我仍是兄弟,这些事情,只能托付于你。"

李素重重地叹了口气,王桩生得魁梧高壮,但面相显老,有时候连李素都忘了,王桩其实也只比他大一岁而已。十六七岁的少年郎,正是醉酒打架,悄悄喜欢邻村某个姑娘,为那个姑娘明里暗里做一些蠢事的懵懂时节,而他,却为了整个家,义无反顾地踏进了鬼门关。

太平年景的"太平",是怎样被定义的?

二人沉默着望向渐渐西沉的夕阳,都没有说话的心情。

良久,李素忽然跳了起来,重重地朝王桩的屁股上一脚踹去。

"混账王八蛋！想过好日子，跟我开店，跟我做买卖，什么事不能干？非要入府兵干这种玩命的勾当！我告诉你，你和老二死了我连你们的尸首都不会收，更懒得管你爹娘，你自己九泉之下保佑他们吧！尿货！"

李素发泄般地说完这番话，拍拍屁股就走，头都不回。

王桩坐在原地看着李素的背影，忽然咧嘴笑了，笑得很开心。

大军走了近二十天后，离松州越来越近了。

侯君集和刘兰所部已至松州五十里外的松岗坡驻军，两军一东一北呈犄角之势对松州摆出进攻阵势，只等牛进达的大军抵至后对吐蕃形成三面合围。

这是大军开拔前由李世民和中书省及兵部官员连夜制订的战略，快到松州时，牛进达便下令加速行军，勿使战机贻误。

没有任何酝酿，也没有任何前兆，晴朗的天空忽然间被战争的阴云遮盖。

离松州百里时，牛进达所部前军斥候与吐蕃斥候相遇，双方激烈拼杀，二十多名吐蕃斥候的尸首被永远留在大唐的土地上，而唐军斥候亦折损了十来人。

同时，一个不好的消息从前方传来，果如牛进达所料，松州都督韩威没能守住城池，在侯君集所部即将到达的前三天，吐蕃兵攻占了松州城，当他们踏上松州城头的一刻，韩威命人打开了另一边的城门连夜弃城逃走，第二天与狼狈逃出的部将会合时，总共只剩下三百余人。

"弃"这个字眼，看似无害，却不知背后代表了多少条人命的陨落。

韩威弃城后，松州群龙无首，自然守不住了，被吐蕃兵攻入城中烧杀抢掠，阖城百姓被屠戮者数以千计，财物被掠夺、房屋被烧毁、女子被强暴，灼人的烈阳下，一幕幕惨剧在这座边城上演。

如今的战势与计划中的完全不同，五万大军原本是为解松州之围，而现在松州被占，于是战略计划由解围变成了攻城，不惜一切代价收复松州。

三位行军大总管炸毛了，他们将此战视为自渭水之盟后的又一桩奇耻大辱，当着三军将士的面发下毒誓，将吐蕃所屠戮大唐百姓之数以十倍还之，否则神明不佑，天雷殛之。

贞观十一年七月初九，牛进达所部到达松州城外南面四十里扎营，与侯君集和刘兰所部通报过后，三军向松州推进，前锋骑营共计一万八千骑开始清理城外余敌。

一桩因为求娶大唐公主失败而引发的围城事件，原本带着几分不太认真的旖旎意味，唐军出征前，长安街头巷尾的百姓皆以一种风流韵事的口吻谈起此事。然而现在，吐蕃竟悍然攻占了大唐城池，屠戮了数以千计的大唐百姓，消息传到唐军大营开始，这一战已成了洗刷耻辱的国战，从将领到平民，没有人再用风流的眼光看待此事了。

一万八千余骑兵对松州城外开始无差别扫荡，但凡遇到不会说汉话的人，一律斩杀屠戮，三军从东、北、南三面缓缓推进，对松州城施以围三阙一之法，唯独放开西面城池，侯君集所部遣五千精骑埋伏在西面五十里处。

第九章 鏖战松州

吐蕃二十万大军，而唐军三支人马合计也才五万。

松赞干布要的不是大唐公主，或者说，不仅仅是大唐公主，他还想称称大唐的斤两，用战争来决定君臣的名分归属。

兵力占了绝对优势，战力亦不输关中子弟，如何不能称量？

二十万大军守城，攻城的只有五万，收复松州的希望很渺茫。当弥道行军大总管侯君集当即遣快马入长安，向李世民陈述战情，并请李世民倾举国之兵力尽发松州，誓雪松州之耻。

艰难的不仅仅是攻城，还有收容从松州逃出来的难民问题。

难民都是大唐百姓，从吐蕃人的刀口下逃出来的，总数十来万人。

三位大总管自然要善待百姓，于是下令在营外另建营帐，拨付粮草以供百姓吃住。然而，收容难民的当夜，新建的营帐忽然起火，随即一股混杂在难民群中的吐蕃人裹挟百姓向唐军刘兰所部中军发起突袭，所幸唐军警觉性高，在未酿成大祸以前及时将这股敌人扑杀殆尽。

内忧外患，给这次大战的唐军将士们蒙上了一层阴影。

第二天，侯君集邀刘兰、牛进达二将商议战事，牛进达领亲卫前往侯君集中军帅帐，回来时脸色阴沉，显然唐军这次的形势很严峻，五万人面对二十万吐蕃大军坚守的城池，实力委实太过悬殊。

牛进达回来后不久便下令擂鼓聚将，包括李素在内，众将恭敬地站在帅帐内，牛进达神情冷峻，一支支红色批箭扔出去，一道道军令被众将领走。

午时一刻，全军攻城！

一架架抛石车，云梯被后军火速组装起来，大营里人吼马嘶，将领们骂骂咧咧，府兵们匆匆忙忙，急促的马蹄声在大营内来来去去，扬起漫天的尘土，一队队扬刀执戈的身影在尘土里穿梭。

李素站在帅帐外，静静地看着这一切。他的身旁，牛进达表情冷凝，阴沉如云。

"小娃子，你曾说战松州易，入吐蕃难，今日如何说？"牛进达目视前方，语气淡漠。

李素苦笑："若是解松州之围，自然容易，可是……"

牛进达冷笑接口："可是谁也没想到韩威竟败得如此快，弃城弃得如此果决，若是与吐蕃战于松州城外的平原，我五万唐军击败二十万吐蕃胜算不小，但若是五万人攻打二十万守军的城池，怕是没有好下场。"

李素点头，两者根本不是一个概念的事，唐军英勇善战，至少在如今这个年代，平原决战的话可以说是天下无敌，然而靠这五万人攻一座有二十万守军的城池，难度就不一样了。兵法所云"十则围之，五则攻之，倍则战之"，就是这个意思，想要攻城，少说也得有优于敌方五倍的兵力，而如今的兵力对比却完全反过来了。

侯君集、刘兰、牛进达三人饶是大唐名将，对如何攻克松州城也是一筹莫展。

李素神情忧虑，他想到了王家兄弟，攻城战自古以来便是最艰苦的，伤亡也是最大的，今日三位大总管下令攻城，这兄弟二人恐怕……

"大总管，既然兵力悬殊，为何不围城待援？我们这点兵力攻打，伤亡……"

牛进达叹道："待援？如何待援？就算陛下能腾出手再调关中大军，从长安到松州少说也要二十日，沙场战势变幻莫测，二十日后，敌我还是如今这般态势吗？先试试吧，看看吐蕃蛮子守城的斤两如何。"

李素嘴唇嗫嚅几下，欲言又止。

牛进达看着他，道："总要试试的，你以为古今的将军们天生就会打仗？都是拿人命填出来的，损过成千上万条性命，才能看出敌人的底细，找出敌人的破绽，才能一击而置敌于死地，才能成全将军们常胜的名声。"

李素心情越发低落，垂着头缓缓地道："凭君莫话封侯事，一将功成万骨枯……"

牛进达奇异地看了他一眼，道："好诗，倒是有几分才气，你说得没错，一将功成万骨枯，就是这回事，不过你这句诗里不该有怨气，哪个将军不疼惜自己的士卒，不疼惜士卒的将军谁会愿意为他卖命？只是被战势逼得无可奈何，若不能狠下心牺牲一批，说不定会全军覆没……"

仰头看着灰蒙蒙的天空，牛进达神情闪过一丝复杂难言的意味，喃喃道："沙场征伐，本就是搏命的事情啊。"

……

松州城头上站满了密密麻麻的吐蕃兵，他们没有统一的服装，全是各种颜色的怪异短衫，光着膀子，不怕热的甚至还披着羊皮袍子。手里的武器也是各式各样，亦没有统一的制式，刀、叉、剑、戟，甚至还有人拿着农耙木棒，看起来像一群一击即溃的乌合之众。

然而，数月前吐蕃入侵吐谷浑，横扫吐谷浑国境，吐谷浑可汗被他们逼得狼狈逃窜，大唐的松州城亦被他们轻易攻占，立下这些硕硕战果的，就是这群乌合之众，侯君集等三位大总管已渐渐收起了轻视之心，开始将吐蕃当作真正的对手。

没有所谓的城头骂战激将，也没有挑衅摩擦，自吐蕃攻占松州，屠戮城内百姓的消息传到唐军营中，便已代表了此战势在必行。从唐军三面围城开始，战争已无法调和，双方都知道，此战不死不休，这是收复国土之战，亦是复仇之战，用句俗话说：少废话，开打！

午时一刻，松州城外东、北、南三面吹响了低沉呜咽般的牛角号，压抑繁杂的号角声里,唐军三面各自走出三千弩箭手,离城墙一百五十步列好阵式,将领红旗重重挥落,黑雨般密密麻麻的弩箭朝松州城头漫天落下,吐蕃兵矮着身子蹲在城墙箭垛下,躲避一轮又一轮弩箭打击,不时有人中箭,发出惨烈的号叫,然后被人拖远,又有人迅速补上。

箭雨射了二十多轮后终于渐渐停歇,弩箭手收起弓弩,飞快撤回中军本阵,紧接着,中军阵内巨大的牛皮鼓被隆隆擂响。

数百架抛石车吱吱嘎嘎地被推出中军,将领一声令下,抛石车发出轰然巨响,无数巨石如冰雹般狠狠地砸向松州城头。

城池攻防是战争中最艰苦的,攻守双方都不好受,生与死也是最直接最快速的,一块从天而降的巨石,一支从斜刺里冷不丁射来的箭矢,一瓢淋在登云梯上的滚油……都是要命的杀器,蜂拥而至的人群里,拼的只是运气。运气好,诸神保佑,毫发无伤,运气不好,上阵跑两步就挨一记,死得又痛又快。

随着将领的一次次挥旗,抛石车将一块块合抱大小的巨石抛向松州城头,漫天而落,如同神罚。城头的吐蕃兵第一次尝到与大唐交战的滋味,城头本来站着无数吐蕃兵,由于久闻大唐兵锋之盛,吐蕃也不敢怠慢,整个城头最大限度地布满了兵士,谁知大唐的开场白竟是一阵箭雨和巨石,城头人与人之间太拥挤,哪怕看着巨石直奔头顶,却也无法避开,一声声惨叫后,无数人化为一滩模糊的血肉尸首。

吐蕃将领们这才惊觉到守城部署的错误,急忙下令大部军士离开城头,一阵慌乱过后,吐蕃人付出了数千人的代价,才学会了如何躲避唐军的远程武器。

牛进达没说错,将领打胜仗的本事,全是人命填出来的,敌我双方都一样。

三面攻城的节奏保持一致,侯君集、刘兰、牛进达三位皆是历经百战的名将,彼此间默契十足,似乎掐算好了时辰似的,抛石车尽情朝松州城墙倾泻了半个多时辰的巨石后,忽然间三面皆停止了投石。吐蕃兵正是胆战心惊之时，城外三面皆传来隆隆的擂鼓声，一排排整齐的唐军将士终于出列，人人手握横刀长槊木枪，如捅翻的蚂蚁窝似的，黑压压地朝城墙涌来，每横隔十余步便有人抬着长长的云梯，义无返顾地跳进护城河里，将云梯搭在河面两岸……

漫山遍野的唐军将士嘶声喊杀，巨浪拍岸般地朝城头狠狠席卷而去，城头的吐蕃兵亦不甘示弱，唐军离城墙一百余步距离时，毫不留情地拉弓开箭射杀，攻与守用尽全力屠戮对方的性命，用以争取自己的生机。

……

李素站在牛进达身边，这是牛进达特意叮嘱的，交战之时不准李素乱跑，他的活动范围被规定只能在中军帅旗方圆十丈之内。

身旁就是巨大的牛皮大鼓，一刻不停地被擂得隆隆响，脚下大地的黄沙随着巨鼓的节奏不安地跳跃。李素看着唐军将士前赴后继地冲过护城河，冲到城墙下，搭起云梯不要命似的往上攀爬，下面的将士不停用弩箭为其掩护，而吐蕃兵则用钩镰长枪将架在城头的云梯推开，或者干脆朝云梯上淋一层烧得沸腾的桐油，李素眼睁睁地看着无数唐军将士从十余丈高的梯子上硬生生摔落在地，或被桐油淋在身上，全身着了火似的惨叫掉落下来……

战争的惨烈与残酷，李素今日亲眼见识到了，心脏跳得比鼓声的节奏更快，每一名唐军将士的惨叫，都能引得他的面颊狠狠抽搐一下。

中军离城头数里之遥，李素似乎都闻到了一股浓烈的令人直欲呕吐的血腥味，夹杂着无数的惨叫声，平静祥和的边城此刻已是一片炼狱。

不知道那些勇往直前的攻城队伍里有没有王桩和王直，如果真有他们，如此残酷的战阵里，他们活下来的概率有多大？

李素不能不担心，王家兄弟不是陌生人，他们是自己来到这个世上最先交到的朋友，不沾亲不带故的，可他就是觉得自己对他们有责任。

一鼓作气，再而衰，三而竭。

半个时辰后，伫立中军帅旗下的牛进达叹了口气，摇摇头道："不成，这次攻不下，另外两边应该也一样，该鸣金了。"

话音刚落，远远听到东边和北边传来当当当的鸣金收兵之声，牛进达的猜测没错，都是历经百战的名将，什么时候该进，什么时候该退，每位大将军心里都有个尺寸。

牛进达点点头，淡漠地一挥手："传令鸣金！"

战争如巨浪拍岸般凶狠地席卷城头，又如潮水般静静地退却，松州城墙根下，留下了上千具唐军尸首。

李素的心仍然久久悬着，不曾放下。

攻城只有半个时辰，很显然，这是三位大总管对松州守城力量的第一次试探，结果失败自然早在三位将军的意料之中。

然而，上千条生命终究在这第一次的试探里永远逝去。

大战过后，遍地尸山血海。

几队唐军士卒走出前阵，靠近城墙，试图收拢袍泽们的遗骸，走到一百步左右，城墙又是一阵箭雨射来，士卒们只好咬着牙将稍近一点的遗骸收回，至于城墙根下的，却只能等攻下松州城后再收了。

李素看着一具具尸首被抬回，于是趁着牛进达没注意，悄悄溜到摆放尸首的地方，一具一具地寻找，找了许久，发现里面并没有王家兄弟，李素暂时放了心。

第一次攻城失败，唐军后退十里扎营。

牛进达召集众将商议攻城之策，李素偷偷跑出了中军，先去前军弩箭营看了看，打听到王直今日并未上阵，而是跟在老兵后面熟悉战场，于是李素又去了陌刀队，找到王桩时发现他完好无缺，这才彻底放下心。

"老二没事吗？老二没事吗？"王桩脸色有点白，一见李素便慌忙询问："火长不准我出营，我打听不到老二的消息……"

"老二没事，刚才我去看了他，正活蹦乱跳地跟老兵练靶，你放心吧。"李素急忙安慰道。

王桩松了口气，脸色渐渐恢复原样。

"今日你上阵了吗？"李素问道。

王桩摇头："火长说咧，大总管不会轻易动用陌刀队，除非到了决定胜负的关头，今日只是试探，断然不会用到我们。我只担心老二，弩箭营是随时要用到的，而且每战都是头一个出阵……"

李素脑子很乱，不停重复着无意义的安慰："老二没事，放心，他没事……"

死亡的阴影笼罩在二人身上，仿佛头顶上高悬着一把刀，不知道它什么时候会落下。

都没有了说笑的心情，二人沉默地相对而坐，李素幽然叹息，道："大总管刚刚又擂鼓聚将，商议战事，明日……怕是还要攻城，攻城的法子大抵跟今日不太一样了。"

王桩垂着头，不知在想什么，良久抬起头，咧嘴一笑："攻吧，入了府兵，反正已不拿自己的命当命了，火长说咧，这一战若能杀五个吐蕃贼，便能得二十亩永业田，以后咱家不当庄户，也尝尝当地主的滋味，有了二十亩地，家里三兄弟娶婆姨都有底气。"

李素强笑道："日后地里有了收成，你还可以买一两个丫鬟，做家务也好，陪你睡也好，想怎么用就怎么用。"

王桩笑得更荡漾了，咂摸着嘴开始畅想："李素，你说……睡婆姨到底是个啥滋味？记得我们小时候去听别人家的墙根，村里婆姨被男人睡得哼哼唧唧，她们到底是舒服呢，还是不舒服呢？"

"应该舒服吧。"

王桩叹道："这辈子我还没睡过婆姨呢……"

李素笑得眼圈发红："回去后我带你去青楼，我请客。"

王桩也笑："说定了，你请客。"

又是一阵沉默，许久以后，李素站起身，深深地看了他一眼："我回营了。"

王桩也站起来："路上黑，小心点。"

二人相视笑笑，李素忽然伸出手，重重在他肩上拍了拍："要保重，一定要保重。"

"嗯。"

第二天辰时刚过,牛进达下令再次攻城。

这次果然换了法子,抛石车投出去的不再是巨石,而是一罐又一罐的火油,铺天盖地的罐子砸上城头,砰然碎裂,然后箭手将箭头裹上沾了火油的布条,点火一箭射去,火油顿时烧了起来,熊熊烈火中,只见吐蕃兵浑身着火,惨叫着满地打滚。

唐军将士兴奋了,一扫昨日攻城失败士气低落的颓势,纷纷扬着刀戟大声呼喝起来。

抛石车仍不罢手,这回又换上了巨石,趁着城头火势正猛,巨石再次铺天盖地朝城头砸去,吐蕃兵应付烈火来不及躲避巨石,当即便有无数人被砸死。

站在中军帅旗下的李素神情不禁兴奋起来,这回似乎有戏……

隆隆的鼓声擂响,唐军再次攻城,手执横刀木枪,如一道暗红色的巨潮,无情地朝城头扑去。

今日似乎比昨日顺利了许多,城头上的吐蕃兵被先前一轮打得伤亡惨重,唐军将云梯架在城头上时已没有昨日那般激烈的抵抗,城头上只听到吐蕃将领们气急败坏的喝骂声,还有一队又一队吐蕃兵慌乱地登上城头,迅速补充位置。而唐军今日士气很高,李素肉眼都能看见有好几个唐军士卒已爬上城头,拔刀与城头上的吐蕃兵展开殊死搏斗。

形势很不错,连牛进达的眼中都渐渐露出了笑意。

此时却忽然听到城门内一声锣响,南边的城门意外地被打开,吊桥也缓缓放下,牛进达捋着长须,神情顿时变得阴沉,眼睛微微眯起,指着城门大喝道:"吐蕃要出城反攻了,出骑营,把他们拦住!"

松州南城门打开,一队队骑兵冲出来,吐蕃果然反攻了。

唐军骑营迎头而上,两支骑兵队伍狠狠撞在一起,然后陷入殊死搏杀。

牛进达神情不变,眼睛仍死死盯着城头,那里才是胜负的关键,登上城头的唐军越多,这座城池被攻陷的可能性更大。

然而吐蕃将领似乎也有点本事,唐军将领将胜负的赌注押在城头时,他却反其道而行之。

出城的吐蕃骑兵越来越多，像一支黑色的洪流，源源不断地从城门甬道喷涌而出，城墙另外两面这时也传来震天的喊杀声，显然这次吐蕃三面尽出，侯君集和刘兰所部也是吐蕃反攻的目标。

唐军骑营与吐蕃骑兵殊死相搏，事发突然，这时也顾不得什么阵形、阵式，吊桥下的方寸之地也无法摆开阵形，骑营将士们只能以三五人为一组横向冲锋。吐蕃骑兵最初吃了不小的亏后，很快也调整了战术，学着唐军骑营一样三五人一组硬碰硬地迎面而上。

然而出城的吐蕃兵太多了，很快，唐军骑营压不住阵呈现败势。

吐蕃分出一股专门对付骑营，另一股则在城外平地上迅速集结，像一支黑色的利刃，狠狠地朝牛进达所部中军冲杀而去。

牛进达脸色终于变了。

吐蕃的战术已完全打乱了他攻城的计划，现在竟然已是攻守互换之势，变成了吐蕃人在进攻，而唐军被动防守。

这一战的艰苦也在这里了，守城人数二十万，攻城的只有五万，哪怕是万分危急的关头，吐蕃完全有能力调出十万大军出城反扑，将唐军所有的攻城谋划搅和得一团乱。

牛进达眼瞳充血通红，瞪着朝中军本部冲来的吐蕃兵，狠狠一咬牙，道："弩箭营列阵，陌刀队压后列阵！再调五千人继续攻城！"

李素心下一紧，下意识地看了他一眼。

中军迅速向两旁散开，弩箭营的箭手们中间列方阵，手拉满弓，冰冷的箭矢对准吐蕃骑兵。

"放！"

刷刷刷！

百来名吐蕃兵惨叫落马，被后面的马蹄无情践踏而过。

一百多步的距离，弩箭手只来得及放两轮箭，随即弩箭营被吐蕃骑兵冲散。

弩箭营的后方，千人陌刀队列成方阵，随着将领红旗挥落，千名陌刀手手里的丈长陌刀徐徐挥舞起来，动作越来越快。

吐蕃骑兵刚冲散弩箭营,一往无前的气势滞了一下,然后,他们看到了陌刀队。

丈长的陌刀在战阵中舞得密不透风,将领红旗往前一指,陌刀队向前缓缓推进。

吐蕃骑兵的马儿不安地嘶鸣起来,连畜生都直接感受到那迎面扑袭而来的杀气,吐蕃骑兵勒着马原地打转,陌刀方阵里散发出来的死亡气息令人胆怯,方阵行列之间根本没有缝隙,丈长的双刃陌刀挥舞得只见一片黑色的光影,在烈阳下熠熠生辉。

三五个吐蕃兵或许不太信邪,彼此互视一眼,嘶吼一声后策马朝陌刀方阵冲去,随着几声凄厉的惨叫,人和马被陌刀绞成了一堆分辨不清的碎肉。

付出血的代价后,吐蕃骑兵终于确定了,这个方阵很厉害,眼下他们这几百上千号人还是莫招惹了。

扭头朝后面嘶吼了几句,然后,出城的吐蕃骑兵们纷纷集结,慢慢的竟有了上万人的规模,城外平坦的空地上只见黑压压的一大片,像朵乌云般朝陌刀队压来。

牛进达见状怒哼一声,大声道:"骑营整队集结,从侧面腾击,右军列阵,正面击之,陌刀队不能退,给本帅往前推进!"

所谓"腾击",可以理解为一触即离,对骑兵而言便是一次冲刺,与敌人相碰时绝不停留,一击而遁,冲离敌阵后再次集结,进行第二次冲刺。

而所谓的"右军",则是唐军作战的特色了,唐军出战分左右两军,左军进攻击敌,右军列阵不动。没错,右军就是传说中的预备队,一千多年后,预备队战术仍被国人奉为经典战术。

牛进达此时竟动用了右军,也说明此刻战况是怎样的危急了。

右军出动,同样的兵种配置,却是完完整整的编制,在左军被吐蕃骑兵冲得七零八落,连陌刀队都陷入了吐蕃骑兵的人海战术之后,右军列阵而出,另一个千人陌刀方阵从正面缓缓向前推进。

吐蕃兵终于胆寒了,他们出城的目的只为缓解守城的压力,而不是与敢死队交战，眼前这个陌刀队已令他们应付得颇为吃力，在付出了数千伤亡后，才终于将陌刀队的阵形冲乱，现在又冒出一个完整的陌刀方阵，吐蕃兵不傻，他们不会再拿人命去填了。

将领手指塞进嘴里打个呼哨儿，吐蕃骑兵如潮水般迅速往城门退去。

与此同时，登上城头与吐蕃殊死相搏的数百唐军士卒因为吐蕃出城狙击而没有后续力量的补充，数百士卒在城头如同被大浪拍过的扁舟一般，全部战死。

第二次攻城，又失败了。

牛进达脸色铁青，看着城头被吐蕃兵一具一具扔下来的唐军尸首，眼中喷薄着怒火，黝黑的脸颊不住地抽搐。

"鸣金收兵！"

李素等的就是这一句，急忙退了几步，身形一闪，消失在中军阵列中。

到处是残肢断臂，到处是血肉模糊，耳边听着一串串力竭声嘶的惨叫声，李素的每一步都是踏在血水里。

随便抓个人就问，一路问过去，终于找到了王桩。

王桩受了伤，很重的伤，刚才的左军陌刀队里就有他，他列在正中，算是老兵对新兵的保护，然而最后阵形终究被吐蕃骑兵冲散。

李素找到王桩时，王桩正无力地斜倚在营盘外的栅栏上朝李素笑，大嘴一咧开，大口的鲜血往外喷涌。

手臂上一道深可见骨的伤口，汩汩地冒着血，鲜血流失得很快，王桩的脸色渐渐浮上一层可怕的青灰。

李素呆了一下，随即环视四周扬声大叫："大夫！"

"莫叫了，我这伤算轻的，军中总共一二十个大夫，到处都是缺手断脚的，谁会管我这种小伤。"王桩虚弱地笑道。

李素脸色阴沉，索性也不叫大夫了，半跪下来，将自己衣裳的内襟撕了一大块，然后扯下腰间装着烈酒的皮囊，二话不说朝王桩手臂上的伤口倒去。

王桩痛得惨叫一声,浑身直打战。

"别叫,给你消毒……"李素头也不抬,用烈酒洗了伤口后,再将他的伤处用干净的布一层层包裹起来,这伤口应该缝针的,可李素一时也实在找不到工具,暂时先应付吧。

"咋吐血了?"李素低头裹着伤,一边问道。

李素裹伤的动作有点生涩,毕竟没有经验,痛得王桩龇牙咧嘴,不时吸口凉气。

王桩忍着痛,皱眉道:"被吐蕃贼的马撞了,肚子里烧得痛,估摸撞出了内伤,可怜我身边那几个袍泽……"

王桩说着眼圈红了。

"刚刚火长说了,战事不利,我这没断手没断脚的,明日还得上阵,这条命大概明日能交代了,就是不知道老二死没死,李素,帮我打听一下……"

王桩无力地靠在栅栏上,忽然流下泪来。

"李素,我其实不想死……说真的,我好想逃,逃回村里去。是的,我厌了,活着多好啊,我才十七岁,没睡过婆姨呢,可是我若逃了,王家上下好几代都抬不起头,我丢不起人……李素,明日上阵我怕是凶多吉少,你以后帮我照料我爹娘和老四,如果老二活着就更好了……"

王桩说着说着,眼泪越流越多,又不敢大声哭出来怕惹人笑话,垂着头不停地抹泪。

"明日你不用上阵。"李素干着活,嘴里淡淡地道。

"为啥?"王桩愕然。

裹好了伤,李素看着自己的杰作,似乎不太满意,摇摇头道:"因为我有法子了。"

"啊?"

李素仰头看着晴朗无云的碧空,长长呼出一口气:"也该拿出法子了,不然你们兄弟都得死在松州城下,照顾你爹娘那么麻烦的事,还是你自己来吧。"

第十章 献计破城

人总要被事态或环境逼到绝地时，才会想出法子来，为了自己活下去，或为了别人活下去，若是没到绝境，这个法子或许永远想不出来。

李素不一样，破松州的法子早在行军的路上便想出来了，可他一直不敢拿出来。

他不知道唐军用了这个法子后，将来大唐甚至整个世界会变成什么样，太难测了，像潘多拉盒子，打开以后人类完全无法再控制，只能任由它蔓延，李素一直藏着掖着，怕的也是这个。

现在多好啊，大家和和气气地活着，哪怕是打仗都是你一刀我一枪的，刀枪到肉都透着一股子耿直和公平，将来……

管不了将来了，李素看着眼前王桩这憨货大口吐着血，大把抹着泪，实在忍不下心看他明日拖着虚弱的身躯抄着陌刀跟吐蕃蛮子拼命，既然有简单的一招制胜的法子，何必眼睁睁地看着人命一条条地往里面填呢？

"你有啥法子？"王桩难以置信地盯着他。

"破松州的法子，你别管了，明日肯定围而不攻，你好好养伤，我找大总管有事，下午我去打听老二的下落。"

既然决定了便雷厉风行，李素很干脆地拍拍屁股，把王桩扔在营外走人。

走了两步又回过头，掏出一块麂子肉递给王桩。

王桩很无语地看着他:"又是大总管赏的?"

"这回不一样,今这块肉很有意义,不是赏的,是我从帅帐偷的。"

王桩叹气:"你觉得我现在这模样,还能啃得下硬邦邦的干肉?"

李素一想也对,于是笑道:"晚上我叫中军伙夫熬点肉粥送来,好歹也是个八品官,抖抖官威应该会给我开个小灶吧……干肉你也留着,伤好些了再拿出来啃。"

中军帅帐,牛进达阴沉着脸,冷冷看着帐中诸将,帐内气温降到了冰点,众将垂头恭立,大气都不敢出一口。

其实这两日将领们也献上了不少法子,比如挖地道、往城内抛火油罐、围城消耗敌军粮草待其坐毙等,这些法子都被牛进达否决了。

特别是提出围城法子的将领,被牛进达拎出来骂得狗血淋头。

五万人围二十万人的城,好意思等他们粮草耗尽?脑子被夹成什么形状的蠢材才能想出如此奇葩的主意。

看着帐内这群垂头不敢出声的将领,牛进达越发感到烦乱,大手一挥,吼道:"滚!都滚!一群造粪的废物!"

众将如蒙大赦,急忙鱼贯出帐,彼此互视一眼,苦笑不已。

牛进达坐在帅帐内独自生着闷气,却听亲卫禀报,录事参军李素求见。

牛进达正在气头上,管他什么参不参军的,立时吼道:"滚!不见!"

帐外亲卫被吼得灰头土脸,朝李素摇摇头。

李素自然也听到了,挠头道:"啥事发这么大火?破松州的法子都不想听了?我自己去找材料……"

话没说完,李素便发现自己忽然腾空而起,没错,又被不知从哪里冒出来的牛进达拎了起来,又是那个羞耻的姿势。

"大总管……"李素吓到了,牛进达的脸比上次发现马蹄铁妙处后的脸更狰狞,仿佛要活吃了他似的。

"小娃子,你有破松州的法子?"牛进达几乎跟李素脸贴脸了,咬牙切齿地问道。

李素愣了一下，点头："啊，有法子……大总管，先把下官放下来行不？"

牛进达放下李素，充血的两眼仍盯着李素："小娃子，军中无戏言，军国大事不可玩笑，你真有法子？"

"有啊……"

牛进达年轻时不知受过什么刺激，对别人很难产生信任的样子，步步紧逼道："可敢立军令状？若你的法子没用，便当如何？"

李素知道，按正常的套路，这个时候他应该拍着胸脯逞一逞豪迈之气了，如若不能破松州当提头来见等，从古至今说这话的人从来也不考虑话里的逻辑硬伤，提头来见？谁提一个试试，不真诚！

李素的反应很朴实，根本不上牛进达的当，闻言很痛快地道："打扰大总管了，刚才就当下官什么都没说，告辞……"

牛进达呆滞了，眼睁睁地看着李素拍拍屁股转身就走，走得十分干脆果决。

这是不按套路出牌啊……说好的提头来见呢？

"给本帅滚回来！"牛进达吼道。

李素只好揉着鼻子灰溜溜地滚回来。

恨恨地瞪着李素，牛进达的大巴掌几次抬起又放下，想抽这小子，又怕一巴掌把他抽死……

"行了，不逼你立军令状，小小娃子可不敢拿命赌，说说吧，到底有啥法子破松州，说错不怪你便是。"牛进达神情缓和了许多。

李素想了想，道："我需要一些东西，如果大总管能帮忙弄来，破松州问题不大。"

"啥东西？尽管说。"牛进达眼睛一亮，语气又急促起来。

李素道："硫磺、木炭、硝石、拳头大的小陶罐、尖锐的碎铁片、小指粗细的竹管、鱼胶，嗯，还有……鸡蛋，这些东西有多少弄多少。"

牛进达皱眉："你要这些做啥？"

"破城。"

"这些玩意能破城？"

"这些当然不能破城，但是把它们组合在一起就能破城了。"

牛进达狐疑地盯着他，李素毫不躲避地与他对视。

"大总管若不信任下官，不妨想想马蹄铁，四块铁片片，我能让大唐骑兵纵横天下。"李素这次不低调了，挺直了腰杆，神情露出几分傲色，或许这才是他真正的本色。

牛进达犹豫半晌，终于狠狠一咬牙："好！牛某便陪你这小娃子胡闹一回，我马上下令让人搜集这些物件，大军围城停战两日，两日后如果你还没做出来……"

牛进达笑了笑，道："也算牛某的错，我自向陛下请罪，与你无干。小娃子，尽管放手去做。"

李素感动坏了，朝牛进达长长一揖，正色道："大总管高义，下官感佩万分，这次就不跟朝廷收钱了……"

说完李素抬头，睁着萌萌的大眼睛，等待牛进达脸上露出同样感动的表情。

……没等到。

这也是个不按套路出牌的家伙。

李素退出帅帐后，牛进达果然下了军令，派人在附近村乡县搜集李素要的东西，有多少要多少，同时下令大军休整，对松州围而不攻，并带着亲卫亲自去了一趟侯君集和刘兰所部，解释此事原由。

对李素的信任是一回事，但信任不可能达到这个程度，牛进达也不可能只因为一个毛孩子的话而停战两天。

主要是唐军实在拿不出攻破松州的法子，陈情的军报都还在赶往长安的路上，一个月内援军是指望不了了。吐蕃守城连胜两场，正是气势极盛之时，无论天时、地利、人和皆不宜再次攻城了，带出来的都是关中子弟精锐，三位大总管不能再拿人命往这无底窟窿里填。

至于李素的法子，牛进达只能说姑且一试罢了，若说弄个新奇东西出来就能破了一座城，还要他们这些出生入死的将士做什么？

军队发动起来找一些物事，效率是非常快的。

傍晚时分，几队骑兵从外面进了营，李素要的那些东西都找来了，数量还挺多。

鸡蛋、竹管、碎铁片、陶罐这些东西容易找，硝石和硫磺费了点劲，幸好出去找东西的唐军将士里面有灵醒人，知道硝石和硫磺民间不容易找到，但道观里的道士是一定有的，这些道士都是生猛之士，为了炼出长生不老丹，什么乱七八糟的东西都敢往嘴里塞，而且还劝别人往嘴里塞，硝石、硫磺这些东西，正是他们炼丹的必备之物。

运气不错，松州城附近就有道观，而且不止一个，这年头托了老子的福，道教成了国教，民间普及率还是很高的。因为松州战乱，道观里的道士们匆忙卷了细软跑了，至于硝石、硫磺这些不值钱的东西，被道士们果断放弃，将士们不费吹灰之力找到，弄了几个大筐抬了回来。

……

东西堆在李素面前，李素叹了口气。

做吧，现在勤快一点，未来才有懒惰一辈子的幸福生活。

手榴弹怎么做来着？先打蛋，蛋黄不要，只留蛋清……然后把火药配出来。话说火药这东西，其实早已被那些炼长生不老药的危险分子们无意中发明出来了，一本名叫《太平广记》的书里曾记载，早在隋朝初年，一个名叫杜春子的人去拜访一位骨灰级危险分子兼吸毒嗑药的瘾君子……嗯，老炼丹师，半夜时忽听一声巨响，整个屋顶莫名其妙地烧了起来，既能响又能烧的东西，自是火药无疑。

值得庆幸的是，炼丹师们虽然发明出了火药，但威力最大的配比却一直没找到，否则真让他们找到的话，我泱泱华夏大地隔三岔五升起一朵蘑菇云，让人闹不清到底是飞升仙界还是擦枪走火，非常混淆民众视听……

李素默记了一遍黑火药的配比后，开始配火药了。

硝石、木炭和硫磺全部碾成粉末，一成半的木炭，一成半的硫磺，再配七成硝石，威力巨大的黑火药横空出世。

再用蛋清使其颗粒化，不停的地筛选，太大的颗粒不要，太小的也不要，一粒米大小的正好，然后将其装进小陶罐里，顺便装点尖锐的碎铁片加大杀伤力，竹管插正中牵出一根引线，泥土和鱼胶密封……

简陋版的大唐手榴弹搞定收功。

李素定定地看着掌心里的黑色小陶罐，心情很复杂，自己亲手打开了潘多拉盒子，放出了一只可怕的魔鬼，这个世界……终究不同了。

能一拳解决的事，没必要用两拳，能用热兵器解决的事，也没必要用冷兵器。

既然来到这个年代，就得好好融入这个年代，价值观不妨扭曲一点，努力迎合大家的口味，比如大唐百姓把外国人当成猢狲，自己也不妨把他们当成猢狲，用手榴弹炸几个猢狲……应该没什么太大的愧疚感。

"这是个啥么……"牛进达盯着小陶罐，一脸迷惑地问道，曲起棒槌似的手指，不轻不重地弹了一下，陶罐发出很沉闷的声响。

"敲敲就知道，这家伙肚里有货。"牛进达肯定地道，这大概是他唯一知道的知识了。

"对，肚里真有货。"李素赶紧将小陶罐挪开一点，天色挺黑的，万一牛大将军看不清楚，决定举着火把凑近看一看……

"这玩意怎么个章程？"牛进达索性不乱猜了，直接问道。

"大总管，怎么个章程我说不清楚，要不咱们现在试试？"

"行，去试试，说说怎么试。"

"扎几个草人吧，扎实一点的，按方阵摆好。"

草人很快扎好，结结实实摆在中军的空地上，为了逼真，草人身上还披了衣裳。

四周站满了将士，大家都举着火把，将方寸之地照得透亮，牛进达对部将的效率很满意，指着草人道："接下来怎么做？"

李素看了看手里的小陶罐，又看了看四周围得这么近的作死的人，为难地道："还请大总管下令，请袍泽兄弟们离远一点……"

牛进达点头，挥手大喝："都滚远！"

人群迅速往后退了几步。

"再……再远一点。"李素也吃不住劲，不知道自己造出来的妖孽到底有多大的威力。

牛进达皱了皱眉："有必要吗？"

李素认真点头："有必要。"

牛进达再挥手："你们这帮子杀才全部退出十丈以外！"

人群听话地退开了。

行了，接下来该试威力了。

李素是个很惜命的人，自然不会亲自干这么危险的事，况且牵出来的引线貌似不太长的样子……

扭头四顾，从围观人群里揪出一个命短福薄之相的家伙，把陶罐和火把都递给他。

"去，罐罐放在那几个草人的中间空地上，然后，看见这根线没有？对，这根是引线，用火把点燃它，然后赶紧跑，有多快跑多快，跑慢一步就死，记住了吗？"

命短福薄之相的杀才显然很不怕死，大大咧咧地将陶罐和火把接过手里，然后……火把朝引线方向凑近，不太确定地问道："点这根线吗？"

嗤……

在李素惊愕的目光下，引线……果然被这杀才点着了！

周围所有人都一副看好戏的模样，谁都没把这个小罐罐当回事，唯独李素的脸绿了。

引线刚点着，李素劈手夺过罐子，使劲朝草人中间一扔，大喊了一声："卧倒！"然后率先双手抱头扑倒在地。

众人愕然，没弄清到底是怎么回事时，忽然一声震天巨响，脚下的大地微微摇晃，草人中间升起了一团小蘑菇云。

"额滴娘啊……"

巨响过后，众人才反应过来，所有人惊慌失措狼奔豕突，有人以为是天降神雷，甚至跪在地上喃喃地朝老天忏悔，全军营盘点燃了火把，隐隐可见四处人吼马嘶，诸营皆有兵马调动的迹象，而且马不停蹄朝中军帅帐赶来……

不仅如此，巨大的响声连松州城头的吐蕃兵都惊动了，城头很快扔出一排火把，如同照明弹似的扔向城墙下，借着短暂的光亮瞬间，试图发现敌人一切可疑的动向，无数支利箭从城墙箭垛的缝隙探出来，如临大敌地指着黑漆漆的城墙下。

李素很无语，这一刻他忽然想到了一个很著名的故事，烽火戏诸侯……

众人哭号惊恐之时，唯独李素和牛进达的神情还算镇定。

牛进达满脸铁青，可能也受到了不小的惊吓，却强自稳住心神，不至于太难堪。

"都给本帅停下！一群没用的废物！"牛进达舌绽春雷般地大吼，人群终于安静下来，惊恐的目光不由自主投向空地上那几个早已不成人形的草人。

"去几个人，告诉诸营人马，说中军帅帐没事，叫他们各自回营，约束部将不得生事。"

数人抱拳领命，匆匆离去。没过多久，诸营兵马终于消停下来，火把也渐渐熄灭了不少。

牛进达扭头看了李素一眼，目光很复杂。

"走，看看那草人的下场，好个霸道东西，哈哈！"牛进达放声大笑，这笑声到底是真心还是掩饰刚才的惊吓，不可考。

反正李素眼尖地看到牛进达脸上的冷汗一滴一滴往下巴滑落……

草人的下场很凄凉，只剩了一小段木头棍子插在地上，衣裳和草全都被炸飞了，地上还炸出一个大坑。

牛进达和众部将吃惊地看着小陶罐的战果，脸色分外难看。

"快看这个！"一名亲卫眼尖，指着地上大声叫道。

众人顺目望去，发现平地上坑坑洼洼长了麻子似的，亲卫蹲下用手挖了片刻，一枚小小的碎铁片被挖了出来。

包括牛进达在内，所有人倒吸了口凉气，眼睛瞪得溜圆。

"这……这要是炸进人的身子里……他娘的！"牛进达语气有些颤抖，半天没说出一句整话，不知想表达什么。

李素蹲下，仔细看着爆炸后的威力，脸上也带了几分余悸，摇头道："药装多了，威力太大，很不安全，对敌我双方都不安全，可能要改进一下……"

"改什么？不改了，这东西够劲道，够霸道，不改了，就它了！"牛进达断然摇头。

李素为难地道："可是……这东西太霸道，短距离的话容易炸到自己人……"

"怕什么！扔远点便是了……"牛进达心情忽然开朗了，重重一拍李素的肩，兴奋地道，"好娃子！真是个好娃子！有了这东西，本帅何愁松州不破？哇哈哈哈哈……"

笑声忽然一顿，牛进达仿佛想起什么，神情略带紧张地将周围的将士们连喝带骂赶远，偌大的空地上只剩他和李素二人，牛进达严肃地道："这东西你怎么造出来的？秘方可有别人知晓？"

"没有，就下官一人胡搞瞎搞……"

"胡……胡搞瞎搞？这样都能搞出来，我们这些吃兵粮拼老命的家伙岂不是都该一头撞死算了？"牛进达对李素的谦虚很不满，瞪了他一眼后，压低声音道，"此物太霸道，民间用之不祥，你赶紧把秘方写下来，我连夜派人送进长安，呈献给陛下，从此以后这秘方你要烂在肚里，绝不可让他人知道，否则……"

牛进达没继续说否则如何，但李素很清楚，如此大杀器若被大唐以外的番邦异国知道，他的下场不会太美妙。

"下官明白。"

牛进达注视着他，忽然展颜一笑："只要你不泄露秘方，小子，你飞黄腾达的日子马上来咧。"

第十一章 收复松州

飞黄腾达没兴趣，但秘方肯定没胆子泄露，李素这次违背本性连钱都没敢要，就是知道火药这东西有多么敏感，既然弄出来被朝廷看到，他相信从此这东西便与自己无缘了，提钱会让朝廷有种牵扯不清的忌讳，万一惹得李世民火起，索性把自己灭了口，那多冤枉。

牛进达对小陶罐赞不绝口，显然很合他的口味。

"好娃子，咋那么灵醒呢？"牛进达一高兴就拍他的肩，李素早有防备，飞快地一闪身，没拍着。

干笑几声，李素解释道："大总管，这东西若在战场上达到最大的杀伤，必须找几个不怕死的家伙，点着火以后停顿一个呼吸的时间，待引线快烧尽时再扔出去，扔高一点，最好在敌人扎堆的上空爆炸，里面的碎铁片比火药更霸道，一死一大片。"

牛进达毕竟是武将，对杀人的玩意一点就通，略想了想，立时明白，神情越发震惊。

"这东西一日能做多少？"牛进达兴奋地问道。

"材料是关键，材料管够的话，要多少有多少，其中工艺很简单，多叫些人来帮忙，两三日所造足够让松州破城了。"

李素没说大话，手榴弹这东西若是如今这种点火式的原始工艺的话，确实要多少有多少，其原理就跟做炮仗似的，一天的产量全部点了火，足够让松州升起好几朵蘑菇云了。

至于手榴弹的击发以及引线延迟装置……李素完全不会，他就只会做炮仗。

"好！本帅这就找几十个灵醒的人帮忙，你这头教会他们，我马上奏请陛下给他们升官。"牛进达重重地点头。

李素明白升官背后的含义，不出意外的话，这几十个人以后怕很难见天日了，说得好听是高度机密单位核心工种，说得不好听，嗯，算是有官职的劳改犯吧，而且是无期徒刑的那种，不过朝廷给其家眷子女的封赏却一定很丰厚，三代以内或许堪堪能挨上权贵的外围小圈子。

一个愿打一个愿挨，说不清是好是坏，换了王桩或许会乐呵呵地答应，用自己的自由换家里两兄弟的前程在他看来是笔很划算的买卖。

换了是李素自己的话，他会造一个限量珍藏版手榴弹把黑作坊炸了。

不过李素不打算推荐王桩，他不清楚李世民会将火药秘方重视到什么程度，若是非常重视，王桩接触了它，这辈子真有可能不见天日了。

"你要的那些东西有几样不大容易找，不过没关系，本帅麾下人多，这几日索性停战，骑营分一半出去搜集这些物事，三两天定能收获不少……"牛进达眯着眼望向远处高耸的松州城墙，连日阴霾的脸色变得轻松之极。

"先做一批，过几日再攻城，试试这东西究竟多厉害，松州若能收复，小娃子你当居首功。"

李素觉得自己不知不觉走到了升官晋爵的道路上，而且越走越快，根本停不下来。

心中终究是不情愿的，但并不后悔。跟以前治天花一样，这次也是为了王家兄弟，说伟大未免有点虚伪，只是他把他们当朋友，而自己正好有能力解决这两个朋友所处的困境，事情就是这么简单。

有时候真忍不住羡慕王家兄弟，上辈子敲破了多少木鱼才让他们认识自己这么完美的朋友，相反，自己上辈子肯定干了不少缺德事，今生才这么操劳。

牛进达办事效率很高，没多久便搜集齐了需要的材料，而且从军中找来了几十位将士，里面甚至还有一位随军小吏。

每个人神情悲壮且荣幸，看着李素的表情仿佛在对一座烈士丰碑行注目礼，这种眼神令李素很不爽。

牛进达厚道，挑人时大抵是跟他们说过以后的待遇，而他们显然做出了慎重的选择后，才能站在李素面前。

中军帅帐十丈之外盖起了一座非常简陋的黑作坊，牛进达调集亲卫将作坊团团围起来，敢上前围观的杀才不仅要被驱赶，而且还得吃军棍。

李素详细向众人解说了一下黑火药的做法，用不着告诉他们原理，因为有些原理李素自己也不知道，无非依葫芦画瓢而已。

不是什么太复杂的东西，一解释就懂，在李素的指导下，众人亲手做出了第一件成品，后面的事情李素懒得管了，假模假样喊了几句口号，诸如为大唐帝国主义奉献终生等，然后赶紧退出黑作坊，跑得远远的。

里面一群危险分子造炸药，等于是一个随时能爆炸的火药桶，万一出了什么意外，比如哪个智商明显要充值的家伙嫌光线太暗，点着火把造罐罐什么的……

……

几十个人同时动手，效率非常快，两天的功夫造出了两千多个小罐罐，黑溜溜的看着很吓人，牛进达高兴极了，盛情邀请李素一同观看成果，被李素断然拒绝，打死也不凑近。

被牛进达盛情邀请的不止他一个，大早上便听到帅帐闹哄哄的，原来竟是侯君集和刘兰两位大总管来了。

李素装聋作哑不理会，躲在营帐里睡觉，没过多久，帐外一声晴天霹雳般的炸响，把毫无防备的李素吓得诈尸似的弹了几下，李素翻身坐起，重重叹气。

睡不成了，出门共襄盛举吧。

帅帐外，刚刚试过效果的牛进达陪着两位披甲将军笑得很开心，而且笑起来连姿势都是一样，都是仰天大笑，仿佛笑的时候脸不朝天就显得不豪迈似的，其实这样笑很容易岔气……

"你就是李素？"侯君集笑容收敛，认真地打量着他。

"回大总管，下官正是。"

"确如陛下所言，果然是我大唐少年英杰，此物霸道不凡，有它相助，松州必克！"侯君集大笑，神采飞扬，他是当弥道行军大总管，这次虽是兵分三路，但他对三军有节制权，没错，若是敌军里面有位神勇之人能够百万军中斩上将首级，斩的就是侯君集。

当然，收复松州后，侯君集的功劳也是最大的，所以现在他笑得这么浮夸。

"东西我们都试过了，确如老牛所言，非常霸道，刚才我们还在说，来日收复松州，我三人联名为你奏请首功！哇哈哈哈哈……"又是仰天大笑。

刘兰性格比较寡言，温和笑道："幸好陛下这次遣你随军，否则松州之战我们怕是要吃大亏。"

牛进达笑得很大声，伸手一勾便将李素勾到他身边去了："小孩子家家，莫宠坏了他，首功自是要奏请，我一人上奏便是。"

侯君集指着他笑骂道："老货倒会收买人心，这么快就把他划拉到你那头了，你别高兴太早，老程的招子比你我毒辣，早把这小娃子当宝贝了。"

牛进达咧嘴笑："陛下把这小娃子安插到牛某帐下，自然是我的人，小娃子立了功，自有牛某为他奏功，要你们多甚事。"

李素在一旁静静地看着三人吵来吵去，牛进达的态度很坚决，奏功只能由他一人奏，侯君集和刘兰插不进手。

饶有兴致地看了半晌，李素渐渐品出味道了，嘴角不由勾起一抹轻笑。

很有意思的画面，几个武夫斗起心眼来似乎不比文官差……

最后牛进达吵得不耐烦了，瞋目喝道："奏章我已写好，来人！快马拿我奏章入长安呈给陛下，还有那些个小罐罐，带几个一同送去。"

无赖招数耍出来，侯君集和刘兰气得两眼圆瞪，却拿他无可奈何，似真似假地笑骂几句，遂悻悻作罢。

送走了侯君集和刘兰，牛进达再次擂鼓聚将下了军令，明日辰时造饭，辰时三刻攻城。

众将散后，李素仍留在帅帐内，牛进达眯眼看着他："小娃子还有事？"

李素整了整衣冠，忽然朝牛进达长长一揖："小子谢牛伯伯爱护之恩。"

牛进达愣了一下，神情变得古怪："刚才……你懂了？"

李素笑道："小子懂了。"

"到底是被陛下夸过的少年英杰，果然不凡。"牛进达有些惊讶，随即懒懒地挥挥手，"懂了就好，你年纪小，莫掺和这种事。"

"是，小子本来什么都不懂的。"

问得没头没脑，李素的回答也没头没脑，大家都是揣着明白装糊涂的人。

……

翌日辰时三刻，唐军第三次攻城。

前军阵列里多了一支奇怪的兵种，一百人手握横刀，腰间挂着两个软皮囊，皮囊鼓鼓的，这一百人位置站在弩箭营之后，每人相隔二十步混杂在攻城序列之中。

战鼓被隆隆擂响，仍是弩箭和抛石车先登场，漫天箭雨和巨石掀开了大战的序幕，随即低沉的牛角号吹响，震天的喊杀声中唐军将士抬着云梯朝城墙冲去。

攻城的战术跟前两次一样，似乎没什么新意。城头上的吐蕃将领最初紧张了一阵，后来渐渐放了心，仍是以前守城的老套路，攻守双方好整以暇地拼命。

一切都在重演，谁都没有注意到，今日的攻城队伍里隐藏着一个扭转战局的变数。

漫天的箭矢和巨石从天而降，松州城头仍是不绝于耳的惨叫和咆哮，战争里面应该听到的声音，在这里都不缺。

小半个时辰过去，箭矢和巨石渐渐停歇，守城的吐蕃将领不慌不忙地看着城下的唐军，相比前几日守城时的紧张，今日将领们眼中多了几分戏谑和嘲讽。

原来这就是万邦臣服的大唐实力，这样的实力，我们的赞普亦可取而代之。

有个成语叫黔驴技穷，说是老虎第一次看见驴子，以为是很强大的存在，驴也很争气的叫了几声，吓得老虎落荒而逃，然后发现驴没什么动静，接着再靠近，驴又叫，老虎又逃，反复好几次，老虎终于发现驴这种东西除了会嚷嚷，根本没有别的本事。

现在守城的吐蕃将领们显然把自己当成了老虎，而大唐将士则成了那头只会叫唤的驴，三次毫无亮点的攻城令吐蕃人心情大定，原来所谓的大唐雄兵亦不过如此。

心情一放松，守城越发有条不紊，敌人与敌人之间往往都在互相学习，互相成长，相比前几日的两次攻城，吐蕃人这次更镇定了。

战鼓再次被擂响，潮水般的大唐将士发出山崩地裂般的喊杀声，密密麻麻朝城墙涌去。

一架架云梯搭在城墙箭垛之间，彪悍的前军将士们嘴里咬着横刀刀刃，赤红着双眼往上攀爬，吐蕃兵仍旧用钩镰长枪将云梯推倒。

一切都如同前几日的画面重演，吐蕃将领们斜倚在城楼柱子边，甚至不慌不忙地指着攻城的唐军将士嘲笑。

然而，这次攻城终究有些不同的，哪怕只有一点点不同，也能令战局的结果完全扭转。

攀爬云梯的唐军将士人群里,忽然有人伸手从腰间的皮囊处掏出一个小陶罐,下面立马有人递上火把,将陶罐的引线点燃,握着陶罐的将士显然不怕死,任那根嗤嗤燃烧的引线烧到只剩三分之一时,才大吼一声,用力朝城头一扔……

小陶罐恰好在吐蕃兵的上空爆炸。

轰!

地动山摇的爆炸声,守城的吐蕃兵只觉得脚下的城墙都在微微晃动,惊愕放眼望去,整整两丈方圆的吐蕃兵全部倒在地上双手捂头,凄厉惨叫不已,鲜血、白花花的脑浆从头顶哗哗流下,场面非常血腥惨烈。

吐蕃兵呆住了,每个人眼中不由自主浮现极度的恐惧。

这是一种他们从来不曾见过,甚至连听都没听过的武器,一个小小的陶罐,能发出九天神雷般的炸响,然后无数人莫名其妙地死去,这……根本就是天神的惩罚啊!

厮杀惨烈的战场破天荒出现了死一般的寂静,一名吐蕃兵呆呆地看着满地打滚哀号的袍泽,哐当一声扔掉了手里的兵器,跪下来痛哭流涕,五体投地式号啕忏悔。

神神怪怪的信仰,在这个年代还是很有市场的。

有了第一个,紧接着就有第二个、第三个,小陶罐爆炸后,吐蕃兵的士气瞬间降到了冰点,因为无知,所以恐惧,他们忽然发现,自己原来在跟天神作战……这哪里是作战,这分明是作死啊。

一部分人跪下了,还有一部分不信邪的却被激起了凶性,扬刀哇呀呀朝已经登上城头的唐军将士劈去。

嗤嗤嗤!

引线冒着青烟的小陶罐同时扔上城头半空,这次扔得有点多,足有上百个。

轰轰轰!

数百丈长的城头马道上,吐蕃兵们几乎全部被笼罩在小陶罐的打击范围内。山崩地裂般的爆炸声过后，很快便是一片凄厉得如同杀猪般的惨号声，数百丈的马道上，大部分吐蕃兵已倒在地上打滚呻吟，只剩一小部分吐蕃兵睁着极度惊恐的眼睛，呆呆地看着唐军登上城头，看着他们向自己扬起了刀剑……

松州南城门下，泗水渡过护城河的另一小支唐军将士悄悄潜到城门边，一个特制的大陶罐稳稳地放在紧闭的城门正中，为首一人举着火把，点燃了引线，然后一群人赶紧跑远。

轰然巨响过后，城门被炸开一个足够一人一马穿行而过的大洞。

中军阵内，牛进达两眼放光，仰天哈哈大笑，三两步跑到巨鼓前，一脚将擂鼓的军士踹远，亲自取过鼓槌，节奏急促地擂起了战鼓，隆隆鼓声中，铺天盖地的唐军将士呼喝着朝城门涌去。

冲在最前的是百余骑兵，手里举着火把，马鞍旁挂着一个软皮囊，当无数吐蕃兵冲出城门防守时，他们惊惧地发现，唐军骑兵们从软皮囊里掏出一个黑不溜秋的小陶罐，百来个陶罐在上空炸响，吐蕃兵倒了一地……

骑兵们策马踩过吐蕃兵的尸首，冲进了城门，后面跟着无数扬刀执戈的步卒，骑兵打头，步卒紧跟，从城门一路冲进城内，然后将小陶罐扔得满城乱飞，松州城内只听得此起彼伏不绝于耳的爆炸声。

城内巷战比想象中结束得更快，从骑兵入城到处乱扔陶罐开始，只过了两炷香时辰，几个吐蕃将领模样的人率领麾下部将聚集一堆，纷纷扔下兵器，用生涩的汉话大叫："我们降了！"

侯君集、刘兰、牛进达三位大总管策马入城，第一眼便看到跪满一地的吐蕃将士，人人恭敬地跪伏于地，神情充满惊惧，望着三位大总管的眼神如同天神临世一般。

侯君集左右环视许久，忽然仰天大笑："来人！快马入长安禀奏陛下，王师收复松州！"

松州收复了，其过程……实在不能称之为"惊心动魄"，至少在李素眼里，这次攻城轻松得连他自己都没预料到，整个过程如同前世小孩过年放炮仗似的，点一个扔一个，扔了几个后，松州城破了，吐蕃人降了，侯君集神采飞扬地策马入城，享受将士们欢呼和吐蕃人膜拜时，再一次仰天长笑，而且差点没笑岔气。

八百里快马日夜飞驰，五日后，捷报至长安。

此时，长安城太极宫内，李世民神情却如乌云密布般阴沉，殿内几位文臣脸上皆现怒容。

能让大唐君臣生气的事情不多，唯独眼前这件，却激起了李世民久抑的怒火。

说来松赞干布也算是吐蕃的英明君主了，毕竟吐蕃是在他的治下完成了统一。然而英明君主干的事情有时候实在令人忍不住怀疑他的"英明"二字里面到底掺了多少水分。

就在唐军攻打松州城的同时，松赞干布再次遣使者入长安，求见李世民。

大唐君臣很诧异，搞不清松赞干布到底是什么风格，我和你正在打仗好不好？你居然还有脸派使者来？

松州前线尚未传来消息，再加上李世民窝了一肚子火，虽然朝中几位文臣包括魏征在内，都觉得不应失了大国风范，应该召见吐蕃使者，可李世民还是难得的任性了一次，将使者晾在鸿胪寺四方馆，让他代表松赞干布好好反省几天。

吐蕃使者显然不懂得何谓反省，这次代表松赞干布入长安，却比前两次的气焰嚣张许多。

唐军两次攻城而城不克，吐蕃底气顿时足了，使者的目光再看大唐时，已远远不如当初看天朝上国般那恭顺敬畏了，国与国之间很现实，国家实力决定君臣所属，而现在看来，纵横睥睨天下的大唐关中精锐亦不过如此。

李世民把吐蕃使者晾在四方馆好几日，无奈朝中文臣们看不下去了，这不是一个圣明君主该干的事啊，不管人家来意如何不善，你好歹也接见一下吧？泱泱礼仪之邦的皇帝陛下，连这点气度都没有，叫那些外邦蛮夷如何看咱们？

李世民无奈之下只好召见吐蕃使者，当着满朝文武的面，一脸傲色的吐蕃使者终于道出了来意。

吐蕃使者是奉了松赞干布的谕令来的，他来长安当然不是为了耀武扬威，或者说，不仅仅是耀武扬威，他还有一个很重要的目的……不屈不挠地向大唐皇帝陛下求娶公主。

令人很无语的请求，两国还在交战，这头却春风满面地结亲家，长安、松州两地画风截然不同，令大唐君臣无所适从，想笑，还想杀松赞干布全家……

前面求过两次婚皆被拒绝，这次又来？看来大唐的妹子真的很招人喜欢呐。

大殿之上，李世民呆了半晌，忽然怒极反笑。

"占我大唐城池，屠我大唐子民，现在松赞干布居然还要求娶大唐公主？"李世民语气带着丝丝寒意，顺便投过一记冷冷的"你脑子是不是被门夹了"的眼神。

吐蕃使者不卑不亢地道："赞普久仰大唐中土礼仪诗文，求娶大唐公主是赞普久慕多年的愿望，伏请皇帝陛下恩准。"

第十二章
封爵召回

求娶大唐公主这种事，几乎每年都有好几桩，周边邻国诸如薛延陀、吐谷浑、西突厥，甚至连日本都曾经派过使者求婚。李世民一度有种自己是条狗的错觉，下了一窝小狗崽，邻居都惦记上了，今天你抱一只走，明天他抱一只走，娶大唐公主一时谓为时尚……

看看眼前这位吐蕃使者，两国在松州打得头破血流，长安城里却在唱着凤求凰，前面两次求婚，李世民或许可以当成一件琐事，或是一个笑话一笑了之，然而这一次，吐蕃占了松州，屠戮数千大唐子民，而唐军久攻不下，消息传回长安，李世民气得两天没吃饭。这个节骨眼上，吐蕃使者居然又来求婚，这次求婚李世民可就不能当成笑话了，他分明感觉到这是松赞干布的挑衅，甚至可以说是威胁！

大殿内寂静异常，只听得到李世民呼哧喘着粗气的声音。

"占我城池，屠我子民，尔等竟还向朕求娶公主？"李世民满面阴沉问道。

吐蕃使者不卑不亢地道："子民，草芥也，英雄席卷天下，何惜寸草末微？待春风又生，草芥自会再绿，陛下若应许赞普所请，我赞普愿归还松州，并送上牛羊万头，良马千匹为礼。"

李世民的怒火顿时升至顶点，重重地拍了一下榻前矮案，长身而起，拂袖怒道："不必归还了！占了朕的城池，朕亲自去取回来！"

面对李世民的怒火，吐蕃使者却不慌不乱，镇定地笑道："恕下臣放肆，唐军攻城已半月，松州仍在我吐蕃手中……"

"大胆！"

不仅是李世民，这下满殿文武大臣都怒了，纷纷跳出来指着吐蕃使者大骂。

李绩、程咬金等一干名将更是羞愧难当，扑通跪在殿中，脖子青筋暴跳，声嘶力竭地请求领兵出征松州。

大殿闹哄哄时，吐蕃使者站在殿内却微微一笑，笑容里傲色毕现，然后闭上眼睛，一副浑然物外的模样。

李世民一口白牙咬得咯嘣咯嘣响，眼中杀机闪烁，若非那条不斩来使的臭规矩，这个吐蕃使者早被他下令剐成了一万片。

"肃静！"李世民甩袖大喝，满殿喧哗顿时静下。

死死盯着吐蕃使者，李世民一字一字地道："吐蕃使者，你给朕听清楚，大唐松州朕一定会取回来，尔等屠戮大唐子民，朕必以十倍之数报还之！"

殿内无风，吐蕃使者却分明感到一股凌厉如刀锋的罡风迎面拂来，身上不由自主冒出一层鸡皮疙瘩，看着殿中的大唐皇帝陛下如同困兽般赤红着眼睛，恶狠狠地盯着他，使者浑身一凛，却不敢再多说一句话。

急促的脚步声打破了大殿的沉默。

宦官的身影还没出现，老远便听到他尖细欣喜的大叫："松州捷报！松州捷报至矣！"

满殿文武哗啦一声全站了起来，吐蕃使者两眼圆睁，不敢置信地扭头望着殿外。李世民也顾不得仪态了，长身而起跑向殿门。

气喘吁吁的宦官刚出现在殿门外，便见李世民站在门口，吃人似的目光盯着他。

宦官吓坏了，急忙跪地请罪："陛下，请恕奴婢禁宫失仪之罪……"

"别废话，快说，松州怎么了？"李世民恶狠狠地道。

宦官这才敢抬起头，道："当弥道大总管侯君集八百里捷报，贞观十一年八月初二，大唐雄兵攻克松州，此战击杀吐蕃敌兵五万余，吐蕃二十万大军溃逃者四万余，余者十万皆降我大唐，松州城已被收复！"

殿内大臣呆愣片刻，接着仰天哈哈大笑，刚才压抑阴沉的大殿此刻却如春风化冻，万物复苏般和煦。

满殿笑声中，唯独李世民扭过头，阴森的目光注视着吐蕃使者。

吐蕃使者如遭雷殛，震惊地看着殿外的宦官，失声道："这不可能！我吐蕃二十万大军守城，区区五万唐军怎可破城？"

殿外的宦官倒也给李世民争脸，闻言双手迅速捧上捷书，道："这里有侯君集大总管八百里捷报奏疏，另附吐蕃守军降书，请陛下御览。"

李世民接过捷报，快速看了一遍，然后仰天大笑。

"吐蕃使者，松赞干布欲求娶大唐公主乎？"李世民笑完忽然问道。

殿内大臣们顿时哄堂大笑。寻常的一句话，在眼下这个情势说出来，却包含了无数恶意。

吐蕃使者脸色铁青，呆怔许久，终于咬着牙躬身道："下臣……下臣向皇帝陛下辞行。"

……

太极宫山水池阁外的草地上，一张矮脚桌上摆着一排黑溜溜不起眼甚至有点丑陋的小陶罐。

一名从松州赶来的折冲校尉恭敬地站在矮脚桌旁，垂着头大气都不敢喘。

李世民狐疑地盯着这一排小陶罐，道："就是这个小玩意助我大唐收复松州？"

"回陛下，正是。"

李世民似乎不太相信，和牛进达的表现一样，曲起手指弹了弹小陶罐，一边端详一边喃喃道："这是个啥……"

"陛下小心，此物非常霸道，松州城坚兵利，我大唐将士却只费了数百个小罐罐便将松州纳入股掌之中。"

李世民眼中大放异彩，笑道："竟有这般厉害？来，给朕试试。"

校尉犹豫了一下，还是小心翼翼地将陶罐捧起，恭敬地请李世民离开十余丈，还要捂上耳朵。

李世民哂然一笑，登基以前他也是南征北战，什么风浪没见过？堂堂帝王之尊犯得着怕一个小罐罐？

校尉无奈，只好将陶罐引线点上火，然后猛力往前一扔。

轰！

地动山摇，李世民身后侍卫大惊失色，拔刀将他团团围在正中，阁楼远处的宫女宦官们吓得跪地抱头尖叫，庭院内一片狼藉。

李世民的笑容僵硬，呆呆地注视着远处被炸出一个大坑的草地，半晌没回过神。

没理会周围的动静，李世民缓缓走到大坑旁，细心地从草地里拔出几片尖锐的碎铁片，然后，又倒吸了一口凉气。

沉默许久，李世民神情凝重地道："捷报上只说如何破了松州，却语焉不详，此物到底何人所造？"

原本对小陶罐有些轻视的，李世民甚至暗暗恼怒侯君集捷报不尽不实，他不认为区区一个小罐罐能决定一场战争的胜负，这是亘古未闻之事。

直到亲眼见识到小陶罐的威力，那个跟拳头差不多大小的罐罐里，似乎藏着扭转乾坤的力量，只需要一点点火星，便能爆发出惊天动地的能量。

李世民终于信了，这个罐罐，确实有扭转战局的能力，侯君集捷报所言不虚。

"此物何人所造？"李世民神情凝重，他很快意识到这个东西对大唐的意义。

校尉垂头恭声道："阔水道行军大总管牛郡公麾下录事参军，李素。"

李世民飞快地扭头，定定地注视着校尉，短暂的震惊过后，缓缓呼出一口气："竟然是他……"

校尉接着道："此物皆是李素所造，当日我将士两次攻城皆不克，后来李素不知怎的将此物造出来了，牛郡公见识过此物之威，连呼霸道，遂命军中大肆制造，第三次攻城时牛郡公命百人百骑携带陶罐千余，松州城半个时辰内便被攻克，此物爆开后声震九霄，方圆两丈之内人畜皆亡，吐蕃军心尽丧，城门炸开后便降了。"

李世民眼皮直跳，随即垂头再次看向这些不起眼的小陶罐，许是心理作用，方才见着黑溜溜的丑陋物事，现在再看时，却觉分外顺眼，仿佛闪烁着金光万道，令人不敢轻视。

端详许久，李世民沉声缓缓地道："此物之造法……"

校尉似乎明白李世民要问什么，急忙回道："牛郡公见识它的霸道后，已命李素献上秘方，军中大肆制造乃是牛郡公从军中精心挑选的府兵，将其看管起来，严令不得与任何人接触说话，违者立斩，并且在其帅帐旁盖起了一座作坊，命亲卫将其团团围住，不准任何人靠近……"

李世民神情终于和缓下来，点头笑道："进达深知朕心！"

校尉接着道："牛郡公已遣一支精骑上路，将此物秘方火速送来长安。"

李世民淡淡点头，垂头看着小陶罐，忽然大笑起来。

"有此一物，何愁我大唐不能威服天下！"

……

夜沉如水。

甘露殿内，李世民随意披着龙袍，皱眉看着矮案上的捷报。

李素那张年轻的脸庞在他脑海内反复浮现，李世民缓缓合上眼，第一次认真地琢磨李素这个人。

最初听说他的名字是天花蔓延之时，那个太平村的小子莫名其妙地把天花治好了，或许那个小子永远不会知道当时的李世民正陷入怎样的困境里，朝堂与民间各种恶意的声音直接威胁着他的统治，然后，李素出现了，凭空冒出来似的，极平凡的农户小子治好了天花，解决了当朝皇帝的困境。

后来又是诗，从"花开堪折直须折"，到"谁知盘中餐，粒粒皆辛苦"，流芳的字句里，透出一股少年人对世情的明朗和对世人的悲悯。

再到后来的击杀结社率，解救东阳公主，献推恩国策，直到今日造出这个堪比天威的小陶罐，助唐军收复松州，而他这个皇帝也在吐蕃使者面前找回了面子……

李世民越想越心惊，不说不觉得，细细思来，这个少年郎不知不觉竟做了这么多事情，将他的这些功绩揉在一起，比起如今朝中名臣宿将亦不遑多让，这样的人才，怎能让他隐于乡野村夫之间从此庸碌到老？

"如此人才，若不为朕所用，朕之过也……"李世民喃喃自语，然后，展开面前的一卷黄绢。

毛笔饱蘸墨汁，李世民神情闪过一丝犹豫。

自贞观初年开始，李世民一直有意无意地削减朝中爵位，但凡圣明君主，对封爵总是极其吝啬的，封了爵便意味着朝廷要世世代代养着这家人，从老子到儿子再到孙子，子子孙孙无穷匮也。这还是小事，怕的是一代比一代差，空顶着祖辈的功绩吃老本，尽干欺压良民的事，更重要的是，朝中勋贵多了，对未来的皇权不是件好事。

登基十多年苦苦找借口削爵，如今却不得不新立一个爵位，对李世民来说，委实有些犹豫。

脑海里那张皮笑肉不笑的俊脸朝他"呵呵"两声，李世民咬了咬牙。

见过李素几次，李世民也察觉这小子不太愿意当官，若欲他为自己所用，封个官怕是不太够，便只能封爵了。

心思落定，李世民再无犹豫，毛笔稳稳落在黄绢上，开始书写。

写完后，李世民舒了口气，脸上忽然露出笑容。

那个懒散的小子进了朝堂，会为朕的江山社稷做出什么大事呢？

夜已深，李世民搁下笔伸了伸懒腰，起身回寝宫去了，打开殿门，殿外侍立的宦官急忙恭敬地点好灯笼，为李世民领路。

殿门外刮进一阵带着炎热气息的热风，将桌案上刚刚写过的黄绢吹起，在空中几番摇曳后飘落在地，如同天庭神谕降临人间。黄绢之上，飞白体所书的四个大字格外夺目——泾阳县子。

太平村。

东阳失眠好几天了，最近夜里老做噩梦，梦到一支冷箭射进李素的胸膛，梦见一块巨石砸向李素的头顶，还梦到李素犯了军纪，被牛进达推出帅帐枭首示众……

梦里各种血腥、各种伤心，全部都是李素死了，而且死法不拘一格，每日推陈出新。

夜里几次被吓醒，白天懒洋洋的没精神，但从李素离开的那天开始，东阳每日都去河滩边坐着，什么也不干，就呆呆地坐在石头上，静静地看着流淌的河水发呆，坐两个时辰，不知不觉一个下午过去了。夕阳西沉的时候，东阳总是习惯性地朝李家方向望一眼，没有看到那道让人又恨又欢喜的熟悉身影，然后便怅然叹口气，起身默默回府，第二天又来……

无论天气好坏，东阳每天都必须在河滩边坐一阵，夏日暴雨多她也照来不误，偶尔也叫上绿柳陪着，大多数时候谁也不叫，就一个人独自望着河滩，独自笑，独自伤神，有时候也独自落泪。

终究已有个人走进了她的世界，哭与笑，悲与喜，都是因为他。

河滩与往常并无不同，他常坐的那块石头她每天都要细心擦拭几遍，仿佛下一瞬间他便能坐上去似的。

心事重重地看着河水，东阳俏容浮上深深的忧色。

这几日做的噩梦令她心惊胆战，她不清楚松州发生了什么，因为未知，便越发觉得恐惧，她怕他发生意外，她怕噩梦成真，于是每天心神不属，愁容满面。

远处，绿柳的脚步声匆匆跑来，作为东阳的贴身宫女，她的心思怕是只有绿柳一人最清楚了。

"殿下，殿下！"绿柳跑得很急，蹦蹦跳跳跑到东阳身前弯下腰，手扶着膝盖喘粗气。

东阳瞋她一眼："也是大姑娘了，毛毛躁躁的没个规矩。"

绿柳咯咯一笑，接着满脸兴奋道："殿下，婢子从府里侍卫那里打听到一个消息……"

东阳不感兴趣地扭过头，淡淡地道："无非又是邻国与我大唐发生了甚事，没意思透了，我不想听。"

"不是啊殿下，是李素的消息……"

东阳两眼顿时放了光，惊吓与喜悦在她那双清澈黑亮的杏眼里反复交杂。

"李素怎么了？快说！"

见东阳急成这样，绿柳也不敢再卖关子，笑道："听侍卫大哥说，李素在松州立功了咧，而且立了大功……"

"难道他上阵杀敌了？"东阳脸色一白。

"不是杀敌呀，是他造了一个新奇的东西出来，这个东西……很厉害！"

东阳怔忪半晌，忽然笑了："他又造出了甚东西？"

绿柳也不太清楚，只能打听到一些零碎的片段，于是两手笨拙地比划着："一个……很怪的东西，听说是个陶罐罐，那个罐罐会炸，跟打雷一样。吐蕃人占了咱们的松州，三位大总管攻了两天都没有攻下来，后来用李素造出的罐罐，攻城的将士随便扔了几个，就把吐蕃人吓得归降了……殿下，李素真的好厉害咧，三位大总管向陛下报捷，都说李素是收复松州第一功。"

绿柳说完两眼冒光，很纯正的崇拜目光。

东阳的神情越发轻松了，这几日做的噩梦仿佛被一阵春风吹走了一般,瞬间不见踪影,现在心中所充斥着的,只有满满的思念,以及对归期的希冀。

"松州已收复,他……该回来了吧?"东阳轻托香腮,痴痴地望着河水,轻声呢喃道。

"婢子听说咱们大唐将士还要往西边打呢,说是有仇报仇,吐蕃敢夺我大唐城池,咱们便杀进吐蕃境内,夺他十座城池才罢手。"绿柳鼓起腮帮,小肉拳头握得紧紧的,露出很凶狠的可爱模样。

东阳失望地叹气:"还要打啊?"

绿柳忽然嘻嘻一笑:"将士们虽然往西边打,但李素却要回来了,听说陛下下了旨,宣召李素回长安,还给李素封了爵呢,泾阳县子,圣旨如今已出了长安,往松州而去。"

东阳愣了一下,接着脸上浮出极度的喜悦,这种喜悦偏偏不能太流于外,于是只好紧紧抿着唇,努力装出一副很平淡的样子。

河滩边再也坐不下去了,东阳头一次觉得待在这里竟然坐立难安,洁白的贝齿咬了咬下唇,东阳忽然拉着绿柳站起身,道:"走吧,咱们回府,回去你帮我看看,我穿哪件衣裳好看……"

第十三章 进退难取

松州城。

唐军入城已十日了，当初大战时逃亡的百姓也陆续回到城里。

城里已是满目疮痍，处处皆是残垣断壁，烧焦的横梁，炸毁的土墙，还有一些孤儿坐在曾经的家的废墟里无助地哭泣。

十万吐蕃降军被安置在城外的营房里，被唐军严密看管着。自古有杀降不祥的说法，侯君集等三位大总管倒也没开杀戒，当初说过吐蕃屠戮大唐百姓，唐军必以十倍还之，攻克松州时共计杀吐蕃兵五万余，这句誓言已经做到了，至于那些归降的吐蕃兵的命运，只能等待皇帝陛下的圣裁。

收复松州后的琐事很多，比如安置百姓、修补城墙、帮百姓重建房屋，城内的治安也需要官府的力量来维持，侯君集三人忙得脚不沾地。

按理说李素这位录事参军应该比三位大总管更忙，因为他算是文官，军中文官不多，一旦战事结束，善后的事情一般由文官牵头处置。可惜李素对如何处理政务一窍不通，况且像他这么懒散的人，就算他懂得处理政务他也一定会想办法偷懒耍滑，牛进达似乎对李素的禀性很熟悉了，索性什么也没安排他干，每天见面点个头算是打了招呼，然后牛进达匆匆进城忙碌，至于李素……嗯，只要负责好好活着就行。

这种感觉有点复杂，李素偶尔也会有一种被别人当成废物的羞辱感，但是悠闲起来很快把这种羞辱感抛到脑后，每天撒着欢儿地在大营里东跑西窜，或者请中军伙夫做一碗寡淡的清粥端给正在养伤的王桩，自己却捧着牛进达亲卫悄悄塞给他的烤野味，当着王桩的面啃得嘴角流油。

其实李素一点也不喜欢吃烧烤，不过看见王桩馋得喉头乱动却只能老实喝粥的模样，李素觉得很有优越感，吃完野味满嘴油腻得直犯恶心，总觉得自己干了一件损人不利己的蠢事。但是闲着也是闲着，所以第二天李素继续当着王桩的面啃得满嘴流油，好整以暇地迎着王桩羡慕的目光，把最后一块肉塞进嘴里。

追求的就是这种精神上的享受。

每天窜去王家两兄弟的营房串门，日子过得并不无聊，偶尔也有一些同村的年轻人跑来，大家七八人去营盘外找个空地，李素提供野味，他们负责拾柴，众人来个烧烤聚会，若是被纠察军纪的将领发现，众人驾轻就熟地垂着头，而李素则负手摆出教训大家的模样，顺便向将领表示此事是他先发现的，正在对犯了错的府兵进行批评教育，不劳尊驾费心云云，纠察将领走后，大家该吃吃、该喝喝。

录事参军，干的就是这种事，官职不能白封，总要派上用场。

好几次过后，纠察将领不免心中怀疑，为何每次逮着这群犯了军纪的杀才时，这位中军的录事参军总是比他先发现，而且教训那些杀才的时候连嘴角的油渍都没擦干净……

……

牛进达也有不忙的时候，每到晚上回营，他便坐在帅帐内，凑着昏暗的油灯看地图，一看就是半晚。

终于有一天，他把李素叫进了帅帐，指着羊皮地图，神情很忧虑。

"收复松州还不够，此仇报得不够利索，大唐仅收回了本钱，还没跟吐蕃贼子算利钱，所以我们要继续西进，打进吐蕃境内！"牛进达眼中杀机迸现，一拳狠狠地砸在地图上。

"大总管文成武德、战无不胜、攻无不克,我大唐将士威武!"李素赶紧一记马屁送上。

牛进达是个很务实的人,不吃李素这一套,抬手指着他怒道:"再玩这种虚招,信不信本帅把你绑旗杆上暴晒三日?"

李素无奈地道:"下官也不知说什么了,吐蕃地理之险,以前下官便与大总管说过的……"

牛进达盯着他:"你不赞成西进吐蕃?"

李素挠挠头:"不能说不赞成吧,要看我唐军对吐蕃的仇恨程度,愿意付出多少代价雪此仇恨。吐蕃境内人烟稀少,除了牛羊和青稞也没什么值钱的东西,若是攻下国土纳入我大唐版图,表面看或许是好事,然而既然纳入了版图,便需年复一年的经营,为了攻下来的这块地,我们要迁民、开荒、建都护府,朝廷每年还要拨出巨款发展当地农牧。更麻烦的是,吐蕃不会甘心国土被我们抢走,一定会不惜一切代价夺回,然后大唐与吐蕃渐成死敌,每年不知要填进多少大唐府兵的性命才能保得边境安宁……"

李素顿了顿,抬头看着牛进达,笑道:"若此战无关利益,只为报仇雪恨,其实很简单,咱们城外不是有十万吐蕃降兵吗?全部一刀砍了,算上收复松州一战杀的五万吐蕃人,吐蕃一共死了十五万人,屠我大唐子民数千,松赞干布付出了数十倍的代价,我想未来五年内,吐蕃再无犯我大唐疆境之力了。"

牛进达点点头:"你说得有道理,若纯只为报仇,杀了十万吐蕃降军足够了……"

牛进达毫无预兆的,一脚踹上李素的屁股。

"小混账,想害死我吗?杀降不祥,不但损阴德,更损国运气数,以后这话若再敢跟别人提起,不需要我动手,看别人不把你活剐了!小小年纪,哪里学来的歹毒心思?"

李素无奈地道:"下官只负责提建议,任何一种达到目的的可能性都要提出来,这是下官的职责,至于采不采纳,那是大总管您的事了……"

牛进达嗤了一声,露出无比欠抽的嘲讽表情:"狗屁职责,一个从八品末流小官,每日无所事事邀三喝四吃野味,现在倒跟本帅职责上了,信不信我抽死你?"

李素对这个不讲道理的世道绝望了,不仅不讲道理,还人身攻击……

有代沟,不仅是年龄上的代沟,而且还有一千多年的历史代沟。

牛进达对李素还是很爱护的,真把他当成子侄看待,越是爱护便越不讲道理,几句喝骂里面多少能听出提醒之意。

李素也不傻,杀降的话题自然以后绝不再提。

"还是要西进!"牛进达看着地图,叹道,"我们能把账算清楚,朝中的文臣,还有民间的百姓们却不会算这笔账,大战之时杀了多少吐蕃人他们不管,只知道大唐吃了亏,而我们这些武将为国征战,收了松州便罢手,不图为百姓报仇,一说便是丧权辱国,领军的皆是酒囊饭袋之辈,况且此战大胜后,军中将士士气如虹,正是军心可用之时,若不继续西进说不过去。"

李素的神情也有些郁闷。

民族自信心太强烈了也不是好事,透着一股目空一切的味道,受了一点点委屈便恨不得杀人全家,大唐帝国自从灭了东突厥后,无论军或是民,心气儿普遍高了许多,对邻国的战争,胜了是常态,是理所当然的事,若是败了简直是不可思议的结果。每战必胜的结果几乎已让君臣和百姓都麻木了,唯一能当作话题的只有敌众我寡比例,敌众我寡的比例越高才越能撩拨到军民们的……嗨点?

很复杂的感觉,这显然不是正常的风气,李素隐隐感到担忧的同时,却又忍不住为大唐自豪,有慢慢被大唐同化成为无数唐朝愤青一员的趋势。

其实对于西进吐蕃,李素内心并不太赞成。

李素是利益主义者,说唯利是图有点难听,至少也应是无利不起早……也难听,算了,不要在意那些细节。

利益主义者和商人一样,从来不干没有回报的事情。唐军攻进吐蕃境内,杀人也好,占领城池也罢,首先要考虑将会付出多大的代价,然后再计算一下会得到多少回报,回报是否对得起付出,算清楚了账,再决定要不要打进吐蕃境内。

与吐蕃军队交战将要牺牲多少关中子弟且不说,仅说吐蕃的高原气候,险峻的山路和雪灾频频,这些自然因素便是一个强大到几乎无法战胜的敌人,天灾比人祸更可怕,造成的非战斗减员甚至不会比交战牺牲的人数少,就算最后胜利了,吐蕃的国土被大唐占了,最后大唐得到了什么?那样一个农奴制国家,除了遍地牦牛和羊群,以及少得可怜的青稞、荞麦等,还能得到什么?

况且,就算有了手榴弹这种超越时代的武器,能不能征服吐蕃还真不一定,手榴弹不是万能的,它不可能决定每一场战争的胜负。

李素的想法很多,但他很明智地选择了没开口。

这些话不是他该说的,人没有分量,话同样也没有分量。

牛进达眼睛只盯着地图,过了许久,忽然道:"收复松州以前,我派了十名斥候深入吐蕃境内,昨日他们回来了。"

"结果如何?"

牛进达叹了口气,神情郁卒地道:"你没说错,吐蕃境内气候果然险恶之极,十名斥候死了三个,剩下七个都受了轻重不等的伤,死伤不是与敌军交手造成的,进入吐蕃五百里便是高山峻岭,如你所说,斥候们根本喘不过气来,有两人活活喘死,路上还遇到了一次大雪崩,又死了一个,再往里走了一百多里后,斥候们受不了了,越发觉得不能呼吸,只好全部退回来……"

李素沉默无语,进也好,退也好,都有苦衷,都有理由,如何选择只能看李世民和三位名将怎生衡量得失了。

又过了两日,长安城来了圣旨,除了大肆褒扬侯君集三位大总管外,圣旨里也做出了继续西进入吐蕃的决定，督促侯君集休整大军后启程。

李世民的意图很明显，不能惯着松赞干布的毛病，这次既然敢入寇大唐，就一定要把他打痛，打出他的心理阴影，让他以后一想到大唐俩字就忍不住全身直抽抽，从此不敢再犯我疆境。

要达到全身抽抽的效果，仅仅收复松州是不够的，还得继续攻打，松赞干布做初一，大唐做十五，大家有来有往，你攻完了换我攻，换着来。

宣旨的是位文官，名叫高季辅，官职是中书舍人，这种宣旨的活也只能由中书舍人来干。

从长安骑马至松州，高季辅在马背上颠得面泛苦色，下了马脸上满是尘土，两腿呈罗圈状往外撇开，而文官向来对礼仪要求甚严，于是忍着痛苦使劲把腿往内挤，痛得老脸扭曲成一团，出席殡礼的模样。

宣完了督促进军的圣旨后，高季辅左右环视一圈，扬声道："谁是李素？阔水道录事参军李素何在？出来接旨。"

李素老老实实地跪在众人后面不显山不露水，此刻高季辅一喊，所有人扭头望着他，李素只好起身走了几步，站到接旨人群前列重新跪下。

"下官李素接旨。"

高季辅诧异地看了他一眼，似乎不敢相信宣旨的对象居然是个小娃子，急忙环视四周，发现所有人并无异色，看来确是正主无疑，这才压下心中惊讶清咳两声后展开一卷黄绢，悠扬念道："制曰：褒贤昭德，昔王令典，旌善念功，有国彝训。泾阳县太平村李素者，夙参谋谟，绸缪帏幄，竭心倾恳，备申忠益……"

李素一脸狗眼星星的模样，茫然地盯着高季辅。

这次是真的完全听不懂啊，没一句像人话的样子，他到底是在夸我还是骂我？

"……志坚金石，誓以山河，实允朝议。封李素为泾阳县子，食邑二百户，钦哉。"

圣旨念完，李素恭敬地将圣旨接过，口称拜谢天恩，李素听不出圣旨里的味道，但侯君集、牛进达等人脸上却露出异色。

圣旨开头用上了"制曰"二字，足以说明这道圣旨的规格很高，是朝廷正式封爵的圣旨，而且圣旨里的对仗骈文也是很严格的圣旨格式，更玄妙的是，李素如今所任的录事参军是从八品，但泾阳县子却是从五品的爵位，圣旨里也没说罢去李素的官职，一个从五品的爵位配一个从八品的官……大唐立国至今从未听说过。

侯君集与牛进达迅速交换了一下目光，这道圣旨太有内涵了，果然是圣心不可揣测。

至于圣旨里的内容，基本都是些假大空话，封爵的理由更是苍白得拿不出手，一个十几岁的小娃子哪里来的"夙参谋谟，绸缪帷幄"？

不过里面的原因侯君集等人倒是懂了。

小陶罐这种事，还真不能宣扬于世，李素的功劳自然也不能明说，这属于高度机密的事情，绝不能外泄，所以只好用一些假大空话应付过去，封爵的真正原因，大家心里有数便是。

李素虽然没听懂圣旨内容，但最后一句"泾阳县子"还是懂的，从领旨到谢恩，他的表情一直很平静，没有什么抵触的情绪，他很清楚发明手榴弹在这个冷兵器时代代表着怎样的意义，李世民的封赏亦在意料之中。

李素确实不想当官，他觉得自己没做好踏入官场的准备，但有时候情势逼人，若不发明手榴弹，王家兄弟就得死在松州城下，发明了手榴弹，自己就得接受随之而来的风光与凶险。

事情已然做了，就绝不后悔。人的价值观很多变，以往不惜一切代价都要躲开的东西，当有一天情势将自己逼到悬崖边时，只能摊开双手迎合它。

……或许心里隐隐还有一丝别的期待，有了爵位，算是勉强有了身份，他离东阳是不是更近了一些？

高季辅念完了圣旨，笑眯眯地看着李素："万没想到，为我大唐立下泼天大功之人，竟是一位如此英俊倜傥的少年郎，倒真是出乎老夫意料了。"

李素急忙躬身谦虚几句。

高季辅接着道："老夫临出长安时，陛下有过吩咐，泾阳县子接旨后即日回赴长安，陛下要召见你，你赶紧回帐收拾一下，然后上路吧。"

李素恭声应了，转过身看着牛进达，迟疑地道："大总管，下官回长安……不是独自回去吧？"

高季辅接道："县子是我大唐爵位，爵者皆有仪仗，不过要等你回长安后由朝廷安置，从松州到长安嘛……"

牛进达呵呵一笑："屁大点事，予你十骑送你回长安。"

李素腼腆一笑："下官放肆，这十骑里可否让下官点两个人？"

"谁？"

"陌刀队的王桩、弩箭营的王直。"李素不假思索地道。

搞出这么多事情，又是发明又是封爵，为的就是这俩货，明日要开拔吐蕃境内，前路不知多艰苦，这俩货一定要带走，什么建功立业，什么不甘平庸，先保了命再说，若是让这俩货死在征伐吐蕃的路上，那么李素之前做的这一切有什么意义？

第十四章 归心似箭

牛进达很痛快便把王桩、王直俩兄弟交给李素带走了。松州被收复可以说全是李素之功，这点面子不能不给。

三位大总管将李素送出了大营辕门，一个个成了和蔼可亲的长辈，军中别无长物，三位的亲卫抬着野外行军时顺手射的猎物送给李素，麂子、梅花鹿、甚至还有半扇野猪，于是又多送了李素一匹马，专门用来驮运野味。

三位大总管很客气，但王家兄弟却很不客气。

刚上路，王桩就不满地直嘟囔："咋就让我回了咧？咋就让我回了咧？这都马上要打进吐蕃，杀五个吐蕃贼能得二十亩地咧……"

气得李素忽然很想把他一脚踹回大营，然后跟牛进达建议，下次打仗时让这浑蛋当前锋中的尖兵，也就是俗称的炮灰。

"消停点啊，咋还不识好歹了？忘记前些日子又是内伤又是血肉模糊的，哭得那叫凄惨，记得跟我说了什么吗？你说你尿了，尿了就要认尿！"李素冷眼瞟着他道。

王桩急了，扭头看了看王直，涨红了脸试图挽回面子："谁说尿了？谁？你莫诬赖我，我王桩铁打的汉子，怎会说尿？信不信我现在回营，砍十个吐蕃贼的脑袋给你看看！"

李素叹气，好吧，少年人的通性，面子比命重要。

回过头看着王直，王直比王桩灵醒些，似乎知道李素想问什么，咧嘴一笑道："我没啥想法，我哥在哪我就在哪，入府兵杀敌搏前程也好，回村子种地也好，我跟哥走。"

王桩挠挠头："听说你立了大功，还被陛下封了爵？一个小陶罐罐能换这么大的功劳？爵呢……"

似乎觉得言语无法表达心中的疑惑，王桩很夸张地用手比画了一下："那么大的爵，好厉害，回村后乡亲们见你都要跪咧。"

王直瞪了兄长一眼："封爵了咋还会住村里？肯定住长安城里，说不定就住朱雀大街了，知道朱雀大街吗？里面住的人家都是手握大权的大官和大将军咧，咱们李素以后就跟大官、大将军们平起平坐，说的话都是发兵打哪里，朝廷拨粮赈哪里……"

说完王家兄弟二人脸上同时露出艳羡的神色。

李素苦笑："你们……真的想太多了。一个县子爵位真没有那么大，就是一个混吃等死的名分，当然，朝廷顺便把我下一代的混吃等死也管了，只是爵位降了一级，成了县男，到我孙子辈就没爵位了，至于你们说的国家大事，我插不上半句嘴，朱雀大街……寸土寸金的地方，你们觉得我有钱买吗？"

王家兄弟怔住了，一副心理落差巨大的样子，随即，二人同时将嘴角微微一撇。

李素也呆了一下，不敢置信地揉揉眼睛，刚才俩货的表情……他们是在鄙视我吗？

李素解释得很淡然，兄弟二人对朝廷爵位更是不懂，听说只是个混吃等死的名分后，顿时对爵位失去了兴趣，对李素仍和从前一样没大没小。

王桩拨过马头靠近李素，轻声道："李素，记得上次我受伤后，你说过什么吗？"

"喝粥，别吃肉。"

"不是这句。"

王桩顿时有点忸怩，粗糙汉子难得竟脸红了一下，声音也压得更低了："我说我活这么大，还没睡过婆姨呢……"

李素秒懂了。

这家伙……刚捡了条命回来就起了淫心。

李素为难地咂摸起嘴，上次看王桩受伤活脱就剩一口气，眼看就不行的模样，当时心中一软，什么都答应了他，现在这货活蹦乱跳，李素却开始心疼钱了。

熊孩子知不知道赚钱有多艰难？

"找家青楼，让你睡一回？"李素试探地问道，他多希望王桩是个懂礼貌而且有素质的好孩子，懂得尽量别给人家添麻烦，更别给人家的钱包添麻烦……

可惜王桩让他失望了，闻言大嘴咧得老开，忙不迭点头："好啊，好啊，多谢了，我要个脸大、胸大、屁股也大的……"

李素的脸拧成一团，很痛苦。

看着王桩兴高采烈的模样，李素试着和他打个商量："给你找头驴对付一下咋样？"

"不！"

李素重重地叹气，今日上路没看黄历啊，今日注定破财啊……

恶狠狠一咬牙，李素脸上露出一股把自己孩子扔井里的决然："睡！让你睡！一晚不睡十次你别想提裤子！"

回家卖诗去！卖给东阳，把损失找补回来。

李素和王家兄弟快马加鞭，数日后终于赶到了泾阳县城。

出了县城再往东便是太平村了，李素归心似箭，脑海里不断浮现东阳的俏容，只想挥一鞭子赶到村里，好好看看她这些日子瘦了没有，如果她能主动凑上来抱他一下……

"哎哎……哎！李素快看！"王桩忽然拉住李素，指了指县城内大道旁的一家涂着朱红色漆的木楼。

"啥？"李素满头雾水。

"没见门口站着两个女子吗？青楼咧！"王桩对李素的装糊涂很不满意，瞪了他一眼。

李素叹气，注定要破的财，怎么都挽救不回来……

"进去，就我俩进去，其余的人外面等着！"李素下了马，拉着王桩往里走。

王直比李素还小一岁，无所谓地和八名骑士等在外面。

青楼不知名字，李素也懒得看，名字再好听终归是个做皮肉生意的地方。

进门后没见到传说中涂着白粉、描着血盆大嘴的风韵犹存的老鸨，也没听到那句影视剧里那句"哎哟，大爷，您好久没来啦"之类夸张的诧异声，迎上来的是一位中年男子，长得很朴实，连笑容都很有素质。

"两位公子里面请，我们这里有名满长安的伎伶，善歌善舞，长安城里许多贵人都亲自出城来捧场，二位公子尽可饮酒赏歌舞，我们的酒也很有名，是最近风靡长安的五步倒，别看名字不雅，但酒劲可霸道得很……"

王桩没进过青楼，李素更没进过，二人可谓是风尘界的初哥，正经挨宰的货色。

听着这位中年男子滔滔不绝地自吹自擂，李素颇不自在地斜眼睨着王桩："要不……先赏一段歌舞？"

王桩大嘴一咧："弄这些虚招子做啥咧？实在人，不讲究虚套，直接上婆姨，脸大、胸大、屁股大，快点，睡完咧我还赶路呢。"

中年男子应该类似于大茶壶的角色，闻言脸色有点难看。

青楼呢，确实是让男人睡女人的，属于最古老的营生，春秋战国时便有了，经过一千多年的发展，现在的青楼已不仅仅只是完事提裤子走人的场所，文人们给它润了色，多了许多前戏，歌啊、舞啊，还有酒，吟风弄月，怀古咏今，酒兴来了更有红袖添香，适时地磨墨铺纸，不管写得好不好，总有一记或真或假的崇拜眼神送上，最后……才是睡女人的内容。

现在王桩倒好，略过前戏直接跳到最后一步，而且很赶时间，路边快餐店叫个盒饭吃完继续赶路的样子，令中年男子很悲愤。

我们这里好歹也是高级场所好不好？虽然刚才打的广告里说什么长安城的贵人来捧场确实没有，但真的有几位风雅文人来过啊，怎地今日迎来了这么一个粗鄙汉子？

李素不自在地咳了两声，指着王桩道："按他说的办，嗯，他一个人，我就不凑热闹了。"

进门是客，再粗鄙的客人那也是客人，客人不能得罪。

中年男子很快从高级场所大堂经理调整到路边洗头房小老板的角色，适应得非常快，立马躬腰笑道："贵客放心，小人马上叫姑娘们出来。"

一群莺莺燕燕从阁楼的房里走出来，站在王桩和李素面前掩嘴轻笑，至于这些姑娘的相貌身材嘛……

一个小县城的青楼，指望能从里面发现什么绝色佳人未免就太天真了。

迎着莺莺燕燕们的目光，王桩有些害羞，黝黑的脸孔泛出一抹潮红，却努力挺直了腰，一副熟客的样子，随意扫了一眼，果断摇头："不行，干巴巴的，太瘦。"

中年男子滞了一下，马上道："小人给贵客再换一批。"

换了一批又一批，中年男子额头开始冒汗，于是不惮以最坏的恶意揣测两位贵客……这俩货莫非是来砸场的？

直到最后一批，中年男子把青楼里数得着的雌性生物都叫出来了，王桩眼睛一亮，一副瓦砾堆里发现明珠的模样，上前站在一个大手大脚长得跟以前村里的杨寡妇颇有几分相似的婆姨面前，仔细打量了一下她的……丰乳肥臀，然后满意地点点头，搂过就往阁楼房里走。

婆姨不断挣扎，发出杀猪似的叫喊，王桩也很蛮横，死命拖扯着，终于成功把这位重吨位婆姨弄进了房里,房里一阵摔打声后,很快没了声音。

李素和中年男子默默地看着,脸颊很有节奏、很有默契地同时直抽抽。

中年男子苦着脸解释道:"那位贵客真是……卓尔不群啊,选中的那位姑娘其实……是我们青楼的厨娘,完事后怕还得给个交代……"

李素黯然叹道:"连'卓尔不群'这么有文化的瞎话都编得出来,我相信贵楼的品位很高雅了……这口味,还不如找头驴呢,驴比厨娘便宜多了……"

一脸肉痛地取出十两银饼,算是为王桩"卓尔不群"的口味买了单,然后李素坐在楼下的矮榻上等王桩完事。

下人送上美酒,李素浅尝一口,确实是自己酿造的五步倒,味道很烈,一小口便面红耳赤。

楼外又走进来一个人,李素抬头望去,二人目光相遇,场面顿时有些尴尬。

勉强算熟人吧,当初扈司户提亲的许家,泾阳县城里开商铺的,上次李素伙同程处默在许家商铺前演了一出混账戏,把自己的亲事搅和黄了,这位进来的人却正是许家的家长,那位许家闺女的老爹。

亲家相见,分外……眼红?

许老爹穿着轻薄的夏绸衫子,身材微胖,白白净净很和善的样子,见了李素坐在青楼里喝酒,许老爹不由一愣,从他一瞬间的目光李素便看出来了,许老爹一定见过他,否则不可能露出这种亲家何处不相逢的目光。

李素有点尴尬,上次办的那件事委实有点混账,更过分的是程处默临时改了台词,嫖姑娘不给钱这种借口太恶心人了,今日二人要死不死的又在青楼里见了面……

幸好两家亲事黄了,否则翁婿二人青楼相见,怕是越发尴尬。

既然认识,李素也不能再装聋作哑了,于是起身朝许老爹行了一个晚辈礼。

许老爹似乎有些……脸红？很奇怪的表情。

见李素行礼，许老爹急忙回礼，然后直起腰朝李素笑，笑容有几分讨好，也有几分惶然，笑得李素满头雾水，莫名其妙。

许老爹回过礼后也不进楼了，匆忙转身离开，二人由始至终一句话都没说，李素心里却多了一个疑团。很忐忑啊，难道程处默那家伙为了把他的亲事搅和得更彻底一点，索性叫人把许家商铺给砸了？不然许老爹见了自己为何一副见了鬼的样子？

有那么可怕吗？除了嫖姑娘不给钱外，总的来说，李素还是个上进的优秀青年好不好？

归心似箭，快马加鞭。

十余骑飞驰而过，出了县城一路向东，道路两旁的树木和风景飞快倒退，李素的心不由自主飞扬起来。

离家似乎很久了，久到对这个刚熟悉的家又变得陌生起来，很奇怪，离家近两月，竟没有传说中的近乡情怯，而是很迫切，迫切回到家里，迫切看见熟悉的一草一木。

天气很炎热，马儿一边跑一边喘着粗气，嘴角冒出了些许白沫儿，李素心疼地摸了摸它的鬃毛，却还是狠心地驾着它往太平村飞驰而去。

远远的，李素已看见村口西边路旁那棵熟悉的银杏，李素和王家兄弟脸上露出了笑容。

似乎心有所感，李素骑在马背上忽然挺直了身子，匆匆向四周环视。

村口路旁的一座小山包上，一袭紫色的裙衫迎风飘展，仿若坠尘的仙女站在树丛的阴影里，痴痴地望着他归来的路。

李素急忙勒马，马儿不满地摇晃了几下大脑袋，不甘不愿地停下。

王家兄弟和另外八名骑士也看见了东阳，王家兄弟互视了一眼，发现彼此的眼中浮上几分忧色，终于还是招呼了另几名骑士打马先回家了。

李素下马朝那座山包跑去，东阳也朝山下跑，后面还跟着踉踉跄跄的小侍女绿柳。

与想象中的重逢画面不一样，东阳激动得两眼泛泪，俏脸浮起一层红云，跑到李素跟前还有一步的距离却猛然停下脚步，没有喜极忘形，更没有主动拥抱。

她的情绪克制得很好，只是红着眼圈惊喜地看着李素，上下不停地打量，李素也微笑看着她。

"你瘦了。"二人竟异口同声，随即愣了一下，然后噗嗤一笑。

"你怎么在这里？你知道我今天回来？"李素好奇地问道。

东阳抿嘴摇头，没有回答，只轻轻一笑，道："路上辛苦吗？"

李素也摇头。

彼此似乎有很多话想说，关于别后的经历，关于没有彼此的这段人生里的空白，还有……关于思念。

然而这一刻他和她只想享受重逢的喜悦，每多说一个字仿佛便破坏了气氛。

眼泪终于不受控制地滑落，东阳使劲拭去，吸了吸鼻子，笑道："平安回来就好，明日，还是那里……我想听你说说自己，怎样行军，怎样攻城，还有你的小陶罐，都要告诉我，一个字都不许漏下。"

李素重重点头，笑道："好的，明日便陪你聊一贯钱的天，记得把钱准备好。"

东阳噗嗤笑出了声，瞪了他一眼，道："快回去吧，别让家里长辈等着，回家先拜过长辈才是正理。"

李素深深地看了她一眼，道："好，我先回家，明日……"

东阳脸又红了，抿着嘴点点头。

跑回山下，李素翻身上马便走了。

东阳仍痴痴地站在山包上，看着他去时的背影。

绿柳嘟着嘴，不满地将路边的野草揪来扯去。

"殿下啊……你每天站在这里等着他，都等了十多天了，咋不告诉他咧？"

东阳嘴角噙着轻笑："告诉他这些，除了他的心疼，还有他的愧疚，我还能得到什么？"

绿柳仍不满意，嘟着嘴道："可是……十多天呢，好辛苦的，应该让他知道啊。"

"如果你将来有了意中人，你想让他知道的不是你有多辛苦，而是你和他在一起有多开心，背后那些不好的辛苦的东西，绝不要说出口，说出来了，大家都会累……"

绿柳睁着懵懂的大眼，疑惑地看着东阳。

东阳仍盯着只剩一个小黑点的背影，呢喃般道："小时候，娘亲也是每天站在大殿门外，痴痴地等着父皇，日复一日，年复一年，那时我也不懂，没有父皇我们母女也活得好好的，为何一定要等他呢？娘亲说，以后我会懂的，十年以后我果真懂了，和娘亲一样，也在等一个人，他来也好，不来也好，终归只有等着他，才觉得自己活着。"

揉了揉绿柳的头发，东阳含着泪笑道："以后你也会懂的。"

第十五章 衣锦还乡

李素等十余骑进了太平村，渐渐放慢了马速，乡间的路太狭窄，走到村子中间时便下了马，众人牵马步行。

路上遇到村民，大家纷纷朝他行礼，神情很敬畏，看来封爵的事早已传进了村子。

李素苦笑，怕是以后再也回不到以前了，地位变了，人与人之间的关系也变了，他和乡亲们从此不再是平等的身份，想过与世无争的悠闲也不可能了，路上被人遇见就得受人家一礼，这哪里是与世无争，简直是作威作福。

到了熟悉的家门口，大门已打开，李道正仍坐在门槛上，见李素回来，顿时笑得眼睛眯成一条线，起身想迎上来，又觉得作为父亲应该端着架子，于是刚抬起半边屁股，又重新坐了回去，笑容同时也收敛起来，一派不苟言笑的样子。

李素下了马，朝李道正跪下，笑道："爹，孩儿回来了。"

李道正又笑了起来，看了看李素身后八名披甲骑士，顿时对儿子的这番排场很满意，点头道："回来就好，走，都进屋。"

说完李道正起身往屋里走，李家大门外不知何时围了一大群乡亲，人人艳羡地盯着李家父子，悄声议论纷纷，迎着众人羡慕的目光，李道正的腰杆不知不觉挺直了许多，细细观察一下，竟有一股睥睨……太平村的气势？

李素转过身朝众乡亲笑了笑，然后躬身行了一礼，乡亲们不论年长年幼，吓得慌忙回礼。

请八名骑士进了大门，李素刚准备把大门关上，李道正却道："莫关门咧。"

李素一呆："为啥？"

李道正顿了一下，目光闪烁地道："打开门，通风咧。"

看着围在大门口水泄不通的乡亲，李素顿时明白了老爹的小心思。

很好，老爹想开个展览会，展览的内容就是儿子，顺便还有八名骑士。

李素只好朝乡亲们僵硬地笑了笑，顺从地开着门，自己则招呼骑士们在院子里坐下。

李道正仍坐在门槛上，斜眼扫了扫乡亲们，然后板着脸大声问道："听说你立军功咧？还被陛下封了爵？"

"爹，小点声，孩儿听得见……"

"都是爵咧，咋没个礼数？回话！"

李素老老实实地道："是的，孩儿碰运气立了个小功劳，陛下御封泾阳县子，从五品爵。"

"你说啥？大点声！老子这几日耳朵不好使！"李道正侧过头，一只手掌支在耳朵边，很浮夸的演技。

李素郁闷坏了，以前咋没看出来老爹竟是如此虚荣的人呢？

"孩儿立功了！陛下封我为泾阳县子！"李素扯着嗓子吼道。

"哦——"李道正终于听到了，满意地发出悠长且舒服的叹息声。

"哦——"门外的乡亲们也发出各种嫉妒羡慕的叹息声，与老爹神同步。

在一众敬若神明的目光里，李道正的虚荣心也得到了最大的满足。

"陛下封了爵，该有官服吧？"李道正又抛出了新的虚荣话题。

李素额角有冷汗流下："有……"

"去，穿出来，跟我去村里走一圈……"李道正意气风发挥斥方遒状，重重地道。

"啊？游街示众？"

"衣锦还乡！"

李素受不了了，我封个爵应该算是荣耀的事情，穿个官服遛狗似的满村游一圈算怎么回事？

"孩儿累了，先睡一觉，明还得去长安城，陛下要召见我。"

一听陛下召见，李道正也不敢显摆了，悻悻地放弃满村遛儿子的美好想法。

李素确实累了，安顿好了几名骑士后便关上房门好好睡了一觉。

一觉睡到天亮，李素打着呵欠起身，八名骑士也向他告别回营交令。李素给每人送了两贯钱表示了一路护送的谢意，然后跨上马，换上正式的浅绯色官服，怀里揣着官身文书和腰牌准备进城了。

临出门前，李道正看着李素，几次欲言又止，李素只好勒马。

"爹，有事吗？"

李道正摆手："莫事，快去长安吧，陛下召见你，可不敢耽误，快去！"

李素好奇地瞧了老爹一眼，也没想太多，见了皇帝陛下后得赶紧回来，东阳还在河滩边等他呢。

……

打马入长安，李素骑在飞驰的马上，胸腔里充斥着一股春风得意马蹄疾的快慰，他忽然觉得，其实当官并不坏，特别是没有实职的爵位，不管事，不瞎掺合，朝廷还得管他这种懒散人的吃喝，一切似乎挺完美的，除了……这一身浅绯色的官服略显娘炮。

进了长安城，李素下了马，牵着马前行。

长安城里一般是不允许策马而行的，"一般"的意思是，偶尔也有例外，比如那几位神见神憎，鬼见鬼愁的开国大将军，尤以程咬金为代表，他们可以在长安城里策马，那是李世民特旨恩许的。李素这种小小县子长安城里一抓一大把，如果不想被御史台的御史们参个灰头土脸的话，进了城最好低调一点。

离开松州时已向高季辅问过见皇帝陛下的程序，先得去礼部报到，由礼部官员逐级上报，然后老实待在礼部官衙里等通知，看皇帝陛下什么时候有心情，如果皇帝陛下忙着忙着把召见他的事情忘记了，礼部还会再上奏一次，若是下一次皇帝陛下仍没想起召见你，那么可以证明这人刷存在感彻底失败，哪来的回哪去，等待下一次召见吧。

李素牵着马来到位于朱雀大街的礼部官衙，门口拴好马，守门的府兵见李素如此年轻，却穿着五品浅绯色娘炮官服，纷纷露出奇怪的目光，李素递上告身和腰牌，府兵拿进去没过多久便出来，很客气地请他入内。

整个过程很顺利，李素在礼部官衙坐到午时左右，宫里便来了宦官，令李素即刻入太极宫。

礼部的官员很诧异，一般而言，五品以下的官员等待陛下召见最快也得一两天，这位年轻得不像话的县子怎地只等了一个多时辰便被召见了？

李素随着宦官出了礼部官衙，径自来到太极宫前。

宦官很和气，一路走一路为他介绍朱雀大街上的各个官衙，进了太极宫门后，宦官的神情也变得肃然起来。

太极宫的正门是承天门，这个门李素不能走，那是百官上朝时才开启的。宦官领着李素走的是左侧的永安门，经过鼓楼后再进兴仁门，兴仁门内便是三省之一中书省的官衙，绕过中书省，直进晖政门，宦官告诉李素，陛下在晖政门内的安仁殿召见他。

李世民召见大臣一般都是两仪殿，或是甘露殿，而召见李素却选在属于后宫范围的安仁殿，这说明李世民把李素当成了自己人，还是……没把李素当男人？

宦官领着李素到了安仁殿正门前，嘱咐李素整衣冠、脱鞋，然后进殿禀奏，很快，殿内传来宦官尖细悠扬的传唤声。

"宣，泾阳县子李素进殿——"

李素脱了鞋，穿着足衣垂头躬身走进殿内，悄然抬眸一扫，发现一个穿着明黄衣袍的人远远站在殿内，李素急忙隔着老远行礼。

"臣，泾阳县子李素，拜见陛下。"

直起身子循着声音望去，李素不由一呆。

竟是那位工部官员？

空旷的大殿内，李世民和李素相对而望，久久沉默。

李世民忽然朝李素和煦一笑："见过两次面了，今是第三次，是不是很意外？朕竟不是工部官员？"

李素垂下头，在李世民看不见的视觉死角飞快地撇了撇嘴。

第一次见面就觉得这位工部官员有来头，特别是东阳为了他竟派侍卫送钱来，当时李素就有过许多猜测，这些猜测里自然也包括皇帝的身份。

现在看到李世民身披黄袍站在他面前，说实话，真没有什么太大的意外。

李世民拂袖指了指旁边的方榻："坐！"

李素老实坐下，跪坐的姿势很不舒服，身子调整了好几次才勉强坐稳。

李世民捋了捋长须，很认真地打量着李素，锋利的目光盯得李素浑身发毛，后背不觉沁出一层冷汗。

良久，李世民展颜一笑："倒真是少年英杰，果然没让朕失望，松州之战若没有你，胜负且不论，我关中子弟不知要死伤多少，说说，那个小陶罐你怎生弄出来的？"

李素也不敢胡说八道了，想了想，道："火药这东西，其实很早就有了，前隋时有道士炼丹，丹房常有走水，且能听到巨大的声响，这便是最早的火药，臣弄出小陶罐亦是问过许多炼丹的道士后，闲暇无事时自己琢磨出来的……"

说完李素颇觉汗颜，貌似这番话……还是胡说八道。

李世民不置可否地笑笑，换了个话题，道："此物犀利无比，牛进达派人送来的秘方朕认真看过，亦叫金吾卫府兵亲手试制过，果然厉害霸道，朕问你，若朕欲以此物威服天下，尔意如何？"

李素眼角抽了抽。

既然造出了这东西，李素从来没后悔过，至于能否靠它威服天下，还真说不好，要看用在谁手里。

曾经有一个朝代，那是个标榜气节的时代，君臣一体，共治天下，因为气节二字，甚至喊出了"天子守国门，君王死社稷"的口号，气势不可谓不恢弘大气，而且那个时代的火器也非常发达了，然而国祚却不到三百年，最后亡于关外刀马弓箭之下，末代皇帝满腔愤恨吊死在煤山，好好的帝国从此灭亡。

为何一个火器发达的朝代没能威服天下，反而亡于最原始的冷兵器之下？

天灾人祸的诸多因素不说，终究还是握着火器的人冷了心，丧了胆。

如今是大唐，而且是贞观年间的大唐，正是万众归心、兵锋最盛之时，李世民若欲威服天下，有没有小陶罐，真的很重要吗？

片刻之间，李素想到了很多，甚至脑海里已组织好了语言，打算将"威"与"德"的道理说给李世民听，抬头正要说话时，却见李世民那双满含笑意的眼睛，李素悚然一惊，顿时清醒了。

李素暗暗苦笑不已，自己一个十几岁的小屁孩子，难道这位雄视天下的帝王真是在征求自己的意见？

于是李素立马改口："吾皇吞吐宇内，扫荡天下，我大唐得遇英主，幸何如之，臣为大唐贺。"

李世民果然哈哈大笑，对李素的回答甚为满意。

"倒是个灵巧人，牛进达还派人给朕送过一副马蹄铁，也说是你所造，此物出世，不知救了我大唐多少良马健驹，此功之大不逊于小陶罐，说来你前前后后立下不少功劳，封尔一个小小县子却是委屈你了，奈何你年纪太小，封爵过甚恐朝中非议……"

李素急忙接口："县子好，臣很喜欢，多谢陛下厚赐。"

李世民眯着眼打量他一阵，抬手指了指他，笑道："小子油滑得紧，朕今日召见你并无他事，便再给你下道特旨，日后若又弄出什么新奇的物事或国策，尽可直接上奏，你若宫外求见，朕必见。"

"臣遵旨。"

李世民笑道："如此，你可退下。"

"臣告退。"

李素躬身行了一礼，刚退了两步，李世民忽然道："对了，你那个小陶罐，不能总叫它小陶罐，得取个名字，你说取什么名字好呢？"

李素顿觉这句话挠到了自己的痒处，取名这事他太擅长了，当初的五步倒一直引以为今生恨事，今日必须雪耻……

"温柔岁月……"李素不假思索，脱口而出。

李世民不负所望，答应得非常爽快："好，就叫震天雷。"

李素："……"

大家还能愉快的沟通吗？"震天雷"是个什么鬼？

……

走出太极宫，李素发现宫门外有位礼部官员等着他，见李素出来，官员上前笑着拱手为礼，李素急忙回礼。

二人寒暄几句后，官员才慢吞吞地告诉他，泾阳县子的爵位已在礼部造册，很快有诰封送至太平村李家，而且朝廷还拨给一百亩土地，不过土地每年的收成还是得向官府交税，至于雇请种地的庄户，这个由泾阳县子自己负责，官府不过问。

李素听了很久才渐渐明白过来。

当初封爵圣旨里说的"食邑二百户"，话虽然说得好听，然而这所谓的"食邑"根本就是虚封，作不得数的，也就是说，朝廷允许你请两百户庄户帮你种地，但种地所得必须还得给官府上税，当然，也有不用上税的权贵人家，但是人家的封爵旨意与李素不太一样，人家那叫"实食邑"，就是朝廷实打实的送你两百户庄户，然后名下土地所得全部归自己，不用给官府交一粒米……

比如太平村的好邻居东阳公主，她就是"实食邑"三百户，三百户养她一户，不用给朝廷交任何税，朝廷每年还额外给她发俸禄。

一字之差，待遇天差地远，李素瞬间变得很失落，然后李素开始默算圣旨里少了这一个字，自己会损失多少钱。

算了很久，李素终于得出答案——很多。

除了白送一百亩地，基本跟别的地主没什么差别，当然，还有一个县子的身份。

李素是个对生活充满乐观的人，觉得自己刚才的算法不对，太灰暗了，于是又换了一种算法。

为何不算算自己得到了什么呢？

造出了小陶罐，于是白得了一百亩地，还有一个县子的身份……好了，这样一算，心情顿时开朗许多。

礼部官员还没说完，县子的爵位虽然很小，但也是有仪仗的，按制县子府的马车可驾双马，可以少，但绝不能多，多了要被治罪，国公府才允许驾四马，想在自己的马车前多添两匹马，这辈子就得奋发图强，不断上进，争取在活着的时候当上国公，若是死了以后追封国公，陵墓里的陪葬陶俑当然也可以把四马埋进去，反正你开心就好……

李素绝没有驾四马的意思，这辈子驾双马足够了，如果死后一定要埋点什么东西进陵墓，可以在临终前跟皇帝陛下申请一下，把眼前这个油嘴滑舌的礼部官员埋进去……

与礼部官员道别后已是下午时分，李素急忙策马出城往家里赶。

东阳一定还在河滩边等着他，这个女子看似柔弱，却有一股子执拗劲儿，说了等他就一定会等他。

李素策马飞驰，迎着灼热的夏风，嘴角却露出了笑容。

有人等着他的感觉真好，仿佛心里忽然间有了归属，任何时候都只想赶快回到归属于他的人身边去。

赶到太平村时已是傍晚时分，李素正要策马往河滩而去时，却赫然发现老爹李道正在村口的路边来回踱步。

李素急忙下马迎上："爹，您咋在这里？"

李道正笑了笑，随即脸一板，道："有事跟你说，白天你走得急，没来得及说。"

"啥事？"

"你出征的这段日子，我给你定了门亲事，还是泾阳县许家。"

第十六章 蹊跷亲事

"定亲"二字震得李素半晌没说话。

这种感觉就像自己骑在马上春风得意马蹄疾的时候，忽然被一记九天神雷劈成了焦炭一般。

"泾阳县许家？我出征的时候定的亲？"李素盯着李道正问道。

李道正点头，神情有点郁卒："亏咧，那时你刚出征，不知道你会封爵，所以答应了亲事，毕竟那时咱们家配许家算是门当户对，没想到你会立功封爵。有了爵位身份不一样，娶商人家的女子说出去不好听……亏咧！"

虽说如今大唐百姓里士农工商一体，但只是政治口号，商人终究还是被鄙夷的，地位属于最低等，李素没有封爵以前，李家只不过是一个拥有二十亩地的小地主，当然，暗地里印书、卖酒等，也干一些商人的勾当，所以李道正对与商人结亲并不排斥。

可是现在不一样了，李素有了爵位，尽管只是比男爵高一点的末等爵，那也是爵啊，而且正经以军功封的爵，身份比官员还要高，这下李道正不满意了，觉得许家高攀不上李家了。

无法指责李道正的势利，天下的父母心总是自私的，吃也好，穿也好，娶亲也好，总要把最好的留给孩子。

李素急忙道："亏了就悔亲啊！我找人去说……"

李道正摇头，一脸黯然道："悔不得了，已然和许家换了生辰，送了聘礼，连日子都定下咧，县衙扈司户保的媒，悔了亲我们父子这一世做不得人了。尤其是你刚被封了爵，马上就悔商人亲事，传出去怕是会被骂，朝里的言官不会放过你的。"

李素面孔迅速失去了血色，一脸苍白地盯着李道正。

"可以悔亲的，大不了不当这破爵了，我去找人说，双倍，不，再加十倍聘礼送去，算是赔偿……"

说完李素转身便跑，却被一双粗糙的大手死死揪住胳膊。

"谁说要悔亲了？悔了亲我李家的脸还要不要？商人的闺女又咋样？说出去不好听，但也比悔亲强！不准悔！亲事照办，就定在下月。"

李素脸色由苍白迅速化为铁青。

充血的眼睛盯着李道正，李素深呼吸，提醒自己不要跟老爹吵，更不要发火，这是大逆不道，然而还是觉得一股邪火在胸腔里乱窜。

看了看使劲甩掉揪住自己胳膊的手，李素压住了火气道："爹，如此轻易把我的一辈子决定了，你不觉得太草率了吗？"

李道正呆了片刻，他没想到这件事令李素如此不满，印象里，儿子似乎永远都是温吞懒散的模样，永远不曾见过他生气的样子，然而此刻，李道正分明从儿子的眼中看到两团燃烧的火焰。

可是，十六岁的少年了，不正是成亲的年龄吗？他到底气什么？

"哪里草率？不草率，聘礼、媒人、生辰，该有的都有，你气啥？再说许家闺女也不错，泾阳县有名的淑德闺女，扈司户还把她的绣活拿给我看过，绣得确实好，那么好的姑娘人家，不计较以前害你的谣言，还主动上门求亲，你说我咋能不答应？"李道正话说得硬气，还是多少有了几分解释的意味。

李素皱了皱眉："主动上门求亲？许家？"

"对，许家主动求亲，当初县城里说你逛青楼不给钱，坏了名声，许家当时是退了亲的，后来不知咋的又请了扈司户上门说合，说是再商议商议，商议几句就定下咧。"

李素的眉头皱得更紧了。

这事透着蹊跷，很少听说女方主动跟男方求亲的，更何况求亲的对象还是他这个逛青楼不给钱的混账——但凡脑子没被门夹过的女方家长，都不会选择这样的女婿吧？

李素忽然察觉这事不简单。

回想昨日回家路过泾阳县青楼的时候，恰好遇到许家老爹，当时他不但脸红了，而且表情很奇怪，现在想来应是有原因的。

李素发现麻烦找上门了，这是个很大的麻烦。

尽管这桩亲事里面有太多的疑窦，然而终究日子定了，聘礼下了，几乎已是板上钉钉的事，想要改变它，很难。

天已黑了，李素急忙跟老爹说了一声，然后往河滩跑去。

东阳一定还在等他，这傻姑娘若没见到他的人，等到天亮都不会走。

跑到河滩边，一群黑影站在离东阳不远的树林边，那是公主府的侍卫，出了结社率的事后，侍卫们再也不敢让东阳单独外出。

熟悉的大石头上，东阳静静地坐着，手托着腮，天色太黑看不清眉眼，却能看见月光映在她的眼睛里，亮晶晶的像两块浮在半空的宝石。

喘着粗气跑到东阳身后，东阳转过身，看着他笑。

"还以为你被父皇召见耽搁了时辰，出不了城呢。"

"我不来你还等我吗？"

东阳点头，理所当然的模样："等啊，说好等你的嘛，等到天亮，城门开了，你自会来这里找我。"

李素默然叹息。

心里如同压着一块沉甸甸的石头，与许家结亲的事李素不想对她说，或许，努力一下再把这桩亲事退掉，那么一切仍和以前一样，这桩事便没有提起的必要。

"你脸色不大好,怎么了?"东阳敏感地察觉到不对。

李素强笑:"没啥,刚才出城回来的路上丢钱了,心情很不好,你不知道丢钱的感觉,想一头撞死又怕疼,活着又没意思……对,就是这样。"

东阳愕然,宝石般放光的眼睛在夜色中渐渐眯成了一条缝。

"你这人……贪财贪到令人发指了,幸好父皇只给你封了爵,若是让你去当官,三五天就把官库贪空了,非得被父皇杀了不可……"

李素好奇地道:"你的公主府不缺钱吗?实食邑三百户啊,那得多富裕……"

东阳捂嘴轻笑:"谁像你这么贪财,我府上不缺吃穿,能给下人发俸禄就够了,要那么多余财有甚用?"

这话说的,从里到外透着一股浓郁的不食人间烟火的味道,令李素恨得牙痒痒。

今日与东阳在一起,李素显得有些心不在焉。

老爹无端为他决定了一门亲事,而他却一无所知,若真与那位未曾见面的许家闺女成了亲,他与东阳是不是今生再无可能了?

河滩边只坐了半个时辰,李素与东阳告别后匆匆回家。

一夜辗转反侧,李素睡得很不踏实,天刚亮他便起了床,正准备去泾阳县城一趟时,屋外听见一阵很矫情的"哇哈哈哈哈"。

程处默穿着一身墨绿短衫,后面带了几名程家部曲,部曲手里抄着弓箭和长刀,一副上门打劫的样子,从笑声到姿势完全抄袭他老爹,抄又抄得不像,笑得跟被掐住了脖子的公鸡似的。

"哇哈哈哈哈……李素兄弟何在?昨日进了长安城为何不找哥哥我?封了爵便看不起人了吗?"

李素睡眼惺忪地看着这群强人进门,然后程处默很亲密地搂住了他的肩,使劲拍了两下。

"我就知道我这双眼睛没看错人,兄弟果然是有本事的,头一次出征就挣了军功回来封了爵,啧啧,十六岁的爵呢,再过十几二十年,怕也和我爹一样当国公了，了不起！"

程处默越说越高兴，巨灵掌高高抬起，眼看又要落在李素肩上时，被他飞快闪开。

"抱歉得很，昨被陛下召见，出宫时天色已晚，怕误了出城，只好匆忙走了，未至府上拜望程伯伯和程兄，恕罪、恕罪。"李素急忙赔礼。

程处默又哈哈大笑，顺手一勾李素的肩膀："废话不多说，今就来找你作耍的，走，与我一同游猎去！"

"慢着，程兄，小弟今有事，真有事，无法……"

"屁事！县子就是混吃等死的，国公也是，当程某不知吗？"程处默一语道破残酷的真相，令李素忍不住怀疑自己的人生价值，以及……帮程咬金怀疑他的人生价值，如果能帮程咬金抽他这个不肖子就更好了。

李素叹气，不是装的，他是真想叹气。

"县子自然也有事的，比如心事。"

见李素郁闷的样子，粗神经的程处默终于察觉不对劲了："咋了？到底啥事？"

李素让程处默挥散了部曲，拉着他到自家前院的槐树下坐着，然后……开始聊人生。

"程兄，今生能交到你这样义薄云天的朋友，委实是小弟的运气。"李素表情很严肃，语气很煽情。

程处默愣了："啊？"

"朋友是什么？是人生最宝贵的财富，曾子曰：为人谋而不忠乎？与朋友交而不信乎？那啥……乎！"

"乎啥？说人话！"程处默面现恼怒之色，他觉得李素在羞辱他的文化。

"意思就是说，朋友有难一定要帮忙，两肋插刀，赴汤蹈火什么的，程兄认为呢？"

程处默斜眼瞥着他："说了半天屁话，就是为了要我帮忙是不是？"

"程兄你悟了……"

"悟个屁！有事直接说事，你有难俺老程怎会袖手旁观？用得着说这些鬼话糊弄？"

李素放心了，铺垫半天终于听到了想听的答案。

刚露出笑容，程处默仿佛被过路的神仙顺手点醒了似的，忽然慢悠悠地道："先说好，啥忙都可以帮，唯独上次要我帮忙搅和你亲事那种混账事俺老程可不再干了。"

李素的笑容僵在脸上。

程处默拍了拍他的肩，义薄云天得一塌糊涂："说说，要我帮什么忙。"

李素脸颊抽了一下："帮我再搅和一次我的亲事。"

程处默拂袖而去，他发现自己有点受不了这个混账了。

友尽！

李素死命拖住了他，这事还真得借用一下卢国公府的招牌，少了程处默怕是成不了事。

程处默虽然外表粗犷，想必内心还是很文艺的，李素说了不少好话后，终究心软了，单手高举对天发誓这绝对是最后一次干这种混账事，若再有下次……叫老天降道神雷把李素劈死。

这誓发的，自己完全不吃亏。

……

二人领着程家部曲骑马赶到泾阳县城，轻车熟路地找到了许家商铺。

许家商铺占地不大，里面卖的是寻常的丝绸绫罗，生意颇淡，进出几个客人皆是零售，毕竟这里离长安太近，胡商们千里迢迢从丝绸之路而来，采买大宗的货物不会选择这座小县城，而是去长安的东西两市。

商铺里，许老爹正与客人谈买卖，李素和程处默安静地等了一会儿，许老爹满脸笑容送都客人，转眼一扫看见了李素，许老爹不由一愣，很快堆起了笑脸。

"原来是贤婿来了，快快进来，可真是贵客临门……"许老爹笑得满脸褶子，非常热情地将二人迎入店内。

李素强笑着朝他施了晚辈礼，许老爹回礼之后将二人请到店铺后院里。

没心情跟他寒暄，李素直接道明了来意。

"许伯伯，晚辈今日贸然登门实在唐突了，此番只为家父与您所定的亲事而来……"

话没说完便被许老爹打断："你这娃子，还生分个啥？以后就是一家人了，常来常往的，哪里说得上唐突？你爹送来的生辰老夫请了玄天观的道士掐过咧，道士说是天作之合，正相匹配，果然是命中有缘呐，哈哈……"

许老爹仰天大笑，一副快慰平生的样子。

李素心情越发沉重了，莫名其妙，事态怎么就到了这一步了？

"许伯伯，是这样的，关于这门亲事，晚辈想先跟伯伯赔个不是，虽说儿女婚姻之事全托父母之命，媒妁之言，可晚辈毕竟毫不知情，那时我正随军出征，回来便定下了亲事，晚辈的意思……意思是……"

许老爹敛起了笑容，捋须缓缓地道："老夫听明白了，你欲悔婚？"

李素没来得及回话，旁边的程处默终于长出一口气："说了半天废话，可算说到正事咧，没错，悔婚！"

第十七章 危机暗伏

程处默一句话将气氛由尴尬推向……更尴尬。

李素和许老爹的脸都有点难看，仿佛被人冷不丁扯掉了身上最后一丝遮羞布，大家赤裸相对，毫无转圜。

扭过头看一眼程处默，李素的目光很想杀人。

悔婚啊，多么含蓄、多么艺术的事情，被这家伙一句话全毁了，很奇怪，早上带他出来的目的是什么？

许老爹脸色更难看了，表情越发冷淡："悔婚是你爹的意思，还是你自己的意思？"

李素只好老老实实道："我自己的意思。"

"这就不对了，你爹已送了聘礼，保媒的是县衙的官媒，生辰也掐过了，连日子都定好了，两家忙了这许多天，你一句悔婚就不作数了？"

李素理屈，只好赔笑："实在抱歉，这事是小侄做得不地道，只求伯父能应允，小侄愿以十倍聘礼赔偿……"

许老爹失笑："我家不缺钱。"

"终归是要赔礼的，伯父有什么要求尽管提，小侄全然答应，至于婚事，令千金是泾阳方圆出了名的淑德良女，无可挑剔，小侄年少荒唐，性子浪荡，唯存一丝良知，既然配不上令千金，也不忍误了令千金终生，还请许伯父明鉴。"

话说得很含蓄，明白的人自然明白。意思就是说，我这种嫖姑娘不给钱的人渣拿来当女婿，活生生把你女儿往火坑里推，这样真的好吗？

许老爹脸色阴晴不定，显然他听懂了，而且确实不大乐意让这样的人渣当女婿，哪怕这位女婿是新晋的县子。

见许老爹犹豫，李素不由大喜，然而没过多久，许老爹神情忽然坚定起来，重重地道："不行！悔了婚我女儿的名节算是完了，既然亲事定下，绝不能悔，悔也可以，让你爹和扈司户来说，你来退婚没用。"

李素心凉了半截。

许老爹看着他，叹道："这不是你和我女儿两人的事了，是两家的事，如今聘礼已下，生辰已换，泾阳县内的亲朋好友全知道了，你若悔了婚，不仅我女儿没法活，全家都没法活了。李公子……姑且这么叫你吧，老夫知你是新晋的县子，而许家是商贾之家，说来确是配不上你，若早知你随军出征竟能立下军功封爵，老夫真不会攀你这门亲，可当初定亲的时候，你家亦只是太平村的地主，那时的许、李两家可是门当户对的，现在你封了爵，看不上许家自是情理之事，然而，说好的事情反了悔，怕是说不过去吧？许家脸上无光，你们李家莫非有光？"

许老爹的话很不客气，整件事掰开揉碎了，只差没直接指着李素鼻子骂他势利。

李素苦笑，他可从来没有任何看不起商人的意思，能把一首首绝世好诗当商品卖出去的斯文败类，怎么可能会歧视商人？简直应该视唯利是图的商人为亲人才是。

退婚的意思很单纯，只是因为东阳，然而这个原因终究无法说出口。

李素朝许老爹施礼，苦笑道："伯父误会了，真没有看不起商人的意思，半年前李家还是三餐不继的穷庄户，为了挣钱什么都干，哪里敢看不起商人？"

许老爹摇头："穷庄户和如今的泾阳县子是不一样的，当初是当初，现在是现在,不说这个,反正退亲不成,真有退亲的想法,叫你爹和扈司户来。"

谈判失败,许老爹仍旧很客气地将李素和程处默送出门,商人的礼数确实比寻常人家更周到,哪怕他想杀你全家,表面上仍是一脸把你当亲人的和善笑容。

李素和程处默就是被许老爹这种笑容送出门的,脸没撕破,大家都很客气,不过笑容里的虚假连瞎子都看得出,令李素和程处默很别扭,这种笑容……还不如撕破脸吵一架呢。

走出许家商铺,程处默和李素漫无目的地闲逛,程处默忍了很久没说话,终于忍不住道:"李素,你真看不起商人?"

李素瞪他一眼:"别人可以这么说,你好意思这么说吗?当初卖诗、开印书坊、卖酒……我干的桩桩件件都是商人的勾当,我会看不起商人?"

程处默点头:"说得也是……"

随即反应过来,程处默两眼一瞪:"好个狗贼,竟敢冤你,我先揍他一顿再把他家店砸了!"

李素乐坏了:"快去快去,砸的时候报我的名字,我在这里等你凯旋的消息……"

程处默很快冷静下来,斜眼看着他道:"砸老丈人店铺的混账事,怕也只有你能干得出来了。真当我傻吗?你们的家事我掺和什么?话说,你没有看不起商人,许家闺女又是有名的淑德女子,你为何非要退掉这门亲事?"

李素沉默,其实,自己也只是竭尽全力的坚持而已,这种坚持连自己都觉得渺茫,就算退掉亲事又如何?能拉近他和东阳之间的遥远距离吗?如今所坚持的事情,只是努力不让东阳离他更遥远而已,然而,终究还是很遥远啊。

也只能坚持了,不管结果如何,将来老了,坐在摇椅上追忆此生,不会因为年轻时没有为心爱的女人坚持过、努力过而后悔,终究还可以带着笑容告诉自己,年少时我曾爱过一个女人,我尽了最大的努力只为拉近与她的距离，后来或许失败了，但毕竟努力过了。

不想回答程处默的问题，真实的答案是个禁忌，绝不能说出口。

李素转移了话题，道："程兄，你觉不觉得事情有点奇怪，若你是那位许伯父，愿意把女儿嫁给一个嫖完不给钱的败类吗？"

程处默哈哈大笑："这种败类敢来我家提亲，我非把他撕碎了不可！"

说完不怀善意地瞥了李素一眼，李素面无表情地看着他。

二人沉默良久，程处默的表情渐渐变得讪然，他忽然想起来了，所谓嫖完不给钱的败类形象，其实是他亲手炮制出来的，理论上来说，应该是李素把他撕碎了才对。

李素自顾道："你觉不觉得那位许伯父有点奇怪？当初退了亲，现在又主动提亲，这次死活不愿退了，而且根本不在乎我曾经的坏名声，若说他家看上我的爵位也不合理，定亲的时候我还没被封爵……"

程处默挠头："你问我啊？"

李素叹气，为自己刚才的对牛弹琴。

"程兄，这事还真得靠你帮忙了，程家有没有那种……呃，打探消息之类的人？小弟想请程兄打探一下这个许家的底细，包括许家的族人、产业等。"

程处默奇怪地看着他："我程家怎么可能有这种打探消息的人？很犯忌讳的。"

李素刚露出失望的表情，程处默又慢吞吞地道："不过这种小事根本用不着特意打听，程家这些年在长安积累的人脉不小，随便问问便知，只是……真有这个必要吗？"

李素点头："有必要。"

回到太平村等程处默的消息，恰好这两日又有喜事。

王桩要成亲了。

其实早在年初时，李素便给王桩送了两贯钱，靠这两贯钱，王家爹娘终于给王桩定了一门亲事，邻村周家的闺女。同样也是扈司户保的媒，这家伙一辈子做的媒不少，积了不少阴德，说不定活得比李素还长，如果允许活人殉葬的话，李素临终前一定指名道姓让扈司户陪葬。

后来王家兄弟俩偷偷跑去从军，哭得王家老娘晕过去好几次，所幸有了李素的照应，王桩和王直还能捡条命回来。

回来的那天自然不是什么亲人久别重逢抱头痛哭的煽情场面，事实上王桩和王直刚进家门，王家老爹便抄起一根木棍，抽得兄弟俩哭爹喊娘，没过多久老爹抽累了，然后老娘上前接着抽……

男女混合双打，抽了王家兄弟足足半个时辰，兄弟俩的惨叫声半个村子都听得见。

打完以后，王家爹娘神清气爽，整个人充满了施暴过后的满足和快感，然后王老爹恶狠狠地丢下一句话，王桩的亲事提前，马上就办！

成了亲的男人才叫真正的男人，从此有了责任和担当，不会再拿自己的性命去冒险。

于是，王家兄弟回来的第四天，王家开始操办喜事了。

喜事过程颇为简陋，不过该有程序一样不少，纳采、问名、纳吉等六礼全有，两贯钱算是聘礼，周家很痛快把女儿嫁了，至于喜事有点寒酸周家倒无所谓，都是庄户人家，彼此的底细都清楚，关中人朴实，不会干这种打肿脸充胖子的事，把钱浪费在喜事席面上跟扔进井里没区别。

李素自然不能缺席，王家爹娘将李素奉为上宾，礼数周到得把他当成了长辈似的。

倒是跟李素的身份没关系，这两日断断续续地听王桩说了松州之战的经过，王桩身受重伤而第二天还要去攻城，眼看要把小命交代在松州城下，是李素想出了办法救了王家兄弟一命，再加上以前闹天花瘟疫的时候，也是李素想出了法子，把瘟疫治好了，对王家来说，李素是确确实实救了他们全家的命，而且不止一次。

菜肴虽简陋，但酒却是好酒。

程李两家合伙的酿酒作坊就开在太平村里,李素叫人搬了几坛五步倒,乡亲们很快喝得醉醺醺了。该吃的吃完了,该闹的也都闹腾过了,新娘没见着,一直待在洞房里,王桩却喝醉了。

坐在王家大院里,王桩醉醺醺拉着李素说了一大堆感激的话,从治天花到给钱帮他定亲,再到松州之战,使劲拍着胸脯说这条命以后就是李素的,什么时候要,只管拿去。

喝醉的男人很作死,当着老爹老娘的面,王桩大声说起了上次在泾阳县逛青楼的感受,细节描述得很生动,王家爹娘气得浑身直抖,李素眼尖发现洞房内的烛光簌簌摇摆不已……

很好,今晚王桩的洞房花烛夜一定很刺激。

最后,酒劲上头的王桩却说起了李素最不想听的话题。

"李素,我看得出你这辈子前途敞亮,你一定能干出一番大事,但是,你不能喜欢公主,会要命的……我大唐的公主很多,陛下一般都许配给邻国的王子或开国功勋之后,从来没听说许给一个小小的县子,立再大的功都不行……上次回村路上,我见东阳公主站在山包上等你,就觉得不大好,会出事的,出大事!李素,你莫犯糊涂,会要命的咧……"

喝醉的王桩语无伦次,但意思李素还是听懂了,心情不由愈发沉重。

"总要争一下的……"李素喃喃道,不知是说给王桩听,还是说给自己听。

王桩嗤笑:"争过以后,会是怎样的结果?陛下的女儿,只能由陛下决定她们的婚事,你若跟陛下求亲,你觉得会有什么结果?功劳是功劳,为大唐立功劳的人太多了,陛下会对你高看一眼?你和东阳公主现在一切都好,那是因为事情没泄露出去,一旦传到陛下耳中,你和她都好不了……"

压低了声音,王桩满嘴酒气凑在他耳边:"你们这算是私情,传进天家,是要命的大罪!立了多少功劳陛下都会把你抹了。"

李素笑笑,不置可否地道:"王桩,莫在背后议论陛下,你喝多了,快醒醒。"

王桩打了一个冗长的酒嗝儿，努力睁着醉眼，忽然嘻嘻一笑："不，该醒的人是你。"

李素发觉喝醉酒的王桩忽然变得很睿智，连笑容看起来都像是深思熟虑、智珠在握的高人形象，特别是最后一句"该醒的人是你"，逼格高得简直令人无法仰视，李素忍不住怀疑王桩其实是个聪明人，小时候中了某种诅咒，这种诅咒只有酒精能暂时解除，一旦酒醒便恢复痴呆傻……

玄幻的情节在李素脑海里不断放大，肃然起敬地看着醉醺醺的王桩被爹娘扶进房，王家老爹歉意地朝李素笑了笑，然后关上了大门，紧接着里面传出抽打声，以及王桩凄厉地哭叫声……

所以说，男人逛青楼这种事，不论任何时候都应该低调点，可以做，但不能乱说，特别是当着爹娘的面，否则后果很严重。

抽打声停歇了一会儿，王家老爹开门走出来，满脸歉意地朝李素笑："见笑了，真是见笑了……"

李素很诚恳地道："王伯莫把我当外人，正所谓'玉不琢，不成器'，该怎么抽就怎么抽，小侄只会喜闻乐见王兄弟成材，怎会见笑？"

王老爹笑得更开心了："果然是封了爵的人，说话文雅得很，一张嘴就知是个有本事的……"

犹豫了一下，王老爹朝屋里喊道："李家娃子不是外人，既如此，把大门敞开了抽。"

李素欣然赞曰："甚善。"

然后李素便全程欣赏王桩被抽的过程，王老爹抽得很用力，农户家孩子逛青楼不是好兆头，必须彻底教育，王桩被抽得醒了酒，惨叫哀号时见李素好整以暇坐在院子里看热闹，百忙躲闪中伸出一只手扒拉着门框，死死揪住不放，凄然喊道："李素救我……"

李素不为所动，直到最后王老爹怒声问起逛青楼的钱从哪里来时，李素顿觉不妙，清咳两声急忙告辞走人。

程处默对许家的调查还没出结果，太平村李家却迎来一位陌生的客人。

客人很有礼貌，敲开李家大门后不管见了谁都行礼，李素当时正坐在院子里发愁怎样把许家的亲事退掉，抬头时便看见了这位客人。

四十多岁的年纪，长得非常端正英俊，白白净净，颌下一缕三寸青须，连李素都不得不嫉妒的承认，这家伙比自己帅那么一点点……只有一点点。

气急败坏地从怀里掏出小铜镜，仔细看了看镜中的自己，再看看这位客人，然后再看镜中的自己，李素气得直咬牙。

长得这么帅跑来我家，是来羞辱我的吗？

李素的反应很奇怪，客人满脸的笑容顿时变得很僵硬，尴尬地保持着拱手的姿势，也不知是不是该继续行礼，或者……转身就跑？

"尊驾是……"李素终于还是克服了心魔，客气地拱手回礼。

客人长松一口气，急忙再次行礼："当了一回不告上门的恶客，还请李县子莫怪罪，实是素不相识，无人引荐，只好贸然登门，恕罪恕罪。"

"好说好说，来者为客，尚不知足下是……"

客人"哦"了一声，急忙长揖："下官，洪州都督府司马，许敬宗。"

李素默念了几次这个似曾相识的名字，接着两眼徒然睁圆，吃惊地看着他。

许敬宗！李武两朝有名的大奸臣啊！

刚才见第一面想毁他容的直觉是对的，政治无比正确，说明李素是个疾恶如仇的好人。

许敬宗对李素出格的反应有些奇怪，又不知刚才说错了什么，一时手足无措，场面愈发尴尬。

"啊，哈哈……原来是许司马当面，久仰久仰。"李素急忙打起十二万分精神，面对大奸臣，不得不小心点。

许敬宗又松了一口气，急忙回礼。

很客气地将许敬宗引入前堂正屋，然后李素亲自给许敬宗献上乳酥。没错，大唐用来待客的饮品，除了酒类就是乳酥了，至于茶这种东西，手续太繁杂，一般都是文人雅士们用来品位乱七八糟的人生的，不仅程序复杂，而且味道也很怪，李素完全不懂，相比之下，李素更喜欢后世的炒茶，味道清雅，而且方便。

为什么不发明炒茶呢？因为李素懒啊，这个理由应该很充足了。

许敬宗心不在焉地浅啜了一口乳酥，二人寒暄客套了一番……又一番。

许敬宗自打进了李家院子，感觉一直很怪异，面前这位十多岁的娃子比他的儿子还小，说话却十足的官场套路，寒暄起来天南地北一通乱聊，竟然沉得住气不问他这个陌生人登门的意图，客气中带着难以言喻的疏离甚至……戒备，看来十几岁能被陛下青睐而封爵，此子确有不凡之处，不仅仅是创出几样新奇东西那么简单。

最后还是许敬宗沉不住气了。

"今日冒昧登门，实为向李县子赔罪而来。"许敬宗起身，朝李素长长一揖。

见许敬宗终于挑明来意了，李素也不客气，于是笑道："这几日我心神不宁，总觉得命中犯煞，诸事皆不顺，直到今日看见许司马，终于恍然大悟……"

说着李素的笑容里有了几分冷意："敢问许司马，你与泾阳县许家有亲故否？"

许敬宗吃了一惊，脸色尴尬半晌，终于长长揖道："许某今日特为此事而来，没想到李县子早已知晓。"

李素叹道："倒也不是早已知晓，只是最近我对'许'这个姓比较敏感，许司马，你我从无怨仇，何以如此待我？"

许敬宗苦笑："许某真无恶意，委实是想与李县子攀上亲家……"

李素扬手止住许敬宗的解释，好奇地道："许司马能否先说说，今日为何登门赔罪？"

许敬宗滞了片刻，忽然叹道："许某虽新近贬官，但在长安城内也是有人脉的，近日听说程家小公爷到处打听泾阳许家，而许某的家宅之外也无端多了许多人窥视，许某不能不亲自登门向李县子解释误会。"

第十八章 峰回路转

请程处默查泾阳许家不是没有道理的，李素很相信自己的直觉，退了亲又主动要求结亲，其中必然是有原因的……

现在这件事的真正根源正坐在李家前堂里，李素很想知道，他跟许敬宗到底什么仇什么怨，非要塞个许家闺女给他。

礼多人不怪，许敬宗再次向李素施礼，苦笑道："许某确无恶意，泾阳许家是许某远亲，因其商贾之家，而许某在朝为官，故而不常走动，数月前亲族相聚，许家曾说起与李县子结亲之事，提及李县子……声名不洁，遂退了亲事。许家是商户，见识不多，而我却身在朝堂，深知李县子声名之隆，若说李县子竟能做下这等……恶事，许某却是不信的，于是遂跟许家言明，此乃有人中伤县子，许家错失美玉矣……"

李素恍然。

能在历史上留名的，不管是奸臣还是忠臣，终归比常人多几个心眼的，李素当初干过的自污名声的事，或许能蒙住许家，却瞒不过许敬宗，他甚至用不着亲眼目击便能敏感察觉到不对劲。

难怪后来许家老爹完全无视李素曾经的恶名，而主动再跟李道正商议结亲之事。

许敬宗这番话没说得太透彻，但李素却推测出了他没说完的话。

刚才许敬宗说他新近贬官，然后撺掇远亲许家跟李素结亲，这里面就包含许多意思了。

简单地说，许敬宗最近在长安城里听说了李素的名声，然后推断出李素是一支潜力股，李素出征后能不能立功封爵，那时许敬宗也不清楚，但他清楚李素以后一定会飞黄腾达，毕竟李素治天花、作诗、献国策，当今陛下和房相亲自降尊寻访，仅这份殊荣便很不简单了。

上达天听，简在帝心，这样的人能不飞黄腾达吗？于是许敬宗赶紧让亲戚抱住李素的大腿，这个年代还是很注重宗族情分的，泾阳许家跟李素结了亲，等于便是许敬宗跟李素结了亲，许敬宗去年因事贬官，正是寻求转机之时，李素被陛下另眼相看，岂不就是一个活生生的转机？

于是，在许敬宗有意无意地炮制下，终于弄出了一幕令李素头疼的闹剧，这件事里，受益人自然是被贬官的许敬宗，而李素和许家的闺女则成了牺牲品，或者，牺牲品里还包括东阳。

很有意思，莫名其妙被人当成了棋子，更有意思的是，李素居然对许敬宗生不出恨意。

这家伙自然是坏人，玩弄心机是官场中人的基本技能，定亲这件事说来没什么技术含量，但许敬宗的时机拿捏得非常好，趁着李素出征时跟李道正谈妥了，回来时聘礼已下，日子已定，若李素没有认识东阳的话，说不定就马马虎虎认了这桩亲事，到时候许敬宗上门求助，让他的官场生涯再次焕发生机，如今李世民正是对李素另眼相看，可谓圣眷正隆之时，冲着亲家的面子，李素也不能不帮忙，于是，笑到最后的人只有许敬宗。

然而许敬宗虽然坏，却坏得很坦率，这也是李素对他恨不起来的原因。

许敬宗没想到李素会如此反感这门亲事，随即又打听到程家小公爷正满长安打听泾阳许家的底细，不得不说，许敬宗还是非常有危机意识的，察觉到李素这一番动作后，许敬宗顿时觉得不妙，如今他只是个小小的从六品司马,他惹不起卢国公府,甚至连李素这种末等小爵都惹不起,事情超出了他的掌控,必须及时悬崖勒马。

于是许敬宗非常痛快地把自己送上门,将前因后果说清楚,态度也摆得很端正,没错,就是我算计你了,今天来赔罪,要杀要剐随便你,反正一百多斤就撂这里了。

从阴谋者到浑不吝,角色转换得如此自然,毫无痕迹……

李素真的对他恨不起来,他怕的是伪君子,但却欣赏真小人,这种人不会时刻用"道德"两个字来恶心别人,而且坏得很自然,坏事自然干得不少,得逞了暗暗得意一番,被人戳穿了也不尴尬,老老实实承认这次状态不好,坏事没干成功,下次再来过。

跟这种人打交道其实挺不错的,不累。甚至连提防心都不必有,自己倒霉了第一个先问他,是他干的,顺手给他一嘴巴,不是他干的……那就真不是他干的。

当然,对许敬宗恨不起来还有一个很大的原因,李素知道困扰自己多日的麻烦暂时解决了,既然登了李家的门,泾阳许家那边的烂摊子,自然由许敬宗去收拾,如果收拾得不利索,李素不介意动用一下关系,把他当成自己来到唐朝后的第一个敌人,而且是生死大敌,不死不休的那种。

都是聪明人,话说到一半就够,许敬宗的表情很坦然,脸上没有任何被道德心谴责的愧疚,仿佛只是走路时不小心碰了一下路人然后道个歉。

李素说话也不遮掩了,笑着指了指许敬宗:"你给我找了个很大的麻烦。"

许敬宗赔笑,此刻他已不敢再拿李素当十几岁的小娃子看了,很正经的平辈相交的态度。

"所以许某今日来赔礼,而且以后也不会有麻烦了。"

李素等的就是这句话。

多余的话不必说,李素接受了赔礼,甚至也接受了许敬宗递来的友谊之手,抛开李素个人对他的欣赏且不说,像许敬宗这种人若主动要求跟你做朋友，最好不要拒绝他，否则以后命中必有劫数。当然，这种人被归于哪一类朋友，则看个人修养造化了，反正在李素心里，许敬宗可以成为守望相助的利益朋友，可以共享福，但绝不能指望他会与你共患难。反过来也是，许敬宗将来若陷入什么掉脑袋的大麻烦里，李素一定也是掉头跑得最快的。

获得李素的友谊很容易，许敬宗今日得到了一个不小的惊喜，他没想到这位刚刚被封了爵的少年竟和他如此……臭味相投。

许敬宗甚至有点淡淡的后悔，早知这人与自己如此投契，何苦布那么一个复杂的局，直接登门，大家喝杯白酒交个朋友，爽利多了。

说笑几句后，许敬宗试探着说起他去年被贬官之事。

李素认真想了想，道："许司马可知上月我大唐与吐蕃的松州之战？"

许敬宗急忙点头："此战传遍长安，以五万敌二十万，乃我大唐近年少有之大胜，而李县子所创的震天雷更是大放光彩，令长安军民敬仰不已。"

李素点点头："震天雷这东西，确是我所创，秘方我已献予陛下，此物陛下甚为看重，前些日召我进宫奏对，陛下似乎有意设一个火器局，专司研制火器之用……"

许敬宗闻言两眼大放光芒，情不自禁地坐直了身子，眼中冒出无法掩饰的权欲。

李素笑道："其实陛下有意任我为火器局监正，但我性子太懒散，况且火器这东西太危险，所谓君子不立危墙之下，所以……"

许敬宗飞快接口："许某愿为李县子分忧！"

"火药配制是我大唐的绝密，陛下必然要任用绝对信任的人，我可代你向陛下举荐，但陛下用不用你，真不是我能左右的。"

许敬宗笑道："不瞒李县子，当年陛下还是秦王时，许某便是秦王府的学士，颇受陛下赏识，如今陛下所信宠者，皆是秦王府时的旧部，然则卢公、卫公、英公等皆是征杀大将，赵公长孙、房相又是肱股重臣，秦王府旧部余者不多矣，许某若能得李县子举荐，陛下定然不会拒绝。"

说到这里，李素不由好奇起来："既是秦王府旧部，陛下应该对你恩宠有加才是，许司马何以被贬官？"

许敬宗仿佛猛然被人揭了疮疤似的，表情变得黯然起来。

长长叹口气，许敬宗道："去年贞观十年，长孙文德皇后薨逝，陛下诏令举国服丧，许某的心情其实也是万分悲痛的，文德皇后确是古今第一贤后，可惜天妒贤后，竟中年崩丧，实是老天无眼。那日丧礼之上，众臣在太极殿外跪地哭丧，许某也在其中，哭得情不自已之时，抬头猛然发现当时的率更令欧阳询哭得眼泪鼻涕横流，那张脸扭得实在是……"

说到这里，许敬宗的俊脸也开始扭曲了："实在是，实在是……乱七八糟……"

李素不解了："一张脸有鼻子有眼，怎会乱七八糟？"

左右环视一圈，许敬宗顺手抄起自己衣裳下摆的绸布，双手狠狠一拧，然后呈现给李素："李县子请看，当时欧阳询就是这般模样……"

很直观的形容，李素瞬间秒懂，然后……他的脸也开始扭曲了。

许敬宗黯然叹道："那张脸，实在是太可笑了，许某当时真的无法克制，喷然大笑出声，就是那一声笑，被御史台的御史们参奏得生不如死……"

说完许敬宗不知是不是又回想起了欧阳询当时的模样，一年过去了，欧阳询那张脸的笑点似乎仍在，许敬宗忽然"噗嗤"一声，接着悚然发觉自己太失礼，于是急忙双手往面前的矮脚桌上一趴，把脑袋深深埋进去，发出不知是笑还是哭的号声。

"许某对不起文德皇后，许某是罪人啊哈哈哈哈哈……"

许敬宗趴在桌上肩膀一耸一耸的，实在看不出他在哭还是在笑，李素冷眼欣赏他的演技，忽然理解为什么许敬宗会被御史参奏得死去活来了，现在这副样子，真的很可恨。

许敬宗趴在桌上哭（笑）了很久才抬起头，悲痛状仰天叹了口气，眼角确实有泪花，只不知是哭出来的还是笑出来的，李素在考虑要不要去举报他，让李世民大怒之下把这混账一撸到底，永世不得翻身。

"让李县子见笑了，下官乃性情之人，文德皇后在世时贤良无双，朝野赞颂，臣民皆沐感慈恩，真真是无愧古今第一贤后，如今皇后崩逝一年余，朝臣们思之犹自落泪啼泣不已。"

李素也只好作悲痛状，前堂内一老一少同台共飙演技，悲痛过后互视一眼，分明察觉彼此露出一抹坏人惜坏人的目光，很知己。

好了，大家都是同一类人，再演没必要，于是同时收功。

"李县子，若陛下设火器局，下官只任少监即可，监正还得由李县子亲掌，大唐从无设火器局先例，而且震天雷这东西，亦是李县子亲手所创，由李县子掌火器局，正是相得益彰，火器局定能陛下开疆辟土再立新功，李县子将来封公列侯指日可期，那时下官也好跟着李县子沾点光彩……"

李素摇头："陛下封我县子之爵已是错爱，我这人懒散惯了，且胸无大志，况且我年纪尚幼，难以服众，火器局监正一职恐难为任。"

许敬宗目光闪动，斟酌了一下措辞，才缓缓地道："李县子，恕许某直言，这世上从来没有懒散悠闲的人。农户忙劳作，商贩忙买卖，织工忙织绸，匠人忙盖屋，文官忙政务，武将忙统兵，就连万乘之尊的皇帝陛下，也要忙着平衡朝臣，兴农励工，威服万邦……"

许敬宗盯着他，叹道："就连和尚道士，每日也要忙着诵念经文、侍奉道君佛祖，李县子你看，世上哪有真正悠闲之人？李县子尚是未及弱冠的少年郎，况且于国大有功劳，陛下待县子以国士，正是皇恩圣眷正隆之时，何故竟生迟暮之心？"

李素无辜地看着他："因为我懒啊……"

许敬宗："……"

这个理由……真的很欠抽。

送走了许敬宗，李素的心全然放下，耳边却不停地回响着许敬宗临走时说的最后一句话。

"大丈夫不可一日无权。"

这句话许敬宗说得很认真，李素也想得很认真，首先他在怀疑许敬宗劝自己当官的目的，说这样的话是不是在坑他，还是对他自己有什么好处，其次才是思考这句话的真正意思……

看，踏入官场多麻烦，多耗心神，别人随便说一句话都得仔细琢磨，仔细推敲，任何一个同僚跟自己说的任何一句话都要思之再思，提防这句话是不是陷阱，自己该不该信这句话，如果信，能信几成……

好累，李素想了又想，想得瞌睡了，当官果然很损耗脑子，这还只是跟官场中人说了几句话就累得不行了，以后若真踏入官场，很有可能长睡不醒。

许敬宗走后，李素睡了个午觉，醒来时神清气爽，而且心情很不错。泾阳许家的麻烦解决了，多交到一个坏朋友，而且……似乎很久没见到东阳了。

起床后在家里搜罗了一圈，从厨房里找到昨天提前用盐和高度酒腌好的一大块生羊肉，李素用柴刀细心劈了几十根细竹签，然后将羊肉切细后串在竹签上，又寻了一些细盐、蒜子、小茴香，也就是孜然，长安东市的胡商摊子上大把大把地卖。

所有的调料和羊肉串包在一起，李素匆匆往河滩边跑去。

东阳果然坐在河滩边，自从认识李素后，这个习惯几乎风雨无阻，如果河滩边有个打卡机的话，东阳已拿了小半年全勤奖了。

反倒是李素最近常常瞎忙，来得断断续续的，东阳从来也不责问他，李素来了大家便坐在一起说说笑笑，再发一阵呆，一下午就过去。李素若没来，东阳便独自坐一下午，待到夕阳西沉时再回府。

她真的是一个很安静的女子，像幽莲一般，从来不适宜长在喧闹的俗世中。

东阳见李素今日来得兴冲冲的，稍稍惊讶一下后，杏眼笑成了弯月。

"手里抱着什么？"东阳好奇看着李素的手道。

"别问那么多，来，帮忙搬石块，垒个小台子出来，再寻一些能烧的干柴……"李素喘着粗气道。

东阳瞪他一眼："你倒指使起大唐公主来了，自己为何不去？"

"想吃好东西吗？想吃就赶紧去干活。"李素的回答很硬气。

东阳恨恨瞪着他，努力克制了半晌好奇心，最后气哼哼地搬石块去了。

李素也垂着头忙活，在他的指使下，东阳垒好了一个小石台，推开好心上前帮忙的侍卫，亲自动手拣了一些干柴堆在石台边。

青烟升腾，火势渐旺，李素抓了一把羊肉串放在火上慢慢烤，不时细心地用三根手指拈一小撮盐和小茴香慢慢地洒在羊肉上，很快，一股掺杂着孜然味的肉香在空气里飘荡。

饶是东阳见惯了锦衣玉食，此时也不停地抽动鼻子，清灵的眼里难得一见地露出几分馋色，想想又觉得太失仪，装作不屑地扭过头，只是玲珑的琼鼻仍不自觉地微微抽动。

"好了，快，趁热吃，凉了有股膻味，就不好吃了。"李素赶紧递过几串刚烤好的羊肉串。

东阳犹豫了一下，终于还是食欲战胜了矜持，接过肉串便张嘴咬了一口。

这一口咬下，秀气娇小的嘴角流下油来，顺着红艳的唇角流到下巴，东阳这辈子都没这么失态过，顿时有些无措，睁着大眼焦急地看着李素。

李素犹豫片刻，终于还是不情不愿地起身，努力克制着洁癖，用自己的衣袖将她的嘴擦干净。

"啧，真脏，明儿赔我件衣裳，算了，直接赔钱，十贯。"李素露出很嫌弃的模样。

东阳气得杏眼一瞪，俏脸一红，想骂几句，奈何嘴里塞满了肉。

"呜呜呜……"

"听不懂你在说什么，我猜一定是答应的意思，就这么说定了。"李素马上转移话题，"好吃吗？"

东阳气鼓鼓地瞪眼,然后……气鼓鼓地点头。

"今心情好,羊肉就不收你钱了,免费请的,若是有两瓶冰啤,不对,一坛冰镇的美酒,哎呀,美滴很、美滴很……"

东阳终于咽下了嘴里的肉,见李素今日心情好,她也莫名高兴起来,站起身扬手招过远处观望的一名侍卫,吩咐道:"快去府里取父皇赐的葡萄酿,还有冰块。"

侍卫领命,匆忙跑远。

李素有些惊讶:"大热天的有冰块?你家有冰箱?"

"什么是冰箱?"东阳横他一眼,"大户人家都挖有冰窖的,每年冬天将干净的冰雪储存起来,热天就能用了。父皇批阅朝务的甘露殿,每年夏天都在殿内四处摆着冰块,内侍用扇子一扇,风儿凉飕飕的,你如今也是县子了,趁着冬天没到,也要赶紧挖个冰窖,明年夏天就用得着了。"

李素笑道:"不,我懒得挖,我就用你的,把你公主府的冰全用光,用光还不给钱。"

"我就用你的。"——这句话令东阳忽然红了脸,羞怯地垂下头去,手指慌乱地使劲拧着衣角。

"你……每年都用我府上的冰吗?"东阳声若蚊讷问道。

"嗯,每年都用,今年冬天时你叫府里人多存一些。"

东阳笑了,灿如夏花。

"好,我回去叫他们挖一个更大的冰窖。"

侍卫腿脚很利索,没过多久便取来了一只两三斤的银壶,两只镂空雕花银杯,还有一个铁皮盒子,盒子里装满了细碎的、晶莹的冰块。

将银壶放入冰块中,等了一阵后倒入银杯,李素仰头一口喝尽,酸酸凉凉的液体顺着喉咙滑入腹中,凉丝丝的全身舒坦。

"终于找到烧烤摊上吃烤串喝冰啤的感觉了……"李素悠然长叹,眼中一丝怀念的雾气缓缓升腾。

东阳静静地看着他,眼中第一次露出迷惑不解的光芒,她不清楚为何此刻的他,眼中竟有如此萧瑟和思念交织的目光。

"想不想知道我上次用泥捏的乐器吹起来是什么声音?"李素忽然问道。

东阳只能无声点头。

李素从怀里掏出烧制好的一只形状奇怪的物事,凑近嘴边开始吹奏。

悠扬而呜咽的笛声,仿如杜鹃啼血,声声幽怨,连静静流淌的河水之上仿佛也笼罩了一层浓浓的哀愁。

东阳先是皱着眉,接着眉头舒展开来,眼中却浮上几许忧伤,随着曲调的抑扬,忧伤愈发浓郁。

良久,一曲终毕,李素和东阳陷入久久的沉寂之中。

最后李素打破了沉寂,扬了扬手上的乐器,强笑道:"它叫陶笛,刚才吹的曲子,名叫'故乡的原风景'……很怪的名字。"

东阳看着他,静如岁月。

李素笑容敛去,垂下头缓缓地道:"我想家了。"

"你的家……不是在这里吗?"

"我想念的家,在前世。"

第十九章 官职加身

东阳不明白李素想念的家为何在前世,她只觉得刚才那首曲调里有一种深深的哀愁,仿佛一阵绵绵的冻雨,直接淋进了她的骨髓里,令她忧伤到战栗。

他……一定有着不为人知的故事,那个故事有喜有悲,有笑有泪,他的诗,他的国策,他造出的震天雷……或许都在他的故事里。

东阳很想听这个故事,但良好的教养告诉她,他不想说,她就不能问。

静静看着李素沉默的样子,东阳忽然劈手夺过了他手里的陶笛,道:"以后别吹这个了,吹得人心里慌慌的,不好听。"

李素被她从乡愁中惊醒,笑了笑,无所谓地点点头。

东阳把玩着手里的陶笛,嘴里哼哼有声,似乎在默记李素刚刚吹奏的曲调,过了一会儿,抿着嘴悄悄地笑了笑。

"李素,这里便是你的故乡。"东阳重重地道。

李素怔然,随即举杯饮尽冰凉的葡萄酿,漫声吟诵:"试问岭南应不好,却道,此心安处是吾乡。"

声渐凝噎,似向前世告别。

唐朝的宦官很辛苦,特别是唐朝初年的宦官,不跑腿时只是个侍候贵人的角色，跑腿时也只是个传话的，长安城内还好说，恨的就是李素这种人，住在离长安城六十多里，骑马跑断腿也不见这新封的混账爵爷掏出点小费慰劳一下。

宫里来了旨意，陛下宣召李素进宫奏对。

李素只好穿上那件略显娘炮的浅绯色官服，腰间挂上一个银鱼袋，骑上马儿跟着宦官进了长安城太极宫。

李世民仍在晖政门内的安仁殿召见他，今日的李世民只穿了一身黄色便袍，跟东阳说的一样，大殿四周果然摆放着许多冰块，宦官内侍卖力地扇着大团扇子，李世民仍热得额角冒汗，以往所见的皇帝威仪今日全然不复，嘴里甚至咯嘣咯嘣嚼着冰块。

"这天气，热得邪性……"李世民皱着眉，朝宦官示意了一下，宦官急忙将一碗细碎的冰块捧送到李素面前。

李世民扬扬眉："来一块？"

很暖心的待客方式，类似于前世的陌生人见面先发一根烟当作打招呼，彼此间的陌生感随着烟雾缥缈瞬间消失殆尽。

李素当然也不客气了，他也很怕热，更何况最近不知为何，脸上又冒出一颗青春小红痘，估摸是天气热上火，烦得彻夜难眠，总觉得没脸见人，照镜子都没心情了。

消火的冰块，实在不能拒绝……

迅速地拈起一块扔进嘴里，然后……君臣二人相对无言，同时咯嘣咯嘣……

"朕意长安城东郊二十里外划一块地方，驻重兵把守，设火器局，你任监正，正五品，另任少监二人，匠作百人，专司研制火药震天雷之用，三日后上任去吧，咯嘣咯嘣……"李世民嚼着冰块把该说的都说了，这次没有一句问句，简单地说，这不是奏对，而是宣李素进宫听圣旨。

李素无辜地望着他，同时，无辜地嚼着冰块："咯嘣咯嘣……"

李世民盯着他："你有话说？"

"有。"

"奏来。"

李素三两下嚼完冰块，咳了两声，萌萌地看着李世民："陛下，臣……只是个孩子啊。"

"再作，朕让你横着走出宫。"李世民怒哼。

李素叹口气，其实上次进宫奏对，见李世民对火药如此狂热的态度后，李素便有了这种预感，见识过火药威力后，但凡稍有雄心壮志的皇帝都不会对它视而不见，而研制发展火药的人选，除了他这个发明者以外，还能是谁？

耳边忽然响起许敬宗跟他说的那番话，其实，世上从皇帝到贩夫走卒，谁能真正悠闲一世？各有各的忙碌罢了，不让他悠闲的权力掌握在别人手里，他有什么资格做个闲人？

"敢问陛下，所谓火器研制，需要研制什么？"

李世民冷笑："你问朕，朕问谁去？东西是你造出来的，怎么把这个东西变出花样，变得更利于我大唐雄兵征伐天下，那是你这个火器局监正的事情，朕管得了那么多？"

好吧，历史因为一个小陶罐的出现而彻底改变了轨迹，朝一个任何人都无法预料的方向疯狂发展，大唐皇帝陛下掠夺土地有了更加犀利的武器，从此一发不可收拾，后世历史学家若有知，一定会把……王桩吊起来抽一顿？

不是因为王桩，这东西出不了世，王桩是千古罪人，没错，是这样的。

李素拱手："一应人力物力……"

李世民一挥手："要啥给啥，咯嘣咯嘣……"

"陛下，火器这个东西，范围很大，天上飞的、地上跑的、水里游的，火器都可以应用……"

李世民停止了咀嚼，吃惊地盯着他："天上飞的？咋飞？"

李素忽然想自扇耳光，干吗给自己找麻烦？

"陛下恕罪，臣失言，没有天上飞的，也没有水里游的，只是打个比方，臣的意思是，研制更多花样的火器，需要耗费很长的时间，毕竟这是个很危险的东西，研制时必须思之再思，用的材料和原料也许会很多，而且还要做好浪费大部分的打算，因为一旦火药秘方里的几种配比不对，便意味着原料已浪费，需要重新制作……"

李世民很大方，登基十来年的休养政策令这两年的国库鼓了起来，他才有底气摆出一副挺着肚子的暴发户形象。

"用！尽管用！只要能造出好东西，朕不吝啬钱物。"

"还有，关于火器局少监的事……臣前几日认识了一位大臣，姓许，名敬宗，臣与他言谈时觉得他……嗯，颇富谋略，深识大体，既有忠君爱国之心，亦有心忧庙堂天下的拳拳盛意……"

李世民不耐烦了："说人话！"

"臣请陛下把他调来任少监，熟人好办事。"

李世民盯着李素看了一会儿，良久，方才缓缓道："朕准了，但李素你给朕听清楚，火器局交给你，莫玩甚花样，钱与物朕都给你，慢一点也没关系，但朕迟早要见到东西，若不然，你和许敬宗罪莫大焉。"

李世民今日的语气与以往大不相同了，李素明显能感到话里的居高临下之意。

刚开始有点不适应，后来李素渐渐想通了。

以往李世民主动去太平村寻访也好，给他封爵也好，一直都很客气，因为李素是人才，值得一用，但凡圣明的帝王遇见人才时，态度都放得很低的，比如刘备三顾茅庐，诸葛亮午睡未醒还老老实实等在草庐外面，毫无老板派头，隆中对以后，没有任何工作经验、没有任何社会阅历的诸葛亮出山当了刘备的军师，刘备对诸葛亮那叫柔情似水、体贴入微，嘴里整天嚷嚷着"如鱼得水"，还给军师织草帽，明眼人不仅能看出激情满满、水乳交融的样子，还看得出谁攻谁受……

李世民对李素也是这样，不过站在李素的立场来说，李世民做人显然比刘备差了一点，给李素封了官职，聘用为员工后，以往的客气便全然不见，李老板的派头渐露峥嵘，说话的语气明显变成了上司。

李素心理调适得很快，官场和职场事实上有许多相同之处，都是给公司办事，都是为老板服务，唯一不同的是得罪老板的后果不太一样，职场了不起辞职走人，官场不行，人可以走，脑袋必须留下。

恭敬地领了旨意，李素向李世民告辞，抬眼瞧瞧李世民表情很平静，李素临走又从碗里拈了一块冰扔进嘴里。

"臣，告退……咯嘣咯嘣……"

哎呀，美滴很……

不得不感叹大唐朝堂的办事效率，李素刚走出太极宫门，便有一名官员等在门外龙首渠对岸。

官员名叫陈堂，七品的小官，以前是宣德郎，没什么具体的职务，算是文散官。大唐类似的文武散官不少，可以理解为官员预备役，哪个位置有了空缺便补上，没有空缺便领着朝廷的俸禄只吃饭不干活，因为散官太多而给朝廷国库造成不小负担的事，所以尚书省仆射房乔给李世民上过许多奏疏，李世民登基十一年里陆续裁撤了不少。

陈堂很幸运，李世民决意设火器局后，中书省和吏部商议火器局官员人选，决定由陈堂任火器局监丞，位列监正和少监之下，主管火器局内的具体事务。

李素是火器局的监正，单位最高领导，陈堂的顶头上司。虽然一个十多岁的少年当顶头上司感觉有点怪异，陈堂的态度还是很端正的，恭敬地朝李素施了礼，并开始汇报工作。

火器局其实早已建好，那时李世民刚刚亲眼见识过震天雷的威力，而李素还在松州城时，李世民便下旨划地设火器局，只是由于此物威力巨大，秘方属于绝密，李世民不放心交给任何人打理，这个位置从一开始便是留给李素的，因为他是发明者，能发明出此物而且很痛快上交给朝廷，李世民对他还是很放心的。

陈堂汇报工作很详细，从里到外，从软件到硬件，介绍得滴水不漏，巨细无遗。

火器局位于长安城东郊二十里外，占地四十余亩，不大也不小，房子都是工匠新盖起来的，外围驻扎着金吾卫将士近五千人，内部更是三五步一岗一哨，戒备森严之极，围墙每隔几步设瞭望口，箭垛和弩箭孔，任何可疑的陌生人接近火器局百步之内，就会被金吾卫的将士们射成筛子。

李素听完后暗暗心惊，如此森严的戒备，足可见李世民对火药这东西何等重视，若是有一天李素当官当腻了，想辞官告老还乡……李世民会不会杀他灭口？

以李世民十一年前毫不犹豫地对兄长和弟弟手起刀落的性子来看……绝对有可能！

李素立马做了一个决定……以后好好当官，尽量不招惹圣明英武的皇帝陛下。

工作汇报完，陈堂开始向李素献殷勤，这年头的官员还是很有廉耻心的，马屁拍得很圆润，丝毫不见生硬，总之就是下官一定在李监正兼李县子的英明领导下努力做好本职工作，事无巨细一定早请示晚汇报，有困难下官上，有功劳领导先请，你快乐就是我快乐……

李素对陈堂的表现很满意，这位监丞长相很平凡，在这个普遍以看脸为当官条件的大环境下，或许也是陈堂久久不得晋升授实职的原因之一。

"长安城熟吗？"等陈堂汇报完工作，李素冷不丁地问道。

陈堂愣了一下，很快答道："下官是关中人，自小在长安城长大。"

"你带路找家酒楼，我们先吃一顿，我请客，走你。"李素不由分说拉着陈堂便走。

……

新官上任三把火,李素上任先请下属吃一顿。

自从被封了官爵后,李素便时刻提醒自己做人要圆润一点,对上司好,对下属也好,尽量不要得罪人,谁都不知道曾经的下属会不会某天走了运爬上枝头成了他的上司,李素不能不小心。

陈堂是个很有意思的人,眼力很活泛,二人从太极宫门口走,走到朱雀大街只有百余步时,陈堂便从李素的穿着和后面牵的坐骑神骏程度看出李素的身家,再回思一下自己的身份,便知道让这位顶头上司请客大抵是什么档次,很快找了一家中档的酒楼走进去。

李素颇觉意外认真地看了陈堂好几眼。

找酒楼这件很普通的事情,怎么做却大有学问,太贵了上司不高兴,太便宜了上司觉得掉档次,陈堂却做得完美,而且表情很平静。

叫了壶酒,几样肉食和拌野菜,陈堂主动给李素面前的漆耳杯倒满酒。

李素抽了抽鼻子,嗯,酒味很熟悉……

陈堂双手端起酒杯平举齐眉:"下官恭祝李监正为大唐为陛下再立新功,请酒。"

李素不动声色地捂住杯面:"我年纪太小,你先来,你先来。"

"如此,下官先干为敬。"

在李素玩味的目光注视下,二两的漆耳杯一口闷……

酒刚入喉,陈堂的脸色变了,一副"酒里有毒"的模样,猛然张大了嘴,脸孔涨得通红,喉咙咯咯有声,不知是想大吼一声"好酒",还是想喊救命,一双黝黑的手掌时而化拳时而化掌,最后定型为鹰爪,不停地挠桌,挠桌……

"好喝吗?"李素眨着无辜纯洁的眼睛看着他。

陈堂双手掐住自己的脖子,似乎想吐,又吐不出来,脸色渐渐泛紫,大口呼吸了半晌,终于勉强缓过劲来。

"好霸道的酒,早听说长安最近盛行所谓的五步倒,下官一直无缘一试。今日尝之，果然是五步倒，李监正海涵，下官刚刚失态了……"陈堂看着表情很平静的李素，渐渐露出疑惑的模样，"看李监正的样子，似乎喝过此酒？"

李素老实承认："喝过。"

陈堂顿时露出幽怨的模样，目光谴责地看着他，喝过你刚刚不提醒我？

李素这时才把漆耳杯凑近嘴边，小心地啜了一小口，龇牙咧嘴半天，长长呼口气。

"此酒我不但喝过，而且……"李素眉目不抬地道，"这酒本就是我亲手酿造出来的。"

陈堂："……"

李素继续无辜地眨着眼："好喝吗？"

"好喝。"

矮脚桌上大半坛五步倒往陈堂身前一划拉，李素笑道："全都给你喝了。"

"啊？下官……这，李监正喝什么？"

再次摆出不胜凉风般柔弱的造型，李素叹道："我年纪这么小，当然喝醪糟，店伙计，来碗醪糟！"

……

酒过三巡，陈堂脸色已红得像关公了，但神智还很清醒。

李素刚才无声坑了陈堂一次，这一记下马威很有效果，陈堂的神情愈发恭敬了。

"陛下当初设火器局时便说过，火器局自是以研制火器为主，不仅仅是震天雷，将来我大唐关中精锐攻城破寨，平原交锋都要用上火器，所以必须制出适合攻城的、适合平原战的、适合骑兵用的、还有适合步卒用的等诸多火器……"陈堂看着李素，接着道，"上月建好火器局，陛下亲自指派了百余名工匠，连同家眷都搬进了火器局旁的营房内，不准随意与外人接触，包括外面驻守的五千金吾卫将士在内，大家只等李监正上任了。"

李素奇道："为何非要等我上任？你们可以自行研制啊，说实话，我也只会造震天雷而已。"

陈堂苦笑道："火器局上下百余口……并无一人知晓火药秘方，陛下说过，火药秘方只在李监正一人手里，任何人若敢探问，必究其罪，没有火药，下官如何研制火器？"

李素明白了。

火器只是功用不同，但最关键的技术数据，却是火药秘方，硝石、木炭、硫磺三样东西的搭配比例是核心的绝密数据，李世民绝不会让它人尽皆知，人无我有才是王牌杀器，军民都知道了，邻国都知道了，还算得什么杀器？

第二十章 新官上任

李素知道，李世民的性格绝不是史书上所说的那般简单，事实上越英明的帝王越多疑，他不容许任何人挑战他的皇权，更不容许任何人颠覆皇权。

而火药这个东西自从面世以后，李世民对它可谓又爱又怕。

交给谁掌握都不合适，哪怕是太子，李世民也不会完全放心，近年来李世民对魏王李泰无比宠信，其宠信程度甚至超过了太子，长安坊间早有流言，今上或有废长立魏之心。火药这东西，自然也不会交给太子或魏王。

放眼天下俊才和忠臣，还能找到比李素更放心的吗？没别的原因，这东西本就是李素发明出来的，有没有火器局的存在，火药的秘方都牢牢记在李素心里，想用的时候随便搜集几样物事，三两下一捣鼓，便是一件破城灭国的利器。

爵位和官职都是手段，李素掌握火药，而李世民，掌握李素。

与陈堂走出酒楼时，陈堂已有了七分醉意，脚步略显踉跄，却很清醒地带李素去火器局。

李素不太想去，毕竟天色已晚，再跑一趟火器局，晚上回家怎么办？这年头路上没有路灯，马脑袋上也没装车灯，赶夜路很危险的。

再说李素也不是什么敬岗爱业的好领导，跟那些坐机关的小科员一样整天不干正事，一杯茶、一张报纸混一天，这种人当火器局的一把手，火器局的未来委实堪忧。

有心想拒绝，无奈陈堂的目光太诚恳，而且充满了激情，像一匹不停刨着地的驴子，只消李素一上任就撒欢了跑，为大唐帝国主义的建设添砖加瓦推磨转圈……

李素被陈堂盯得惭愧了，暗恨下属这种该死的上进心的同时，也不得不强堆笑脸表示很乐意去火器局视察工作。

二人骑马出城，趁着天还未黑，急忙快马加鞭，小半个时辰便到了城外东郊。

陈堂介绍说，这里曾是一片农田，李世民决定把这块划出来建火器局后，将这片地方的百姓尽数迁移，工部直属的工匠和金吾卫的将士们花费一个月左右的时间，盖起了这一片房子，当然，只是盖起了主宅，火器局占地四十余亩，不可能一个月内全部完工。

借着落日的最后一抹余晖，李素骑在马上依稀看到远处一片黑色的房子在山脚下若隐若现，策马再靠近一些便听到叱呵声，李素脸色一变，陈堂急忙解释是金吾卫的探哨。

"陛下有令，无关人等一律不得接近火器局三里之内，故而金吾卫探哨放出三里以外。"陈堂笑道。

"意思是说，任何人都不准进入？"

"对。"

李素抬头看看天色："啊，既然不准进去就不给将士们添麻烦了，天色已晚，我这就回去，改日有机会再……"

胳膊被一只强而有力的大手死死揪住，李素扭头，陈堂很无语地看着他。

"监正大人莫闹，寻常人不得进入，您是火器局的监正，金吾卫将士怎敢拦你？"

大手揪着李素不放，陈堂挺直了腰朝大道两旁的矮树丛扬声喝道："都看清楚了，这位就是火器局监正，陛下御封的泾阳县子李素李监正！"

　　话音刚落，矮树丛内嗖嗖跳出十余名短衫汉子，躬身朝李素抱拳见礼后，迅速地又跳回了树丛中，这群人从出现到消失，整个过程没说一句话，李素甚至怀疑自己是不是也喝醉了而出现了幻觉。

　　"看来应该是准我进去了……"李素喃喃道。

　　陈堂赔笑道："金吾卫将士护卫的本就是火器局，谁敢拦火器局监正的大驾？"

　　"那么……他们准我出去吗？"李素正色问道，这个问题很重要，关系到他以后能不能和李世民愉快地玩耍。

　　"陛下说过，余者进出皆须循规矩，但李监正可例外。"

　　李素放心了，想来也是，一个主动造出震天雷帮朝廷收复城池，又将秘方主动献给皇帝的人，无论如何也没有把秘方泄露出去的道理，或许李世民仍有些防备，但他不会蠢到把这种防备做到明面上，若寒了李素的心，大家以后真没法一起玩耍了。

　　策马继续前行，一路上遇到不少探哨，都被陈堂呵斥回去，一条路走到底，李素相信火器局周围的金吾卫将士们应该都认识他了。

　　来到火器局正门，门楣上干干净净没挂任何招牌，两扇乌黑的涂了新漆的大门紧闭，月光洒在大门上，折射出幽幽的漆光。

　　二人刚下马，大门便吱呀一声打开，领头一人穿着深绿色官服，后面跟着几名文吏和百余左右的工匠，分两排恭立，让出中间的通道，众人纷纷躬身行礼。

　　领头的人算老熟人了，老帅哥许敬宗，看见那张老帅脸就忍不住想往上面泼硫酸……

　　"拜见李监正——"

　　一瞬间，李素从脸到胳膊同时冒出了鸡皮疙瘩。

　　忽然间，他尝到了权力的妙味，果真妙不可言，难怪古往今来的英雄豪杰为了它不惜拿命去拼，原来都是为了能品尝到权力的滋味。

当然，李素的震撼只是一瞬间，很快他就清醒了，权力的滋味固然玄妙，也只是人生诸多滋味中的一种而已，让他用命去拼是绝不肯的。

看着大门内齐刷刷的人群，李素扭头问陈堂："火器局所有人都在这里？"

陈堂直起身子扫了一眼，道："还有一位少监和两位监丞相没在。"

李素皱了皱眉，也没说什么。

众人行礼毕后，许敬宗笑呵呵地上前道："恭喜李监正上任，日后许某便是李监正麾下一将，监正所令，许某必赴汤蹈火……"

这句话令李素很满意，真想情不自禁地给他下个令，让他现在就去赴汤蹈火，也不必太过分，把那张脸摁进汤和火里面就足够。

以许敬宗为首，火器局上下一干人等皆看着李素。

李素明白大家的意思，按规矩，这个时候一把手该抖出官威给大家训话了，立威也好，怀柔也好，总得说点什么，一声不吭的话让大家心里悬得厉害，会丧失工作激情的。

规矩是规矩，不过李素不太想按规矩办——天色真不早了，还得摸黑赶回家睡觉呢，哪有那么多时间跟一帮陌生人废话？工作激情？一把手自己都没激情，哪管别人有没有激情。

"咳咳，行了，该干吗都干吗去，都散了！"李素朝大家挥挥手。

众人愕然，就这样？

许敬宗苦笑，只好也朝大家挥手："没听监正大人说吗？该干吗干吗去，散了！"

众人渐渐散开。

许敬宗笑着将李素迎进前屋，屋子刚盖好没多久，里面充斥着一股浓浓的潮味，摆设也很简单，几张矮几，几块软垫，正中主位后方按理该置一面诸如祥兽猛禽之类的屏风，然而没有，只有一面空荡荡的墙，唯一可取的算是光滑如镜的地板了，显然特别抛光打磨过，脱了鞋踩上去很舒服。

李素很满意,不错,高级货……

地板舒服,许敬宗这个人也舒服。

能在历史上留名的坏人,终归有几分本事的,拍马也好,办事也好,做人也好,都算本事。

许敬宗就有这种本事,双目清正且相貌堂堂,不但英俊,而且带着一股说不出的正义味道,任谁都无法把他当坏人。不仅如此,许敬宗还很会做人,刚进火器局便很快摆正了自己的位置,他是少监,李素是监正,他是副,李素是正,对着一个十几岁的娃子,许敬宗却如同对待长辈般恭顺。

"李监正上任正是时候,火器局上下皆翘首以盼,陛下设火器局月余,官员和工匠皆已就绪,只等李监正上任后吩咐,明日开始,火器局事宜如何安排,还请监正大人示下。"

李素挠挠头,怎么安排火器局工作?叫这群唐朝人发明坦克大炮去?

李世民设火器局的目的很清楚,要让火器局继续发明军用火器,日后应用于唐军攻城或平原战,李素除了清楚火药的正确配比外,对火器其实并不太懂,仔细回忆许久,依稀记得千年后的明朝似乎应用火器比较多一点,而且那个朝代的工艺水平和现在的唐朝并没有太大的差别,明朝人能造出的东西,唐朝也造得出来,诸如鸟铳啊,百虎齐奔箭啊,还有地雷啊等……

能造的东西很多,可李素却不大想造,或者说不想造得那么快。与李世民接触过几次,李素还是对他很陌生,完全不了解这位天可汗陛下的性情,万一把他肚里的东西掏空后来个卸磨杀……过河拆桥,这个年代肯定不提倡大臣和皇帝打官司……

若一定要给李素消极怠工找出个理由的话,因为李素……懒啊。

这个理由足以解释一切合理或不合理的行为了。

"啊,火器当然要造的,而且越犀利越好,至于造点什么……"李素挠挠头:"先叫工匠造几千个震天雷吧,那东西动静大,听着热闹。"

许敬宗:"……"

这混账话说的,耗费十万计的国帑建火器局,给你听动静的吗?

一句话安排好了工作,而且安排得非常没有诚意,许敬宗迟疑地看了李素半晌,发现他没有说第二句话的意思,只好无奈拱手:"监正大人的盼咐,下官一定不折不扣地做好,明起便让工匠们先开工,只是……关于火药配制,还需请监正大人亲为,陛下有令,除李监正外,任何人不得插手火药配制之事,所以……还得辛苦监正大人亲自动手,下官想为监正大人分忧亦无从所为。"

许敬宗说完还朝李素露出一个很抱歉的笑容,英俊暖心的笑容令李素的嫉妒心指数直追童话故事里那个照魔镜的恶毒皇后……

真想把许敬宗下放到生产第一线去造震天雷,一个不小心便"砰"的一声,那张俊脸炸没了,说不定还能收获意外死亡的惊喜……

"不辛苦,为臣者当恪尽职守,为社稷为陛下尽忠,如此方可报浩荡皇恩之万一……"李素正义凛然说完,胡乱找个方向就当是太极宫,然后肃然拱手。

许敬宗愕然,很明显李素找错了方向,不过他也不点破,反而从善如流跟着遥遥拱手。

"事情安排完了,接下来说说别的事……"李素话锋一转,刚才懒散的模样徒然一变,变得充满了激情,"许少监辛苦,火器局里该添置的东西还得麻烦你,你看,正位后面的屏风要添两扇,屋里的名人字画、山水什么的,还有吃的,一定要精致,什么金乳酥、长生粥、葱醋鸡、丁子香淋脍、五生盘……该有的都有,厨子不会做再多请几个厨子。"

李素说得滔滔不绝,这些传说中的东西终于可以假公济私尝尝。占国家的便宜嘛,这事前世就会干了。

许敬宗听得两眼发直。这位监正大人到底是来工作的还是来度假的?

许敬宗面带难色道:"这……监正大人,火器局是户部拨银,今日下官上任时问了一下，户部第一笔拨银共计四千贯钱，其中有三千贯要用来购置火药用料，还有一千贯要给工匠发薪饷，给小吏们发俸禄，下官简单算了一下，剩余下来的钱，大概只够年节时给监正、少监和监丞们每人发三斤肉……而户部的第二笔拨银，估摸要到明年开春了。"

李素大失所望："这么穷？能多要点吗？"

许敬宗苦笑："有点难……"

李素终于觉得这个监正不好当了，没钱大家怎么玩耍？

弄钱这种事情，李素还是很敏感的，眼睛一眨就想出了办法，火器局不是造震天雷吗？尽可派许敬宗浑身绑满震天雷，顺便手里还举支火把去户部官衙坐一坐，相信户部的官员们一定非常通情达理的，要多少给多少。

唯一的问题就是，许敬宗很可能不答应，这家伙缺少一颗为大唐火器事业无私献身的赤子之心。

与许敬宗说完话已是深夜了，李素长叹口气，今晚别想回家了。

许敬宗很客气地将李素引到火器局正堂后院，院内种着一株瘦弱的银杏，院子四周十余间空房子，中间正对着前堂的主房修盖得格外堂皇。

这间主房自然是留给李素的，火器局里上下官员小吏没谁敢住这间房。

屋里被褥蜡烛木枕什么都有，地板也擦拭得很干净，屋内甚至还有一个小书架，上面摆满了许多书籍。许敬宗殷勤地为李素点亮蜡烛，铺好被褥，然后微笑着告辞。

临走时许敬宗漫不经心地说了一句，泾阳许家明日会将聘礼送还给李家。

李素一愣，抬头看着许敬宗，二人相视而笑。

"许家的姑娘，半年内我为她寻一位足堪匹配的青年俊彦。"李素许诺道。

许敬宗笑着拱手："如此，多谢李监正费心了。"

……

这一夜睡得不大安稳,李素发现自己居然有认床的毛病,陌生的地方再堂皇,终归还是睡得不舒服。

火器局里没有牙刷,只好随便折了根柳枝,又让杂役去厨房弄了点盐,又刷又嚼的弄得满嘴渣子,一大早的心情顿时更差了。

正打算去厨房看看伙食,伙食不好顺便抖抖官威什么的,忽见一个穿着绿袍的中年男子走进后院,然后伫立不动,定定打量着李素,目光令李素很不舒服。

"你是何人?"李素抬手指着他,沉声问道。

绿袍男子犹豫了一下,终于有些不甘心地躬身拱手:"下官……火器局监丞杨砚,拜见监正李县子大人。"

李素乐了,这家伙怎么回事?拜见上官如此心不甘情不愿,谁也没逼他行礼啊,而且一副谁欠了他八贯钱似的臭表情是什么意思?

"杨监丞?昨晚本官似乎没见过你啊。"

"下官昨晚在长安城购置火药用料,今早才赶回来。"杨砚不咸不淡地道。

不太友好的态度令李素皱了皱眉,这家伙派头摆得十足,好像他才是监正似的,自己到底哪里得罪他了?

别人不友好,李素自然也不会笑脸相迎,于是也冷淡下来,挥了挥手道:"如此,杨监丞去忙吧。"

说完李素转身就走,走出好几步仍觉得背后有双眼睛盯着他,李素心中愈发不舒服了。

相比之下,还是觉得许敬宗亲切多了,如果用刀在他那张俊脸上划几下就更完美了,非跟他拜个把子不可。

第二十一章 监丞来历

上午东游西荡，李素差不多将火器局内的建筑布局和方位弄清楚了，火器局里上到少监下到工匠杂役也基本都认识了这位新上任的监正大人。

有些事情能瞒住，比如火药秘方，但有的事情根本没法瞒。早在李世民设火器局开始，内部便有了李素的传说，作诗、治天花、献国策、酿酒这些话题比较冷门，知道的不多，但大唐与吐蕃的松州之战却是长安城官民皆知的事情，松州久攻不下，伤亡惨重，唐军三位大总管进退两难之时，一个名叫震天雷的小陶罐横空出世，天雷神罚般的威力足足杀了五万吐蕃贼子，剩下的十五万也乖乖地投降。

这一战是大唐近年来少有的以寡击众之战，而且是大获全胜，其战果不亚于当年对东突厥的灭国之战。

火器局的官员和工匠们以前各有岗位，后来被征调到火器局，得知那种堪比天雷般的神器将由他们亲手制造，而且新任的监正大人正是松州城下大放异彩的泾阳县子李素，火器局上下顿时沸腾了。

贞观年正是盛世之始，大唐上下无论官场还是民风都是非常朴实的，正是齐心协力赶英超美的黄金年代，官员和工匠们的爱国心绝对毫无杂质，都愿意为大唐帝国主义事业粉身碎骨、鞠躬尽瘁。

可以说，在李素没来上任之前，他在火器局内便无形中拥有了极高的威望。

四处闲逛，收获到无数尊敬甚至崇拜的目光后，李素心满意足地回到前堂，方才因那姓杨的监丞生出的不愉快心情顿时恢复了许多。

"杨砚杨监丞？"前堂里，许敬宗苦笑摇头，又觉得摇头的动作或许会有误会，急忙道，"监正大人莫误会，无论许某还是杨监丞皆是愿为大唐死而后已的忠臣，或有政见不同之处，都是为了大唐昌盛，都是为了国富民安……"

李素皱眉，这话就有点没头没脑了，跟你打听这个人，你扯国富民安做甚？

见李素不说话，许敬宗估摸也不太想刚上班就给上司留个坏印象，想了想，只好苦笑道："这位杨监丞以前是御史台的御史，贞观八年时，陛下遣李靖、萧瑀等十三位重臣巡行天下诸道，体察民情，究问疾苦。杨砚上疏力阻，言陛下此举徒增百姓负担，诸臣过处礼仪繁杂，耗费糜多，所见所闻只是表象，此举除了虚张天家颜面毫无益处，还说陛下……好大喜功，骄奢淫逸，以一己之喜而费天下民脂，是为昏君也……"

李素啧啧有声，这个姓杨的家伙脑子是不是不够用，敢这么说皇帝。

"陛下没抽他？"李素好奇问道，这话谁听了都翻脸，更别说李世民了。

"当然抽他了，陛下龙颜大怒，当殿拿了杨砚下大理寺究办，后来以魏徵为首的一些文官们竭力保全，而陛下当时登基才八年，不想给天下人留下嗜杀的坏名声，于是顺势放了杨砚，不过还是将杨砚罢官去职。于是杨砚回了河北老家，今年年初被召还长安复用，中书省和吏部官员不知怎么商议的，竟将他调来火器局任监丞……"

许敬宗说完摇头，二人一齐皱起了眉，同时露出很头痛的苦瓜脸，仿佛两个大奸臣对正义忠臣大伤脑筋的模样，一副邪不胜正的苦恼样子，画面太美不敢看。

一锅汤里无端多了颗老鼠屎，李素顿觉大倒胃口。

老鼠屎浑然不觉自己是老鼠屎，相反还总认为自己是正义与智慧的化身。

一上午的时间，杨砚昂首挺胸在火器局内四处转了一圈，这里骂几句，那里指导几句，见着李素了也只是草草拱一下手，然后自顾离开继续指手画脚。

效果立竿见影，很快，杨砚在火器局里树立了威严，一个很明显的例子，一名工匠拿着小吏开具的回执签来取用料，李素和杨砚同时在场，工匠战战兢兢看了二人一眼，很快做出选择，将回执签递给了杨砚……

李素压下了心头的火气，暗暗在脑海里在杨砚的名字下面标了一个记号。

这是李素做人做事的习惯，一般来说，他愿意给任何人三次得罪他的机会，第一次算你无心，第二次还算你无心，第三次，那就是欠抽了，一定满足他。

当然，所谓的三次机会弹性很大，无关紧要的小事或许给个十次八次也懒得翻脸，毕竟翻脸也需要力气的，或许某个不对的表情，某句让他不爽的言语让他炸了毛，那么所谓三次机会全是浮云，当场快意恩仇再说。

今日杨砚的举动……好吧，姑且忍下。不抽他算是给他的见面礼了。

……

在火器局里混过了一上午，快到午饭时，李素兴冲冲地跑去厨房看伙食，结果让他大失所望。

一个大锅里煮着不知什么质地的菜汤，几片野菜叶子死不瞑目地在沸汤里上下翻腾，另一边搁着一堆干巴巴毫无特色的大饼，除了这两样再无其他。

厨房里四处寻摸一番，没找到半点肉末油星，李素终于对火器局的厨房绝望了，抬头看看天色，二话不说骑了马便往家里赶。

一个从五品的县子升到正五品的火器局监正，吃这种猪饲料都不如的东西会让自己的人生变得毫无意义的。

家里多好，有黄金酥、野猪肉，还有从东阳那里讹来的葡萄酿，回去时顺路从她府上打劫点冰块，回家后冰镇葡萄酿搭配烤野猪肉，吃饱喝足再加一块黄金酥消消食，顺便去河滩边与东阳东拉西扯一阵，说几个笑话逗她或是气她，一嗔一笑皆是风情。不管怎么说都比火器局里看着这堆糟心的事和添堵的人强得多。

于是，正五品火器局李监正骑着快马，正大光明地在金吾卫探哨的眼皮子底下翘班了。

淡黄色的面条从沸腾的汤锅里捞出来，事先炒好的肉臊子均匀地洒在大海碗里，再舀半瓢烧得滚沸的牛油往面条上一淋，刺啦一声响，白色的雾气袅绕升腾，两碗油泼面完工。

李素和李道正坐在院子里，一人捧着一个大海碗吸溜得起劲，沉默里只听见吭哧吭哧的咀嚼声。

生活以肉眼可见的速度发生着改变，当初李素刚来到这里，家里米缸是空的，老爹要靠帮富贵人家挖沟渠才能换得一两斤黍米，而李素也不得不做了一个抽水马桶忽悠地主胡家，换了几斤粮食，回想那时的日子，仿佛还是昨天发生一般。

而今李素封了爵，家里有了地，吃穿更是不缺，李道正如果不怕被雷劈的话，油泼面完全可以吃一碗倒一碗……

其实，李素的理想就这么小，家里日子过好一点，自己这辈子过得舒坦点就好。

"尿娃昨晚没回家，等吃完了面我再抽你……"李道正埋头吃面，头也不抬地冷不丁冒出这一句。

李素脸色一僵，看着手里端着的面，顿时没了食欲。

李道正忽然叹了口气，道："算咧，我娃长大咧，当了官，封了爵，可是每天要决断无数军国大事的大人物咧……"

第二十一章 监丞来历

李道正说起"军国大事"四字，不由得露出敬畏莫名的神情。

"不错，孩儿现在被陛下封为火器局监正，很大的官，每天过手的军国大事啊……"李素空着手比画了一下，"……这么多，都军国大事。"

胡说八道嘛，先给自己将来可能经常会出现的夜不归宿埋下伏笔，也哄老爹高兴高兴。

李道正神情愈发欣喜，伸手抽了李素后脑勺一记，抽得李素猝不及防，半张脸猛地栽进了大海碗里，随即李道正又觉得表达喜悦之情用错了动作，急忙改抽为抚。

"好，做官就要好好做官，我当初就说过咧，我娃不做治病的官，那种官没出息，要做就做上马管军下马治民的大官，果然没错……我娃当大官咧！"

李道正最后一句话说得很大声，不止是大声，简直是声嘶力竭地嘶吼了，而且故意扭着头，面朝隔壁史家院子方向。

李素在考虑要不要发明一个大喇叭，就架在李家和史家的院子中间，让老爹显摆的时候别那么劳累，保护嗓子很重要。

显摆过后的李道正通体舒畅，于是气沉丹田，真气游走周身，然后……"哈……啐！"

一口浓痰不偏不倚吐在院子中间，李素脸都绿了，垂头看着自己大海碗里还剩下的大半碗油泼面，完全失去了食欲。

认命地叹口气，李素打算找铲子，李道正急忙把他肩膀往下压："我自己来，自己来，我娃都是大官咧，咋还能干这事？我来！"

抄起铲子，李道正动作麻利地将那口浓痰铲起，然后……毫不犹豫地扔进了史家院子。

李素忽然很同情史家，没招谁没惹谁的，偏偏隔壁住了这么一号邻居……

吃饱了肚子，李道正习惯性地一屁股坐在前堂的门槛上，李素曾经请木匠做了许多各种式样的椅子，李道正却颇为不喜，坐哪里都不如坐门槛舒坦。

李素掏出一块洁白的丝巾,将院子中间的摇椅擦了又擦,擦得一尘不染后才放心地往上一躺。

"爹,这两个月印书和卖酒挣了不少钱,印书坊的赵掌柜送来了十二贯,程家送了四十贯,朝廷将村东头一百亩荒地划给了咱家,当是县子封地……"李素笑了笑,道,"爹,咱们勉强算权贵人家了,家里该添些丫鬟、杂役、马夫、管家和账房什么的,您觉得咋样?"

李道正心疼得老脸拧成一团,咂着嘴道:"太花钱咧,管家、账房还有马夫,每月都要开工钱咧,一月得花出去多少啊……"

李素急忙道:"爹,孩儿如今又是官又是爵的,进出也要个体面啊,现在咱家不是庄户了,是官宦人家,出门要有马车有随从,进门要有丫鬟、家仆,不然会被人笑话的。"

李道正犹豫了一阵,重重一咬牙:"说得对,我娃是体面人,该有的东西不能少,花吧,都置办起来,家里空房多,正好够住人。"

李素呵呵直笑,这就对了,享受生活嘛,自然不能太亏待自己,也不能亏待老爹,父子俩一辈子富足而安逸地活到寿终正寝比皇图霸业更有成就。

躺在摇椅上摇啊摇,炎夏的蝉鸣在树桠上扯着嗓子拼了命地叫唤,叫得人昏昏欲睡。

李素晕晕乎乎快沉入梦乡时,李道正忽然道:"今早泾阳许家来人咧,把聘礼还回来了,啥也没说,亲事算是退了……"

李素马上清醒了。

李道正神情有些郁卒,叹道:"退了就退了吧,你长大咧,有自己的主意了,我也管不了。"

李素心中忽然闪过几分犹豫,这世上没有比父亲更值得自己信赖的了,喜欢公主这件事,是不是要跟他坦白?

还没打定主意,李道正却忽然变了脸,恶狠狠地道:"我不管你的亲事，但我今年年底前必须看到你成亲，你若有中意的，自己去找官媒说合，年底成亲，明年开春我要抱上孙子，不过分吧？做不到我抽死你！"

李素呆住了。

年底成亲，开春抱孙子……

这是要我喜当爹的节奏啊！

李素急眼了，起身欲找老爹理论，李道正却气冲冲地进屋睡觉了。

家里太舒服了，每天起床后坐在院子里发呆，然后脱得精光一头栽进后院的泳池里扑腾一阵，天气太热，桑拿房暂时派不上用场，冬天再说。

下午跑去河滩边，然后……和东阳一起发呆，东阳自从把他烧制的陶笛没收之后自己却吹上了，可惜用得很生涩，曲不成曲，调不成调，偏偏还很有耐性，坚持不懈地吹，难受的却是李素这个听众，无奈之下只好手把手教她，东阳学得有滋有味，而且天赋颇高，没过多久便掌握了要领，勉强成调了。

舒服惬意的日子又过了两天，第三天时许敬宗登门拜访，脸色不大好看。

态度很恭敬地问李素，您最近是不是忘记了什么事？

李素顿觉赧然，懒惰而悠闲的日子总是过得特别快，不知不觉竟翘了两天班……

换上官服，李素和许敬宗骑马赶回火器局，与众人打过招呼后，李素首先进了厨房。

厨房很给面子，上次因为吃食太简陋，把监正大人气跑了两天，火器局伙夫痛定思痛，反省过失，今日的伙食明显丰富多了，有鱼、有肉还有蛋，令李素不大痛快的心情顿时变得痛快起来。

享受了一顿丰盛的午饭后，李素正打算休息一阵去用料房配制火药，添堵的人来了。

监丞杨砚一脸寒霜走进李素的屋子，草草地朝他施了一礼，冷声道："监正大人，今日午饭是不是有点过分了？"

李素皱眉："杨监丞此话何意？"

"下官认为火器局今日太过奢靡，今日午饭有鱼、有肉、有蛋，下官算了一下，我们火器局包括官员和工匠在内，共计一百零六人，这一顿饭食少说要费钱两贯余，长此以往，火器局仅饭食一项所耗几何？今年户部只拨银四千贯，除去火药用料购置以及官员和工匠的俸薪后，饭食一类大约仅只余百贯钱，按今日这般吃法，怕是撑不到一个月大家都得饿肚子，请监正大人明鉴。"

李素笑得有点僵硬，刚才这顿饭，他是吃得最欢快的，现在杨砚这么一说，感觉自己变成了挖大唐帝国主义墙角的蠹虫似的。

"刚才这顿饭嘛，嗯，确实有点奢靡了，这样不好，下午本官去跟伙夫说一声，以后尽量节俭一点，至于户部的拨银，本来就不可能用到明年开春，过几日我亲自去户部再要一些。杨监丞公忠体国之心，本官殊为敬佩，年底尚书省吏官考评，本官一定为你……"

杨砚却很不客气地打断了李素的话："监正大人，此非小事，断不可如此轻易处置！今日厨房采买者必须开革出去，以儆效尤，至于户部拨银，监正大人不可再要，万流终归于海，我等臣子用来用去，实则都是民脂民膏，每花一文当思之再思，若为我等区区口腹之欲而请户部拨银，实为耻辱也。"

李素心中"腾"地一下冒出了怒火。

最怕的就是这种人了，两辈子都怕。

永远正气凛然的样子，自己过得苦哈哈的，也见不得别人享受，什么事情都插一手，而且非常主观化，他认为对的东西就必须是对的，否则就是与正义作对的黑恶势力，从此不共戴天。

——这家伙是从哪个石头缝里蹦出来的史前怪物？

第二十二章 再生波澜

李素从来没觉得自己是好人。

大节不亏，小节不拘，这是李素做人的原则，吃亏吃到明处，占便宜占到暗处，算是小市民习气的一种，占了便宜后也许会因为内疚而奉献一下爱心，然后又会觉得爱心献得太多有点吃亏，于是继续占点别的便宜找补回来……

像李素这样的人大抵可以用四个字概括——凡夫俗子。永远别想在他身上发现一丁点不食人间烟火的气质，当然，更别指望他能白日飞升。

可以说，李素的性格和杨砚是完全相反，甚至是水火不容的。

杨砚的眼神很傲，李素从他眼里发现不了任何一丝尊敬他的痕迹，可以理解，这家伙都敢指着皇帝陛下的鼻子骂他好大喜功，更别说李素这样一个十几岁的小上司了。

李素最不可理解的是……李世民为何不弄死他？

为了吃吃喝喝的屁事纠缠不休，而且还上纲上线，这种人就算不弄死，也该把他扔进魏徵那一堆御史文官里去，中书省和吏部怎么想的，把他弄到火器局来添乱……

"杨监丞觉得午饭不满意？"李素皮笑肉不笑地道。

"不满意！"杨砚硬邦邦地回道。

李素点点头:"哦,忘了告诉杨监丞,午饭的鱼啊肉啊,都是本官吩咐厨房采买的,因为我想吃鱼吃肉。"

杨砚的脸色刷地变得铁青,眼中喷着怒火愤恨地盯着李素。

李素也来火了,这家伙懂不懂什么叫尊卑?

"要不,杨监丞给陛下上疏一道,请陛下把本官也开革了?"

"你!"杨砚腾地站起身。

李素的笑容渐渐变冷:"杨监丞还有何见教?"

"下官……告退!"杨砚脸色铁青,敷衍般拱了一下手,愤愤地拂袖而去。

李素盯着他的背影,呵呵一笑。

第二次原谅他了,若有第三次,必抽不饶。

配火药不算很累,但如果几百上千斤火药由李素一人独自配好,却是一件累成狗的苦差事。

火器局内有专门的秘密工坊,外面调有大队金吾卫将士把守,这个工坊只准李素一人进去,是李世民亲口下的严旨。

材料准备得很齐全,为了混淆有心人的耳目,还多堆积了一些根本用不到的材料,工坊里足有上百种物事,这样的排列组合,就算如此繁多的配料泄露出去,敌人要想配出完美的火药,估摸要等到欧洲工业革命以后,才有可能发现被骗,然后问候李世民或李素的祖宗十八代……

火药配完后,李素没精打采走出工坊,却见许敬宗隔着老远等在外面。见李素出来,许敬宗急忙命文吏将配好的火药抬出来,然后马上称重,一两一毫都要记录下来,所有经手过火药的人要经过严格的搜身,绝对不准一厘一毫泄露在外。

程序规则很严密,看得出李世民对火药颇为看重,而且丝毫没有把它拿出来与天下人共享的伟大情操。

"监正大人辛苦了,下官只恨不能为监正大人分忧,火药已称重妥当,下官这就叫工匠们制造震天雷，多少给前方将士添点底气……"许敬宗矜持的帅脸露出几分恰到好处的殷勤，让人既不觉得谄媚，也不觉得生分。

不得不承认，相比杨砚那块又臭又硬的石头，李素更喜欢跟许敬宗这种人打交道，尽管他曾经坑过自己一次，这个没关系，以后坑回来便是。

"添底气？"李素不解地看着他。

许敬宗笑道："监正大人或许还不知道，今日清早，远征吐蕃的侯君集刘兰牛进达所部送来军报……"

笑容一敛，许敬宗沉沉叹口气："前方战事不利啊……收复松州后，大军一路西进，挺进吐蕃境内，沿途击杀吐蕃贼子近万，进入吐蕃境内二百里后，大军伤亡越来越重，伤亡并非与敌人厮杀所致，而是吐蕃的气候……每走几里就有几个甚至几十个喘不上气的倒地不起，情势不妙，如此下去不待敌军反扑，我大唐关中精锐恐怕自己就得消耗在吐蕃境内，侯大将军派快马入长安请示陛下，陛下衡量之后，决意退兵了。"

李素笑了笑，算算日子，也该到退兵的时候了，唐军虽然勇猛，却也无法抗击天威，高原气候不是靠勇猛便能征服的，付出一定的代价后，想必朝野上下也清楚吐蕃易守难攻，日后用兵当更为谨慎。

"此战……还是大胜而归，三位大总管不愧当世名将。"李素急忙追捧道。

许敬宗连连点头附和："当然是大胜，而且是我大唐立国以来少有的以寡击众之大胜，大军凯旋之日，定能博得关中百姓敬仰。"

不等关中百姓敬仰了，李素已率先露出敬仰的模样，感慨般叹口气，然后……脑袋四顾乱找方向。

许敬宗眼皮一跳，眼疾手快地找准了太极宫方向，满怀敬意地长长一揖到地："说来此战皆是陛下运筹帷幄之功，陛下圣明英武，我大唐万胜！"

李素恍然"哦"了一声，顺着许敬宗找的方向也长长一揖："陛下圣明，大唐万胜！"

二人礼毕相视一笑，彼此皆有一种李世民已经收到马屁祝福短信的快慰之色。

　　李素笑了几声便觉得不太妥，两人这个举动太像史书里的大奸臣了，浓郁的大奸大恶气息充斥二人的气场中间，若是杨砚那家伙在场的话，怕是会忍不住以下犯上，拿鞋底抽他们的脸……

　　暗暗提醒自己以后不能这么干了，太没节操，转头看许敬宗，发现他也面带几分愧然之色。

　　嗯，这个坏同志还是可以挽救一下的。

　　配好的火药被送进工坊，一百名工匠等在那里，他们的工作是火药填装，仍按李素以前的做法，里面再掺一些诸如铁钉、碎铁片之类的东西，杀伤力……也是醉了。

　　"陶罐不合适，或许可以换一种别的……"李素沉吟道。

　　领导下车间视察工作，总要指导几句的，李素跟工匠们比起来勉强算是行家，倒也不存在外行领导内行。

　　许敬宗拿起工坊桌上一个空陶罐在手里翻看，疑惑道："当初松州之战，监正大人也是用这种陶罐装填火药……"

　　李素笑道："当初是因为临战之前，时间紧迫，而且大军驻地是荒郊野外，只能就地取材，勉强用陶罐应付，然而陶罐易碎，砸到地上便裂开了，火药燃烧时若没有一个完全密封的环境，绝不可能产生杀伤力，现在咱们有条件了，自然要换个更好的。"

　　许敬宗也是聪明人，一点就透："换铁皮的怎样？怎么砸也砸不坏。"

　　李素笑笑，铁皮自然是好，可是打造铁皮就要功夫了，这年头没有冲压车床，要把铁皮打得其薄如纸需要铁匠花大力气，至于后世那种香瓜形状的手雷，以目前的工艺水平，就更别指望了。

　　"试试也好，请几位铁匠来，先试试用铁皮罐子填火药，然后看看效果如何。"

　　许敬宗急忙应了，这种小事自然由他……安排别人去办。

虽然懒散，该办的公事还是要办妥当，毕竟这不是一个讲法制的年代，他的脑袋能不能安稳长在脖子上，全看李世民的一句话，如果有一天李世民发现李素太懒，简直懒得要死，说不定他就真的死了……

火器局除了工艺，更重要的是安全问题了，毕竟这个年代谁都没接触过能爆炸的火药，一个小工坊里聚集着几十上百个工匠，任谁一不小心手贱一下，说不定就是整个工坊飞上天。

为了自己能活到寿终正寝，也为了给火器局的同僚下属们少造点杀孽，李素决定回去弄个安全生产的规章条陈列出来，一定要严格执行。

嗯，就交给杨砚去监督，这家伙适合干这种事。

和许敬宗离开工坊，二人边走边聊，聊的不完全是公事，也有风花雪月，长安城的哪家青楼有高丽女，教坊司的哪个犯官女儿容貌秀丽、歌舞上佳而且懂得侍候男人等，许敬宗这个坏同志有把李素拉下水带坏他的心思。

……

二人走到火器局大门前，李素准备骑马回家时，一名披甲的折冲兵曹匆匆走来，李素眯了眯眼，认出这人是外围护卫火器局的金吾卫将领之一。

"末将拜见监正大人，少监大人……"兵曹匆匆抱拳行礼。

"有事吗？"许敬宗立时变了模样，一反在李素面前的和煦友善，露出淡淡的官威，虽然新近被贬官，但许敬宗好歹也是秦王府的旧部，官威这东西养成不止一两年了。

"火器局东南一里开外，金吾卫将士拿下十名……"兵曹犹豫了一下，不知该如何定义那群被拿下的家伙，片刻后才支支吾吾地道，"十名细作。"

"十名细作？"不止李素，连许敬宗都吃惊了，这世道怎么了？哪个没长脑子的敌人干的？派细作刺探机密居然还扎堆，这家伙难道是批发商出身？

"对，十名细作，陛下有令，凡接近火器局方圆三里内的，皆须拿下并且上禀，此十人已被将士们拿下，请监正和少监大人处置。"

兵曹说完神情很怪异，李素眼尖发现了，皱眉道："你的话没说完吧？"

兵曹看了李素一眼，很快垂头道："是，那十名细作喊冤，为首者竟是……吴王殿下，吴王殿下说是出城游猎误闯此处，末将不知真假，请监正和少监大人定夺。"

吴王李恪？

李素脑海中迅速浮现出李恪那张温文尔雅的脸，扭头看了看许敬宗，发现他也是一脸苦笑。

"这事……可真是麻烦了，陛下有过严旨，火器局任何风吹草动皆须如实禀奏，隐瞒不报者将治重罪，吴王殿下游猎怎会闯到火器局来？咱们火器局外围的金吾卫探哨可是放出了十里开外，但有误入者，早在十里外便该出声示警，令其绕道而行，吴王殿下闯到一里外才被拿下……他是怎么闯进来的？"许敬宗疑惑道。

三人沉默不语，神情却愈发凝重。

确实是个麻烦，上不上报都得罪人，而且李恪怎么闯进火器局范围一里内，本身就是个很诡异的事情。

沉默中，许敬宗和兵曹的目光都投向李素。

没办法，整个火器局里，就数李素的官最大，火器局就是因为李素而设立的，出了这种棘手的事，只能由李素定夺了。

李素觉得自己摊上事了，曾和李恪有过一面之缘，虽然算不得深交，二人之间连朋友都算不上，但李素真心不想把这件事情弄得太复杂，也很不愿相信李恪别有所图，就当是李恪游猎真的走错了路误闯进来，然后大家见面笑说几句，当是个误会，说清楚了拍拍屁股就走，什么事都没发生。

沉默许久，李素终于表态了。

"还是如实向陛下禀奏，麻烦金吾卫的弟兄现在派个人进宫，话说清楚，吴王怎么辩解的也要一字不漏报上去，只说看见的和听见的，不要添油加醋。"

兵曹急忙点头，抱拳行礼后匆匆离开。

李素看着许敬宗，许敬宗仰头看天，喃喃道："天气邪性得很，说话就要下雨了，得去工坊交代一下那些杀才，莫让火药受了潮……"

一边说一边走远。

李素恨恨咬牙，果然是个只能共享福不能共患难的货！

吴王李恪垂头丧气坐在火器局十里外的金吾卫营帐里。

李素掀开营帐帘子，第一眼便见到他那张英俊里透着浓浓倒霉味道的脸。

毕竟是皇子，金吾卫将士说是"拿下"，其实对李恪还是很客气的，根本没有任何捆绑锁拿的迹象，李恪独自一人坐在偌大的营帐内，面前的矮几上甚至还摆着一碗乳酥，这待遇简直是宾至如归了。

门外也没有安排任何监视或看管的守卫，完全一副任李恪来去的样子，只要李恪敢走，金吾卫绝不会阻拦。

李恪不敢走，反而神情惶恐地坐在营帐内，连起身都不敢，仿佛跨出营帐外一步都是了不得的大逆之举。

李素一脚跨进营帐，李恪木然抬头，见是李素，李恪眼中顿时注入了神采。

"李兄弟，误会啊，真是误会啊！快救救我！"

贵为皇子倒也颇识时务，见面就称兄道弟了，上次在程咬金家可没这么热情……

"原来真是吴王殿下……"李素露出很吃惊的模样，"金吾卫将士禀报的时候，下官还不相信呢，殿下您这是……"

李恪哭丧着脸，额头不停冒着汗，显然他也明白误闯军事秘地的罪名有多重，父皇虽然对他极尽荣宠，但不会宠得毫无底线，这事说大可大，说小……还真不小。

"误会了啊，真是误会了，我在府里闲极无聊，于是便想出城游猎……贤弟你看，你快看看，我此刻还是狩猎的服饰呢，还有你看看这弓，这箭壶，还有我那九名王府卫士的打扮……真是游猎啊，我一个闲散皇子，哪敢有别的不该有的心思……"李恪急得快哭了。

李素这才仔细打量了他一番，果然没错，真是狩猎的装备，穿着一身黑色的武士短衫，腰间扣着一根铁制镶玉的腰带，肩膀以下斜搭着兽皮铜扣，背上背着一个箭壶……

"殿下莫跟下官解释了……"李素苦笑道，"此事可大可小，下官担当不起，只能如实上奏陛下，由陛下定夺，现在金吾卫已派人入宫了，殿下不如暂且回府，等待陛下召见询问如何？"

李恪脸色一白，失神般重重坐下，喃喃道："这么快就奏上去了？我……真是误闯啊。"

李素也不太忍心，然而还是好奇地问道："据下官所知，火器局外围十里已布下金吾卫探哨，凡有接近者皆喝止，殿下怎闯到离火器局仅一里之遥才被金吾卫发现？"

李恪重重叹气道："我怎知道？今日以前我根本不知火器局设在何处，早晨出城游猎，骑马刚上了乡陌小径便发现了一只野兔，我领着王府卫士们策马追赶，一直追了好几里地，连我们自己都迷失了方向……"

李素咂摸着嘴，这情景……似乎西游记里见过，那蠢萌蠢萌的唐僧也是这样一次又一次被妖怪引去的，而且还不吸取教训，第二次又上同样的当……

"后来呢？"李素渐渐听出趣味了，现在真想翘个二郎腿，然后买包瓜子……

李恪索然叹气："后来那只该死的野兔终于停下，于是我便悄悄搭弓引箭准备射杀它，谁知一根绳子从天而降，把我从马上掀翻在地，然后无数支矛戈指住了我啊！没有一点点防备，也没有一丝顾虑……"

李素叹息，好熟的歌词，都想跟着唱起来了……

第二十三章 错综关系

追根究底,野兔是罪魁祸首,是它把堂堂吴王殿下引入万恶的深渊,然后一边啃着青草,一边哼着愉悦的歌儿蹦蹦跳跳地跑远……

给吴王殿下制造了一个这么大的麻烦,那只可爱的小兔兔有没有反省过自己?

"兔呢?"李素没头没脑忽然问道。

"啊?"李恪茫然看着他。

"那只野兔呢?"

李恪很无语,咱俩说的是同一件事吗?

"当然跑了,难道你以为我还有闲心去捉它?"李恪的俊脸有点扭曲。

李素咧咧嘴,神情颇惋惜。

其实兔肉有很多种做法,红烧、清炖两相宜……明儿让金吾卫的弟兄们帮忙打两只。

挠挠头,李素正色道:"先请吴王殿下见谅,此事下官已遣人上奏太极宫了,陛下曾有过严旨,火器局方圆任何风吹草动必须上奏,否则治以重罪,而吴王殿下今日真是……你被金吾卫将士发现时离火器局仅距一里,下官不得不上奏了,毕竟金吾卫众将士和火器局上下同僚都知道了此事,瞒都瞒不住。"

李恪倒是颇通情理，垂头丧气点头："我知道，我不怪你，今日……今日真不知犯了哪路凶煞，稀里糊涂地闯到这里了，我亦知隐瞒不住，只求李贤弟一件事，来日若父皇召见，让你详述始末，还请贤弟一定为我美言，我……真是无意的！"

"一定一定……"李素的回答有点敷衍。

这事说来有点严重，这两年来太子荣宠不减，而李世民又莫名其妙地对魏王李泰表示出极大的宠溺，朝野和民间本就议论纷纷。如今吴王李恪又非常诡异地闯进了被列为大唐极度机密的军事禁地，而且直到一里开外时才被发现，这事还真说不清楚了，谁知道这位皇子殿下怎么闯进去的？谁知道他闯进去到底是追兔子还是别有所图？

李素只是个小人物，他没有资格扯进这么可怕的旋涡里，所以最好离它远一点。

"吴王殿下，事情说清楚了，殿下是不是该回府了？"

李恪显然也怕极了，索性耍起了无赖，两腿交叉一盘，哭丧着脸叹道："我不走了，我就住在这里，父皇的旨意没到之前，我一步都不离开，父皇若一直没有旨意，我……我……"

李恪说着忽然嘴一咧，哭道："我就死这里算了！"

李素想笑，见李恪哭得伤心，又觉得不太礼貌。

回想一下这座营帐四周的环境，聚风藏气，鱼跃鸢飞，山脉起伏逶迤，潜藏剥换，却是绝佳的风水宝地……这家伙不会是看中了这里的风水，特意来寻死的吧？

"殿下勿忧，真不是大事，如实解释陛下必不疑你，下官也会尽力在陛下面前为你转圜开脱。"

李恪闻言这才稍敛忧虑，止住了哭声。

想开了，心情索性也放开了，反正只等李世民宣判就好，李恪使劲一擦眼泪，吸了吸鼻子道："有吃的吗？我饿了，还有……上次在程家喝的那种五步倒也弄点来，我……"

李恪忽然悲从中来，眼中又蓄满了泪水，哽咽道："若能大醉而死，倒也不枉人世一遭……"

李素赶紧点头，来者是客，要什么满足什么。

"殿下还想吃点什么？"

"兔子肉！"李恪目光突然变得很凶狠，咬牙切齿地道。

李素高兴极了，就冲这个爱好，他决定真的帮李恪美言一次。

吴王李恪果真住在火器局十里外的金吾卫营帐里不走了。

不仅如此，他还派了人进太极宫解释，说此举只为辩明心迹，以证清白。

然而玄妙的是，直到第二天下午，太极宫也迟迟不见有旨意宣召李恪进宫解释，也没有宣召火器局或金吾卫的任何一个人进宫，李世民仿佛完全把这件事忘记了似的，根本没有任何反应。

没有反应反而是最可怕的反应，连李素都察觉到不对劲了，李恪的脸色愈发苍白，整天坐在营帐里一动不动，王府卫士好心拉他出去晒晒太阳，一碰他就发出杀猪般的号叫，反正死活不肯走出营帐一步。

李恪不肯走，李素自然也不能走，作为火器局最高领导，吴王眼下的精神状态又很不好，若他出了什么事，李素该倒霉了，于是只好留在火器局过夜。

第二天一大早，李素依礼拜见了吴王后，回到火器局准备睡个回笼觉，许敬宗一脸怒意走来。

"监正大人，杨砚那老匹夫……太过分了！"许敬宗劈头就是一句。

李素好奇地看着他，能让好脾气的许敬宗骂出"老匹夫"这个字眼，杨砚一定干了什么天怒人怨的缺德事。

"杨监丞咋了？"

许敬宗愤怒一哼："今日下官想看看火器局的账簿，算一算户部拨银所余几何，找杨监丞要账簿，谁知那老匹夫竟说此乃吏部交给他的职司，账簿任何人不得查看……"

李素眉头皱了起来："火器局的账簿是杨监丞管的？"

许敬宗满脸怒意瞬间化作深深的无奈，非常无语地看着李素。

身为最高领导，居然连管账的人都不清楚，你不羞吗？

"监正大人，这杨老匹夫管的事情不少，除了账簿，他还管火器局里的文吏和工匠，监丞以下人员他皆有任免权……"

李素脸色有点难看了，一个单位里最重要的财务权和人事权竟被拿捏在这个老匹夫手里，他这个最高领导算什么？

阴沉着脸看着许敬宗，李素语气有些不善："你是少监，官职比他高，眼看他掌握如此大权而不管？还有，区区一个监丞，吏部为何授他如此重权？"

许敬宗脸色也很难看，顿了片刻，迟疑地道："监正大人或许不知，这杨砚是贞观三年的进士，众所周知，考进士前是要投行卷的，杨砚当年的行卷……投到了长孙无忌的府上，而长孙无忌收了他的行卷，长孙无忌在贞观元年曾任过尚书右仆射兼……吏部尚书。"

许敬宗的话弯来绕去有点复杂，李素听完后梳理了许久，才明白话里的意思。

用直白的话来说，杨砚之所以在火器局人五人六，是因为他有后台的，他的后台是位了不得的牛人：长孙无忌。因为这位牛人还当过吏部尚书，所以给了杨砚这么大的权力，为了大家以后在官场上能继续顺风顺水，再有脾气也不能抽这家伙。

李素暗暗吃惊，他没想到杨砚的后台这么大，这年头投行卷的潜规则，哪家权贵接了行卷，这人便是那家权贵的门下，杨砚倒是认得准，居然投到长孙无忌的府上，而长孙无忌居然也接了他的行卷。

说是党羽也好，说是门阀势力也好，总之，杨砚的来头不简单。

当然，并不是冠上"党羽"的名字杨砚便成了坏人，坏人没这个胆子敢指着皇帝的鼻子骂好大喜功，朝堂里当官的人，永远不能用好人或坏人去简单定义。

李素自然没那胆子敢跟长孙家掰腕子，说来也是封了爵，也被李世民格外青睐，但并不等于李素就有了免死金牌，长孙无忌若想弄死他这个十多岁的少年郎，大抵跟捏死一只臭虫……一只可爱的小兔兔一样容易。

　　很烦恼啊，堂堂火器局一把手监正，竟对一个比自己足足低了两级的下属生了忌惮之心，李素顿时有一种手脚被束缚住的感觉，很不痛快。

　　"抽他啊！你怎么不抽他？"李素愤怒且期待地盯着许敬宗，"去抽他，当是我授权的。"

　　"啊？这……"许敬宗脸色青一阵白一阵，半晌说不出话来，显然，老许也没这胆子。

　　李素对他很失望，坏人就是坏人，无法指望他不畏强权。

　　李素瞪了许敬宗一眼，没好气道："不敢抽他你到我这里来做甚？"

　　许敬宗尴尬地朝他笑笑。

　　李素立马读懂了他的笑容。

　　和他的想法一样，许敬宗也在强烈期待李素去抽杨砚……

　　心机！

　　火器局里忙了一整天，快到傍晚了，李素收拾好了屋子，出门再去看望了一下吴王李恪，可怜的孩子仍待在营帐里一动不敢动，吃喝拉撒全在营帐里解决，脸色越发苍白了，不知是被吓得还是因为两天没见太阳。

　　李素由衷对他感到同情，同时也对大唐的宫闱越发敬畏莫名。

　　一件在他看来只是微不足道的小事，竟能将一位皇子吓成这副德行，大唐的皇权像块烧红的木炭，谁沾谁烫手。当初玄武门事变，李世民对兄长和弟弟痛下杀手，时隔十一年，他心中的阴霾仍旧挥散不去，所以一切跟皇权有关的东西，都成了他的禁脔，任何人都不许触碰，因为这是他付出了残杀手足的恶名后换来的东西……跟初恋一样弥足珍贵。

第二天，李素刚跨进火器局大门，事情来了。

火器局的另一名监丞陈堂惴惴不安地找到李素，禀报了一件事。

前日李素配好火药后，许敬宗命人称了重，李素和许敬宗算了一下，大约能造四百个震天雷，于是许敬宗给工匠们下了指令，四百个震天雷务必保质保量做好。

"保质保量"的意思是，质量要好，点燃了扔出去能炸死人，而且数量也要刚好，不能少，也不能多。

火药这东西填塞进小陶罐里，填多少分量能产生杀伤力，早在松州时李素便已精确计算过，陶罐里火药太多了不行，威力太大会误杀己方将士，火药太少也不行，太少的话不能管它叫震天雷，顶多算个大炮仗，除了听个响，根本没有任何杀伤力。

而陈堂禀报的事情却有点荒谬，昨晚杨砚擅自改了生产计划，同样分量的火药，竟要求工匠们造出八百个震天雷，足足翻了一倍。

李素听完想笑，报效国家的初衷是好的，值得赞颂的，谁都希望大唐的将士们能多分到几个震天雷为陛下开疆辟土，但是事情却干错了，只能造四百个的火药变成了八百个，李世民得到的不会是震天雷，而是八百个大炮仗，指望它们攻城破寨是不可能了，结婚、出殡倒是能派上用场……

"是杨监丞的主意？"李素皱眉问道。

陈堂垂头恭声道："是，下官却拿不准减少火药分量后会不会造出废次品，故而才来问监正大人。"

李素脸色有点阴了："去把杨监丞叫过来。"

杨砚来得很慢，李素坐在屋子里差点睡着时他才姗姗来迟。

"见过李监正。"杨砚潦草地行了礼。

李素勉强自己露出尽量和善的笑容："杨监丞辛苦，请坐。"

"不了，火器局里很多事情忙，下官无暇闲坐。"杨砚拒绝得硬邦邦的，而且有指桑骂槐的嫌疑。

李素的笑容有点僵硬了:"如此,本官开门见山了,听说杨监丞昨晚改了震天雷数目?"

杨砚理所当然点头:"火药用料很贵,耗费的皆是国帑民脂,下官认为足够造出八百个,为何监正大人只造四百个?"

有后台的人不能得罪,李素只好耐心解释:"震天雷是我所创,一个震天雷里该填装多少火药才能对人畜有杀伤力,只有我最清楚,当初松州之战时,我已精确算过,每个震天雷里的火药不能多也不能少,否则不是误杀己军将士,就是毫无用处的废物,杨监丞将数目改成八百个,你有没有想过若这八百个震天雷根本无法伤人,咱们如何向陛下交代?"

杨砚执拗地摇头:"下官见识过震天雷,只要填装了火药就一定能伤人,下官以为四百个能伤人,八百个亦能伤人,既如此,为何不造八百个?监正大人不当家不知柴米贵,户部今年仅只拨银四千贯,购置火药用料和陶罐便要花去大半,听说监正大人还有意招几个铁匠,以后陶罐改成铁罐,如此,火器局的用度更是捉襟见肘,每一文都要算计着用,关于造震天雷,能省的尽量省下,亦是臣子报效君上和黎民的一番美意。"

李素苦笑:"杨监丞忠心可嘉,可是……八百个震天雷造出来真是废品,若杨监丞不信,不妨让工匠造出一个,咱们去试试效果?"

"不用试,每试一个也是浪费国帑,四百个能伤人,八百个一定也能伤人,火药多少之说,殊为可笑,一滴鸩毒能致人死地,为何非要耗费十滴?火药亦如是。"

李素深吸气,这种人,怎么跟他讲道理?他比程咬金更难对付,程咬金至少能够明明白白摆出不讲道理的嘴脸,让别人索性不费口舌,而杨砚,摆出的却正是讲道理的嘴脸,然而说的每一句话都是歪理,而且非常固执,完全无法说服。

李素耐心不多,每天来火器局应差也好,在家悠闲度日也好,只想活得不那么累,而火器局里多了一个杨砚,李素只觉这几日自己仿佛被老天调整了游戏难度似的,过得特别辛苦。

"杨监丞，本官觉得……你实在不适合待在火器局里。"李素的笑容渐渐冰冷，他的耐心已被耗光了。

杨砚两眼一瞪，浑身冒出一股莫名的气势，冷笑道："下官乃中书省吏部所指派，李监正若想罢我的官，恐怕没那么容易。"

"不罢你的官，这样吧，你把火器局账簿移交给许敬宗，今日起，火器局的账簿和文吏工匠人等，皆由许敬宗而决，杨监丞你辛苦一下，火器局后方的校场和靶场仍在建造，便烦杨监丞去监工吧。"

杨砚愣了一下，接着大怒："李素，尔欲架空我？"

李素顿觉好笑："本官乃统领火器局大小事务的监正，安排属官做什么事，自有本官的道理，何来架空一说？火器局方圆之内，所有的权力都是我的。"

"莫说这些空话，我早看出来了，你这是排除异己，从此一手遮天，我乃吏部指派七品监丞，黄口小儿，只不过运气好，造出了火药一物，何德何能欲掌国之利器？"

吵来吵去，这句话才终于道出了杨砚的心思。

不错，杨砚一直看不起李素，一个十几岁的娃子当他的上司，他不服气，他觉得丢脸，于是李素上任第一天开始，杨砚便将火器局里的大小权力一把抓在手里，财权也好，人事任免也好，全由这个七品的监丞说了算，平日见了李素，态度也很淡漠，这些举动都能用两个字概括——蔑视。

李素脾气很随和，之前确实也没怎么对火器局上过心，有人愿意管事自然随他去，反正谁都没胆子敢把他这个陛下御封的监正赶下台。

然而，今日，此刻，李素终于被激怒了，向来凡事小心翼翼、如履薄冰的他，今日却如久寂的火山忽然爆发，一发不可收拾。

"杨监丞，你信不信，我这个黄口小儿敢抽你，而且抽得很重……"李素朝杨砚咧嘴笑，露出两排森森的白牙。

第二十四章 冷静屠夫

杨砚是进士，杨砚是朝官，杨砚的靠山是长孙家族……

杨砚是什么都好，都不能阻止今日李素抽他。

李素真为自己的宽容胸襟而感到骄傲，第三次了，这一次绝不再原谅。

杨砚气笑了："我大唐立国二十载，可从没有上官责打属官的先例，我乃贞观三年进士，正经的朝官，抽我？你可以试试。"

李素很认真地点头："我真想试试。"

使劲一拍瘦弱的胸膛，杨砚难得地发出一阵豪迈的大笑："果然是名满长安的少年郎，来，抽轻了算你徒有虚名！"

李素也笑，笑得比杨砚更大声："既然你有如此爱好，本官一定满足你。"

二人相视大笑，笑着笑着，二人同时收声。

空气中弥漫着浓郁的火药味，二人的目光冰冷对视，在半空中碰撞出小小的火星，终于，空气被引爆了。

"来人！"李素忽然大吼。

两名火器局的差役站在玄关前抱拳。

"将杨砚拖到前院去！"李素指着杨砚道。

两名差役大吃一惊，面面相觑，却不敢上前。

杨砚哈哈大笑："不用烦劳，我自己去。"

说罢杨砚起身，大步走向前院，动作潇洒，背影飘逸，围个围脖就更神似走向刑场的革命党了。

……

火器局的建筑格局并不大，后面的工坊才是占地最多的建筑，前院则显得颇为逼仄。

杨砚已走到前院站定，含笑冷冷地注视着李素。

四周围了不少文吏和工匠，密密麻麻数十人挤在窄小的院子边缘，人人吃惊地看着李素和杨砚，从消息灵通人士口中打听到火器局监正大人居然要责打杨监丞，人群中窃窃私语的声音越来越大。

十来名差役手中握着军棍，迟疑地站在杨砚身后，他们神情惶恐，一脸苦相。

李素看着冷笑不已的杨砚，越看越觉得那张脸很讨厌。

"查，火器局监丞杨砚跋扈专横，违命孤行，屡犯上官，今日本官明正典刑，责令杖击十记，以儆效尤！"

杨砚大笑："好，我便睁眼看着，看你黄口小儿怎样责打朝官！"

李素嘿嘿冷笑数声，暴然喝道："打！"

差役手执军棍，却无一人敢上前，杨砚是官，而他们只是不入流的差役，谁敢打朝廷命官啊？

李素身后传来急促而慌乱的脚步声，许敬宗踉踉跄跄地赶来。

"监正大人，这……怎地闹成这样？打不得啊……"许敬宗到底顾忌李素的面子，凑在李素耳边焦急地劝道。

"我真想知道，今日我抽了杨砚之后有什么后果。"李素皮笑肉不笑地道。

"监正大人，这杨砚真打不得，别忘了，他与长孙家……"

许敬宗劝到一半忽然住了嘴，因为他看到李素扭过头，微笑地看着他，脸上虽然带着笑，但目光中的冰冷和决绝告诉他，这个杨砚，他今日抽定了。

然后，许敬宗忽然又想起了另一件事，世人眼里的李素，他治过天花，作过绝世佳诗，酿出过美酒，发明过活字印刷术，献过推恩国策，也造出了令吐蕃伤亡数万的震天雷……

李素做过的一切，在知情的圈子里悄悄传开了名声，然而，世人却似乎忘了他还做过一件事——他亲手杀过人，而且杀的还是两个壮汉，无论是出手的时机还是部位，皆可知其人心性何等狠辣。

这样一个人，今日若铁了心要抽杨砚，谁能拦得住？

许敬宗长叹口气，他不打算劝了。

差役握着军棍，却迟迟不敢迈出一步，李素的命令看来他们是不打算执行了，不执行顶多丢了饭碗，但若执行了，丢的可能是吃饭的脑袋。

李素叹气，看来今日还得自己动手了。

李素几步跨上前，劈手夺过差役手中的军棍，高高扬起，在众人惊愕慌乱的目光注视下，军棍带着骇人的呼啸声，横落在杨砚的背脊上，发出沉闷的"砰"的一声响。

杨砚被抽得一个踉跄，发出痛苦的闷哼，转过头看了李素一眼，那一瞬间，杨砚眼中布满了不信与愕然。

他没想到，李素这黄口小儿居然真敢抽他。

又一声呼啸，第二记军棍落下，重重砸在杨砚的背脊上，李素没留任何力道，而是运足了力气，杨砚终于承受不住，发出痛苦的哀号，身躯软软倒地。

李素浑然不觉，第三记军棍裹挟风雷之势继续落下，然后第四记，第五记……

毫不留情的军棍下，杨砚发出杀猪般的号叫声，抱着头蜷缩在地上不停地打滚。

李素目光冰冷，像一个冷静而疯狂的屠夫，一任屠宰的动物在自己脚下惨叫哀号，落下的每一棍仍旧那么坚定，那么冷静，连每一棍的力道都是那么的一致。

不知不觉，十记军棍打完，杨砚横躺在地上，连呻吟都没了力气，全身不停地痉挛，裸露在外的手臂布满了一条条青肿淤血印记。

李素微微有些喘息，该锻炼了啊，这点运动量就累得不行了……

懒得垂头再看杨砚的下场，人性就是这么直白的东西，任你平日怎样一副不畏强权，誓与黑恶势力斗争到底的架势，棍子落到身上，惨叫声不比懦弱者小，甚至更大，种种所谓的正义形象被强权和暴力涂抹之后，只会愈发可笑和悲哀。

缓缓环视四周的人群，众人皆敬畏地看着他，不但不敢与李素的目光接触，李素目光所及人群甚至不由自主地往后退了一步。

很好，气也出了，该教训的人也教训了，顺便还立了威，这顿抽非常值得，而且非常有必要。

扬手指了指站在人群中讷讷不敢言声的陈堂，李素忽然露出了和煦的微笑："叫两个人把杨监丞抬去屋里，再去长安城里请个大夫来瞧伤，给杨监丞买点增补的汤药和肉食，顺便把杨监丞管的账簿拿过来，别担心花钱，从今日起，火器局里的账由本官管了，快去，叮嘱杨监丞好好养伤，身体最重要……"

陈堂吓坏了，呆呆地看着李素由凶神恶煞的屠夫突然变成了一副关怀下属的嘴脸，陈堂感到很害怕，实在很不适应突然转变的画风……

监正大人是不是疯了？

杨砚被抬回了屋里，他伤得很重，李素下的手自然自己最清楚，没一两个月下不了床。

其实算是手下留情了，李素终究没敢把他打废，毕竟是官，若李素心性再狠毒几分的话，一定要效法明朝的廷杖，不仅要打，而且要脱了裤子朝他那又白又嫩的屁屁打，打完不死是运气，残废也是正常。

暗暗再佩服一下自己的仁慈，李素的心理得到了满足。

杨砚被抬走，许敬宗凑了上来，看李素的目光跟往常不一样了，他的目光和大家一样，也多了几分莫名的敬畏。

"监正大人，您与杨监丞到底因何事而争执？"

李素叹气："还不是因为你……"

许敬宗脸色刷地白了："我？"

"啊，昨日你不是向我告杨砚的状吗？我今日找他谈了一下，说你以后不要欺负许少监了，人家长得那么英俊，你长得那么丑，有什么资格欺负他？要欺负也是我欺负，杨砚不服气，我就说今日我必须代许少监好好教训你，于是我就抽他了……"

许敬宗脸色由白转青，转换得非常自然，毫无痕迹……

"监正大人……这，不是这样的啊，我没……"

李素分明看见许敬宗额头冒出了一颗颗冷汗。虽然也是秦王府旧部，但长孙无忌他也招惹不起的。

"哈哈，逗你的……"李素重重一拍许敬宗肩膀。

许敬宗如同气球徒然被放了气似的，整个人迅速泄了下来，透着一股子受惊吓后的虚脱，然后悄悄转过身去……遮遮掩掩地抹去眼角的泪。

吓哭了？

李素有点内疚，中年老帅哥也有一颗少女般晶莹且脆弱的玻璃心啊。

抽杨砚算是比较冲动的决定，其实冷静下来后仔细一想，杨砚除了固执一点，擅权一点，孤傲一点，对他这个顶头上司不够尊重等……

好吧，李素冷静下来后得出了结论，刚才的冲动很正确，一点也不冲动，简直是深思熟虑后的决定……为自己的杀伐果决点个赞。

既如此，就不后悔了，至于抽了杨砚会不会得罪长孙无忌，李素管不了那么多，少年封爵，官职加身，上天赐予的得意春风，若是前怕狼后怕虎，岂不辜负了大好少年时光？

……

抽了杨砚两个时辰后，宫里骑马来了一位宦官，奉李世民旨意，宣召李素进太极宫。

李素撇了撇嘴，来得真快，刚刚发生没多久的事情，太极宫那边马上有了反应。

想想也是应该，震天雷对李世民的重要性不言而知，火器局里面怎么可能没有李世民的耳目？恐怕在李素抽杨砚的当时，便有人紧急向太极宫禀奏了。

骑马随同宦官入长安城，李素一路上想了很多，暗暗思量着此事的后果，抽朝廷官员的罪名……他自己也是朝廷官员吧？官员抽官员是什么性质？打架斗殴？

李素只能尽量往好的方面预测，这是人治大于法治的年代，罪名是轻是重，全在李世民一念之间，李世民若看李素顺眼，杀了人也不算事，若看他不顺眼，跟人吵几句嘴也是杀头大罪。

进长安城，入太极宫，李素跟着宦官进了晖政门，然后安静地等在安仁殿外。

这次李素等了很久，宦官进殿禀奏后出来告诉李素，陛下正在考究诸皇子、公主课业，暂时没空接见他。

李素不着急，着急也没用。

等了近一个时辰，日头已渐偏西，殿内传来一阵恭祝父皇安康的齐喝，接着便是一阵窸窸窣窣的脚步声，诸皇子公主鱼贯出殿。

当先一人穿着暗黄色衮袍，头戴金冠，生相颇为俊俏，只是目光略显阴沉，后面紧跟着一个大胖子，却是一脸春风得意的笑容。

一众皇子走出后，紧跟其后的便是一群年纪不一的公主，人人穿得五彩六色，仿佛一群穿花蝴蝶似的。李素眼尖，立时从一群花蝴蝶里发现了只着素色裙衩的东阳。

东阳心中亦似有所觉，抬头一看，二人的目光在半空相遇，无声中传递着只有彼此才能意会的情愫。

众人出殿后，慢慢朝李素方向行来。

李素眯了眯眼，马上清楚为首这人的身份了，能穿黄袍戴金冠的，除了当朝太子，绝无第二人。

李素站在大殿外的门廊下，避又无法避，只得整了整衣冠，躬身朝众人施礼："臣，泾阳县子李素，拜见太子殿下，拜见诸位皇子殿下，公主殿下。"

为首的果然是太子李承乾，见李素施礼，李承乾停下脚步，别的皇子公主不论对李素有没有兴趣，都只能停下，按制太子最大，别人是不能抢在太子前面先走的，连并肩也不行，有逾越之嫌。

"你就是李素？"李承乾的声音很亲和，目光甚至浮起了笑意，亲手将躬着身子的李素虚扶了一把，笑道，"孤早知泾阳县出了一个了不得的少年英杰，自我大唐雄兵收复松州之后，李素之名更是如雷贯耳，今日才得一见，果然是难得的俊秀人物，难怪父皇数次夸赞，不愧'少年英杰'之名……"

"太子殿下谬赞，臣实在不敢当。"李素礼仪做得很足，回话时急忙又躬下身，东阳远远落在后面，见李素这一本正经的模样，东阳嘴角抿了抿，不由想笑。

想想这家伙在她面前卖诗、要钱、讨功等无耻嘴脸，现在这个样子简直……太虚伪了！

这边李素与李承乾见过礼后，二人寒暄了几句，说的都是些无关紧要的闲话，聊过几句后，殿门前宦官已扬声高喝陛下宣泾阳县子觐见，李承乾急忙微笑着摆摆手，示意李素进殿面君。

李素躬身向李承乾告别，那个大胖子，也就是魏王李泰跟在李承乾身后，对李素的行礼视而不见，神情倨傲地走过李素身前，眼角都没瞟一下。

李素也不介意，坊间传说近年陛下对魏王格外恩宠，无论府宅、车驾、随从等皆优渥以待，有的仪仗几乎与太子齐肩，真是古往今来难得一见的怪事，实在很难揣度李世民心里到底在想什么，莫非他深以玄武门之变为傲，打算让自己的儿子们也照原样来一出？

一众皇子、公主走过李素身前，李素微笑着躬身恭送，东阳有意无意落到最后，二人目光相遇，东阳抿唇笑了笑，此时说话不便，东阳挑了挑细细的黛眉，示意她在宫外等他，李素不易察觉地点点头。

……

安仁殿内四周的角落里仍旧摆满了冰块，李世民端坐上方，黄色的衮袍拉开，脚上的足衣也褪去了，很没形象地赤着脚盘坐在榻上，左右两名小宦官握着大团扇使劲朝他扇着风，李世民热得直催他们快一点，不时朝嘴里扔进一个小冰块，咬得咯嘣响。

李素暗暗吞口水，然后为自己的表现感到羞愧，见识超凡优越感爆棚的穿越者，居然垂涎人家嚼冰块……

可是，天气真的很热啊，他也真的很想嚼冰块……

进殿行礼，李素做得一丝不苟，垂头时却听李世民没好气地哼了哼。

"好个有血性的少年郎，当着火器局上下的面杖责我大唐官员，李素，你真是无法无天了。"

李素心下一紧，暗道果然如此，李世民大老远把他召来太极宫肯定不是为了请他嚼冰块的，直到现在也不赐座，更别提奉上一碗诱人的冰块了，这是兴师问罪的架势啊。

"臣年纪小，性子冲动，臣知罪。"李素老实认罪。

李世民"咯嘣咯嘣"嚼着冰块，又哼了哼："你与杨砚怎生结的怨，仔细将始末道来。"

李素想了想，道："陛下任臣为火器局监正，臣甚感荣幸，一心想将火器局打理经营好，多造火器为陛下开疆辟土，然而……臣既为火器局监正，不知为何连火器局的账簿都无权一观？今年户部只给火器局拨了四千贯钱，这点钱要购置火药用料，要发放文吏和工匠俸薪，还要保证火器局上下伙食等，臣作为火器局监正，看看账簿，算算余钱，总是不过分的吧？"

李世民皱眉："朕听出意思了，杨砚把持火器局财权不放？连你这个监正亦不能插手？"

李素笑了，"把持"这俩字用得很妙，给英明的皇帝陛下点个赞……

李素自觉自己是个厚道人，既然已抽过杨砚了，没必要把人往死路上逼，于是决定不在李世民面前挑拨是非了。

"不算把持吧……火器局一应用度皆是国帑民脂，杨监丞担心臣年纪太小，奢耗无度，所以卡住了火器局的收支……"李素看了看李世民的表情，见他不置可否地笑，只好继续道，"说来都是大唐的忠心臣子，都是为了陛下的江山基业好，纵有理念不合，不合……"

李世民皮笑肉不笑地道："继续说啊，纵有理念不合又怎样？"

李素老脸一红，干咳两声道："纵有理念不合，抽他一顿就合了。"

第二十五章 君臣城府

"抽他一顿就合了。"

连李素自己都不得不承认,这句话似乎有点简单粗暴。

话虽不好听,却也是实话,各种不服如何治?唯抽而已。

李世民嘴唇紧紧抿着,似乎想笑,又觉得一笑太不严肃了,与眼下兴师问罪的气氛不合。

"所以你就抽了杨砚一顿?这就是你这个监正干出来的事?"李世民努力板着脸道。

"臣知罪,请陛下责罚。"李素很光棍,懒得解释杨砚欠不欠抽的问题,更懒得说什么"请陛下恕罪"之类的废话。

指着李素,李世民的手指很用力:"油滑跟泥鳅似的小子,人也抽了,好话也说了,倒是两头不得罪,真正的是与非却被你压了下来,朕若不处置,往后你还会抽他,然后又在朕的跟前为他说好话……十几岁的娃子,跟谁学的这一套官场油子路数?"

李素急忙躬身道:"不是油滑,陛下误会臣了,委实是臣的心里话,杨监丞卡住收支也好,臣抽杨监丞也好,其实都是为了公事,都有一颗为大唐为陛下鞠躬尽瘁的公忠之心,只是臣性子急躁,争吵上了火,处事方法遂有了偏颇,这是臣的罪过,臣领罪。"

李世民似笑非笑道："这番话倒是四平八稳，但朕不相信，你真是这么想的。抽杨砚那十记可不轻，每一棍都落到实处，连力道都一模一样，若说抽他是因为冲动，冲动到这般齐整倒也不多见……"

李素垂头干笑。

跟英明君主打交道就是这样不方便，人家不好糊弄……

恨恨哼了一声，李世民淡淡地道："此事你有错，杨砚也有错，朕没想到吏部把杨砚调去火器局竟赋他如此重权，说来是朕疏忽了，今日朕便做个了断，火器局以后你说了算，财权也好，上下人等任免也好，悉数由你而决，朕把整个火器局交予你，只要你用心做事，给朕好好做几样拿得出手的东西来，若是长久不见成效，莫怪朕把今日的老账跟你翻一翻。"

"臣，遵旨。多谢陛下宽宏。"

李世民忽然从方榻上站起身，朝李素招招手："行了，你可以退下了，走，朕送送你。"

李素大吃一惊，猛然抬头，不仅是李素，殿门外站着的两名宦官也吃惊地看着李世民。

皇帝亲自送臣子，这待遇……恐怕只有秦王府旧部才有吧？今日怎么对李素这般客气？

李世民招了手，李素顾不得多想，急忙起身跟上。

从方榻到殿门只有十几步的距离，一君一臣走得很慢，慢得似乎在用脚丈量殿内的尺寸一般。

走了两步，李世民似乎漫不经心地随口道："有件事朕忘了问，吴王恪……前日果真是误闯火器局？"

李素心一抽，急忙道："臣不知究竟，但臣以为，吴王殿下确实是误闯，当时吴王穿着猎装，领着王府随从骑马而入，若说吴王有别的心思，这副装扮未免太引人注目，况且吴王千金之子，就算有别的心思，想必也不会亲自去做，臣以为此事确实是误会。"

李世民沉默着又走了几步,然后不置可否地笑笑:"或许是误会吧。"

李素不再搭腔了,李世民是怎样的心思他更不敢猜,他与李恪的交情并不深,能为他把话转圜到这个地步已经很不错了,这种事情太凶险,一不小心就扯进一个巨大无比的旋涡里,李素如果想在大唐活到寿终正寝,话说到这一步已然足够了。

几句对话说完,二人已走到殿门前。

李世民只送到这里便转身,连李素躬身施礼也懒得看,只是头也不回地扬了扬手,扔给他一个潇洒不羁的背影,像极了偶像剧里颜值高、又暖心然而活到二十多岁便不幸得了癌症的男主角……

独自走出宫门时已是黄昏时分,走出龙首渠后,李素扭头四顾寻找东阳的身影,她说过会等他就一定会等他,谁知迎面走来一位穿着华袍的中年男子。

中年男子很客气,不但主动施礼,而且自我介绍,李素听到他自报家门后不由得吃了一惊。

竟是长孙无忌府上的管家。

管家也姓长孙,不知是赐姓还是远亲,李素的神情尴尬中带着几分戒备,毕竟今日上午抽了杨砚,没过一天长孙家便找上来了,实不知来者是善是恶。

谁知长孙管家态度很恭敬,对李素抽过杨砚的事半字也不提,只说长孙无忌大人对李素如何欣赏,对李素为大唐立下的功劳如何感激云云,一番话里大半皆是赞誉之言,最后长孙管家终于点明了来意。

长孙无忌十分欣赏李素这样的大唐少年英杰,希望李县子闲暇之时去长孙府上做客,若能偶尔提点一下长孙家那几个不成气的少爷就更好了。

李素看出来了,这些话不是虚套客气话,因为长孙管家特意在宫门前等李素就是为了传达长孙无忌请李素做客的意思。

费解啊,刚抽过长孙门下的官员,长孙无忌没叫人把他堵到暗巷里套麻袋敲他闷棍，反而要请他去府上做客？

难道长孙无忌打算在他做客时在廊下安排五百名刀斧手，听他摔杯为信号……

长孙管家传完了话，很恭敬地朝李素施了礼，然后离开了，从头到尾没有半点宰相门房七品官的倨傲派头。

李素定定地站在原地，目送着长孙管家的背影，站了许久，忽然仰天苦笑数声。

现在总算明白李世民为何破天荒亲自将他这个十几岁的小娃子送出殿门外了，这个举动或许才是长孙无忌愿意化干戈为玉帛的真正原因。李世民天子之尊，自然也不会无缘无故亲自送一个小娃子，说白了，他这是无声地保护李素，他不想看到一个对社稷有价值的才俊莫名倒在官场争斗中。

李世民的城府，长孙无忌的城府，中间夹了一个愣头青后知后觉的李素……

城府和算计还能接受，最令李素惊奇的是，从安仁殿走到太极宫门外的龙首渠大约需要两炷香时辰，而这两炷香时辰内，长孙无忌便已收到了李世民亲自送李素的消息，并且迅速地做出决断，令管家在太极宫前等李素……

贵圈太复杂了，李素忽然好想回家，想睡觉，想……东阳。

对了，东阳呢？

太极宫前的龙首渠外，四周皆是执戈握戟的军士，中间是一片空旷的广场。

李素目送长孙管家离开后，独自站在广场中央四下顾盼，却不见东阳的身影。

想想也是，东阳的胆子应该没大到敢在太极宫前跟李素约会，会要命的。

第二十五章　君臣城府

李素牵着马独自往广场外走去，走出太极宫的宫禁范围，差不多快到朱雀大街上时，街边拐角一个暗巷里，一名侍卫打扮的人向他走来，李素眯着眼打量了一下，然后露出了笑容。

嗯，眼熟，每次跟东阳坐在河滩边时，河滩后面的侍卫人群里就有他，不知道名字，但一定是东阳公主府上的。

"小人拜见李县子……"侍卫躬身行了礼，小心地环视四周，然后压低了声音，"公主殿下在巷子里的马车上，小人为公主传话，请李县子独自骑马出东城延兴门，在城外五里处等候片刻，公主殿下的车驾随后即到。"

李素不动声色地点点头，然后二人仿佛从不认识似的擦肩而过。

心跳莫名加快，明明是男未婚女未嫁，这种莫名其妙的偷情幽会的刺激感是怎么一回事？

……

骑马赶到东城外五里的大道边，李素独自坐在夕阳的金黄色余晖里发呆，过了一会儿又觉得无聊，怀里掏出随身必带的小铜镜，左顾右盼痴迷地盯着镜子，李素渐渐发现这个没有手机电脑的年代里，照镜子居然非常容易打发时间。痴痴地看着镜子里的自己仿佛才过了几个呼吸，东阳的车驾就远远驶来，四名侍卫打头开道，后面跟着二十多名披甲卫士，一辆宽得占住大道大部分的马车前套着六匹骏马，马车的后辕处打着五翅高屏。

李素暗暗咋舌，这便是全副的大唐公主仪仗，那个曾经与他同坐在河滩边，二人说笑逗骂毫无身份差距的女子此刻就坐在马车里，她的身份是高贵的大唐公主，神仙般可远望而不可接近的人物……

李素忽然有了一种不真实的感觉，那个河滩边赤着双脚又哭又笑的女子，与此刻这个坐在马车里的，是同一个人吗？

车驾在李素身边停下，马车侧旁的小窗掀开了帘子，露出东阳那张清丽脱俗的俏脸，带着几分微微的嗔意。

"又照镜子！又照镜子！女人家都没你这么爱脸的！"东阳狠狠地白他一眼。

李素面不改色将镜子塞回怀里，笑道："如此好看又好吃的小鲜肉，少看一眼都是损失，不多照一照怎么知道自己如此优秀呢？"

东阳噗嗤笑了："走吧，一起回去，你，你……"

东阳贝齿咬得下唇发白，犹豫许久，俏脸一红，声音愈发细若蚊讷："你……把马儿交给侍卫，你上我马车来。"

"啊？"李素有点吃惊，呆呆地看了看马车前后的侍卫，侍卫们仿佛一个字都没听到似的，人人板着酷脸直视前方。

东阳见李素踌躇的样子，不由恼羞成怒，恨恨地放下帘子，气道："不来算了。"

"来！"李素二话不说蹿上了东阳的马车。

马车里香喷喷的，不知熏了什么香，车厢很宽敞，软软小榻旁甚至还摆着一个小矮几，上面搁着一本书。

见李素真的上了马车，东阳羞得不行，这年头未婚男女单独相处于暗室还是颇为惊世骇俗的，老实又单纯的东阳怕是从来没有做过如此大胆放肆的事情。

"你……谁叫你上来的？快下去！"东阳没好气踢了李素一脚。

"请神容易送神难……"李素咧嘴一笑，四下顾盼打量着车厢，嘴里啧啧有声，"真漂亮，果然是公主仪仗，以后等咱们老了，你得教教我投胎有个什么讲究，我努力一下，下辈子也投个帝王家的好胎……"

马车启行，车厢微微摇晃，李素的马儿却有些吃醋了，不时从小窗外将硕大的马脑袋伸进来，李素急忙将大脑袋推出："别闹，我有事。"

马儿很不高兴地朝他打了个响鼻，喷了他一脸鼻涕，东阳看着他发绿的俊脸咯咯直笑，从怀里掏出一方洁白的丝绢帮他擦脸。

擦着擦着，东阳握着丝绢的手微微颤抖起来，动作也越来越慢，刚才给他擦脸只是下意识的动作，她却没想到这个动作竟如此亲昵，俏脸顿时红得比晚霞更绚烂。

触电般缩回手，东阳用力将丝绢攥在手心里，掩饰般拂了一下发鬓，每一个动作似乎都在微微颤抖，显示出此刻的心情多么慌乱。

李素却浑然不觉，他的心思没那么细腻，反而在马车内四处东摸摸西按按，一副好奇的样子。

喀嚓一声轻响，李素不知怎的从马车里抽出一个暗格，暗格不大，一尺见方，里面摆满了小零食小糕点，什么同心生结脯、升平炙、八仙盘、小天酥……琳琅满目，品种繁多。

李素白她一眼："坏人，有东西吃还藏着掖着，非要等我自己翻出来，一点不懂待客之道。"

说完自顾拈起一块小天酥扔进嘴里大嚼起来。

好好的旖旎暧昧气氛，被李素搅和得全然无踪，东阳恨恨咬牙，忽然很想一脚把他踹出马车。

一边嚼着糕点，李素忽然指了指小窗外，道："你公主府上的侍卫是怎么回事？咱们公然坐在马车里……不太好吧？"

东阳瞪着他："不好你怎么还上来？"

悻悻哼了哼，东阳解释道："外面这二十多人算自己人了，你少操心，这两个月我叫绿柳给他们赠赐了不少钱财，侍卫们的家小也由公主府出面将他们安顿在长安城里住下，前些日他们已发誓愿为我效死，不然你以为我有这么大的胆子当他们的面把你叫上马车？"

迎着李素调戏似的目光，东阳越解释脸越红，声音越来越小，最后索性不说了。

"你今日为何被父皇宣进宫？父皇不是任你为火器局的监正吗？难道你闯祸了？"

李素叹道："难道我在你眼里就是个整天到处闯祸、招惹是非的人吗？"

东阳很坦然地道歉："好吧，是我误会你了……"

李素比她更坦然："嗯，我接受你的道歉，原谅你了。"

"那你告诉我,父皇今日为何宣你进宫?"

"火器局里有个小监丞很讨厌,今日忍不住抽了他,抽得很重,约莫一两个月下不了床,后来你父皇知道了,把我叫进宫,那啥……畅谈了一下人生。"

东阳呆住了,这叫不闯祸?这叫不招惹是非?

车厢里沉默了许久,东阳忽然疯了似的,小小的粉拳雨点般落在李素的肩上,背上……

"又骗我!你太混账了,好好当你的官,没事抽人家七品监丞,大唐立国都没人敢这么干,你这还不叫闯祸?"

李素乐得哈哈大笑,忽然出手,将那雨点般落下的小粉拳攥在手里,入手暖玉生香,这一刻忽然心跳莫名快了许多。

东阳大惊,接着大羞,急着把手抽回,却被李素牢牢握住不放。

"你……你松手!"

"不。"

"快松手!不成体统!"

"不!"

马车载着东阳又羞又急的娇嗔声渐行渐远。

太极宫的反应有时候很慢,有时候又很快。

吴王李恪在火器局外金吾卫的营帐里住了三天,甚至连营帐外一步都不敢踏出,以此表示清白,可惜李世民根本没搭理他,然而昨日李素进了一次宫后,今日清早,太极宫便来了旨意,宣吴王李恪进宫。

日落时分,李素骑着马离开火器局回家,金吾卫探哨范围外的大道上,却发现吴王李恪一袭白衫骑在马上,含笑注视着他。

李素只看着他的笑容就知道,这家伙渡过难关了。

不愧是李世民所有皇子里最彬彬有礼的一个,李素快到跟前时,李恪忽然下了马,站在大道边,待李素也下马后,李恪整了整衣冠,朝他长揖一礼。

"恪，谢李贤弟救命之恩。"

李素急忙还礼："谈不上救命之恩，殿下言重了。"

李恪重重地道："不，确是救命之恩。"

说完李恪眼中还闪过一抹后怕和庆幸。

李素懒得跟他客套了，直接问道："今日进宫还好吗？"

李恪苦笑着点头："父皇不轻不重敲打了我几句，什么只顾嬉玩浪荡，不思读书进取，终日混迹长安风月之地败坏天家名声等，至于误闯火器局一事，父皇却是只字未提，然后任我为安州大都督，明日赴安州上任……"

李素笑道："也算是有个好结果了，恭喜殿下渡过难关。"

李恪黯然叹道："然而，陪同我一同游猎的九名随从，昨日被父皇下令全部杖毙，我的老师权万纪亦因教导无方，而被罚了一年俸禄……"

李素的手微微颤了一下，沉默地垂下头。

第一次真实而深刻地体会到大唐宫闱里的残酷，九条人命在李世民的一句话里就永远消逝，而这九条命消逝的意义，仅只在于警告李恪。

第二十六章 积累人脉

在大唐谈人权是件很可笑的事，人权这个东西，大唐从君臣到百姓恐怕没一个人能明白它的意思。

其实李素也不是很明白，对目前所处的大唐环境来说，所谓"人权"，意思应该就是自己不想死，便可以不死。

可笑的地方也在这里了，想不想死根本不是自己能决定的，决定全在李世民，他说你可以不死，那么你就不死，也就是说，如果大唐真有人权这东西，那也是李世民赐予的，和历代传说中的免死金牌一样，皇帝想什么时候收回去就收回去了。

九名王府随从的死，令李素忽然间有了许多复杂且矛盾的感触，害怕，所以想往后退，找个由头辞了官，从此低调地活在乡野田陌间，一生庸碌老死而无憾。不服气，又想努力往上钻营，用一种名叫野心的东西填充自己的生活，立更多的功劳，做更多的事，当更大的官，以此来寻获更多的安全感……

进也好，退也好，都只是为了活着。

李恪逃过一劫，虽然令李世民感到不满，把他赶出长安，赴安州上任，但终究是逃过了一劫，他不小心触碰到最敏感的皇权还能全须全尾地离开，除了命好以外，当然还得感谢李素。

所以李恪今日特意等在大道边，就为了跟李素说声感谢。

"若非李贤弟昨日在父皇面前为我开脱，今日我的结局怕是……"李恪苦苦一叹，然后再次朝李素施礼，"大恩本不该言谢，然而今日还是要当面谢你，此番搭救之情，恩同再造，其实不是一句感谢能应付过去的，送你什么或是说太多花团锦簇的话都显得俗气，然而我确实无法一表心中感激……"

李素越听眼睛越亮，最后揉了揉鼻子，忍不住开口道："其实……嗯，其实……"

"其实什么？"

"其实，这个救命之情么，是可以折算成钱的，我真不介意，殿下王府的用度应该颇为宽裕吧？"

李恪呆呆地看着李素许久，试图从他脸上瞧出真假，然而李素的表情实在太真了，真得简直就像……真的。

"贤弟……贤弟莫闹，此番恩情怎能谈这些俗物？贤弟站直了，且受恪一礼……"

李素忽然出手扶正即将躬身的李恪，神情无比严肃认真地道："我真没闹，这个恩情真可以用钱折算，不介意的话，我甚至可以给你列个清单让你方便记账……"

李恪的脸色有点难看了："贤弟，真的……莫闹了！"

"我没闹！"李素努力让自己的表情变得很诚恳，目光炯炯地直视李恪，无声地告诉他，自己很认真。

李恪与他对视许久，然后……"噗"的一声，大笑起来。

"贤弟真风趣！你这个朋友我交定了！"

李恪还是走了，明日便离开长安，赴安州上任大都督，李素很伤感，直到李恪转身离开的那一刻，终究还是没给钱，还直夸李素太风趣云云……

不过总的来说李素还是很欣慰，他发现自己在唐朝又交到了一个朋友，真正的朋友，日后自己危难之时，或许斜刺里会伸出来几只手稍稍扶他一把，其中有一只手的主人也许会是李恪。

人脉这东西，其实像存款一样，平日里一点一滴地存起来，别嫌少，积少成多，等到有一天，人脉积累到可以抵消自己人生里的一次要命的危难，就能证明自己做人很成功了。

……

相比之下，许敬宗这人就只能列入狐朋狗友一类了，或许连狐朋狗友都算不上，跟这种人来往最好别谈感情，谈感情太伤利益。

第二天一大早，李素刚进火器局，许敬宗便迎上来，手里握着一个圆乎乎的物事，笑道："监正大人，按您的吩咐，工匠特意造了一个只填充了一半火药的震天雷，罐口已密封好了……"

李素点点头，这东西他确实是他吩咐工匠造的，只造一个，留着有用。

抽过杨砚，杨砚痛了，李素痛快了，但做人不能赶尽杀绝，所以李素没在李世民面前告杨砚的状，也没提把杨砚赶出火器局，杨砚仍留在火器局里养伤。

光抽了还不够，还得绝后患，日后杨砚伤好了，又把四百个震天雷翻倍变成八百个，李素又得抽他，整天搞这些斗争，李素自己也腻味，今日索性把事情彻底解决。

接过减量版的震天雷，李素仔细端详了一阵，道："去把杨监丞请到校场，校场闲杂人等清空，一个不许留。"

许敬宗惊讶了一下，倒也不问原因，很痛快地应了。

……

火器局后院有个校场，说是校场，其实算是火器实验地。

杨砚被四名杂役小心抬到校场边，杂役们朝李素行过礼后很识趣地回避了。

杨砚铁青着脸，恨恨地瞪着李素，显然被抽的怒火没消，看着他仇恨的眼神，李素暗暗一凛，心中忽生杀意。

今日且做最后一回努力，若仍不能说服他，此人必须除掉！

很奇怪，自从杀过结社率二人后，李素发觉自己的心性多了几分狠毒，对杀人这种事也不再排斥了。

"杨监丞，本官知道，上次抽你你定然不服，服不服那是你的事，陛下昨日已下旨，火器局内大小事务悉由本官一言而决，财权和人事任免皆由我来掌握。陛下的旨意想必你已清楚了，不服气，径找陛下理论去，今日把你叫来，为的是另一桩事……"

李素说着，举起手中的减量版震天雷："看清楚了，这是工匠连夜造的，按你的说法，震天雷里的火药减量一半，别眨眼，好好看看你想出来的好主意，看看究竟是节省了国帑民脂，还是浪费了……"

杨砚愤怒地哼了一声，喷火似的目光狠狠地盯着李素。

李素举起火把，点燃了引线，"嗤"的一声，青烟缭绕。

趁着引线燃烧，李素赶紧奋力一扔，小陶罐被扔得远远的。

"轰"的一声巨响，远处一片烟雾弥漫，一阵炎热的夏风拂过，吹散了弥漫的烟雾，二人同时望去，很快，杨砚的脸色刷地变白了。

杨砚脸色很白，李素神情却很淡定。

震天雷这东西本就是他造出来的，多少药量会是什么效果，没有人比他更清楚。

杨砚半躺在小竹榻上，呆呆地看着远处仍缭绕着几缕青烟的爆炸现场，半晌说不出一句话。

现场并没有产生任何效果，甚至地上连半个小坑都没有，这也是杨砚震惊的原因，除了声音有点吓人外，这个震天雷根本没有产生任何杀伤力。

李素转过头，似笑非笑地盯着他："杨监丞可瞧清楚了？这就是你说四百个可以造八百个的震天雷，药量恰好减少了一半，而效果你自己也看到了。"

杨砚脸色仍旧苍白，紧紧抿着唇不发一语。

李素静静地盯着他，也不说话，不知过了多久，李素忽然扬声喝道："来人！"

两名杂役匆匆从远处跑来，神情敬畏地抱拳。

"按杨监丞的吩咐，从今以后，火器局所造的震天雷填充火药全部减量一半，让大唐的将士们揣着这样的震天雷上战场浴血拼命去吧！"

杂役们一愣，却只能抱拳，刚答应了一声，杨砚却忽然抬起了手，颤声道："慢，慢着！"

李素见杨砚的脸色比刚才更白了，于是挥退了两名杂役，冷冷哼道："杨监丞还有何见教？"

杨砚垂着头，嘴唇微微颤抖，良久，缓缓地道："监正大人，下官……错了，这等震天雷绝不能让它出火器局，大唐将士们前方浴血厮杀，我等怎能做出这种东西害了将士们的性命。"

李素冷笑："你想通了？不再觉得这是浪费国帑民脂了？不再坚持一滴鸩毒能杀人何须十滴的高论了？"

杨砚神情愈发羞愧，沉沉地点头："下官对火器委实一窍不通，昨日如此做法，实是误国误军，若无李监正阻止，下官几成大唐千古罪人矣。"

眼见杨砚羞愧的模样，李素也长长舒了一口气。

刚刚他已打定主意，若杨砚仍旧死不悔改，一定想办法把他除掉，李素受不了一个生死仇敌躲在暗处冷冷看着他，等一个机会便猛然出手将他致于死地，而他却要花费一生的精力去提防他，不如弄死方绝后患。

连杨砚自己都不知道，刚才他的态度，为自己挣回了一条命。

杨砚认了错，李素也松了口气，如果可以，他也不想杀人，阴谋诡计也好，明刀明枪也好，终究是一条人命。

空旷的校场上只有李素和杨砚二人，李素觉得有些话应该说一说了。

"杨监丞，李某年纪虽幼，也不是无理取闹之人，昨日我抽你，委实因为你做得太过分了，李某虽初入官场，却也知官场是个讲究上下尊卑的地方,有理可以声高,但该有的礼数不能少,该有的规矩更不能忘,以下犯上把持财权,目无上官,言行跋扈,我若不抽你,如何服火器局上下之众?日后火器局只知你杨监丞,而不知我李素,我这个监正难道是用来摆个样子的?"

"若你杨监丞果真是对火器精通之人,李某倒也愿意退位让贤,让能者居上,然而,你什么都不懂却还在火器局里指手画脚,若按你的意思造出震天雷送进大唐军中,杨监丞你自己算一算,你这个决定将会害死多少人?你自己会不会人头落地?"

杨砚被说得脸色惨白,额头冒出了一颗颗豆大的冷汗。

每个人的一生里都有自以为是的时候,而每个人都为自己的自以为是付出过代价,有的代价轻微,有的代价惨重,终归都有代价,杨砚忽然发现自己很幸运,他付出的代价只是挨了李素一顿抽,若真让他所吩咐而造出的震天雷进了军中,害死了大唐将士,贻误了一国军机,那时他将要付出怎样的代价?

"监正大人,我……错了!"杨砚再次认错,这次的态度显然更诚恳了,神情掺杂着几分后怕和庆幸。

李素笑道:"不急着认错,我们心平气和先把道理说清楚,若论你我本意,其实都没错,都是为大唐鞠躬尽瘁,你把持财权亦是为了节省国帑,我造震天雷是为了保质保量,让我大唐的将士凭此利器攻城克寨而少添伤亡,都没错,都是忠心的好臣子,不同的只是你我理念而已……"

李素笑容渐敛,神情忽然变得严肃起来:"但是,火器局是造火器的地方,火器非常危险,一不小心便是屋毁人亡的下场。所以,在这火器局里,怎样造东西,怎样安排工匠们做事,都必须由我来经手,凡事最怕的是外行领导内行,杨监丞,今日道理说明白了,丑话我也要说在前面,日后火器局造火器,在你没有对火器火药之物领会精通之前,不得插手任何造火器的事务,你我理念不同,尽可在屋子里辩个昏天黑地,但是这种情绪却不能带进火器局的工坊里,下次你若再犯糊涂,可不止是被抽一顿那么简单了……"

杨砚被李素教训得冷汗潜潜，奈何李素每一句话都是堂堂正正的道理，杨砚只能唯唯点头。

"遵监正大人之命，下官从此绝不再插手工坊事务……下官还有一个不情之请，我想在工坊里跟工匠们学学造火器，保证不插嘴不指挥，我只当自己是个工匠的学徒，学会之后，下官再试着和工匠们一起造火器。待到下官对火器完全了解之后，下官想再与监正大人论一论道理，监正大人刚才的话下官毫无辩驳之处，那是因为下官什么都不懂，待以时日，下官对火器了解了，那时再来仔细品味监正大人今日所说的道理是对是错。"

李素笑了，他开始觉得杨砚确实是个务实的踏实做事的人，或许不够聪明，不够圆滑，有点读书人的清高和固执，但人终归不坏。

不坏的人就算是好人，李素对好人还是很有好感的。

"行，道理都说过了，日后还望杨监丞摒弃前嫌，与李某精诚合作，一同将火器局打理好。"李素笑吟吟地道。

杨砚没笑，很严肃地拱手："一切听凭监正大人吩咐。"

李素眨眨眼："既然大家今天这么讲道理，我昨天抽你的事就当没发生过，如何？"

杨砚愣了一下，垂头看看自己动弹不得的身躯，脸颊一抽，然后扭过头去。

李素的脸顿时黑了。

刚才的判断有误，这家伙还是个坏人，大家谈得这么愉快居然还记仇，我自己都忘记这回事了好不好？

第二十七章 挑拨是非

结仇容易,释仇却不易,且释且珍惜……

这一天李素自认为过得很有意义,昨天结下一个仇家,今日少了一个仇家,或许这个仇家还是有点气不顺,或许短期内不太可能成为朋友,但是少了一个仇家就是一件值得庆祝的事。

所谓"快意恩仇",或许活得洒脱不羁,但永远不是李素想要的生活,一个人若想这辈子活得安稳一点,平静一点,除了少惹事,更要少结仇家,能化解的仇恨一定要果断化解,恩情可以过夜,仇恨不能,每过一夜,仇恨便越增一分。

当然,若是自知化解不了的仇恨,就不必浪费精力和时间了,设个局也好,痛下杀手也好,赶紧把仇人灭掉才是王道。

杨砚提出下工坊造火器,李素二话不说便答应了。

不知怎的,对这个昨天才抽过的人,李素竟有些欣赏了,杨砚做人或许有点失败,但做事还是很务实的,火器局里有这么一位属官,对他来说不是坏事。

矛盾解决了,杨砚半躺在竹榻上沉吟半晌,忽然给李素拱手又行了个礼。

李素挑挑眉:"此礼又是为何?"

杨砚叹道:"此礼只为多谢监正大人给下官留了面子,今日单独把下官叫到校场说道理,没有当着火器局上下的面令下官颜面尽失。"

李素笑道:"昨日抽你明正典刑,所以必须当着大家的面,一则灭你之威,剪你羽翼,二则立我之威,今日讲道理就不必再折损你颜面了,一收一放,你我心照便是。"

杨砚定定地看着李素,打量许久,感慨般摇头:"监正大人行事老练豁达,下官实在不能相信你居然只有十多岁……唉!"

李素眨眨眼:"你就当我活了两辈子吧。"

二人对视,释然一笑。

扬手叫来杂役抬走杨砚,让他继续回去养伤,李素负着手往火器局的工坊走去。

一边走脑子里一边琢磨着造火器的事,李世民现在的胃口有点大,区区震天雷已不能满足他的欲望了,况且震天雷这东西用在战场上局限性也很大,碰上阴雨天气,火器根本派不上用场。

还有什么火器能在目前的工艺水平里造出来呢?地雷?

似乎明朝就有简易版地雷了,只是具体的做法,还得仔细搜索一下脑子里枯竭得可怜的记忆……

最主要的是,地雷这东西做好后不容易实验,要不,让许敬宗踩上去试试?

走着走着,迎面遇到了许敬宗。

许敬宗躬身行了礼,一脸好奇地看了看校场方向,用一种"我是你心腹"的自己人语气悄悄道:"监正大人刚刚又教训杨监丞了?"

李素一愣:"教训?不,没教训,和杨监丞心平气和地谈了谈,发现我和他皆是志同道合之辈,昨日的小小仇怨便一泯了之了。"

"志……志同道合?"许敬宗呆住了。

"对,志同道合,大家都有一颗为大唐舍生忘死的赤子之心,许少监,这颗赤子之心你还稍有欠缺啊,刚才杨监丞说你是坏人,本官深以为然……"

"我是坏人？"许敬宗大怒，差点跳脚，涨红了脸怒道，"他才是坏人！"

话刚说完，许敬宗忽然警醒，无比幽怨地看了李素一眼："李监正你又诳我……"

李素不置可否地哈哈笑了两声，抬步便走。

留下许敬宗惊疑不定地站在原地，一会儿看看李素的背影，一会儿又看看杨砚养伤的屋子，神情犹豫踯躅，似乎在挣扎到底要不要相信李素的话。

良久，许敬宗狠狠一咬牙。

很好，嘴上说不信，身体还是很诚实……

背对着他的李素一边走一边露出了邪魅的笑容。

就不喜欢下属们一团和气，就不喜欢大家抱成团，下面的人都和气了，他这个上司怎么工作？怎么制衡左右？

平静无波地过了十来天，李素每天重复着同样的日子，也不觉得无聊，实在无聊就照镜子，很玄妙，镜子里似乎有另一个时空，照着照着，一两个时辰不知不觉就过去，然后混到下班打卡走人……

杨砚确实是个做实事的人，养伤养了十来天后咬着牙下了床，二话不说进了工坊，跟着工匠们学着造火器，每日每夜扑在工坊里，工作劲头直追赶英超美大跃进。

相比之下李素消极多了，平日若无必要绝不接近工坊一步。

说是工坊，其实就是一个货真价实的火药桶，一不小心便炸了，跟着屋子一同白日飞升的瞬间，李素回忆自己的短暂的人生，一定会觉得空虚寂寞冷……

……

几天后，长安城忽然沸腾起来。

侯君集、刘兰、牛进达三路大军凯旋回朝，全城百姓皆欢欣鼓舞，自发出城相迎。

出征时五万关中子弟，松州之战伤亡五千余，突进吐蕃又伤亡五千余，回来时不到四万人。

大军进城，李世民率领满朝文武，亲至长安正南门明德门相迎。

凯旋的队伍连绵十余里不见尽头，与出征时相比终究少了许多人，迎接的百姓人群里不时爆出一声哭号，周围的人皆温言安慰，大家都明白，这定然是战死的关中子弟的老父母。

李素作为此战最大的功臣，也被李世民下旨出城伴驾迎军。

长孙无忌、李靖这些大佬自然陪伴李世民左右，而李素则非常低调地躲在一群六七品的低阶官员人群里不显山不露水。

程咬金咧着大嘴跟李世民不知嘀咕了几句什么，引得李世民又气又笑，大脚踹去狠狠笑骂了句老货，程咬金忽然回头大嚷："李素那个娃子呢？此战侯君集三人皆记小娃子为首功，此时怎可不见人影？"

程咬金一嚷嚷，旁边的李世民也淡淡点头，引得长孙无忌、李靖、李绩等人纷纷回头寻找。

李素心一紧，假装没听见，身子在人群里愈发矮了一截。

谁知程咬金这老货招子太犀利，李素再怎么低调，终于还是被他发现，大步走过去，拎鸡崽似的单手将李素衣领拎起来往前拽。

"哇哈哈哈哈哈……小娃子又被俺生擒一回！"

功臣应该被世人高高捧上神台，接受万众的膜拜……或接受领导发奖金。功臣应该被百姓们像"优乐美"一样捧在手心里，小心加倍呵护，而且不要乱插吸管……

李素想象中的功臣待遇有很多种，或荣耀，或伟大，再不济也该发点小财，但绝不是像现在这样，被程老匹夫一手拎着衣领，仿佛逢年过节拎一块腊肉串门一样，生生将李素从最偏僻的角落里一直拎到李世民面前。

今日不同以往，为了迎接侯君集大军凯旋，站在城门外迎接的不仅是大唐君臣，还有无数为大唐的胜利荣耀而欢呼雀跃的百姓。这些都不是重点，重点是，百姓里面还有不少颇具姿色的大姑娘、小姑娘，大家都眼睁睁地看着程老匹夫轻松拎着李素，而李素这个自诩为大唐小鲜肉的俊俏少年，此刻真成了程老匹夫手里的一块鲜肉，拎在半空中还不时左右晃荡……

太羞耻了……

李素无法挣扎，只好驾轻就熟地捂住脸。

程老匹夫很得意，充满了万马军中生擒敌酋的快感，把李素拎到李世民面前后甚至意犹未尽地继续拎着他，当着君臣的面绕场一周，李世民、长孙无忌、李靖等人皆含笑点头，互相交头接耳，似乎在对程老匹夫这次捕获的猎物评头论足……

李素想死的心都有了，如果时光倒流回去，他一定躲进深山里，绝不给程咬金认识他的机会。

绕场一周后，程老匹夫得意地放下了李素，李素这才慌忙整了整衣冠，懒得跟程咬金计较了，主要是不敢跟这老流氓计较。

抬头眼一扫，发现李世民和旁边几位重臣笑吟吟地瞧着他，李素急忙施礼："小子……下官……臣李素，拜见陛下，拜见各位大人，各位老帅……"

李世民指着李素笑道："诸卿且看，此子正是造出震天雷助我大唐王师收复松州的首功之臣，泾阳县子李素，年仅十六岁，却是难得一见的少年英才。"

李素连忙谦让，旁边一群文武大臣们皆笑了起来，这些人里不管什么想法，皇帝陛下开了口，终归还是要附和一下的。

一名头戴黑笼璞帽，身着紫色官服，腰间两只紫金鱼袋不停晃荡的中年老帅哥捋着青须笑道："久闻李素之名却无缘得见，老夫且先不赞你作诗、献策、造震天雷之功，只想要你酿的一坛美酒，据说酒性颇烈，是故有名曰'五步倒'，明明是绝世好酒，不知哪个杀才取了如此煞风景的粗鄙名字……"

李素叹息，知己啊……我说什么来着？温柔岁月多好听。

旁边的程咬金脸色不善了，很显然，五步倒这个粗鄙的名字就是他这个杀才取的,重重一拍李素的肩,哼道:"还不与你长孙伯伯见礼,哼,名字再难听,也是程李两家的买卖了,既然是买卖,可没有白送人的道理。"

李素恍然,脸现苦色,竟然是长孙无忌这家伙,这关系可有点道不清了,按说应该是仇人,毕竟抽了长孙家的门下,可长孙无忌又对他那么客气,客气的原因或许跟李世民的态度有点关系,说善不善,说恶不恶,如相爱又相杀般纠结……

"下官李素,拜见长孙……"

话没说完,却冷不防被程咬金踹了一脚:"没礼数的东西,称什么下官?叫伯伯!老货虽与俺不是一个路数,却也为江山立过汗马功劳的,叫声伯伯亏了你吗?"

"是是是,小子拜见长孙伯伯……"李素从善如流。

长孙无忌笑得眼睛眯成了一条缝,先扶起李素,然后指了指程咬金,笑骂道:"老匹夫说甚不是一个路数,既不是一个路数,上月你府里开宴还把老夫扛在肩上抢去你家,让老夫大损颜面……"

程咬金咧嘴笑道:"不是一个路数也能一起喝喝酒的……"

脸色忽然一黯,程咬金叹道:"秦叔宝卧病在榻,说话便要死了,昔年秦王府旧部,一个接一个没福气,活着的也就剩我们这些了,不管是不是一个路数,趁活着多聚一聚,总好比哪天忽然蹬了腿来不及招呼强。"

这话说完,在场的君臣皆现黯然之色,李世民仰头吸气,眼中泪珠盈眶,长孙无忌、李绩皆摇头不语,沉重叹息。

欢欣的气氛因程咬金一句话而变得沉痛,李素静静看着君臣们的表情,心中泛起复杂的感触,岁月沉寂之后,那些曾经波澜壮阔的画卷被上天徐徐卷起,江山的天空变得明朗起来,而曾经洗刷这片天空的将军们,已经老去了。

沉痛的气氛里,城门外蹄声隆隆,侯君集所部骑营前锋已至明德门外,在将领的号令中,五千精骑同时翻身下马,隔着两里远便用刀戟横拍着胸前的板甲,暴喝出声:"大唐万胜!万胜!"

第二十七章　挑拨是非

李世民等人收起伤怀的情绪，正襟凝神，神情肃穆地看着远处凯旋的将士们，君臣后面的百姓皆朝将士们躬身行礼，久久不起身。

远处黄沙滚滚，尘土飞扬，侯君集所部中军已至，随着令旗挥舞，中军全部停下，黑云般密密麻麻的将士在飞扬如黄雾的沙尘里若隐若现，盛气凌人。

中军停驻后，一队精骑打着"侯""刘""牛"三面帅旗，朝城门飞驰而来。帅旗后面，侯君集、刘兰和牛进达三人满面春风，志得意满地策马而至，离李世民尚距一里之地，三位大总管同时翻身下马，步行而来。

走到李世民身前后，三将躬身为礼。

满面尘灰略显疲惫的侯君集大声道："臣等奉诏讨贼，幸不辱命，今日得胜还朝，请陛下检阅关中子弟雄壮之姿。"

李世民神情激动，亲手扶起侯君集三人，直起身缓缓环视四周，大声道："我大唐将士威武壮哉！"

身后的百姓们纷纷躬身，齐道："威武壮哉"。

城门甬道迅速让开一条道，李世民一手握着侯君集的手腕，另一手握着刘兰等三人大笑着并肩而入。

城门内的一片平地上早已搭好了一块台子，数十名美貌舞伎戴着铁制面具，一手执剑一手执盾上台，激昂凌厉的乐声响起，舞伎们挥舞着剑和盾，在台子上不停变幻着队列，进退、劈砍、身躯摇曳，台下跪坐着一排歌伎，随着乐声的节奏忽然吟唱起来。

"四海皇风被，千年德水清，戎衣更不著，今日告功成……"

歌伎们的吟唱伴随着阵阵激昂的大鼓节奏，很快，台下的李世民、长孙无忌、侯君集等人尽皆肃然，与歌伎们一同唱吟起来，四周的将士和百姓们也纷纷应和而唱。

《秦王破阵乐》，贞观元年由李世民下诏，名臣魏徵奉旨撰词而成，贞观七年编成舞，从此正式成为大唐军歌，无论军民人等尽皆传唱。

歌舞毕，亲迎凯旋王师的仪式才算结束。李世民率领群臣往太极宫走去，李素本想继续跟那些六七品小官们窝在一起，却不料被程咬金紧紧拽住了衣袖，将他悄悄带到队伍一旁。

"小娃子可真是不省心，听说你把火器局里的一个监丞抽了一顿？"程咬金捋着乱七八糟的胡须笑问道。

李素急忙道："是，小子年幼不懂事，性子冲动得紧，争执了几句便抽了，抽过之后小子十分后悔，彻夜不能寐，良心备受煎熬……"

话没说完便被程咬金很不客气地打断："煎熬个屁！你这红光满面精神焕发的模样，哪点有夜不能寐，良心受煎熬的样子？再胡咧咧我可真抽你了。"

"啊？啊！小子夜不能寐了好些天，就昨晚不小心睡着了，可能小子的良心最近有点累……"李素犹自嘴硬，没办法，不表现一下良心受煎熬，别人还会以为他没长良心呢，其实有的。

程咬金气笑了，一脚踹去，李素飞快一闪，没踹着。

"老夫杀了一辈子人，良心从没累过，你一个小屁娃子倒累了，你这脸皮啊，是个混文官的种！"程咬金抬眼朝队伍前面的李世民和长孙无忌等人瞄了一眼，道，"适才陛下把你抽那个监丞的事情跟老夫说过了，抽得好，不服管教的东西，不抽待怎地？大丈夫该断则断，你个小娃子的脾气很合老夫的胃口，不过，据说那个姓杨的监丞跟长孙无忌那老匹夫有点瓜葛，你抽了监丞不打紧，就怕长孙老匹夫把这事记在心里了……"

李素面色平静地笑道："既然抽了，也管不了那么多了。"

程咬金大笑："不错，有血性！抽便抽了，还待如何？不过，凡事还是小心，长孙老匹夫惯使阴损路数，不大好防备，日后若有危急之时，我们这些沙场老将自会为你撑腰……"

李素急忙道谢。

程咬金叹道："莫谢老夫，你若多造些如震天雷之类的新东西出来，让我大唐将士开疆辟土时少填点人命，少流点血，便算是积了大德了，该是老夫谢你才是。"

第二十八章 王师凯旋

程咬金看似粗鄙，但李素早明白这老流氓并不糊涂，反而非常精明。

能在一代英主李世民麾下混得风生水起的老家伙，怎么可能太糊涂？糊涂的基本都被大浪淘得骨头都化成渣了，剩下的全都是人精，像程咬金这一类人才是进化论食物链的最高级别，而且基因非常强大。

说起食物链，李素反省了一下自己，算来算去，应该比李世民、程咬金、长孙无忌这些人低了两个级别以上，哪怕无意中把人家得罪了，人家都懒得张嘴吞自己……

这真是属于小人物的羞辱啊……小鲜肉其实还是很可口的。

跟程咬金闲聊了几句后，李素也突然明白刚才程咬金为何非要逼着自己叫长孙无忌为伯伯，而且当着长孙无忌的面动辄对李素又踹又骂……

和上次李世民亲自送自己到殿门口一样，程咬金同样用这样的方式为李素撑腰。

朝堂里能拿到台面上说的事，都是无法化解的大事，像李素得罪长孙无忌这种小事是不能拿出来明说的，撑个腰表明一下态度就足够了，嬉笑怒骂中完成了一次漂亮的钩心斗角。

李素心中忽然生出一股感动。

暗地里总是称呼程咬金为老流氓，其实……这个老流氓对自己还是很不错的，粗鲁蛮横的外表下隐藏着一颗细腻的心，用他自己独有的方式，如同对待子侄一般保护着自己。

"程伯伯放心，小侄一定造出更多火器，让我大唐将士纵横天下，所向披靡。"李素很认真地承诺道。

程咬金满意地拍拍他的肩："好小子，老程没看走眼，稍停陛下宫中赐宴，吃喝过后你与牛进达一同来老夫府上再喝一顿……"

压低了声音，程咬金凑近李素的耳边，笑得很荡漾："上月老夫府上又买了十个胡姬，唱歌倒也马马虎虎，反正不懂唱甚子，算是听个新奇，但身段却柔软得紧，晚上不走了，分你一个胡姬暖床，十多岁的娃子了还没开过荤，简直是奇耻大辱！"

李素："……"

算了，以后还是叫他老流氓吧，不仅亲切，而且贴切。

接连两顿酒宴，把李素折磨得快疯了。

宫里那顿还好，李素作为首功之臣，被李世民特赐进太极殿，给他分了个小角落，一人独享一个套餐，这年头正式场合吃饭不兴围着一张大桌子吃，而是各自坐在榻上，一人一张小矮脚桌，菜也是分餐制各吃各的，跟前世的盒饭套餐差不多的意思，只是坐的地方比前世的快餐店高档多了。

除了菜肴，酒自然必不可少，窈窕婀娜的宫廷歌伎、舞伎更不能少。

于是接下来李素经历了人生中最难忘的一幕，数巡酒过，君臣互敬数盏，歌舞正至高潮时，李世民忽然率先起身，醉态可掬地走到大殿中央翩翩起舞，歌舞伎们慌忙退避一侧。

文武群臣丝毫不以为失态，反而大声喝彩叫好，程咬金几次跃跃欲试，想上前跟李世民一起跳，终究被李靖等人拉住，李世民跳到酣畅时仰天哈哈大笑，朝侯君集、刘兰、牛进达三人一招手，大声道："卿等共舞之！"

然后……侯君集三人便大笑着加入了大唐高层舞蹈队，摇曳着又蠢又笨的舞姿在殿内上蹿下跳。

跳舞还不是毫无章法，每一个动作皆有规矩，鱼丽、鹅贯、箕张、翼舒，皆是秦王破阵舞里的动作，此时此地跳这个舞倒也颇为应景，只是殿中君臣四人那些毫无美感的动作，令李素沉默中脸颊直抽抽。

最后君臣四人越跳越来劲，大汗淋漓的李世民呼喝着朝四周的文武臣子们使劲招手，意思很明显，起来嗨。

于是四周的大臣们纷纷起身走到殿中嗨了起来，连李素也不得不应景跟着大家一起跳了一阵，大殿内一时飞沙走石，昏天黑地，实可谓群魔乱舞。

……

嗨完之后终于散场，李素大汗淋漓出宫，有种刚刚在太极殿蹦过迪的错觉，这时候如果有一杯冰到透心凉的啤酒就更爽了。

摇一摇昏昏胀胀的脑袋，李素努力将前世与今生区别开来。

很吃惊的经历，李素一直以为大唐的国君和大臣一起饮宴应该是正襟危坐，喝酒吃菜都应该安安静静依足了宫廷礼仪，绝想不到大唐君臣发泄喜悦情绪的方式竟然如此直白，如此疯狂，画面太熟悉了……

肩膀被人狠狠地拍了一下，李素惊慌扭头，程咬金一脸不爽地勾着他的脖子，二话不说往程府方向走去，后面跟着牛进达、李绩、侯君集等名将，程咬金边走边嘀咕，显然很不满刚才李世民没邀请他一同领舞……

"刚才的酒宴太寡淡，走，去俺府上再喝一顿，这次起舞俺来领头，谁敢跟俺抢莫怪老程斧子不认人！走，都走！"

李素脸色很难看："还喝？"

程咬金环眼一瞪："不喝咋地？没舞几下就散了，一点都不爽利，去我府上正好舞个痛快，顺便给老侯、老牛接风，苦了这些日子，怕是几个月不知酒味了，我府上有五步倒，喝烈酒再跳秦王破阵舞，啧啧，痛快得很。"

"程伯伯，小侄体弱不胜酒力，刚才已经……"李素急了，程家的酒可不能喝，老流氓没酒品，喝多了喜欢玩斧子，而且玩得很没有章法，相比刚才太极殿的群魔乱舞，程家却是真正的龙潭虎穴。

然而李素话没说完，却被程咬金拎起打横往马鞍上一放。众将纷纷打马，一帮老杀才策马从朱雀大街呼啸而过，完全懒得听某个俊俏少年无助的拒绝声……

熟悉的被绑票滋味，熟悉的羞耻姿势，李素只好熟悉地捂住自己的脸……

程府的酒宴果然比太极宫开放许多。

程咬金进门就吆喝，上酒上菜上胡姬，今儿来府上的客人一人发一个胡姬，不准拒绝，拒绝就翻脸。

李绩、牛进达等老将无所谓，笑呵呵地骂了几句，抬脚就进了程家的门，吆喝声比程咬金还大，显然是程家府上的常客。

李素这次没法装低调了，总共就那么几个客人，藏哪里都藏不住。

程处默不知从哪个旮旯里跳出来，大笑着拉着李素往屋里拽，不知是不是李素想多了，总觉得这家伙的表情很熟悉，就像抓住唐僧后洗干净准备下锅的小妖精……

堂上坐定，酒菜上桌，程咬金领头干了一大杯，长出一口气："这才叫酒啊！好不痛快！"

李素意思意思抿了一小口，扭头四顾，不由好奇地问李绩："李伯伯，为何不见卫公？"

卫公是李靖，大唐赫赫有名的战神，论领兵打仗，所有的将领排名里，李靖是毫无争议的第一位，任谁都服气。

李绩啜了一口酒，眼睛眯了半晌，才道："自贞观四年平灭东突厥后，药师兄便从此闭门谢客，也不再与同僚袍泽们聚首饮宴，终日只待在府里足不出户。"

李素恍然。

平东突厥一役，李靖为主帅，那一战是李世民奠定辉煌的一战，战果也是非常喜人，不仅将东突厥从此平灭，而且生擒了颉利可汗，用刀和血洗刷了当年渭水之盟带给大唐君臣的耻辱。

按说这一战后，作为主帅的李靖应该被李世民大肆封赏，把他抬到任何一个高位都不算过分，然而后来御史大夫萧瑀却拿准了时机参了李靖一本，谓其罪曰"治军无方，纵兵抢掠"。众所周知，战争中发生一些将士抢掠的事情，实在是太常见了，几乎每个将领的麾下都会出几桩这样的事情，然而李世民却偏偏拿这件事大做文章，特意将李靖叫进宫里谈了一次心。

所谓"纵兵抢掠"自然是上不得台面的理由，真正让李世民大做文章的理由，是这位皇帝陛下感到不安了，平灭东突厥的功劳太大，大到李世民不知该如何封赏李靖，大到李世民在犹豫该不该把李靖的脑袋剁了然后再还给他，就当是封赏了……

是的，天空飘来四个字，"功高震主"。李世民不安了，看在多年一起打江山的情分上，终究没忍心剁了李靖，于是把李靖叫进宫里谈了一次心，这次谈心跟后来的杯酒释兵权的味道有点相同，从那以后，李靖便闭门谢客，非皇帝宣召而不出户门一步。

李靖能成为大唐人人敬仰的一代战神，自然是绝顶聪明人，不论是战场还是朝堂，他都懂得审时度势，进退果决。

李素忽然想起松州城下的侯君集，当时牛进达拦下侯君集为李素请首功的奏疏，而侯君集当时的表情……

很有意思，侯君集是不是聪明人呢？

……

程府的酒宴开始热闹起来，几位征战半生的老将放开心怀，肆意笑闹，程府前堂又是一阵比太极宫更猛烈更狂放的飞沙走石。

牛进达显然喝高了，赤红着双眼跄跄走到李素面前，和程咬金的动作一样，驾轻就熟地把李素拎起来，一只特大号的漆耳杯满载烈酒，递到李素面前。

"喝！今日程家堂上不计辈分，不计尊幼，此酒老牛当敬你，若非松州城下你造出的震天雷，老牛今日回朝怕是无颜再见关中父老矣，有了你这震天雷，我等杀进吐蕃境内亦如履平地，伤亡皆是天威所赐，正经与吐蕃贼子交战，上百个震天雷扔出去，吐蕃贼子军心立溃，杀戮毫不费力气。李家娃子，你是个人才，大唐有了你，幸甚至哉！喝！"

李素慌了，这一杯……少说近半斤啊，喝下去会死的。

"牛伯伯，小侄……小侄体弱多病，不堪酒力，实在……啊，牛伯伯……呜呜呜……"

不由分说，牛进达直接把酒灌进李素的嘴里，李素左右挣扎，杯里的酒洒出不少，然而入口还是足足有二两多。

非常不良的习气，这帮老杀才从来不听别人把话说完，也从来懒得啰唆，想干的事情直接就干。

一杯喝完，牛进达满意了，重重一拍李素的肩："好娃子，是个爽快人，这一杯酒连牛某都无法一口饮尽，你居然喝光了，是条汉子！"

李素："……"

好想抽他啊，这杯酒是我愿意喝光的吗？是吗？不是啊！

酒劲发作很快，李素只觉得天旋地转，眼前的一切都在飞快旋转，堂内正中，程咬金领头开始跳舞了，转得很快，跟陀螺一般，似乎是……胡旋舞？

牛进达那张方方正正的板砖脸也转得很快，就好像人掉进井里后，抬头发现一块旋转着的板砖从天而降，朝他的脸砸来……

"刚在太极宫饮宴时听说了一件事，吴王恪前些日误闯了火器局？"

李素努力保持清醒，强笑道："不错，为了追一只调皮的兔子……"

脑门一阵剧痛，牛进达狠狠地拍了他的额头一记："给老夫醒醒！"

李素马上酒醒了三分，睁眼见牛进达神情颇为凝重。

"老夫还听说，是因为你在陛下面前为吴王恪开脱，陛下才决定放过此事，是也不是？"

"是……吧？"

牛进达气得双手蠢蠢欲动，似乎又想抽他："日后你若再干这等蠢事，莫怪老夫代你爹教训你，把你吊起来抽！"

"啊？"李素惊愕地看着他。

或许因为曾经是牛进达麾下的录事参军，又或许是因为李素造出了震天雷，牛进达对李素的态度已慢慢变化，如今已是真的拿他当子侄看待，越是如此，便越有种责之切的爱护之情。

"小娃子，你给老夫死死记住一条，从今往后，但凡关于皇子的任何事情，你莫再多一句嘴，更莫插手，想活着享一世荣华，先把嘴闭紧！"牛进达凑在李素耳边咬牙切齿地道。

第二十九章 程府训斥

牛进达的这句话声音压得很低,每个字似乎都是用力从齿缝里迸出来的一般,充血赤红的眼珠子恶狠狠地瞪着李素,仿佛想杀了他似的。

李素当然明白这句话里的意思,当初要不要为李恪开脱,他也是经过犹豫和挣扎的,只是他没想到牛进达把这件事看得如此严重。

被牛进达这一吓,李素彻底醒酒了。

"牛伯伯,小侄是火器局的监正,前些日吴王殿下误闯火器局,陛下召见小侄,询问我的看法,小侄当时只是如实回禀啊……"

牛进达冷笑:"'如实'?你看的'如实'是什么?吴王果真是误闯吗?你凭什么能肯定?"

李素无言以对。

是啊,他凭什么肯定?李恪是这么说的,金吾卫也这么说了,于是大家都认为是误闯,此事便算定下了基调。

"难道不是误闯?"李素有些吃惊,不是误闯是什么……李恪真有刺探火器局底细的意思?

牛进达重重怒哼,端起漆耳杯灌了一大口,然后闭上眼睛回味。

堂内程咬金扭摆着蠢笨的腰肢过来,一边扭一边朝李素挤眉弄眼,很嗨的样子。

指了指李素,程咬金朝牛进达笑道:"抽过这小子没?"

牛进达冷冷道:"等会就抽。"

程咬金哈哈笑:"是该抽,他娘的,当个狗屁县子就不知自己几斤几两了,皇子的事情也是你能掺和的?等下老牛抽完了俺再来抽,现在忙,俺继续舞一阵再说……"

说完程咬金扭着肥屁股又继续嗨去了。

李素浑身愈发冷汗潜潜,看样子,此事程咬金也清楚,而且和牛进达的态度一致,都认为自己很欠抽。

"牛伯伯……小子年幼,什么都不懂,还请牛伯伯指点。"李素急忙拱手道。

牛进达"嗤"的一声笑了:"也幸好你年幼,所以让你占足了便宜,陛下懒得跟你计较,不然你这会不该坐在程家,而是睡在棺材里……"

喝了口酒,牛进达龇牙咧嘴一阵后,缓缓地道:"你可知吴王恪是陛下的第三子,若以陛下宠爱膝下皇子的程度来论,太子李承乾当属第一,只是近两年陛下渐宠魏王泰,为了魏王泰,陛下甚至连皇子仪仗规矩都改了,因为此事与魏徵、长孙无忌等人闹得颇不愉快,是以太子和魏王如今之受宠不相上下……"

牛进达眯着眼笑道:"若论受宠皇子第三位,当属吴王恪。太子与魏王二虎相争,必有一伤,甚至两死两伤也不一定,作为第三皇子的吴王,你说他有没有心思?"

李素眨眨眼:"可是……小侄听说吴王殿下的母亲……"

"不错,吴王输在出身,他是隋炀帝杨广的外孙,满朝文武这些年好不容易推翻了隋朝,怎能容许杨姓血脉复辟?吴王夺嫡的机会很渺茫,然而……机会再渺茫那也是机会,东宫之位在吴王眼里或许很近,近到动了一些不该动的心思亦未可知……"

李素惊愕地瞪着牛进达,呆呆地说不出话。

"瞪啥瞪?觉得老夫在诳你?"牛进达很不满李素的表情,想抽他,又怕把他一巴掌扇死了，很矛盾的样子。

"带几个随从吆五喝六去游猎，长安城外方圆何止百里？陛下十几个皇子谁人不游猎？单只他运道好，偏偏闯进了火器局禁地，闯进禁地不说，还让他神不知鬼不觉越过金吾卫探哨警戒的十里之内……"牛进达冷笑，"知道金吾卫是什么吗？是我大唐最精锐的禁宫护卫，包括陛下的安全都得靠他们，竟被人潜入到火器局一里开外才发现，好像我大唐最精锐的禁宫内卫忽然都变成了一群酒囊饭袋，若说这其中没有内应，谁信？"

"还穿着猎装，还哭诉，还死赖在营帐里不走以证清白……穿着猎装就无辜了？哭诉就无辜了？陛下和我们这些老将谁不是生死杀阵里趟过无数来回的，这点小伎俩就想瞒过我们，这些年的饭白吃了。"

李素身上的冷汗越流越多，本是一件看似很平常的误会，被牛进达这么一解释竟然纤毫毕现，无所遁形。

良久，李素苦笑道："可是……吴王皇子之尊，就算他想刺探火器局机密，也用不着亲身犯险啊，而且，火药的秘方整个大唐仅只我和陛下清楚，他就算潜进火器局，能找到什么？"

牛进达瞪他一眼，道："老夫怎知道？况且，你别忘了，吴王现在还只是个十七岁的娃子，一个十七岁的娃子思量能有多周全？他怎知道火器局里没有火药秘方？能在金吾卫埋下内应，让他潜进火器局一里开外才被发现，已然是很了不得的事了，而且还能提前做好准备，穿上猎装以备被发现后有个托辞，这等心机……"

牛进达住嘴，摇头一叹，看着垂头不语的李素，问道："你在想什么？"

李素叹道："小子觉得，吴王殿下只是追一只兔子而迷了路，刺探火器什么的，小子真的不懂……"

牛进达愣了一下，接着放声大笑："娃子终于灵醒了，不错，你若只能认识到这一个层面，保你一世平安无事，这么想就对了，以后对谁都这么说，再敢说些不该说的话，老夫非抽死你不可！"

李素看着牛进达，深深地道："多谢牛伯伯今日提点之恩，此恩堪比再造，小子今日受教了。"

牛进达叹道："小娃子，今日这些话，老夫当你是子侄才明言，旁人看你腾达而攀附，看你跌倒而落石，这些话你是听不到的，往后离皇子们远一点，陛下那十几位皇子，任谁都不简单，更别搅进与皇子有关的是非里，这些是非连我们这等与陛下一同打江山的老将都掺和不起，更何况你？"

程咬金跳舞终于跳痛快了，满身大汗回坐到李素身边，抄起漆耳杯大灌一口，长长出一口气。

"训完了？小娃子，听我家大小子说，你一次又一次把自己的亲事搅没了，这是个甚说法？是那家闺女太丑，还是你本不愿成亲？"

李素急忙道："是小子太混账，配不上那家姑娘，小子已跟她家赔过罪了。"

程咬金点头："十六岁了还不急着成亲，确实混账，这话倒也实在，不打紧，走，老程带你见识见识，还是那句话，街上看见哪家姑娘模样俊俏尽管摸来，这次你来摸……"

程咬金不由分说，勾着李素的脖子便往外走。

第三十章 一亲香泽

一个人的名字或许会取错,但外号是绝不会错的,比如李素暗地叫程咬金为老流氓,那么他一定是老流氓。

李素不想跟着老流氓一起丢人,他怕名声和老流氓一样差了,日后长安城的君臣百姓送雅号"小流氓",一辈子翻不了身。

于是被程咬金勾着脖子跨出程家大门的那一刹,李素恰到时机地醉了,醉得很深沉,软软瘫在程咬金手上像滩扶不起的烂泥。

程咬金诧异地放开手,正待仔细端详究竟,李素忽然原地弹了起来,以异常矫健之姿飞奔逃离,朱雀大街上只见一道黑烟一闪而逝,大街两旁如同卷过一阵狂风,瞬间恢复安静。

……

牛进达的训斥言犹在耳,李素多留了个心眼。

进火器局之前装作串门似的,先去金吾卫营地闲逛了一圈,发现金吾卫将士的情绪不高,发生了什么事的样子,以往常跟他有说有笑的几名低级将领不见踪影。不经意般笑问了几句,才知道被那几个将领被调任了,说是"调任",实际上是宫里的禁卫把他们押走的,押走以后从此杳无音讯,不出意外的话,几位仁兄正在奈何桥上排队等着喝孟婆汤……

牛进达没说错,这事绝非表面上看去那么简单,至少李世民没把它当成一件简单的事。

李恪究竟怀了什么心思，或是君臣们想得太复杂了，李素无从而知，他知道这件事情的真正内幕或许永远都不会有真相，李世民轻拿轻放，讳莫如深，而李恪，估计打死他也不会说实话。

若是牛进达的说法成立，金吾卫里有李恪的内应，那么火器局呢？也有他的内应吗？

这几日，李素脸色有点阴沉，一副看谁都不顺眼的样子，看谁都用一种打量审视的目光，盯得火器局上下心中直发毛，都不清楚这位少年监正大人究竟怎么了。

空气莫名的紧张低迷，唯有许敬宗上蹿下跳，表现得非常活泼，他总是以一副监正大人金牌卧底小心腹的身份自居，自以为是李素的心腹班底，李素自己都不记得什么时候给过他这样的暗示或明示。说实话，火器局里若要排一个监正大人信任榜单的话，杨砚可能排名第一，其次是陈堂，然后是各位文吏和工匠，许敬宗……恐怕得排到最末。

当然，许敬宗也不是什么都排最末的，若是暗里有支冷箭朝李素射来，李素心中排名第一的肉盾挡箭人选肯定是许敬宗，金牌卧底小心腹嘛，不挡箭用来干吗？

"咯嘣咯嘣……"

晶莹剔透的小冰块在毒辣的阳光下发出钻石般的璀璨光芒，然后……被李素扔进嘴里，嚼得咯嘣直响。

东阳捂着小嘴，笑得眼睛像两轮弯月，痴痴地看着他。

"哎呀，美滴很，美滴很……"冰块入腹，只觉一股沁入骨子里的冰凉，在五脏六腑间来回游动，像甘霖般降临久旱的涸土，李素发出舒服的长叹。

"区区小冰块，值得露出这副样子吗？"东阳咯咯直笑。

李素白她一眼："穷人的世界你不懂，大夏天有口冰吃，莫大的享受，等下回去时你再给我一大碗，我给老爹也尝尝……"

东阳笑着点头应了。

自从上次马车里拉过东阳的手后，河滩边二人常坐的两块石头不知怎地离得更近了，二人坐下后几乎已是肩擦着肩的模式，东阳觉得不妥，满面羞意坐远一些，李素又像块牛皮糖似的凑上来。

白皙纤细的小手冷不防又被李素牵住，东阳大羞，想抽回来，奈何李素力气比他大。

小手握在大手里，有点凉，她的指头又长又细，柔若无骨，因紧张而微微沁出了细汗，带着一丝淡而不俗的清香，年轻的味道。

"你……放手！"东阳气鼓鼓地瞪着他，"越来越过分了！"

"不放，你手凉，给我降降温。"李素面不改色说着蹩脚的借口。

"你……"东阳又挣扎了几下，还是抽不回手，终于认了命，红着俏脸将头扭向身后的树林，做贼似的看着那群远远站着的侍卫。

"哎，把那只手也给我……"李素提出更过分的要求。

"不给！"

"乖，听话，只握一只手不工整，不对称，很难受的。"

东阳"噗嗤"一笑，脸蛋更红了，心虚地往后面瞄了一眼，终究颤巍巍地将另一只手递过来。

这是她第一次主动。

女人若愿意让男人握住她的手，一定不介意让男人再握住她的另一只手，沦陷的不是手，而是心。

太紧张了，东阳手心沁出不少汗，活了十六年，她一直老老实实，从没做过如此大胆放肆的事情，俏脸时红时白，一半是羞，一半是吓。

"李素，我们可以一直这么下去吗？就这样，牵着手……一辈子。"东阳痴痴地看着波光粼粼的河面，蚊讷般问道。

"好啊，我们一直这么下去。"李素笑。

"可是……好难啊。"东阳露出浓浓的愁容。她和他的命运，不由自己。

"努力去做，就不难了啊。"

李素此刻心中泛起涟漪般的柔情。未来太难了，然而还是要去做的，为了她，也为了自己。

握着那双纤细无骨又冰凉的小手，李素脑海里冒出很多想法。

他和她的命运掌握在李世民手里，如何才能掌握在自己手里呢？或许，做一些不属于这个年代的东西用来当作娶东阳的筹码是个不错的主意，只是跟李世民谈判时要注意技巧，不能让他觉得被拿捏了，不能让他认为这是一桩买卖，尽量说感情，表忠心……

除了这个，李素似乎已没有别的筹码了，大唐的公主历来只与邻国和亲，或是许配给开国元勋之后，李素这种立过一点功劳却没有任何家世底蕴的功臣，能娶公主的可能性委实不大。

……

"哎，你现在被父皇封为火器局监正，只听说火器这东西多厉害，它真的很厉害吗？"东阳好奇地望着他。

"算厉害吧，杀伤力很大，点燃一个扔出去，若是半空炸开的话，方圆两丈内人畜无法幸免。"

东阳有些吃惊："那岂不是很危险？火器局怎么造的？"

李素嘿嘿坏笑："你在刺探大唐绝顶的机密哦，这可是大罪，快拿钱封我的口，十贯，不二价。"

东阳气得捶了他几下："跟你说正经话，你又这个样子！你既然是监正，造火器自然不必亲自动手，事情都交给工匠们去做，你离火器远一点，知道吗？"

"知道，其实火器这东西并不可怕，严格按章程操作，注意安全和火患，基本没问题了。上任开始我就出过安全规章守则，严令火器局上下必须遵守。"

"规章守则？"

李素眨眼："想知道吗？十贯钱，我详细说给你听，每条解释清楚，保证让你觉得物有所值，而且宾至如归……"

一阵疯狂的龙挡手，伴随着东阳得意的咯咯笑声，接着"啵"的一声脆响，东阳惊叫，捂着被亲的脸蛋，羞不可抑地开始第二轮龙挡手……

李道正干了一件大事。

所谓"大事"，仅对他自己而言，因为他此生没干过这么浪费且疯狂的事。

东阳给李道正也捎上了冰块，一只雕着镂空细花的精致铜盆里堆满了细碎的冰，细心的东阳还亲自在冰块上铺了一层厚厚的干净褥子用来保温。李素骑着马，端着铜盆回到家，进门便是一愣。

一名穿着青衣布衫，扎着头巾的中年男子站在门口，恭敬地朝李素施礼，后面五六名青衣年轻人跟着施礼。

中年男子很敬畏，神情略见几分惶恐和紧张，见李素愣神，赶紧上前自我介绍。原来他是李道正请的管家，姓薛，以前曾在大户人家做过管家，后来大户人家买卖经营不善渐渐没落，只好将家中仆人遣散，李道正托了村里宿老打听，才将他请来，签的是十年活契。

后面的五六个人自然是杂役，李素下马后纷纷上前帮着牵马、拂尘，手脚颇为利落。

总的来说，李素对这几个人还是颇为满意的，特别是薛管家，手眼非常灵巧，谦卑中带着几分亲切，还有一丝不易察觉却恰到好处的谄媚，让人觉得很舒服、很省心。

走进内院，李素发现老爹坐在门槛上，愁眉苦脸地跟人牙子讨价还价，人牙子后面怯生生站着五六个小姑娘，衣着褴褛，个个营养不良的模样。她们年龄不一，大的估摸有十三四岁，小的才八九岁的模样。

讨价还价似乎不太顺利，见李素回来，李道正两眼一亮，仿佛见到了救星。

"快来快来，这事交给你了，唉，花了好多钱咧，作孽咧，可以换好多粮食咧……"李道正心疼得直摇头。

李素颇感兴趣，选丫鬟跟选美一样，很有意思的事。真想发明一个转转椅，先背过身听声音，谁声音好听就猛地拍按钮，转转椅马上一百八十度掉头，然后……站起来一起嗨。

李素对富贵人家的定义是，有管家、有杂役，当然最主要的是内院要有丫鬟，环肥燕瘦，姿色千秋，主人一大早躺在床上还没睁眼，便有一群莺莺燕燕上前软软糯糯地轻唤"老爷该起了，奴婢为老爷梳洗……"

封建帝国的腐朽堕落如何体现？这就是了。

人牙子是个中年男子，穿着一身黑色的短衫，很猥琐的模样，眼珠子不停乱转，一看就不是老实人。

"这位郎君官人且看，小人手里的丫鬟可是长安城最好的，别看她们穿得破烂，洗把脸仔细收拾一下，也是国色天香的美貌佳人，无论是安置在内院当奴婢，还是收了房当妾室……"

"行了，别吹了，脸皮厚成什么样，竟好意思说'国色天香'，就这么几号芦柴棒似的女娃子，跟国色天香有一文钱关系吗？"

人牙子回头看了看女娃们的姿色，说国色天香委实有点夸大了，不由得讪讪笑了笑。

李素慢吞吞地道："你也知道，这里是县子府，皇帝陛下正经封的爵，府上的丫鬟奴仆不求姿色多美貌，最少要端庄，要灵醒，要有眼力……"

人牙子急忙点头附和。

李素缓缓地环视这五六个面黄肌瘦的小姑娘，恰在此时，身后的老爹李道正"哈啐"一声，一口浓痰吐在院子正中。

小姑娘中一个十来岁的女娃怯怯地站出来，左右扫视一圈，找到了槐树下立着的一柄铁铲，然后默默将李道正刚刚吐的痰铲走，铲到槐树根下的土面上，用泥土盖住，最后老实走回队伍里垂头不语。

李素眼中露出欣慰之色，终于有人干这活了，结局有点瑕疵，铲走后应该扔进史家院子才是正确的做法，没关系，回头可以教育一下。

见顾客眼中露出欣慰之色，人牙子高兴极了，凑到李素耳边小声道："刚才这小女娃有眼力，郎君认为怎样？"

李素欣然笑道："不错，确是个有眼力的女娃……"

"就要她了？"

反手指着一个十三四岁发育得最好的："不，要那个有胸的……"

人牙子："……"

"好了好了，全都要了，去跟我爹要钱，至于你们，后院有厨房和浴室，自己去烧热水，把身上洗一遍，一定洗干净，厨房有面有饭，饿了的自己去做饭先吃饱，明叫管家给你们量身做衣裳，别愣着了，快去。"

人牙子走后，李道正双目无神倚在门边，刚刚被洗劫般绝望的眼神，呆呆地注视着前方，良久，幽幽地叹口气，带着哭腔颤声道："活不成咧，用了好多钱咧……"

李素抿了抿嘴，懒得安慰老爹脆弱的玻璃心。

以后宅子还要扩建，他还想买几个乐师和胡姬养在家里呢，那价格可比买丫鬟贵多了，这点钱就受不了，以后还不得跳井啊。

家里添了管家杂役和丫鬟后，明显多了人气，不再是父子二人孤零零地度日了。

夜里伴随着几声犬吠蛙鸣，还有前院管家领着杂役和丫鬟们大扫除传来的窸窸窣窣声，李素躺在床上，舒服地沉入梦乡。

深夜，长安东郊二十里外忽然爆出一声巨大的声响，紧接着火光冲天，人叫马嘶。

一阵急促的马蹄声扰乱了太平村的宁静，飞驰到泾阳县子府门前停下，然后使劲拍打着门环。

很快，管家披着单衣一脸苍白地跑到内院门口，大声喊着内院的丫鬟，李家各房的灯火次第点亮，被叫醒的李素一脸不爽地走出门口。

"少郎君，金吾卫飞马来报，火器局走水了！"

"……"

满脸铁青的李素策马随着报信的金吾卫将士赶到火器局。

火器局的主宅无事，四个工坊却全部燃烧着，其中一个工坊基本已炸成了渣，熊熊的红色火光照亮了半边天。

火器局外人声鼎沸，身影幢幢，无数金吾卫将士和工匠端着盆瓢朝里面泼水。许敬宗、陈堂、杨砚等官吏站在外面力竭声嘶地叫喊着什么。

见李素匆匆走来，所有人自觉让开了一条道。

"工坊里还有人吗？"李素第一句话劈头问道。

"三十来个工匠，跑出了十来个，其余的全都……"陈堂整张脸被熏黑了，带着哭腔顿脚道。

许敬宗的脸色在火光中愤怒地扭曲，红色的火光映照在脸上，显得特别狰狞。

"监正大人，此事定要究罪！大人定下的安全章程，工匠竟然阳奉阴违，导致出了大事！定要究罪，死了都要究罪！"许敬宗咆哮道。

"闭嘴！现在不是追究责任的时候，先救人，看看里面还有没有活人，锅碗瓢盆什么的，能盛水的全拿来，所有人排成四条长队，取了水一个个往前递，这样最快最省时间！"李素扭头四顾，"派人去长安报信了吗？"

"派了人，但是长安城坊门已关，非紧急军情而不得入，要到天亮才能进城。"

顺手夺过旁边一个人手中的木盆，李素咬牙道："救人灭火，朝工坊里面喊话，看有没有人回应，金吾卫将士都去取水，有官职在身的先上，我带头！"

说完李素端着盆便冲往燃烧着的火场，奋力将水泼到火堆里。

转过身准备再去取水时，一只苍劲有力的粗糙大手抓住了他的胳膊，李素扭头，火光摇曳的虚影里，杨砚那张刚正的脸正对着他。

"监正大人统领全局，不可轻身犯险，灭火救人的事由下官和将士们来！"

抢过李素手里的木盆，杨砚拖着略见瘸拐的腿，费力地取水，泼水……

火场远处，十来名工匠浑身伤痕，垂头丧气站成一排，许敬宗面目狰狞一个个地厉声问话，显然在追究责任，调查元凶，问到气极之时许敬宗大怒，扬手朝其中一名工匠脸上狠狠地扇了一记耳光。

李素看在眼里，脸颊抽了抽，却没吱声。

他也很想知道，究竟是哪个杀才不按他定下安全守则操作，而导致了这场大灾。

第三十一章 无妄之灾

火势很猛，烧得工坊的木制房子"啪啪"直响，火器局里的杨砚、陈堂带头，领着工匠和金吾卫的将士们不停朝火场泼水，然而终究杯水车薪，面对如此大的火势，一点点水泼在上面根本发挥不了什么作用，眼看着四个工坊被火势一点点吞没。

李素第一次发现平日和煦的许敬宗竟然有如此狰狞的表情，十多名从工坊里逃出来的工匠被许敬宗挨着个地扇着耳光，扭曲的面容在火光的照映下特别凶恶，像一头即将把猎物撕咬成碎片的狼。

火器局是李世民下旨设立的，监正的不二人选是李素，这东西本就是他的发明，除了他，没人能担当这个职位，而下面的官职就不一样了，从少监到监丞，他们都把火器局的官职当成了事业，是的，对仕途绝对有帮助的事业。

设火器局之前，中书省和吏部的官员都找他们谈过话，话说得很清楚，陛下对火器局颇为重视，因为这是大唐未来征服四方最犀利的武器，火器局可以说是李世民的野心摇篮，他要做个雄霸天下的大可汗，那么，火器必然是陛下手中一柄无所不克的利剑。火器局将来若没让陛下失望的话，必然是一个能快速出政绩的地方，里面的官员一定能够简在帝心的。

"简在帝心"四个字对官员来说，简直比苦大仇深的骚年掉下悬崖捡了本绝世武功秘籍更幸运。

现在火器局出了这么大的事故，对许敬宗来说，无疑给他春风正得意的事业狠狠地抹了一把黑，敞亮而光明的前途突然间变得黯淡了，而许敬宗这个人，从本质上来说，是个唯功是图的人，事业黯淡了，温文和煦的他怎能不气急败坏？

没有任何商量，火器局的官员们在李素到来之后便迅速分了工，杨砚、陈堂灭火，许敬宗审问工匠追查责任，而李素居中指挥全局。

分工是分工，然而火势太大，无论如何努力也始终阻止不了火势的蔓延。

四个工坊已在火光中渐渐没了踪影，里面不时传出几声爆炸，若说事发时工坊里面尚有没跑出来的活人，到了这个时候，里面的活人十有八九没有幸免了。

李素面无表情地看着无情的火势疯狂席卷着一切可以燃烧起来的东西，心却越来越沉重。

烧了房子他并不在乎，这算不上太大的损失，然而，近二十个工匠的性命却令他感到非常沉痛。他杀过人，也算计过人，松州之战因为他的一个发明而杀了五万吐蕃兵，那时的他根本连眼都不眨，没别的原因，因为这些人惹到他了，或者说间接惹到他了，杀了毫无心理负担。

然而，今晚被大火吞噬的近二十个工匠却是无辜的。

扭过头，李素发现许敬宗仍在气急败坏地扇着工匠的耳光，看来还没查出谁是肇事者。

屋漏偏逢连夜雨，就在这时，夜空中莫名刮来一阵风，烧得正旺的火势被风吹得往东面斜过去，庞大的火舌调皮地舔了一下离火器局主宅仅咫尺之遥的一棵银杏树，茂盛的树枝顿时烧了起来。

所有人看得心头一紧。

李素更是心头大颤，扬声喊道："工坊放弃！不管了，快，把主宅边的那片树全砍掉,画出隔离带,还有……"

努力握住了拳头,李素神情凝重道:"还有,主宅北院的库房里,存着五大桶火药……"

这句话提醒了在场的所有官员,所有人悚然大惊。

工坊烧了没关系,毕竟只是四间不大的木屋子,然而火势若蔓延到主宅内,五大桶火药却足以将火器局的主宅夷为平地了。

辛苦建好的火器局眨眼没了,大家将要承受陛下多么可怕的怒火。

陈堂呆了一下,重重一跺脚:"对啊,还有五桶火药!会出大事的!"

跺脚之后,陈堂匆忙往主宅内冲去。

两只手一左一右拽住了陈堂。

左边是李素,右边是杨砚。

"你不能去!"李素和杨砚竟然异口同声。

"要出大事的!"陈堂扭头,眼珠子通红,神情吃人般恐怖。

话音刚落,凶猛的火势借着一阵南风吹来,主宅北边围墙外的一排银杏树全着了火,大火眼看着已将北院的檐角点燃,形势越来越危急。

"我是监丞,我带头!"杨砚说完忽然猫着腰一头扎进了主宅内,李素和陈堂大惊,伸手待拽住他,却拽了个空,眼睁睁地看着杨砚瘦弱的身躯扑进了主宅内。

"拿几条褥子来,上面淋上水,重金募金吾卫将士,救一桶火药火器局赏钱五贯!死了火器局给他爹娘养老送终。"李素开出重赏,说话也很直白,一点都不委婉,这种时候也不能讲究措辞了。

重赏之下必有勇夫,这句话能够流传千古,必然有它的道理。李素刚说完,十余名金吾卫将士神情微动,决绝地往前跨了一步。

几条淋得透湿的褥子蒙在将士的头上,众人深吸了一口气,然后披着褥子往里冲。

李素抿着唇,面无表情地盯着主宅,看着压制不住的火势几个呼吸间便将北院库房的屋顶点燃,杨砚和十几位将士的性命已悬于一线。

工坊索性放弃了，其实也基本烧得干干净净了，主宅外面的将士们抽出刀和剑，按李素的盼咐奋力砍伐着围墙外的树木，辟出一片缓冲隔离带。

最令人揪心的还是主宅北院的库房，杨砚和十余名将士冲进去后一直没有动静，而火势却越来越大。

不知过了多久，北院的滚滚浓烟里忽然踉跄跑出来一道身影，一边跑一边咳嗽，手下推着一个合腰粗的木桶，李素大喜，外面的将士和工匠们纷纷上前，帮着他将烧得有些烫手的火药桶推到院外，然后赶紧朝桶上淋水降温。

直到跨出院外，杨砚两腿一软，终于瘫倒在地，被工匠们赶紧扶到一边。

李素蹲在他身前，朝他脸上轻轻喷了一些水，杨砚无比疲累地朝他咧嘴一笑，熏得漆黑的脸上，两排白森森的牙闪闪发亮。

这一刻，李素忽然感动起来。以前对杨砚尚有着最后一丝芥蒂和不满，终于在此刻全部烟消云散。

做人或许有些失败，但不可否认，杨砚是个好人，也是个好官，鞠躬尽瘁，舍生忘死，别人挂在嘴皮子上的一切可贵品质，他却身体力行地在做着。

李素忽然间有些庆幸，庆幸中书省和吏部给火器局派来这么好的一个属官，平日看不出，危急时刻却闪闪发亮，今晚这把火，炼出了一块真金。

杨砚出来后不久，剩下的四桶火药也被将士们一个个搬了出来。

老天算是终于开了一回眼，五桶火药安然无恙，进去搬火药的人除了被浓烟熏晕了两个，其余的皆毫发无伤。

……

大火终于被扑灭。

其实连李素自己都糊涂，这场火到底是大家扑灭的，还是烧无可烧之后自己熄灭了。

损失不小,四个工坊连渣都不剩,火器局主宅北院也烧没了,最后关头李素痛下决心,令人将北院外的围墙全推了,紧邻北院的屋子也扒掉,付出如此代价辟出缓冲隔离带,才终于止住了火势,最后在众人杯水车薪之下,大火终于熄灭。

建筑的损失不算大损失,损失的是人命。

事发时近二十名工匠被困在工坊里,大火扑灭后收拾现场,从焦黑的废墟里扒出十多具已烧成焦炭状的尸首,一具具遗体在院内摆成一排,众人静静看着,尽皆垂头默然无语。

一个国家要前行,必须要付出代价,如同新生儿临世一般,总会先带来阵痛,然后才是辉煌,这二十名工匠,或许便是大唐贞观年付出的代价,天灾或是人祸已不重要,他们终究逝去了。

前行的代价,远远不止这二十条人命,未来的日子还要付出多少,看天意,看圣心。

天亮后长安城门打开,报信的人终于进了城,绕过了三省六部,直接跪在太极宫前,李世民刚睡醒便收到了这个坏消息,顿时龙颜大怒,下旨严查究罪。

严查还不够,当日李世民索性停了朝会,微服出宫直奔火器局而来。

李素领头跪在李世民面前,后面是许敬宗、杨砚和陈堂,再后面便是被五花大绑的十多名逃出来的工匠,这些人全都跪在火器局的院子里。

李世民紧抿着唇角,一言不发地看着火灾过后的满目疮痍,废墟里不时发出轻微的倒塌声,空气里充斥着焦臭和烟火味道,地面上烧过的痕迹和水渍混杂成一片。

李素察觉出李世民压抑着的怒火。

火器局的威力渐渐凸显,而李世民对它也越来越看重,昨晚火器局的大火,无异于给野心勃勃准备威服四海的李世民兜头淋了盆凉水。

很凝重的气氛,屏声静气里,似乎能感觉到李世民鼻孔里的怒火直接喷到了自己身上。

除了李素,所有人都浑身冒冷汗,他们担心自己的前程,甚至性命。

李素不怕,他知道李世民不会拿他怎样,或许也会有惩罚,但一定是无关痛痒的那种,不管是不是自夸,至少目前的现实是,李素对李世民来说确实是人才,是可遇而不可得的人才,这样的人才若因为一次火灾而治罪,怕是连李世民自己心里那道坎都过不去。

不知沉寂了多久,李世民终于冷冷开口了。

"说说吧,到底怎么回事,昨夜的大火因何而起,谁人肇事?"

李素垂头接口:"臣有罪,昨夜火灾,皆臣之罪也,请陛下降罪。"

许敬宗等人赫然抬头,眼中的神采各有不同,但都带着几分震惊。

他们没想到李素一声不吭把所有的罪过都扛下了,说不感动是不可能的,包括功利心颇重的许敬宗,这一刹心中都流过一股暖流。

"不,与李监正无关,此皆臣之罪也,昨夜火器局由臣值守,臣看顾不周而致大祸,臣请陛下降罪。"杨砚大声地将李素扛下的罪名接了过去。

杨砚带了头,紧跟着陈堂也出来领罪,许敬宗犹豫挣扎了片刻,终于也开口扛下罪名,一时间院子里人人争先恐后,领罪的人越来越多,最后到底是谁的责任也被混淆得乱七八糟了。

"都给朕闭嘴!"李世民怒了。

所有人闭嘴。

"朕要真相!昨夜到底何人肇事,是天灾还是人为,是无意还是有意,朕要的不是你们七嘴八舌的领罪!"

审问了一整晚工匠的许敬宗这才道:"禀陛下,臣已查明,因工匠们赶夜工,工坊照明用的灯笼忽然被风吹起跌落到桌案上,故而引发大火,当时桌案上有已做好的震天雷十个,火起之后引爆震天雷,桌案旁的四名工匠当场炸死,而工坊内其余的工匠也因大火堵门无法逃离,四个工坊接连波及,逃出来的工匠只有十余名,近二十名工匠被烧死或炸死。"

李世民脸色阴沉地道:"谁叫工匠赶夜工的?明知火药危险不能近火,为何还在工坊内点灯?"

许敬宗垂头道:"按李监正所制的安全守则,火器局工坊是严禁夜里开工的,若被发现,轻则杖击十记,重则开革出门,昨夜之祸皆因工匠们自发而起,他们皆是忠直之人,只想为大唐的将士们多做一些震天雷,沙场之上少折损一些关中子弟,而昨晚巡夜的官员一时不察,未曾发现异常……"

李世民皱眉:"安全守则?是何物?"

李素抬手指了指火器局正堂西侧的墙壁,李世民顺着他手指的方向走了几步,在一张贴着《大唐皇家直属火器局安全守则》字样的大纸前站定。

"大唐皇家"四个新奇的字眼令李世民紧拧的眉头稍稍舒展了一些,显然这一记无声的马屁颇合他的胃口。

继续往下看,李世民不由轻轻念出声:"其一,火器局内上到监正,下到工匠仆役,任何人严禁携带任何明暗火种,一经发现,严惩不贷。其二,工匠未经许可不得擅自进入工坊。其三,严禁酒后上岗,严禁携带铁器进入工坊……"

李世民一条条、一项项念下来,越念眼睛越亮,不时徐徐点头。

每一条规定都是言之有物,每一条都是针对火器局内可能发生的安全问题,数十条规定下来,基本已将火器局上下的行为限制在一个非常安全的范围里,只要不过线,火器局根本不会出现任何安全方面的问题。

李世民的心情莫名好了许多,扭头望着垂首不语的李素,还是重重哼了一声。

"纸上的东西倒是全面,可最后还是出事了,李素,你仍是罪责难逃!"

"是,臣知罪。"

"这个东西派人抄录下来,送到太极宫里去,朕还要仔细看看。"

"是。"

李世民在院子里训着话，而火器局的工坊废墟上，一群随同李世民而来的人却在废墟瓦砾堆里挑挑拣拣不知做着什么，样子颇为神秘。

许久之后，一个领头的人匆匆走到李世民身旁，凑在他的耳边说了几句话，然后众人看到李世民冷肃的脸色迅速升温，终于渐渐恢复了正常，轻轻点了点头后。说话的人无声消失，如同沙尘一般泯灭于李世民的随从仪仗之中。

只有李素最清楚，这群人是李世民真正的心腹，不知来历，不知职司，但他们都是有本事的人，能从一堆废墟的蛛丝马迹之中查清楚昨晚的事故，到底是天灾人祸还是有人蓄意而为。

事情差不多清楚了，本不是什么太复杂的事，得知事发一半因天灾，一半因人祸后，李世民也彻底放下了心。

他之所以亲自微服而来，担心的不是火器局烧毁了多少房子，死了多少工匠，他担心的是有人故意为之，趁乱截取火药机密，那可是比火灾更可怕的大患。

放下心情的李世民这才慢慢走到院子里横摆着的近二十具尸首前，默默注视半晌，忽然躬身长长朝尸首行了一礼，直起身时，所有人发现李世民的眼眶通红，眼角甚至泛出了泪花，长叹口气后，吩咐李素厚葬之，杨砚、陈堂等人感动坏了，大哭着朝李世民长磕不起，口呼鞠躬尽瘁，为大唐效死云云。

很出色的表演，至少令李素心悦诚服，当皇帝或许不需要太大的治国本事，但一定要有一身过硬的演技，说笑就能笑，说哭就要哭，甚至一句台词都不用说，一声充满感情的叹息便能起到煽情的目的。

李世民回了太极宫，很快，宫里传出了旨意。

火器局监正李素治理无方，但念在火器局初建，祸事无常，罚俸三月。

火器局监丞杨砚舍生忘死，擢升火器局少监。

近二十名工匠因公殉职，着旨褒扬，赏亲眷万金，赐地十亩。

重拿轻放，圣心不可测。

第三十二章 术业专攻

火灭了，屋烧了，人死了，李素被罚了俸，不痛不痒三个月。杨砚付出舍生忘死的代价收获了回报，监丞升到了少监，火器局里的正常编制是一个监正，一个少监，李世民却莫名多安插了一个少监，这个举动有点意思，看来内部搞平衡的想法不止李素一个人有，李世民才是搞平衡的行家。

火器终究是李世民最看重的东西，火灾给他狠狠地提了个醒，于是对火器局的掌控力度比以往更大了一些。

至于李素弄出来的安全守则，当日回宫后李世民便将三省的宰相们召集起来，一起研究了半天，尚书省左仆射房乔沉默许久，才沉声说了一句话："此条规更改一二，可用诸于天下官衙。"

说法不一样，守则也好，条规也罢，都是统治者给被统治者划下的一个圈子，这个圈子的名字可以叫"规矩"，也可以通俗一点叫"游戏规则"。以往的《唐律》《唐律疏议》都划过圈子，但是绝没有李素划得这么细致，这个条规几乎将人的举手投足都划进去了，偏偏每条都有理有据，无法反驳，只能照章执行。

火器局的工坊烧没了，火灾之后，火器局陷入停工阶段，工部的工匠再次入驻，重新盖起了工坊，这次盖工坊的材料尽量杜绝可燃物，譬如木材、布帛等，全部都用坚硬的砖石。

因为火灾，火器局里也贴进了不少用度，李素关上房门算了一下账，出门后神情顿时变得很忧虑，户部拨的四千贯钱，无论如何也不可能支撑到明年开春，怕是连今年秋天都撑不过去，如何向户部伸手要钱，又是一场乱七八糟的扯皮口水仗。

监正大人烦柴米油盐，少监大人烦的却是个人前程。

自从李世民擢升杨砚为少监后，许敬宗的心情就变得很差，本来在火器局里算是二号首长，一人之下千百人之上，李素不在的时候，许敬宗便常常负着手到处溜达，左指指右点点，一副大王派我来巡山的狐假虎威架势。

然而一不留神，杨砚这家伙竟与他并肩了，二号首长风光不再。那晚众目睽睽之下，杨砚不顾生死带头冲进火场，搬出了火药桶，挽救了火器局更大的灾难，这一幕看在所有人眼里，包括李素在内都对他肃然起敬，杨砚给自己挣了莫大的声望，许敬宗当时只顾着审问追查肇事者，一记又一记扇人耳光，两相比较之下，高下立判。

所以同为少监，杨砚在火器局的威望和分量无形中比许敬宗高多了，而许敬宗则只能从二号首长老实退降到三号首长——许敬宗想想就觉得莫名悲伤……

回想那晚，若是许敬宗率先冲进火场，赌上自己这条命去搬火药博前程，今日的结果或许便大不相同，虽然无法取代李素的监正位置，但肯定能给陛下一个深刻的印象，再加上他曾经的秦王府学士的资历，说不定就会被提拔进三省中枢……

机遇往往如流星一瞬，抓住了就抓住了。

许敬宗没抓住，所以他现在很心塞。

……

工部的工匠灾后重建，火器局上下停工，李素被李世民不轻不重敲打了一下后，觉得自己不能太懒散，至少表面上不能，所以还是每天照常打卡上班，然后在前堂院子的大槐树下置一张躺椅，人躺在上面感受着夏日的热风吹拂，还有一星一点从树荫的缝隙里漏下来的阳光，感觉……其实也没那么舒服。

许敬宗半蹲在李素身旁，最近许少监也无事可干，索性放开了身架，专门往李素身边凑，拍马溜须也好，打感情牌也好，拉帮结派也好，没事跟领导多处一处总是没坏处的。

一个监正，一个少监，懒散得像村里无业地痞似的。相比之下，杨砚却踏实多了，每天天刚亮便往工地上凑，送热水、看图纸，偶尔还客串一下工部官员的活，像模像样地指挥一下施工，不论何时，他总是一副很繁忙的样子。

李素和许敬宗无所事事地待在院子里，总看到杨砚忙碌的身影在院子里来回穿梭。

似乎对李素和许敬宗的悠闲很不满，每次杨砚穿行院子路过二人身边时，总会不满地"哼"一声。

开始时李素还一直用欣赏的目光看杨砚来来回回，直到杨砚第三次路过二人身边，同时第三次扔下一声"哼"后，李素不爽了，当然，许敬宗更不爽了。

二人同时开启小人模式。

"呸！坏人！"二人异口同声，接着一愣，两位小人互视一眼，顿觉一股知己的惺惺之情油然而生。

拱拱手，许敬宗一副找到组织的欣喜之情："原来英雄所见略同……"

李素发现刚才自己有点失态，咳了两声道："刚才我失言了，其实杨少监不是坏人，他是个好官……"

抬头看了看许敬宗失望的表情，李素接着道："你我都比不得他，他比我们的态度更端正，其实我这个监正应该由他来当才对。"

许敬宗很不服气："说是好官，可是，监正大人似乎对他也很不满……"

李素笑道："是好官，但责任用错了地方，该不该他管的他都管了，对朝廷和陛下的忠心自然毋庸置疑，可是方法不对，'术业有专攻'懂吗？火器局是造火器的地方，无论监正、少监还是下面的小吏和工匠，眼里只需要看到一件事，那就是造火器，管个账簿去掺和，人家工部盖个房子也去掺和，凡事做得杂而不精，到最后真正做成的事，反而没有一件。"

许敬宗两眼大亮，由衷赞道："监正大人果然不凡，'术业有专攻'，这句话可为天下官员诫，下官已然记在心里了。"

李素笑道："所以，杨少监并不坏，无论他在忙什么，都是公忠体国之心，火器局里需要这样的官，我也需要这样的好属下，一个群体里，终归要有一两个与众不同的与大家并不相容的人存在，这样才能造成人人喊打……不，人人奋进的欣欣向荣局面。许少监，多跟杨少监学学，取其精华去其糟粕，你比杨少监的起点高，将来的成就一定比他大。"

杨砚匆匆忙忙再次路过院子，见二人仍在笑吟吟地扯淡聊天，于是狠狠地扔下第四声"哼"。

二人的笑容顿时僵硬，沉默良久，咬着牙从齿缝中异口同声迸出一句："呸！坏人！"

许敬宗是个很懂得钻营的人，这种人在官场上生存有利亦有弊。

有利的是，见好处就上，见危难就躲，存活率高，升官率也高，弊端是，官场的危难永远与机遇相倚，危难来临或许便意味着机遇来临，若是见危难就躲，自身安全的同时，也失去了这一次的机遇。

比如火灾那一次，许敬宗就错过了一个大好机会。

火器局里无端多出一个人来与他分权，许敬宗本来就不太大的小权力更被瓜分得七零八落。

人穷则思变，人没了权也要思变。

找了个没人的场合，许敬宗又偷偷地往李素身边凑，这次许敬宗有目的。

开场白便是一阵漫无边际的闲扯，首先说火药用料，长安万寿观的硫磺卖多少，硝石卖多少，相比东市的价格是多少，而他许敬宗可以凭三寸不烂之舌及以往积累下来的人脉将价格杀到多少，然后说火器局的日常用度、厨房伙食、肉菜诸物市价多少，他可以杀到多少……

乱七八糟扯了很久，李素听出意思了。

"许少监想要火器局财权？"李素很直白地问道，他真的很讨厌官场这种七弯八拐半天不说正事的习气。

许敬宗一惊，急忙摇手："下官不敢，不敢。"

害怕是有道理的，许敬宗没忘记当初杨砚为何而挨了抽，就是因为把持火器局财权，连账薄都不肯给李素看，于是把监正大人惹毛了，不仅抽了他，还把财权和人事任免权全掌握在自己手里。

由此可见，这个十多岁便当上监正的娃子并非单纯发明了震天雷这么简单，对权力的敏感并不逊于浸淫官场数十年的老油子，而且抓权抓得既准又狠，把一个官衙里最重要的财权和人事权抓到手，其余的则故作大方分给别人，单看这一手，足可见李素不简单。

如今许敬宗想要财权，若不是倚仗这些日子与李监正走得很近，二人有几分小人惜小人的狼狈之情，今日倒真有几分作死的味道了。

现在李素问得如此直白，却将许敬宗吓出了冷汗，生怕监正大人的下一句就是"拖出去打死"。

等了半晌没见李素说话，许敬宗小心翼翼地抬头，见李素神情复杂地看着他……真的很复杂，似乎带着几分同情，几分怜悯，还有几分……幸灾乐祸？

"许少监有话不妨直言，你我二人不仅是主从，亦是朋友知己，财权交给别人我自不放心，交给你我有什么不放心的？火器局上下官吏里面，我最信任的人是你，你帮我掌财，我正求之不得……"

李素说的不是虚套话，一边说一边从桌案上递过几本大小不一账薄："快拿去，拿去！以后火器局的财权就交给你了。"

财权放得很痛快，许敬宗甚至都没有直接开口要，李素便很爽快地给了。

给得太痛快，许敬宗不由心惊肉跳，看着李素那张无比真诚、无比欣慰的脸，许敬宗忽然想狠狠地抽自己一记耳光。

当初李素把杨砚狠狠地抽一顿，不敬上官也好，跋扈专横也好，那都是糊弄大家的罪名，李素的真正意图是将财权和人事权抢回来，牢牢握在自己手上，为了这两个权力不惜大动干戈，可见它们对李监正何等重要。

然而今日，李素却如此痛快地把财权交给了许敬宗，这就让人很不可理解了，许敬宗看着桌案上的几本账薄，才渐渐回过神，然后他发现自己干了一件蠢事，这件事的愚蠢程度大抵就像一个人在路上发现前面有个坑，于是高兴地大喊"哇，有个坑耶……"，然后扑通一声主动跳进去……

许敬宗觉得自己刚刚扮演了这么一个二货角色，二到没朋友……

事出反常必有妖，李素把财权交得太痛快了，而且交出去后一脸轻松，仿佛刚扔了个烫手的山芋，于是许敬宗不淡定了，望着面前几本大小不一的账薄，心跳徒然加快，犹豫要不要装晕过去算了……

"许少监辛苦，以后火器局的财权就交给你了，本官要忙的事情太多，实在无暇分心，少监愿为本官分忧，那是再好不过了。"

见许敬宗目光呆滞地注视着桌案上的账薄，却迟迟不肯伸手去接，李素趁热打铁将账簿抱起，不由分说塞进许敬宗的怀里。

"接管一衙财权是荣耀，也是重担，望许少监勿负家国，勿负陛下，将此重任一肩挑起。"李素神情正经，语重心长。

许敬宗嘴角奋力扯出一个难看的笑容："监正大人，下官，嗯，下官忽感不适，恐怕……"

李素浑然未闻，飞快打断了他的话头，接着道："少监接管财权后知不知道要做的第一件事是什么？"

"什……什么？"

指了指面前大小颜色不一的几本账簿，李素露出纠结的表情："第一件事，赶紧把这该死的账簿样式、颜色全部统一了，大大小小，五颜六色，毫不对称，毫不工整！败笔！火器局的耻辱！"

许敬宗："……"

"知道第二件事是什么吗？"

"什么？"

李素露出对待同志如春天般温暖的微笑："当然是去要钱，火器局的小钱袋已空了，你没听见叮叮当当的声音吗？"

许敬宗的脸色迅速变得很难看："叮叮……当当？"

"对，咱们啊，穷得叮当响了，快去户部要钱，对了，要钱之前先立个军令状，比如要不到钱愿割下大好头颅做我酒器之类的，做尿壶也行，用法不必拘于一格，大可推陈出新，还有，说到要做到哦……"

马蹄踏着夕阳的余晖，载着李素悠悠回到家，刚到家门口，李素愣了片刻。

家门口静静停着一辆崭新的马车，红木车厢，顶部呈宝塔尖形，车厢宽约六尺，大概够一个人在里面横躺，涂着蓝漆的车辕木前，静静站立着两匹颇为神骏的马儿。

薛管家领着两名杂役迎了上来，二话不说先踹了杂役一脚，示意给少主人牵马。

李素指了指这辆崭新的马车，道："家里来客人了？"

薛管家看了一眼马车，神情颇为古怪地道："不是客人，这辆马车……是有人送给少郎君的。"

"给我的？"李素大吃一惊，"谁送的？"

"晌午时一个黑脸汉子送来的，说是少郎君的……故友，还说恭喜少郎君封爵，县子府不能没有马车仪仗，于是给少郎君送来一辆。"薛管家笑着摸了一把马儿的脑袋，看得出他对这辆马车很喜欢，而且脸上充满了荣耀,说起"县子府"仨字,腰杆都情不自禁地挺直了许多。

"故友?没留下名姓?"

薛管家笑道:"说是知名不具,少郎君定然认识的,小人问过老爷了,老爷说家里的事少郎君做主,马车先停在门口,是留是还由少郎君定夺。"

李素愈发满头雾水了,他在唐朝的故友真的不多,王家兄弟那俩货不可能送得起,程处默送得起,但他显然不会这么细心,吴王李恪?那家伙已在去安州的路上,说不定还在担忧他老爹会不会算后账,哪里有心思送这个?

六尺宽双马拉辕,正经的县子仪仗规格,不低卑也不逾越,不知是谁对他如此了解,送的马车几乎是为他量身订造。

满腹疑惑地围着马车转了几圈,李素渐渐心生防备之时,不经意间发现马车的内壁左方刻着一个小小的图案,图案是一个很奇怪又很眼熟的东西,似乎……是他前些日亲手烧制的一只陶笛形状。

李素笑了。

他已知道这辆马车是谁送的了。

"收下,牵后院的车库里去,小心点,莫刮花了……"

……

"你怎么知道是我送的?"河滩边,东阳笑得眼睛如同两轮新月。

"我的眼睛被道观的道士开过光,很厉害的,嗯嗯……"李素一本正经地道,接着忽然换上一副不太正经的样子瞄着东阳,"我还能一眼看穿你衣服里面藏着两个小馒头,厉害吧?"

笑颜满面的东阳顿时双颊飞红,羞得双臂捂胸,使劲瞪着他:"你……你这个……我,我回府了!"

羞怒的东阳刚站起身,却被李素拉着重新坐回去。

"逗你的,咋不识逗呢……还是谢谢你,马车很漂亮,我收下了。"

东阳仍气鼓鼓地瞪着他,然而气了很久却发现自己对他生不起气,只好挫败地放弃,俏脸又浮上了笑容,只是脸颊仍有些羞红。

"马车喜欢吗？我特意命人按县子的仪仗打制的，只要你还是泾阳县子，那辆马车尽可在任何地方行驶无阻。"

李素点头："好看，我很喜欢，如果能折算成钱……"

"你还说你还说！"东阳气笑了，伸手便去揪李素的嘴，"什么都是钱，什么都是钱！举国上下，这么市侩的县子独你一个了！"

李素左右挣扎："这叫独特的风景线，懂个啥……"

恋爱的心情很不错，月儿悄悄爬到树梢时，差不多也到了该各自回家的时候了，可二人仍静静地倚靠在一起，都舍不得分开。

"要不……我们在村里四处走走？"李素眨着眼提议。

"好。"东阳笑着点头。

农户人家睡得早，生活习惯很好，这个时间家家户户已闭门睡下，李素和东阳倒也不怕人看见，二人手拉着手，慢慢在村里的乡陌小径上走着。

十来名侍卫远远跟在后面，不敢离他们太近，对这二人手牵手的举动，侍卫们也很明智地选择了视而不见，既然已发誓对公主殿下效忠，从此便算是公主真正的部曲了，公主的一言一行他们只会维护和保密，绝不会干涉。

东阳两眼发亮，冰凉的小手握在李素的手里，不时微微颤抖，神情却颇为紧张地东张西望，嘴角偶尔掠过一丝兴奋的笑意。

相比坐在河滩时的宁静和惬意，东阳似乎对牵手漫步更有兴趣，特别是幽会般的刺激感令她心跳加快，生平从未有过的兴奋。

李素倒是很平静，在前世，男女牵手漫步实在是再正常不过的举动了，在与东阳没有名正言顺的名分前，能给她的，大概只有漆黑的夜晚下的牵手了。

村里果然一片宁静，偶尔传出几声狗吠蛙鸣，二人静静地走着，漫无目的地闲逛，从村东头走到村西头，腿有点酸却都不喊累，偶尔有默契地同时扭头，互相对视一眼，然后交换一个幸福甜蜜的微笑。

实在走累了，二人也到了不得不分别的时刻，李素正打算将东阳送回公主府时，前方传来一道颇为熟悉的咳嗽声。

二人一惊，赶紧同时松开手，横着移开数步，后面的侍卫也加快了脚步走上前。

漆黑的夜色里看不清轮廓，李素大声喝道："谁在前面？"

"喊啥喊，皮子痒咧？嗯？"

李道正负着手，缓缓朝二人走来。

李素傻眼："爹？这……这么晚了，咋出来了？"

"睡不着，去地里看看庄稼……"李道正说着话，已走近到二人跟前，目光一瞥，看到李素身旁无比局促不安的东阳，不由得一愣，"这是谁家的女娃？"

李素额头冒汗："她……她是，东阳公主殿下。"

"啊？"李道正大惊，脸色顿时变得跟月光一样白。

虽然东阳被划封到太平村已大半年了，可她平日里基本不出门，出来也只在河滩边坐一坐，村里根本不去，太平村的乡亲见过公主的屈指可数，李道正自然也不认识。

第三十三章 莫名邀宴

李道正没见过东阳，同样，东阳也没见过李道正。

以前去过李素家几次，但每次去都是做好了充足的准备，趁着李道正下田，小宫女绿柳远远跑到田边望风，东阳这才偷偷摸摸做贼似的潜进李家，待到绿柳跑来示警，东阳又慌慌张张跑远。

今晚，在这惨白黯淡的月光下，李道正和东阳鬼使神差般迎面遇上。

李素无语仰望苍天。

若是有黄历的话，黄历上一定记载着今日忌出行，诸事不顺，宜安葬，特别宜葬那种刚谈了恋爱便牵着手满村子得瑟的某县子……

"公主殿下？东阳公主？"李道正呆呆地注视东阳半晌，然后看了看东阳身后一群魁梧壮硕且面目不似善类的侍卫，李道正立马相信了。

浑身一哆嗦，李道正双膝一软，便要给东阳下跪。

"草民李道正，拜见公主殿……"

东阳也吓坏了，急忙伸手去拦，忽然觉得于礼不合，又飞快缩回手，然后又觉得任由李道正跪下去于礼更不合，又重新伸出手……

左也不是，右也不是，东阳急得泪水在眼眶打转，焦虑的求助目光马上望向李素。

既然和李素发展到如今这个地步，东阳便已打定主意此生非李素不嫁，若是任由李素的爹跪她，虽然礼制上说得过去，但是公爹跪拜未来的媳妇，却也属于不孝，东阳急哭了。

最后还是李素眼疾手快，一把将李道正的胳膊扶住，即将落地的膝盖被李素一架一提，重新站了起来。

"爹，别多礼了，都熟人，大唐不兴跪的……"

李道正两眼一瞪："咋不兴跪咧？公主啊，皇帝陛下的女娃，咋不兴跪咧？"

"爹，孩儿觐见皇帝陛下时也没跪的……"

李道正粗声道："那是你没礼数，陛下懒得跟你小娃子计较，我能和你一样吗？该跪。"

说着李道正膝盖又一软，李素咬着牙将老爹使劲又一提……

"爹，真的……不用跪！"李素也快哭了。

"要跪！"李道正执拗得像头犯了倔劲的老牛。

父子俩一个拼命跪，一个使劲提，算是扛上了。

东阳吓得花容失色，情急之下终于想出了办法。

"别跪了别跪了，我，我……不，本宫要回家……不……回府安寝，来人，快，本宫好困，回去了回去了。"

说完东阳转身便走，侍卫们也急忙将东阳团团围侍住，众人在惨白的月光下逃命般跑远。

漆黑的小路上，只剩李家父子二人面面相觑。

沉默良久，李道正皱起了眉，低声嘀咕道："这位公主殿下……咋怪怪滴咧？"

李素赔笑："可能不太习惯见生人吧，爹，咱们回家……"

"不对！"李道正终于回过味来了，看着李素的目光顿时有些不善，"这么晚了，你跟公主殿下在一起做甚？"

"聊国事，公主殿下是天家之女，孩儿是天家之臣，在一起聊国事不是很正常吗？"李素面不改色地说瞎话。

"一男一女，大晚上聊国事？"李道正眉头越皱越紧，目光也越来越严厉，冷冷注视李素半晌，忽然一脚将李素踹得一趔趄。

李素抿了抿嘴，没吱声。

"知道为啥踹你吗？"李道正声色俱厉地道。

"知道。"

"知道你在做什么吗？"

李素笑了："也知道。"

"知不知道你在惹祸？惹大祸！"李道正语声带了几分颤抖。

"不是惹祸，孩儿有计较。"

李道正瞪着李素，良久，神情索然一叹，喃喃道："难怪你要退亲，难怪十里八乡的女娃你都看不上眼，原来……"

抬头看着儿子，李道正充满了黯然："公主啊，真龙之女，生下来都是浑身冒着仙气的，是那么容易娶的吗？素儿，爹对你一直是放心的，你也一直很争气，给我李家门楣添了光彩，但是这一回，你做错了！"

李素转身看着东阳离开的方向，也叹道："爹，谁叫我和她已遇上了，世间唯情不可理计，是福是祸，我担着便是。"

太极宫，甘露殿。

李世民皱着眉批阅奏疏，神情越来越严肃。

登基十一年了，论才干，李世民是个完全合格的皇帝，就连最挑剔的魏徵，大多数时候也是对皇帝陛下颇有赞誉，不得不承认，如今已是贞观盛世之始。

但是论运气，李世民便差了许多，也不知是不是真有因果报应的说法，玄武门兵变，踩着手足兄弟鲜血登基，从贞观元年开始，大唐天下几乎每年都有天灾、洪灾、蝗灾、瘟灾、旱灾，如同轮值一般每年轮着来。

天子不仁，残杀手足而致天谴，却祸及无辜百姓，类似这样的说法在市井坊间流传多年，早已不新鲜了。

李世民其实很想令史官篡史，令民间禁言，然而，想做个英明君主，怎能篡史？怎能禁言？只好捏着鼻子无声认下这笔账，而且还要摆出一副圣明天子胸襟博大的恶心模样。

去年冬天的天花瘟疫过后，刚松了一口气的李世民轻松日子才过了半年，如今河北道又传来噩讯，今年入夏后，瀛洲、幽州、邢州等十三个州府久不降雨，遂成大旱，庄稼成片死去，显然今年颗粒无收，难民盈野数以十万计。

十万计的难民从家园逃出，直奔关中而来，这十万人，既令李世民痛心，又是他的大患。

搁下笔，李世民发出长长的叹息，心烦意乱地揉了揉额头。

殿门外，宦官轻悄的脚步由远及近。

李世民不耐烦地盯着殿门，冷冷道："何事？"

宦官见龙颜不悦，吓得跪地惶然道："回禀陛下，吐火罗国使者进长安朝觐，献罕见大东珠一颗，奴婢请圣裁。"

"一颗东珠？"李世民嘴角扯了扯，把接下来的话生生憋了回去。

不管怎么说也是友好邻邦，要的是朝觐的态度，不在乎礼物轻重。

"既然只有一颗东珠，便赐下去吧，赐给……"李世民捋须沉吟，脑海中不知怎的浮现东阳那张俏丽而柔弱的面孔。

那个安静的，从来不争宠，永远只是静静站在角落神情清冷地看着皇子公主们撒娇的女儿。这些年了，他从未给予过任何关爱，有时候甚至连她这个人都想不起来，如今也该补偿她一番了，似乎……东阳已十六岁了，到了该出嫁的年龄了吧……

李世民脸上露出莫测的微笑，朝殿门外的宦官挥了挥手，淡淡地道："这颗东珠送去东阳公主府，朕赐给她了，再赐一些宫里的丝帛、吃食和首饰，一并送去吧。"

世情如猴子爬树，上面的猴子往下看，全是一张张笑脸，下面的猴子往上看，全是一个个红屁股。

李世民赐珠给东阳其实只是一时之兴，他这一生的生育能力太强大，儿子生了十几个，女儿生了二十几个，大大小小加起来四十多人，其中有儒雅者、霸道者、也有跋扈者、刁蛮者。唯独东阳最老实，这跟她的出身有关，毕竟她的母亲当初只是秦王府的一个侍女，被当时还是秦王的李世民有一天无意在府里看见，忽然有了冲动，于是当即颠龙倒凤，后来才有了东阳。

再后来，李世民弑兄杀弟，抢夺皇位成功，东阳的母亲也被接进宫里，不痛不痒封了个下嫔，可从那以后，李世民再也没有宠幸过她，而东阳自出生便与母亲住在清冷幽寂的宫里，说是天子血脉，却是备受冷落的血脉，宫人势利，早知这个下嫔不可能再获宠幸，连最低卑的宫女也敢朝她们母女摆脸色。

母女二人在这幽冷如同掖庭冷宫般的宫殿里相依为命，这样的环境里长大，东阳虽是公主之尊，然则从来都是老老实实、小心翼翼。

李世民赐珠也只是忽然想起了自己还有东阳这个女儿，至于有没有别的心思，无人能揣度。

李世民看似无心的举动，但看在别人眼里就不是无心了。在这太极宫里，每天不知有多少双眼睛盯着这位横扫天下无往不胜的天可汗陛下，明的，或是暗的。

东珠被宦官送往太平村东阳公主府的同时，东宫里的一名宦官便将嘴小心凑近了太子李承乾的耳边。

李承乾把玩着手中的精致酒盏，露出深思之色。

"东珠送东阳？这个东阳……只是下嫔所出啊，对了，她今年庚岁几何？"

宦官垂头恭敬回道："十六岁。"

李承乾目光越发深邃了："十六岁……该到婚配年纪了，原来如此……"

李承乾露出恍然之色，他觉得自己领会了父皇的深意。

宦官仍垂着头，然后补充了一句："今年被陛下新封的泾阳县子李素，封地也在太平村，与东阳公主府咫尺之隔，而且据说……东阳公主殿下与李县子过从甚密。"

李承乾眼中露出更玩味的神采："李素……与东阳？"

沉默许久，李承乾缓缓道："你也去一趟东阳公主府，以东宫之名赠东阳首饰丝帛等物，就说是我这个做太子的兄长所赠，切记，所赠之物不可比父皇多，不可稍有逾越。"

"是。"

"再拿太子府的名帖去泾阳县子府，五日后太子府饮宴，请李县子赴宴。"

"是。"

与此同时，魏王府里也匆匆走出一名宦官，满载着礼物的马车悠悠直奔东阳公主府和泾阳县子府。

七月是夏日最炎热的时候，炽热的烈阳无情炙烤着大地，脚下每一寸土地仿佛在即将燃烧起来的边缘，树荫里的夏蝉声嘶力竭地鸣叫着，给夏日更添几分烦躁。

素来被边缘化的东阳公主最近红了，红得莫名其妙。

父皇李世民随手打发宦官送来一颗足有婴儿拳头大的东珠，还有一些宫里精致的吃食和丝帛等物，宫里的宦官刚走，东宫和魏王府也紧接着送来了礼物，幽静的东阳公主府前院堆满了礼品。

东阳无措地看着这些礼物，满头雾水地发着呆。

太子、魏王……二人皆是父皇膝前最受宠的皇子，太子自不必说，这个名分足以说明一切，而皇四子魏王李泰，近年来由于勤奋好学，再加上为人机巧善言，极得父皇宠爱，朝野民间这两年悄然流传着无数的说法，皆云今上有废长立魏之心。

而东阳虽说与二人同为兄妹，实则同父异母，而且东阳的出身太低微，太子和魏王两位兄长从未拿正眼看过她，如今莫名其妙竟送来这么多礼物……

东阳一颗心渐渐悬起，她未经历过明争暗斗，但她毕竟是宫里长大的，此刻的她，顿时有了一种深深的危机感。

这一世，她只愿安静地躲在角落，只求永远不被人注目，任她小心翼翼度过余生，这才是她想要的生活，而且她很清楚，一旦被人注意到，她目前的平静生活一定会被打破，未来的日子不管变成什么样，终归已不是她想要的日子了。

……

与此同时，李素也收到了太子府和魏王府的名帖，都是请他赴宴，两位天之骄子很有默契地错开了日子，太子府是五日后，魏王府是六日后。

不仅如此，李素手边还有一份名帖，长孙无忌邀宴，定在三日后。

同时三份名帖递到府上，每一份名帖都做得精美华丽，看着面前并排摆在一起的名帖，李素只觉得眼皮直跳。

左眼财，右眼灾，跳的是右眼，不吉利！

饮宴自然不是鸿门宴，但李素很不明白，长安城里像他这种县子爵位的人，没有一百也有七十，为何太子、长孙家和魏王偏偏要请他？而且三份名帖都是同一天递到府上，仿佛约好了似的。

宫里发生了什么事？还是长安城里出了事？或是哪家权贵？

李素满头雾水的同时，忽然生出一股不甘。

太被动了，消息闭塞的后果，便只能听任权贵摆布，而自己却没有丝毫应对的法子，这样下去迟早会被人玩死。

此事过后，该有一些改变了。

改变是后话，三份邀宴的名帖却是眼前急需解决的。

李素将名帖塞进怀里，吩咐管家备马，然后匆匆出门往长安城而去。

程家永远是老样子，连门口的石狮都仿佛比别家更凶恶几分，至于大门里面，无论照壁、前院还是回廊，都是粗犷、剽悍的作风，像少林寺的山门一般，皆是大开大阖的路数。

程府下人领着李素进了前院，隔老远便听到院子里风生水起，不时听到几声叫好声。

走近一看，发现程咬金在舞斧，丈长的宣花八卦大板斧在他手里舞得虎虎生风，旁边围着程处默等几个小恶霸，还有一些部曲模样的中年人，程咬金每舞出一个花样，旁边便轰然一声叫好。

李素眼皮跳了跳，顿觉今日来的时机不对，活了两辈子的经验告诉他，当一个人手里抄着家伙的时候，通常不会跟你讲道理的……

于是李素当机立断，掉头便走。

天大的事都搁在一边，等老流氓尽兴后再说。

人还在回廊的时候，李素便转过身匆匆往外走，谁知刚走了两步，却听身后一声暴喝。

"兀那小娃子，哪里逃！与程某留下！"

李素额头冷汗直冒，充耳不闻脚步加快。

嗖！砰！

李素停下了，一脸惨白，浑身直哆嗦。

离他鼻尖三寸处，程府回廊的朱红色柱子上，颤巍巍地斜插着一柄宣花大板斧，斧刃入木六分，尾端犹自悠悠颤动不已。

满院寂静……

程咬金疑惑的声音轻轻飘来："怪了，明明往廊子顶上扔的，怎地插进柱子里了？"

多么大难不死的一句混账话啊……

李素哆嗦着缓缓扭过头，然后看到一张熟悉的大黑脸，黑脸还朝他龇牙直笑，露出一嘴白牙。

"小娃子不错，难得见你主动登门，上次大街上临阵脱逃之罪，俺便勉强揭过罢了。"

第三十三章 莫名邀宴

李素定了定神，努力压下刚才的惊吓。

"程……程伯伯好，程伯伯……"

"行了，不说废话，来人，开宴，上酒，家里那几个胡姬都叫出来，陪陪这个没开过荤的小娃子……"

李素急了，他发现今日登程家的门根本就是个错误……其实以往任何一次登程家的门都是错误。

"慢，慢着，程伯伯，小子错了，错了……"李素努力朝程咬金挤出一丝干笑，"朱雀大街每位权贵府上的大门长得太相似了，小子进错门了，进错门了，小子其实是想拜访……"

"拜访个鸟！进了门你还想跑不成？走！喝酒去！"程咬金的巨灵熊掌重重搭上李素瘦弱的肩膀，轻轻一带，李素便不由自主地往程府前堂走去。

"小屁娃子，说话都不爽利，说什么走错门的屁话，别家权贵的门哪有俺家的门如此气派？你不是来俺家，莫非想去李绩那老匹夫的家不成？"程咬金一路念念叨叨。

李素露出惊醒之色，重重一拍大腿："对了！小子正想去英公府上拜访，打扰程伯伯了，小子告辞……"

屁股重重挨了一脚，连鞋都来不及脱，李素跟跄着滚进了程府前堂。

前堂正中，一排黑发碧眼，穿着五颜六色裙衫，裸着一双双雪白玉足的胡姬惊讶地看着狼狈的李素，纷纷掩嘴咯咯娇笑。

第三十四章 混世处世

酒宴排场很客气，程府新买的胡姬也很漂亮，有黑发也有金发，有黑眼睛也有绿眼睛，胡姬大抵来自中亚，大唐女子的服饰套在她们身上，配合着刀刻般的深深轮廓，显得颇为怪异。

随着程咬金一声吆喝，热腾腾的菜肴，还有一坛坛五步倒被端进前堂。

李素看看天色还是下午时分，而且根本不是吃饭的节点。很佩服啊，程家别的东西都粗犷马虎得很，唯独酒和菜随时都有，一声令下，厨房里马上端出热腾腾的菜肴，这种神奇的本事——不知道程家的厨子愿不愿意跳槽……

酒菜上桌，四名年轻妖艳的胡姬马上将李素团团围住，其余的胡姬则随着前堂内的乐声响起，光着脚在前堂正中翩翩起舞。

李素遭罪了，四名胡姬围着他，操着半生不熟的关中话，一个捏肩、一个斟酒、一个夹菜、一个捶腿，四女不停地在他身上蹭啊蹭，或黑或绿的眼里不时扔来一记又一记秋波……

李素在一堆脂粉肉团里奋力挣扎，结果很悲伤，外国女人力气好大……

说不清谁占了谁的便宜，前堂里乐声终歇，胡姬一曲舞毕，围着李素的四名胡姬终于停了手,李素清楚地看见,其中一名胡姬居然意犹未尽地咂了咂嘴……

李素如菩提树下的佛陀般忽然悟了——应该找她们要钱的,坐台费。

程咬金的酒喝得很不尽兴,因为李素左右推搪,死活不沾一滴酒。

今日来程府有正事,李素不想再被灌得七荤八素,然后稀里糊涂被送回家。

喝了半晌,程咬金也终于发现李素有心事,于是挥退了程家的六个小恶霸和胡姬们,偌大的前堂只剩程咬金和李素二人。

"说吧,啥事?"程咬金懒洋洋地盘腿坐在方榻上。

李素不说话,从怀里掏出三份名帖,恭敬放在程咬金面前的桌案上。

程咬金拿起名帖一份一份地看,看完后嘿嘿直笑。

"小娃子是个人才啊,太子、魏王、长孙无忌争着拉拢你,有人请喝酒是好事,日子又没冲突,干吗一副愁眉苦脸的样子?"

李素苦着脸道:"程伯伯莫再消遣小子了,这里面的凶险您必然看得出,小子实在是没办法了,特来求教程伯伯……"

"求教老夫?老夫能有什么办法?有人请喝酒老夫向来是不拒绝的,不过近年来不知怎么回事,朝中那些老匹夫们一个个不愿请老夫喝酒了,连走路都绕着老夫走,还说什么老夫酒品不好,简直岂有此理……"程咬金露出愤愤不平之色。

李素:"……"

今天真的进错门了,去找许敬宗聊聊或许都有收获。

"啊!程伯伯府上真是令人流连忘返啊,天色不早了……"李素一脸遗憾地告别表情,手下的动作却飞快,三张名帖眨眼间塞进怀里。

程咬金气笑了:"给老夫站住!你若是俺的娃,俺非抽死你不可,没见过你这么势利的混账东西,回来!老实坐好!"

李素只好干笑着坐回去。

敲了敲桌案,程咬金收起了笑容,严肃地道:"小娃子算有警觉了,此三人邀宴路数不明，你一个十多岁的小娃子最好小心点，莫扯进那些乱七八糟的腌臜事里。"

李素急忙挺直了腰，拱手道："求程伯伯赐教一二。"

程咬金笑道："先说太子，东宫太子立于贞观元年，当初陛下登基后为免天下诟病，于是火速册立太子，这些年来太子兢兢业业，虽无开拓之雄心，却也老实本分，将来或可为守成之君，陛下生年打下偌大的疆土，下一代帝王守成亦无不可，眼下来说，太子品行尚可，偶有跋扈之举，亦属寻常……"

"再说魏王，陛下这些皇子里面，魏王泰是最聪慧也是最勤奋的一个，而且颇善体察上意，深得陛下恩宠，近年来尤其恩隆，陛下深喜之，其魏王出入仪仗几与太子相同，故令朝中坊间流言四起，最近为讨陛下欢心，府中幕僚正撺掇酝酿编撰《括地志》，此书若成，魏王泰夺嫡更添威望……"

"再说长孙无忌，老匹夫与俺一样曾是秦王府旧部，后来陛下娶了他的胞妹，长孙家便与我等开国功勋不同了，既是开国功臣，又是天家外戚，长孙无忌更是以国舅之身，位列三省宰相之首，正是如日中天之时，而且太子与魏王皆是长孙文德皇后所生，无论谁争得皇储之位，都得叫长孙无忌一声舅舅，二子最后谁是真正的皇储，也要看长孙无忌偏向哪一边，他的分量非常重……"

程咬金说着，仰头将桌上的烈酒一口饮尽，足足三两的烈酒眨眼便灌进了那张毛茸茸的大嘴里。

李素静静地垂首坐着，今日程咬金说了不少话，这些话里并未触及到什么秘密八卦，可以说是朝野尽知的事情，现在说给李素听，多少存着几分给他科普的意思。

程咬金笑眯眯看着李素，打了个冗长的酒嗝，笑道："可怜个娃子，别人请你喝个酒就愁成这般模样了，此三人怎生来历老夫刚刚说明白了，后面怎么做，你明白了吗？"

李素苦笑道:"小子……不是太明白。"

"一个小小的县子,这种末等小爵长安城没有一百也有八十,堂堂太子、魏王和宰相凭什么请你喝这顿酒?"

李素垂头沉默不语。

程咬金嘿嘿笑道:"去年冬天长安附近天花蔓延,满朝君臣手足无措,你一个小娃子横空而出,莫名其妙把天花治好了,你治的只是病,却不知你给陛下解决了多大一个麻烦,后来又写诗,花开堪折也好,谁知盘中餐也好,句句皆是文采斐然,后来为了救公主又杀了强人,再后来酿酒、造震天雷……"

程咬金缓缓呼出一口气,目光复杂地看着他:"一个十多岁的小娃子,不显山不露水,大半年的时日里竟干出这么多大事,为陛下立下如此功劳,谁都不知道你是怎么冒出来的,更不知道你那些本事从何而来,一个农户家的娃子仿佛被神仙点化过一般,突然就光彩夺目,算过日子吗?你做的这些事情,从开始到现在,只不过大半年,老夫若非与你相识日早,说不得也要给你一张名帖与你结识一番,说得好听是结交少年英杰,但若论其本意嘛……"

程咬金眼中忽然暴射出逼人的锋芒:"论其本意,如此妖孽般的少年英杰,怎可不为我所用?夺嫡也好,巩固相权也好,借助陛下目前对你的恩宠也好,用诸于阴谋阳谋,总归派得上用场的,老夫早就在想,这三份名帖,也该递到你手上了……"

程咬金这番话令李素后背冒出一层冷汗。

一直以来他尽量低调,凡事不去争、不去抢,该他出头时总是往后缩,就连去火器局应差也是懒洋洋的派头,怕的就是落入有心人眼里,从此陷入一滩无法抽身的烂泥。

然而今日程咬金这番话说出来,李素才发现自己还是太引人注目了,怀里的三份名帖就是一个很直接的结果。

程咬金冷眼看着面色铁青的李素,咧开嘴嘿嘿直笑。

李素脸色愈发难看了："程伯伯为何不早提醒小子？"

程咬金眯着眼笑，有种老奸巨猾的味道："提醒？你叫俺怎么提醒？年少成名，天下皆知，正是险峰风光无限好之时，虽说你与程家合伙卖酒，但这是两码事，你若不自知，提醒只会让你与程家生了嫌隙，程家能得到什么？相反，俺老程若不提醒，冷眼看着你被人弄死，反而对程家更有利，从此以后卖酒的钱不用分你一半了，岂不乐哉？今日与你说的这些，俺老程已是大大亏本了。"

难得程咬金直白了一回，话里的意思很清楚，程家与李素的关系没好到那一步，虽说程咬金拿他当子侄看，可程家是大门阀，凡事都要讲利益，没利益的事情一般不会干，与程家除了合伙卖酒外别无交集，交情还不够，凭什么提醒你？

话题绕来绕去，终于还是绕到三张名帖上来。

程咬金的笑容有点幸灾乐祸的意思，嘿嘿发笑的表情令李素很想冒大不韪抽他……

"三顿酒宴，去或不去都得罪人，而且得罪的不是一般人，太子、魏王、长孙无忌，任哪一个想要捏死你，就跟捏死一只臭虫……"

李素急忙打断程咬金的话头："小兔兔……"

"嗯？"

"捏死一只可爱的小兔兔一样容易……"

"就臭虫了，咋地？"程咬金环眼一瞪。

李素无奈道："是，捏死一只臭虫……程伯伯您接着说，小子洗耳恭听。"

"酒宴不止是酒宴，这是逼你选边，赴谁家的宴，从此就是谁家的人，日后任何风吹草动，你都要站在背后摇旗呐喊，而眼下来说，太子究竟能不能把皇储之位一直当下去，谁都说不好，魏王泰能不能将太子取而代之，也说不好，长孙家能不能数代长盛不衰，更是无常莫测之数。这三顿酒宴，不好选啊，老夫只能给你提个醒，却不能帮你选择。"程咬金摇头叹道。

李素垂头沉默，半晌没说话。

前世过来的人，多少懂一些历史进程，事实上，这三方谁都没能笑到最后，笑到最后的是一个名叫李治的人，目前好像还只是个奶娃子，比李治笑得更晚更大声的，是一个叫武曌的女人……

所以眼下三方说是拉拢也好，逼他站队也好，李素哪一边都不想站，跟他们混没前途，现在的麻烦是，怎样才能让这三方放过自己。

程咬金笑道："今日既然与你说了这么多，老夫索性也就放开一回，说吧，你还有什么疑问不懂的，尽管开口。"

"小子尚有一问。"

"你说。"

李素抬头，朝程咬金直眨眼："程伯伯曾是秦王府旧部，陛下最信任的猛将，小子想问程伯伯，这些年太子、魏王有否给程伯伯下过这样的名帖？您是如何应对的呢？"

程咬金呆住，神情非常惊讶，定定注视李素半晌，忽然仰天大笑。

"好个小娃子，一问便问到点子上了，果真灵醒，哈哈……"

李素也笑："还请程伯伯赐教。"

程咬金笑声渐歇，捋着乱七八糟的大毛须，叹道："俺家的娃子若有你这么灵醒，程家在俺老程之后，还可以风光三代。贞观元年，陛下册立太子，那一年太子才八岁，自是没什么心机谋略，不过，这十一年来，不论太子和魏王暗里斗得多厉害，二人却从未给老夫下过帖，他们没那胆子，小娃子，你可知原因？"

李素抬头，定定注视着程咬金那张毛茸茸的脸，只觉得念头豁然通达。

这是一张多么不讲道理的脸啊……

"小子……懂了，却不敢说。"

程咬金两眼放光："你懂了？"

"懂了。"

"真懂了？"

"真懂了。"

"哇哈哈哈哈……老夫忽然觉得，跟灵醒人说话果然很舒坦！"

李素站起身，朝程咬金长长一揖："今日恭聆程伯伯教诲，小子受益良多，多谢程伯伯。"

程咬金叹道："小子，你要记住，说混账话做混账事，或许是招非惹祸之源，可是反过来说，说混账话做混账事也许是趋吉避凶之道，妙法存乎一心，火候做到了，可保一生平安。"

"是。"

"今日与你说了这么多，俺老程不能白说，卖酒分的账重新理论理论，从今以后我七你三，就这么定了。"

李素深深敬佩不已，说完了道理，马上亲身演示何谓混账话，何谓混账事，长辈果然是长辈。

"不行！小子一头撞死给你看！"

总算明白程咬金"混世魔王"的雅号怎么得来的了。

"混世"也是处世的一种态度，这种态度有点极端，或许会平白招惹许多祸事，但是却给自己涂上一层很逼真的保护色。

有了这层保护色，谁都怕你，但谁也不会防着你。

所以程咬金能够潇潇洒洒活到当上国公，能够获得李世民极大的信任，能够混到长安城内无论官员还是权贵皆不敢招惹，靠的便是这种混世的态度。

一个横行霸道的混账，一天到晚四处惹是生非，这样一个混账，除了皇帝谁敢用？

程咬金对李素的提点已经很直白了，他建议李素也走这个风格，从此老混账领着小混账横行长安，人见人怕，鬼见鬼愁，扎扎实实惹几桩祸事出来，那时，太子、魏王和长孙家，谁敢轻易将李素拉拢至麾下？

不怕引火烧身吗？

从程府走出来，李素仰头望天，长长呼出一口气。

三张名帖带给他的压力顿时全然化解了，或者说，他知道该怎么做了。

程府之行，不虚。

"我以后若变成长安城里人见人憎的小混账，你还喜欢我吗？"李素目光幽幽地投向长安城程府方向，一脸"从此我不再是好人"的萧然。

"谁喜欢你了，不要脸！"东阳羞红着脸狠狠地白了他一眼。

河水悠悠地流向远方，李素寂然不语，不知过了多久，一根冰凉的小手指轻轻碰了他的手一下，接着仿佛受惊的小鹿般飞快缩回去，片刻之后，又有些不甘心地凑过来，两根玉葱般的手指拈着李素的一根手指，撒娇似的摇了两下又飞快缩回去，周而复始……

李素笑了，大方地将东阳的手拽过来，紧紧握在手心里。

"谁让你碰我手了，快松开！"东阳红着脸，抿着笑，象征性地挣扎。

"想牵就牵，干吗非要我主动？你这叫矫情，知道不？"

东阳愈发下不了台了，恼羞成怒地使劲挣扎起来。

奈何李素力气太大了，半天没挣出他的手心，最后索性放弃，任由李素牵着她的手，气鼓鼓地瞪着他。

很奇怪啊，同样是女人，程府的胡姬为何力气那么大，叫他白白被吃了不少豆腐，而东阳力气却这么小，让他白白吃了不少豆腐……难道真是一物降一物？

说起吃豆腐……

李素舔了舔有些干枯的嘴唇，扭过头看了看离二人老远，背对着他们的公主府侍卫们……

月黑，风高……吃豆腐天？

"小宫女……"

"嗯？"

"坐过来一点吧,我们紧挨着。"

东阳扭头看了看远处的侍卫,听话地凑了过来。

"我们打个赌好吗?赌金一文钱。"

"赌什么?"

"赌我手脚不动,嘴也不动,却能碰到你的身子,信不信?我若碰到了你,就算我赢,你给我一文,反之我给你。"李素阴险地开始给东阳下套。

东阳拧眉想了想,觉得不可能,于是笑道:"好,就赌一文钱。"

"那你闭上眼睛……"

东阳听话地闭上了眼睛,长长翘翘的睫毛微微发颤。

刚闭眼片刻,东阳忽然觉得酥胸一紧,被一双大手握住,还很不安分地揉了一下,又揉了一下……

东阳大惊,急忙睁眼,却见李素一脸坏笑地缩回手。

"你,你……你……"东阳又惊又怒,双手紧紧环在胸前,俏脸红得能挤出血来。

"好吧好吧,我果然输了,一文钱先欠着,下次想起再给你。"

……

羞得几欲投河自尽的东阳终于还是跑了。

慌慌张张的背影在河滩外的树林里若隐若现,越跑越远,临走前仿佛气愤不过,狠狠地踹了李素一脚才跑开。

李素垂头看着仍留幽香的双手,悠悠叹息:"才十六岁,已经很可观了……做个小混账果然能占不少便宜。"

第三十五章 度日维艰

许敬宗最近失眠很严重。

他前几日做了一件很愚蠢的事，权欲作祟，他主动向火器局李监正讨要财权，谁知李监正很痛快，二话不说把财权交给了他，而且一副扔掉了烫手山芋的欣慰表情，令许敬宗顿觉不妙。

许敬宗回去后打开火器局的账簿，从头到尾认真审查了一遍，揉了揉眼，觉得不敢置信，不死心地又查了一遍，还不死心查过四遍以后，许敬宗终于明白自己做了一件多么愚蠢的事，这件事的愚蠢程度……算了，还是不形容了。

截至本月初十，户部拨付火器局的四千贯钱全部花完，花得干干净净，不仅一文钱不剩，还有东市几项采买打了白条，简单地说，火器局如今已是财政赤字，亏得不能再亏了。

令人如此焦头烂额的财权，许敬宗居然还觍着脸用一种低得不能再低的姿态把它讨过来抓在手里……

每想到这里，许敬宗就有一种把自己往死里抽的冲动。

有心找个烂借口把账簿还回去，然而回想起李监正抽杨砚时那张稚嫩却冷酷不留情的脸，许敬宗便情不自禁地打了个寒战，况且，就算李监正不抽他，主动要来的财权又主动还回去，从此以后，他许少监在火器局里的分量还剩几斤几两？

　　许敬宗在失眠夜里究竟有没有狂扇过自己的耳光，不可考。但在反省过自己的智商后，还是决定做一件正确的事——没错，去户部要钱。

　　大唐如今的户部尚书名叫韩仲良，但是这年头的户部尚书是不管具体事务的，所谓户部尚书只是兼职遥领，事实上韩仲良的正职是秦州都督府长史，颍川开国县公，户部在贞观年被分为四个司，一曰户部、一曰度支、一曰金部、一曰仓部，具体管事的是这四个司的郎中。

　　顾名思义，四司职权一目了然。

　　户部管户籍，度支管开支，金部管银钱出纳，仓部管粮布等物品。

　　许敬宗申请朝廷给火器局拨款的话，要找的是户部所辖的度支司。

　　李素不知道许敬宗找度支司要钱要得多么艰辛，对火器局来说，他算不上甩手掌柜，事实上他还是很管事的，说兢兢业业有点夸张，至少也有苦劳。

　　每天做完该做的事，剩下的空闲时间很好打发，找个没人的地方发一阵呆，或是睡个午觉，一天就这么过去了，既做了事，又没有让自己很辛苦，对得起国家发给他的俸禄，也对得起自己的闲心。

　　对了，俸禄貌似被李世民扣了三个月，霸道总裁一句话，李素还得给朝廷打三个月的白工。

　　今日又亲自给工匠们配了两百斤火药，李素揉着胳膊走进北院。上次火灾过后，工部的速度很快，几天的工夫便将北院重新盖好，李素在北院的后面发现一个乘凉的好去处。

　　于是李素早早派人清理出一块空地，置了一张躺椅，又叫厨房准备了凉水和零食，走火器局的账，反正许敬宗管账，管的也是朝廷的账，吃多少都不心疼。

　　今日李素的世外桃源似乎有不速之客，李素甚至听到若有若无的抽泣和叹息声。

　　皱了皱眉，李素放轻脚步走近，赫然发现竟是中年老帅哥许敬宗坐在他的躺椅上抹眼泪，树荫缝隙里洒下的点点阳光将他的背影照得格外萧瑟孤单……

能让老许抹泪，这可不多见。

李素惊奇地睁大了眼，心中只觉无比遗憾，这年头没照相机太失望了，若把许敬宗那张抹泪的脸拍下来，然后满长安城到处贴，告诉大家其实这个老帅哥哭起来也挺丑的，最帅的其实是火器局的监正大人……

"咳咳！"李素干咳两声。

许敬宗抹着泪抬头，见是李素，鼻子狠狠一吸，眼圈更红了。

"监正大人……"

"乖，听话，起来，那头哭去，这张椅子是我的……"李素和颜悦色地轰人。

"啊？"许敬宗傻眼。

这个时候监正大人应该问一句何事伤怀才对吧？这才是正常人该说的话吧？

"零食也是我的，你没偷吃吧？"李素垂头看着旁边矮脚桌上的几碟点心，狐疑地抬头扫了许敬宗一眼。

许敬宗："……"

虽然对监正大人很无语，但许敬宗还是很识趣地起身，把躺椅让给李素。

李素也不客气，整个人扑进躺椅，满足地叹了口气。

真舒服啊，好困，想睡了……

旁边又传来抽泣声，老帅哥哭得很娘炮。

不想搭理他，李素翻了个身，开始睡午觉。

许敬宗目瞪口呆地看着准备睡过去的李素，难以置信他竟把自己当成了透明人，更重要的是……把他的悲伤也当成了透明。

悲伤都能逆流成河，怎能视而不见？

眼看监正大人真的要睡着了，许敬宗急了。

"监正大人，下官……真的好辛苦啊……"许敬宗忍不住开始诉苦，语气很忧伤。

李素没动静。

许敬宗的声音不由大了一些："监正大人，度支司的郎中欺人太甚，不仅一文钱不拨，今日还命差役将下官轰出户部官衙，是可忍孰不可忍！"

李素毫无反应……

"监正大人！火器局已没钱了，过了今日若无银钱入库，明日上下一百多口怕是要饿肚子了！监正大人……"

在许敬宗焦急又期待的目光注视下，李素终于有了动静，翻身站起，李素勾着许敬宗的脖子，指了指火器局大门方向。

许敬宗惊喜不已："监正大人的意思是……"

"我的意思是……滚蛋！要聒噪，去大门口，再吵本官睡觉，定抽不饶。"

许敬宗老老实实滚蛋了。

相处久了，渐渐了解李素这个人，总的来说还是很和气的，很少摆上官的架子，永远一副嘻嘻哈哈的样子，甚至可以和许敬宗陈堂这些人当朋友处，火器局自李素上任来一团和气，连被李素抽过的杨砚后来也和他成了朋友。

当然，李素不是永远都这么随和，许敬宗也发现了他许多小毛病，比如太爱干净，碰过任何东西都要洗手；还比如有怪癖，任何东西的摆放都必须要工整、要对称，连门口值守的金吾卫将士都要强迫他们一左一右站两排，每排服色必须相同，人数必须相同，否则就很不开心；还比如……李素睡觉前后半个时辰内，最好不要拿什么破事去烦他，他会很不高兴。

许敬宗被赶到大门口后才赫然发觉自己犯了忌，于是赶紧抹掉眼泪，酝酿情绪，等待李素醒来后继续哭诉。

李素睡到下午时分醒来，伸了一个长长的懒腰后，目光呆滞地坐在躺椅上出神，熟悉他的人都知道，监正大人目前处于魂魄尚未归位的状态，这个时候最好不要惊扰他，会挨揍的。

小半个时辰后，李素魂魄终于归位了，神清气爽地活动了一下脖子，端起桌几上的凉水漱口，然后选点心，选之前仔细打量半晌，确定没有被人动过的痕迹后，才用三根手指轻轻拈起一块黄金酥塞进嘴里，动作很优雅。

藏在北院围墙拐角一直盯着李素动静的许敬宗知道，这个时候才是监正大人正眼看他的时候。

三两步跑来，许敬宗酝酿许久的眼泪喷薄而出。

"监正大人，下官……好委屈啊……"

李素笑得很暖："哦？许少监何事伤怀？说来听听，本官给你做主。"

许敬宗感动得真哭了，这才是正常的出牌套路啊……

"度支司不拨钱？"李素颇讶异地看着他，"凭什么不拨钱？钱花完了啊……"

许敬宗："……"

"度支司的郎中说……今年户部只拨钱四千贯，多一文也没有，还说今年大唐征战吐蕃，耗费国帑近百万，国库入不敷出，连朝臣的俸禄都减了，根本不可能再有钱投进火器局，下一次拨钱只能等到明年开春。"

李素敬仰地看着许敬宗："许少监前几日毫不犹豫地将财权接手，原来是主动肩挑重任，本官佩服！要钱这种事，古往今来一直都是颇为艰难的，度支司不肯痛快给钱，许少监多要几次便是了……"

换上一副语重心长的口气，李素沉声道："告诉度支司的人，必须要给钱，没钱大家还怎么愉快地玩耍？"

许敬宗心一沉，看这情形，火器局的财权这是要讹上自己的节奏啊……

"监正大人明鉴，下官已向度支司讨要过许多次了，度支司的郎中越来越不耐烦，后来几次看到下官便绕路走，今日上午下官又去了一次，那郎中竟命差役把下官轰出了户部大堂……监正大人，下官……真的没办法了。"

李素哈哈一笑，重重拍了一下许敬宗的肩，嗔道："少监就是喜欢开玩笑，火器局上下谁不知许少监是手眼通天之辈，本官相信你一定有办法的，再去度支司一次，说不准郎中大人就答应了呢，去吧！"

说完将许敬宗往大门外一推，许敬宗踉跄着回过头，发现李监正已不见了踪影。

第二天，李素走进火器局就听到一个不好的消息。

许敬宗病了，病得很严重，许家住在长安城里，据说晚上高烧不退，家人求了坊官很久才开了坊门，请来了大夫瞧治，开了一堆药后总算退了烧，却躺在床上动弹不得……

李素呆了半晌，忽然"噗嗤"笑了。

很有意思的人，每次到了关键时刻总能找到理由退缩，退到足够安全的地方静静等待，若是危机过去，他又跳出来一副为国为民死而后已的样子恶心人。

这家伙，果真是只可共享福不可共患难的真小人，当初相识时对他的评价非常正确。

仿佛早就预料到晚上会发烧似的，许敬宗昨日离开火器局之前，把所有的账簿规规矩矩摆在桌案上，每一笔账一目了然，完全是给自己放长假过黄金周的架势。

李素不得不再次接手财权，哪怕心里恨得想给他脸上泼硫酸，也得等到他放完长假回来上班。

有心想把财权交给杨砚，让这个既勤奋又负责的少监继续去度支司要钱，犹豫许久，还是打消了这个想法。

杨砚背后的长孙家终究被李素深深忌惮着，若杨砚要不到钱，走投无路之下求助长孙无忌，以长孙无忌目前对李素的心思，必然会给他拨来一大笔钱，但是这个人情却永远欠下了，而且欠下人情的不是火器局，是他李素。

第三十五章 度日维艰

长孙无忌的人情不好欠啊，万一哪天忽然对他说，我想与陛下开个玩笑，给我一颗震天雷，我扔他寝宫里吓一吓他……李素是给呢，还是给呢？
……

火器局监正大人只好亲自出马要钱了。

精神抖擞准备出征与人斗智斗勇之前，李素打定了主意——要来的钱无论如何自己也要贪两成，算是奖励自己的劳苦功高。

第一次登户部的门，李素表现得很随和，穿得也很随和，没带任何随从，一匹马，一个人，一块腰牌，简简单单到了户部官衙前，进门只找度支司。

度支司是户部下属司局，最大的官是郎中，来之前打听清楚了，郎中姓吴，名扶风，给不给钱只由他说了算。

第一次登门便尝到了坐冷板凳的滋味，许敬宗没说错，度支司对火器局很冷淡，不止是火器局，只要是登门来要钱的，度支司都冷淡，问题是度支司这种衙门，不来要钱平日里谁愿踏进一步？于是里面从差役到文吏，人人板着一张脸，活似来访的客人欠了他们八百贯钱似的。

李素觉得他们搞反了，度支司才是欠钱的一方好不好……

很新奇的经历，从来到大唐到今天，李素这是第一次被人如此冷淡对待。

前堂偏房里坐了一个上午，吴郎中根本没露面，下面的差役更是连一杯凉水都欠奉，就把李素孤零零扔在屋子里不闻不问。

李素笑得很甜，没关系，自己是县子，是监正，涵养这东西如何体现？就是在这种时候。

终于到了晌午时分，李素发现自己饿了。

人在饥饿的时候，涵养这东西似乎没了作用，忍着怒火走出屋子，顺手拽住一名路过的差役。

"你们吴郎中呢？"

差役上下打量了他一眼，浅绯色的官服，嗯，撑死了五品官，底气顿时足了。使劲挣脱李素的手，不耐烦地冷哼："郎中大人无暇，这位上官明日再来吧。"

李素深吸一口气，缓缓问道："明日我能见到吴郎中吗？"

"或许能，或许不能，郎中大人每日见那么多官，说不准哪天才能轮到你。"

李素怒了，小小度支司里都是些什么东西，连个差役都敢对他如此说话。

毫无预兆的，李素一脚狠狠踹出，差役猝不及防被踹得后退几步，收不住势一屁股坐倒，愣了一下后猛地跳了起来，脸气得通红指着李素，又不敢还手，怒道："你怎打人？"

"再问一次，明日我能见到吴郎中吗？"李素再次重复问道。

"小人不知！"

李素转身缓缓环视度支司，忽然哈哈一笑："好，度支司，有点意思，我下午再来！"

……

满腔怒火出了度支司，李素正待骑马回火器局，忽听身后一声熟悉的怪笑："哇哈哈哈哈，贤弟哪里跑，遇上是缘分，与哥哥我喝酒去！"

李素回头，却见一群穿着五颜六色华袍丽装的年轻人骑着马，为首一人正是程处默。

没等回过神，程处默便飞快下马，勾住李素的脖子耍猴似的围着人群边沿游走。

"这是俺老程的兄弟，泾阳县子李素，非常有本事，想必大家都听过他的名号，来，都认识认识。"

众人明显是纨绔子弟，原本见李素穿着绯色官袍有些不屑，听程处默介绍后却纷纷下马，尚算客气地拱手施礼。

程处默也很尽责地一个个介绍："哈哈，这是褒国公段家的老二段瓒，这是鄂国公尉迟家的老大尉迟宝林，这是房相家的老二房遗爱，这是个要饭的……咦？你是谁？哦，这个要饭的我不认识。"

扔了一文钱，小乞丐飞快跑远。

第三十六章 欠债还钱

盘腿坐在长安西城一家青楼的偏厅里，面前的矮脚桌上摆满了美食，两名美貌姑娘一左一右将李素架在中间，一个给他布菜，一个给他斟酒，巧笑倩兮，美目盼兮，李素有点郁闷兮……

莫名其妙啊，刚才一肚子怒火准备回火器局发一支穿云箭，然后等着千军万马来相见，把度支司那个狗屁郎中揍得连他爹都不认识，可是现在怎么突然坐在青楼里陪着一群纨绔子弟喝酒了？

大厅中间，十余名丽装美女伴随着乐声翩翩起舞，舞姿婀娜、曲线窈窕，比起程咬金跳大神般的乱扭屁股赏心悦目无数倍。

以程处默为首的纨绔子弟坐没坐相，连吃豆腐都没个吃相，大庭广众之下一个个把手伸进旁边美女的衣襟里又掏又摸，非常伤风败俗，李素不太适应，想走，想叫人去打架……

"贤弟怎么回事？大家今日放浪形骸，心中着实高兴，你咋一副愁眉苦脸的样子？这可不对，来，罚酒三杯！"

喝得满面醺红的程处默不由分说捏住李素的下巴，抄起酒盏往他嘴里灌，一副金莲给大郎灌药的架势，李素大惊，冰凉的酒汁入喉，发现味道很淡而且很冰，原来不是五步倒，而是冰镇过的葡萄酿。

葡萄酿没事，李素很痛快地干了三杯。

喝过之后，李素抬眼扫了一下厅里这国公那国公的纨绔子弟们。

都是很有来头的啊，数年后李世民立凌烟阁二十四功臣，这些纨绔子弟的老爹全部榜上有名，今日大家齐聚于此，可谓超豪华级嫖妓阵容……

李素眨了眨眼，端着酒盏便跟段瓒、尉迟宝林、还有那位千古绿帽子王房遗爱一轮轮敬起酒来。

刚才李素一直在打量他们，而他们也一直在打量李素，见李素主动敬酒，众人也不敢托大，急忙起身与李素同饮。大家喝了几杯，李素一溜圈的大哥、兄长叫过去，一炷香时辰不到，众纨绔开始与李素称兄道弟，并且对他赞不绝口。

这年头的纨绔子弟很少有横行霸道的，事实上大家除了喜欢聚在一起喝喝酒，打打猎以外，基本没什么太大的恶行。大唐贞观年正是盛世之始，朝堂吏治清明，民间风气朴实，纨绔子弟们也调不了多大的皮，当然，像程处默那种砸店揍人的事，偶尔也会发生。

令李素有点意外的是，大家对他很客气，完全没有权贵子弟盛气凌人的模样，程处默的面子是一个原因，主要是当初松州一战，李素一人造出的震天雷致唐军击杀吐蕃五万余人，以寡击众而大获全胜，功绩可以说占了大半，众纨绔久闻其名，今日相识如此客气，里面敬佩的成分居多。

敬了一圈酒，李素喝得有点多了，虽然是葡萄酿，但也是酒，而且后劲不小。跟跟跄跄回到方榻刚坐下，程处默的巨灵掌拍上他的肩。

"贤弟今日忙什么？俺刚才见你从度支司走出来，脸色不大好，怎么了？"程处默带着五六分醉意问道。

李素叹道："莫提不高兴的事了，来，程兄，多日不见，你我一醉方休。"

按下李素刚端起的酒盏，程处默道："不对，看你样子是受了欺负啊，酒莫急着喝，先跟兄弟说说，长安城里哪个瞎了狗眼的混账敢欺负俺老程的兄弟！"

打了个酒嗝，李素充血的眼球看着程处默："程兄，若是有人欠你程家的钱，你家如何应对？"

程处默呆住了，一脸不敢置信闻所未闻的模样："有人敢欠我家钱？

哈哈，贤弟真爱说笑，俺老爹自从瓦岗寨招兵反隋开始，这么多年没人敢欠俺家的钱，听都没听说过。"

"一个都没有？"

"有啊，都被俺爹埋了……"程处默扔过一个你很奇怪的眼神，"不埋几个欠钱的混账，哪有如今天下人皆不敢欠俺家钱的盛况？"

还盛况……

李素愈发郁闷了，混到哪一年才有程家这种境界啊……

这火器局的监正若由程咬金来当，那个狗屁吴郎中只怕哭着喊着亲自把钱送到火器局库房里规规矩矩摆好。

反过来再看看自己，李素顿时充满了挫败感。

"咋了？有人欠你钱？"程处默眼里光芒闪烁，似乎有点兴奋。

李素叹口气："也不算欠钱，陛下建火器局，度支司只拨钱四千贯，那么大的场面，四千贯能顶什么用？花完后再找度支司要，那个吴郎中死活不给，连面都不肯见了。"

"不拨钱就是欠钱！"程处默简单粗暴地下了定义，"好个混账，敢欠俺家兄弟的钱，此事断不能善了！"

"大家都听着，有人欺负俺兄弟，度支司一个狗屁郎中敢欠俺兄弟的钱，你们说，该怎么办？"

一帮喝得七八分醉意的纨绔子弟待了片刻，接着群情兴奋，喷着口水兴高采烈地喝道："揍他！抢他！"

"走！给俺兄弟出了这口恶气再回来喝酒！"

事情就这样莫名其妙碰出了火星。

怒气冲冲的程处默拉着李素出门，直奔度支司而去，后面跟着一群纨绔子弟，纨绔子弟后面还跟着各自府里的部曲、家仆、随从等，一群人浩浩荡荡、杀气腾腾地穿街过巷。

李素这时酒也醒了八分，有心想劝住程处默，毕竟这帮纨绔喝了酒，不知会把事情搞得多大，出了青楼被风一吹，李素忽然决定不劝了。

前日程咬金跟他说过的话在脑海里一字字冒出来。

其实……做人偶尔混账一点或许并不是坏事，这事闹大了，不仅能推掉太子、魏王和长孙家的三顿酒宴，甚至还能顺便试探一下李世民容忍的底线……

既出了恶气，又摆脱了麻烦，还试探了领导的底线……这买卖似乎不亏啊。

长安城朱雀大街沸腾了。

一群长安城的黑恶势力从青楼出发，一路上吆五喝六，几个纨绔子弟领着一群部曲家仆，带着一身酒味穿街过巷，直奔朱雀大街上的度支司而去。

朱雀大街离太极宫最近，住的都是权贵人家，这些纨绔子弟的府邸大部分都在这条街上，此刻这群家伙杀气腾腾闹出这么大的动静，权贵人家纷纷惊动了，家仆们打开侧门，在这群显然不似善类的黑恶势力里发现自家少郎君竟赫然在列，吓得急忙跑进府里向他们的老爹禀报，不放心的家仆又赶紧叫上自家部曲跟着少郎君……

于是，从青楼到朱雀大街这一路上，黑恶势力愈发壮大。

如此壮大的场面，巡街的武侯顿时紧张了，长安城里的热闹每天都有，但搞出这般场面的却不太多，这么多人聚在一起气势汹汹朝一个方向杀去，瞎子都看得出这是要出事了。于是各坊的坊官和武侯们不敢怠慢，急忙向金吾卫报信，报信还不够，武侯们不放心，然后……他们也加入了队伍一直往前走。

李素走在最前面，走到朱雀大街，发现队伍越来越壮大时心里便有些忐忑了，回首望去，队伍连绵近一里，少说也有几百号人，一个个凶神恶煞、面目狰狞，而他便是这群非善类的领头人物……

意识到这个问题时，李素几乎有种放慢脚步把自己藏在人群里的冲动，然而想想太子、魏王和长孙家给他送的三张名帖，相比这三个大麻烦，眼前这桩根本就……

好吧，其实眼前这桩也是个大麻烦了……

走到度支司门口后，李素忐忑的心情却忽然消失了，一股莫大的勇气油然而生。

怕什么？现在的自己，在所有人眼里只有十六岁，十六岁不正是到处惹是生非的年纪吗？

那么，今日便闯个祸给天下人看看吧！

……

事情果然闹大了。

黑恶势力还没冲进度支司，太极宫、东宫、魏王府都已得到了消息。

太极宫，甘露殿。正在午睡的李世民被战战兢兢的宦官叫醒，然后圆睁龙目呆呆半晌没回神，不知是没睡醒还是没消化这个震惊的消息。

"数百人冲撞度支司？领头者何人？他想造反吗？"李世民眼中迸出杀气。

自登基到如今十一年了，天子脚下长安城还没出过这等惊世骇俗的大事。

宦官垂头战战兢兢道："领头者，泾阳县子，火器局监正李素，还有……卢国公长子程处默、褒国公次子段瓒、鄂国公长子尉迟宝林、房相次子房遗爱……"

李世民大吃一惊，眼睛瞪得更圆了："李素？那个太平村的小子？还领着这么多国公家的小子？"

"是。"

"他……他吃了豹子胆吗！好个小混账，敢在长安城里冲撞朕的官衙！"李世民勃然大怒。

宦官垂头，唯唯不敢出声。

"传旨，派金吾卫把这帮无法无天的小子全给朕拿下！"

与此同时，东宫、魏王府、长孙家以及长安城内各大小权贵府邸侧门尽启，无数家仆部曲在自家和度支司之间来回奔忙不停，为自家打探消息。

度支司门口已不见人影，值守的差役见势不妙已吓得跑进去禀报郎中了。

程处默满嘴喷着酒气，哈哈大笑两声，正待抬步上前忽然被李素拽住衣袖。

"我来!"李素把程处默往后一扯,一马当先冲了进去。

程处默赞喝道:"是条汉子,兄弟们,咱们也上!"

跟在后面的段瓒、尉迟宝林、房遗爱等人神情有些犹豫。刚才在青楼里酒劲上头,叫嚣着要砸了度支司给李素出口恶气,然而从青楼一路走来,大家的酒劲也渐渐散去,头脑清醒了几分,豪门子弟都是聪明人,比寻常人更聪明,他们很清楚这么干对自己不利,对自己的家门也不利,有心想打退堂鼓,悄悄走人。

然而李素却连招呼都不打,一马当先冲了进去,程处默也二话不说紧紧跟在后面,剩下这群纨绔子弟傻眼了。

彼其娘之!你们玩真的?

跟,还是不跟?

后面几百双眼睛盯着,前面称兄道弟的人已进去了,接下来他们怎么办?

还能怎么办?硬着头皮跟上去吧,今日若当着这几百人的面临阵退缩,日后他们在长安城里怎能抬得起头?

重重跺了跺脚,尉迟宝林那张满是疙瘩的丑脸泛起决然和悲愤,不知是恨自己还是恨李素。

"冲进去!死便死了!"

几百人呼喊着冲进了度支司,满院子只听到喊打喊杀声此起彼伏。

李素跑得很快,程处默喘着粗气跟在后面,一边跑一边大叫:"兄弟慢点,莫跑太快落了单……"

一听这话就知道是个有江湖经验的。

度支司里已乱了套,差役们执着长棍试图拦住这群疯子,可整个司里顶多只有几十个差役,而外面冲进来的疯子却有几百个,再说,差役们眼不瞎,几百个疯子里领头的都是朱雀大街有头有脸的纨绔子弟,差役们手里抄着木棍,却迟迟不敢抡下去,这一棍下去容易,抡中哪个国公家的孩子,自己这辈子算走到头了。

李素和程处默跑得很累,二人一口气跑到度支司后院里,程处默受不了了，跳起来揪住一个过路的下人，喝问道："吴郎中那个杂碎在哪里？快说！"

下人吓得脸色苍白，却努力挺起胸扮出打死也不招的英雄形象，待到程处默砂钵大的拳头近到眼前时，下人眼神迅速往后院正中的房里一瞟，然后继续一副打死也不招的英雄形象……

李素秒懂，二话不说冲了进去。

屋子里有人，一个穿着绯色官袍的中年人，正坐在矮脚桌前写字，外面的喧闹喊杀声越来越大，这个中年人神情也越来越不淡定，李素冲进门后第一眼便发现他那只拿着笔的手有点颤，笔下的字也歪歪扭扭不成章法。

眯着眼打量他时，程处默也冲了进来。

李素笑笑，朝屋里的中年人拱手："度支司吴郎中？"

中年人终于放下笔，努力挺起胸，露出威严的模样："不错，我是吴扶风，尔等何人，竟敢白日冲撞朝廷官衙，是想造反吗？"

"别扣那么大的帽子，本官是泾阳县子，陛下御封火器局监正李素，吴郎中你要记住我的名字……"

有名又有姓，吴郎中愈发笃定了，冷笑道："李监正今日纠集恶徒冲撞度支司，明日陛下玉阶前，你恐怕……"

话没说完，李素像只豹子般凌空跃起，狠狠扑向吴郎中。吴郎中呆住，眼睁睁看着半空中一团黑影越来越大，最后只觉胸前一阵剧痛，人已被李素踹得在光滑的地板上倒窜了近丈之远。

"好个恶贼……"吴郎中只来得及喊出一句，程处默和李素并肩而上，就在度支司的这间屋子里，对吴郎中开始惨无人道的殴打……

狂风暴雨般的拳头和脚落在吴郎中身上，吴郎中双手护住头，忍不住大声惨叫。

这顿揍挨得没头没脑，吴郎中挨揍的同时，脑海里不停搜索李素和火器局这两个关键词，终于被他想起来了，同时也明白自己为何挨揍了。

原本以为两个少年郎揍几下出了气便会收手，谁知落在身上的拳脚越来越重、越来越急，根本没有任何收手的预兆，反而一副把他往死里揍的架势。

吴郎中急了，少年人有血性且冲动，行事不计后果，今日若被他们活活揍死，可谓死得轻如鸿毛，久经江湖的吴郎中觉得自己也要奋力自救了，不然今日怕是他的死期。

"住手！二位且慢！且慢！我有话说！"鼻青脸肿的吴郎中凄声大喊道。

李素和程处默也揍得有点累，于是住了手，喘着粗气瞪着他。

吴郎中捂着身上的痛处，哀哀呻吟半天，眼见李素和程处默越来越不耐烦，急忙道："火器局的李监正，我知你为何而来……明日！明日便给你火器局再拨四千贯！尊意如何？"

程处默斜眼看着李素。

程处默的想法很简单，今日搞出这么大的阵仗，本就为了要钱，现在看这情形要钱的过程很顺利，揍了几下别人就服软了。

李素心绪有点挣扎，事情发展到这一步已不是简单的要钱了，他知道，无论现在吴郎中答应了什么都是做不得数的，此事恐怕已被报进了太极宫，将来是死是活要看李世民的意思，给不给火器局拨钱已是微不足道的小事了。

今日动手揍吴郎中，李素本来就抱着别的目的，这才揍了几下，吴郎中就如此痛快地答应给钱，但是李素的目的却没达到。

不把吴郎中揍得惨一点，自己怎能博得"长安小混账"的雅号？头上不戴一顶"混账"的帽子，太子、魏王那些人怎会放过自己？

所以，吴郎中还得挨揍。

虽说杀人不过头点地，但是……

李素朝吴郎中投去一记同情且愧疚的眼神，吴郎中收到这记眼神，还没来得及生出死里逃生的喜悦之情，便听到李素的齿缝里迸出两个字："再揍！"

吴郎中大惊，彼其娘之的，你个混账一边扔个同情的眼神一边又对我痛下杀手，是不是欺人太甚了？

"姓李的，你不要太过分……"

狂风暴雨般的拳脚再次落到身上，湮没了吴郎中的怒喝。

第三十七章 身陷监牢

吴郎中这顿揍挨得惨，也挨得冤。

不知存了什么心思，李素的拳脚专往他脸上招呼，一阵凄厉的惨叫过后，吴郎中那张原本刚正英俊的老帅脸被李素揍成了猪头，嘴角的血不停地往下淌，青肿的眼皮眯成一条缝，睁都睁不开。

程处默揍了几下便不忍心再揍了，见李素仍一下又一下揍得很专心，程处默在一旁不由得心惊，平日里看李素这家伙斯斯文文柔弱不堪的样子，下起狠手来真是毒辣无比，难怪当初敢以一人之力独自击杀结社率叔侄二人，瞧这下手的力度与狠劲，确实令人敬畏。

待到吴郎中的惨叫声已渐渐微弱之时，程处默架住了李素的胳膊，叹道："贤弟算了，再揍下去怕是要吃人命官司。"

李素浑身大汗累得不行，见吴郎中凄惨的模样颇合自己心意，也就顺势住了手。

吴郎中仰面躺在地上，官服被撕裂成了碎布条，嘴里哼哼呻吟着。

程处默啧啧摇头，看着李素道："你太残暴了……"

……

走出来时，度支司内四处喧嚣的喊打声已然静寂，李素和程处默正奇怪时，却发现度支司的前院内，段瓒、尉迟宝林、房遗爱等人抱头蹲在院子角落里，各家随从部曲们也老老实实垂头蹲在纨绔们身后，前院黑压压一片蹲着的人头。

院子周围，无数披甲的金吾卫将士刀出鞘，弓上弦指着纨绔们，四周还躺着无数呻吟哀号的差役。

李素暗叹，太极宫的反应好快，揍个人的工夫，金吾卫就出动了，而且把这帮纨绔全收拾了。

纨绔们虽然老实蹲着，但神情也没见害怕，反倒是兴奋居多，见李素和程处默走出来，纨绔们高兴极了，尉迟宝林咧开嘴大笑道："兄弟快过来，这里给你们留了两个好位置……"

嗯，果然留了两个好位置，面南背北，聚风藏气，前后通风的……蹲位。

李素和程处默也光棍，二话不说走过去，默默抱头蹲下。

一名领头的金吾卫将领站出来，面无表情地道："奉陛下诏令，今日参与冲撞度支司的所有人等全部带进大理寺，领头者段瓒、尉迟宝林、程处默和房遗爱一并收监，另，泾阳县子、火器局监正李素单独关押。"

纨绔们呵呵一笑，一副死猪不怕开水烫的架势，唯独尉迟宝林不大高兴，指着这名将领道："王初八，当年俺爹把你领进金吾卫，这几年当上果毅都尉了，眼皮子高了，敢这么对我说话！"

刚刚面无表情的王初八表情立马变了，苦着脸笑道："少郎君，末将也是奉了陛下的谕旨，您大人大量莫怪，听说陛下刚才龙颜大怒，少郎君，这次祸闯得不小，进了大理寺还请千万忍耐，末将已派人跟鄂公爷报了信……"

一听说龙颜大怒，几名不大服气的纨绔顿时老实了，垂头丧气被金吾卫将士客客气气地请出了度支司。

李素被单独留到最后，王初八兴许听说过李素的名字，而且能跟长安城里有名的纨绔们一起打架，足可见交情不浅，所以王初八对李素也很客气，一路赔着笑，把李素请进了大理寺的监牢。

第三十七章　身陷监牢

打人时不觉得，李素早有心理准备，大不了坐几天牢。

然而一进大理寺的监牢，李素差点当场崩溃。

一个又一个的木笼子，笼子外挖了小沟渠，平日的脏水、尿液等便顺着小沟渠流出去，一股浓郁的恶臭经久不散，在里面多呼吸几口空气都会当场吐出来。更令人心惊的是，监牢里面只有一张草席平铺在地上，借着一缕从小窗外投进来的阳光，李素甚至能清晰地看见草席上几只跳蚤和一些不知名昆虫在欢快得蹦跳着，把它们拟人化一下的话，或许它们嘴里还在哼着愉悦的歌儿，庆祝又有一块小鲜肉送到它们嘴边……

李素呆呆看着这一切，脸颊不停地抽搐。

太脏了，住在这种地方，生不如死。

王初八很耐心地站在李素身后，等着他主动走进去，然后他的任务就算完成了，谁知左等右等，牢笼的那道木门槛李素就是不跨过去。

转过身，李素深呼吸，语气很平静地道："换一间干净的，不然我现在就一头撞死在你面前，我是陛下御封的泾阳县子，还是制造国之利器的火器局监正，我若死在牢里，你浑身长满嘴也说不清楚。"

王初八的脸也开始抽搐了："李县子想换间怎样的监牢？"

"有阳光、有山涧、有鸟语、有蝉鸣，夏日可赏皓月，冬日可观瑞雪，最重要的是干净，不允许看到一只跳蚤，也不允许看到一粒灰尘，食则两荤两素，卧则紫檀高榻，浴则骊山清泉，穿则彭越绫罗……"

王初八的脸中了风似的抽个不停，从齿缝里进出一句话："这样的地方，末将也想住进去一辈子不出去，李县子再说下去，末将先你一步，一头撞死在你面前！"

"干净的地方，没有跳蚤。"李素面不改色压了价。

太极宫，甘露殿。

被宦官禀奏闻知度支司吴郎中的惨状后，李世民快气疯了，赤着双足在大殿内来回踱步，鼻孔里喘着粗气，像一头看见红布的疯牛。

"混账！混账！朕从未见过这等混账！"李世民一迭声地狠狠骂着。

骂的对象自然是李素以及那几个纨绔。

"要钱、要人，只要开口朕怎会不给他？小混账一个字都不跟朕说，纠集一帮小子去寻度支司的晦气，正途不走偏寻邪道，明明一身的本事，唯独缺了德行，这个……这个小混账！"李世民气得跺脚。

宦官匆匆的身影出现在殿门外。

李世民不耐烦地冷冷道："何事？"

宦官垂头道："禀奏陛下，褒国公、鄂国公、房相三位在宫外求见。"

"不见！"李世民正在气头上，大声道，"去告诉他们，回去后好好管教自家孩子，平素便横行霸道没个正形，今日倒好，连朕的官衙都敢冲撞，教子不严皆父之过，令他们三人闭门思过十日！"

"是……房相三人请宫人带话，说是教子不严，请陛下不必看朝臣情面，按律重罚，绝不可因其子而徇私，乱了大唐律法。"

李世民闻言神情这才缓和了一些，冷冷一哼，道："朕知道了，去告诉房相三人，这次朕不会徇私，大理寺关个十天半月是免不了的。"

宦官俯首称，是，恭敬退出殿门外。

……

东宫景阳殿。

李承乾听完宦官禀报后，眉头轻轻皱起，神情有些冷凝。

"李素与吴郎中以前可有仇怨？"

"回殿下，那李素平日除了卢国公外，鲜少与权贵朝臣来往，不曾听说与吴郎中结怨。"

"未曾结怨，怎会下如此重手？吴郎中被抬出来时哀号不已，肿脸血流不止，若说是不给火器局拨钱而挨揍，这李素下手未免太狠厉了……"

"殿下，听说李素与程处默、尉迟宝林等人闹事之前，在长安西城的一家青楼里饮宴，都喝了不少酒，很多人闻到他们身上酒味很浓，奴婢以为，李素下手狠厉，多半是借着酒劲……"

李承乾想了许久，点头笑道："一个十六岁的少年，喝了酒下手没个分寸，倒也说得过去。"

第三十七章 身陷监牢

宦官试探着问道："殿下，这李素如今已被关进了大理寺，三日后东宫设宴之事……"

李承乾摇头叹道："酒宴作罢，终究年纪尚幼，心性不稳，就算他没被关进大理寺，孤也不敢拉拢他了，过几年待他性子定下来后再说吧，魏王那边，他想拉拢便随他去，李素是一柄双刃剑，用之既可伤人，亦可伤己，魏王若想驾驭此剑，自己须得练就一套绝世剑法才行。"

与此同时，魏王府、长孙府，皆有暗室密语议论之声。

……

卢国公府。

程咬金中午喝得醉醺醺的，刚睡了个午觉醒来，仍觉得头疼欲裂，程府下人却慌慌张张过来禀报，程家长子小公爷陪着泾阳县子闹事，被关进了大理寺。

程家顿时也乱套了。

五个儿子上蹿下跳，正室妾室哭成一团，仿佛天塌地陷一般。

程咬金发了一阵呆，使劲甩甩头，终于清醒了一些，第一反应便想进宫求情，刚迈出一步便停了下来。

"李素撺掇的？"程咬金注意到这个很关键的细节。

"是。"

"出人命了吗？"

"没有。吴郎中被揍得不成人形，但性命无碍。"

程咬金沉默一会儿，忽然"噗嗤"笑了："教他做个混账，这才几天，果然便做了一件混账事，最混账的是，居然把处默也捎带上了……"

彻底放下心，转过身看着急得冒火的五个儿子，程咬金气得一人踹了一脚。

"急啥急？没出人命就没事，关几天就会放出来了，都滚！他娘的，老夫怎么没生出这么一个灵醒的娃！看看生的都是些啥玩意，一个个瓷嘛二愣的，看着就来气！"

纨绔们被关进了大理寺，老爹们不淡定了，尉迟恭、房乔和段志玄求见李世民，话说得很硬气，请陛下不可徇私，乱我大唐律法云云，可是他们也很清楚，陛下绝不会为难他们的儿子。首先，自家儿子只是从犯，要开刀也要拿那个该死的泾阳县子开刀，他才是主谋，其次，从龙多年的老臣已在太极宫外，带进去什么话已不重要，重要的是，人出现在太极宫便说明这些老臣对儿子的重视，有了这个表现，相信向来宽容的陛下不会真对他们的儿子动手。

唯独程咬金没有去太极宫，既未求情也未像房乔他们大义凛然说什么不可徇私之类的废话。

可以说对整件事了解得最清楚，对后果预测最准确的，全天下唯独程咬金一人。他知道李素这么干的目的，也知道李素留了分寸，酒后失德冲撞官衙殴打五品郎中，闯下的这桩祸事说小不小，说大不大。

往小了说，这是少年失德，一时血性冲动之举，往大了说，这是聚众闹事，挑衅皇权。

是小还是大，全看李世民的意思，如今李素身任火器局监正，以前也为国立下不少功劳，若说陛下单只因这一件事而治李素的重罪，怕也说不过去，毕竟人才可贵，估计李世民自己都舍不得。

李素这个主谋都不会被治重罪，作为从犯的几个纨绔自然更不可能会被治重罪，关在大理寺里过几天清心寡欲的日子，让那几个不肖子消停几天，让大唐的国都长安城过几天岁月静好现世安稳的日子，皆大欢喜。

儿子被关进大理寺这么严重的事，程咬金毫不心疼，哈哈一笑便嚷嚷着上酒上菜，瞧这架势似乎想……庆贺一下？

……

太平村，东阳公主府。

乍闻消息，东阳仿佛被一道晴天霹雳劈中，整个人呆滞了。

"他……打了度支司的官员？"东阳急得眼泪顿时夺眶而出。

见公主急了，绿柳也急得不行："长安城都传遍了，听府里的侍卫大哥说，陛下龙颜大怒，李县子被拿进大理寺，还有卢国公家的长子、褒国公家的次子、房相家的次子，都被拿进了大理寺……"

"那个官员……被他打死了吗？"东阳颤声问道。

"听说伤得不轻，但死不了。"

东阳的心情顿时稍稍缓和，使劲擦了擦眼泪，强笑道："没死人就出不了大事，父皇向来宽宏，而且李素也是个有本事的，父皇要用他就不会重惩他，或许会削爵，或许会丢官，或许……会在大理寺多关几日，除此应无大碍。"

绿柳苦着脸道："可是，听侍卫大哥说，打人这事算不得什么，但冲撞官衙可是大罪呢，陛下龙颜大怒也是因为这个……"

东阳刚刚轻松起来的心，顿时又沉入了深渊。

她对大唐律法了解得并不多，对她的父皇了解得更少，她根本不知道父皇会如此处置这件事，惩罚可轻亦可重，无论如何处置都说得过去，可是……世上只有这一个名叫李素的人，只有这个李素能令她欢喜，令她悲伤，令她无言而笑，令她无声而哭，她的悲喜，她的爱恨，她的整个人生仿佛都已牢牢握在他手心里，若父皇大怒之下治他重罪，甚至为了杀一儆百而把他斩首，她的余生该是怎样的绝望？

女人心总是脆弱的，东阳独自一人越想越害怕，越想越严重，想到那最坏的结果，吓得她又流下泪来。

"我不能待在府里了，我要做点什么……"东阳咬牙站起身。

"殿下意欲何往？"

"我要进宫，我要……"东阳身躯有些发颤，娇小的拳头握紧，又松开，又握紧，如此反复。

"不，先不进宫，绿柳，去跟府里的侍卫说，长安城里找找门路，莫泄露公主府的身份，我要乔装进大理寺的监牢先看看他……"

绿柳吃惊道："殿下进监牢？这……不行啊，殿下，监牢里面很脏啊，又臭又脏……"

东阳泪中带笑："他平日最爱干净，素来碰不得任何脏东西，如今身陷监牢，住在那种又臭又脏的地方，怎生受得了？我要带点东西进去给他……"

大理寺探监不容易。

被大理寺收监的人犯都是犯了大事的,寻常小打小闹、小纠纷,一般都只关押在县衙监牢。

对别人是难事,对东阳来说便算不得难事了。

公主府的侍卫做事简单又有效,没找什么大理寺正卿、少卿之类的大官,而是直接找到了看守监牢的牢头,打几句官腔吓一吓,再扔块分量十足的银饼,牢头便很识相地开了绿灯。

不完全看银饼的面子,终究不是什么杀人越货的江洋大盗,牢头也是很有眼力的,被关进去的都国公、宰相的公子,领头的那个还是陛下重用的火器局监正,牢头见多识广,知道这些人在里面关不久,此时若不行个方便,待他们出去后自己恐怕就不大方便了……

李素被关进大理寺的第二天,头戴黑色斗笠,俏脸遮着黑纱面巾,一身克夫破财招灾黑寡妇形象的东阳,在侍卫的带领下顺利走进了大理寺的监牢。

一路上东阳都在酝酿着情绪,担足了心事。她怕李素在里面受苦,怕李素吃不惯里面的伙食而饿得奄奄一息,甚至怕他被大理寺的杀才们用刑……

走进阴暗的监牢,闻着处处充斥恶臭的味道,看着远处传来若有若无的犯人受刑时的惨叫声,东阳脸色愈发苍白,走了几步后再也忍不住,弯下腰"哇"地一声吐了出来。

陪着她的侍卫大惊,刚想劝她出去,东阳却摆摆手,站直了继续往前走。

监牢越走越阴暗,不知拐了多少个弯后,侍卫恭敬地指着前方告诉东阳,前面拐个弯便是关押李素的地方。

东阳激动地加快了脚步,眼泪蓄在眼眶里打转,还没来得及哭出声,却听里面一道无比熟悉的声音懒洋洋地训人。

"两斤熟羊肉,再加打扫本官牢房卫生五次,换程家烈酒一斤,莫再跟我讨价还价,再多一句嘴我抽死你,信不?"

第三十八章 牢底坐穿

熟悉的声音自然是李素,他的声音已深深镶进了东阳的骨子里,永远不会忘记。

蓄在眼眶的泪水很快被她收了回去,阴暗的监牢里,东阳放轻了脚步,蹑手蹑脚往李素的牢房靠近。

拐角处,东阳悄悄探头,眼前的一幕令她又气又想笑。

李素穿着一身雪白干净几乎不染一粒尘埃的囚衣,又丑又难看的衣裳生生被他穿出道骨仙风的味道,大理寺里其他的监牢皆是又脏又臭,唯独李素住的牢房内外干干净净,脚下一尘不染,显然被人不知打扫过多少遍,而且根本闻不到任何异味。

牢房里面更干净,里面居然用木架子搭了一个简陋的床榻,床榻上被褥枕头都有,旁边还铺着一层软垫,软垫上摆着一张略显破旧的矮脚桌,桌上有书、纸、笔墨,纸堆得很厚,每张纸上乱七八糟画了一堆憨态可掬各种形状的猪头。

几名狱卒打扮的人垂首恭敬地站在李素面前,李素则坐没坐相地斜躺在软垫上,懒洋洋地训人。

东阳被眼前这幅画面惊得目瞪口呆。

这里不是大理寺监牢吗?这家伙不是囚犯吗?为何竟有如此一幕?

这世界怎么了？

东阳气得脸都红了，她也不明白自己到底在气什么，也许是一种小女儿心态，千辛万苦给情郎送温暖送爱心，费尽心机混进监牢，准备很有成就感地把情郎解救于水深火热，结果发现这浑蛋在牢里的日子居然过得比她在公主府还滋润……

又气又想笑，这个浑蛋……真是在哪里都吃不了亏啊。

琼鼻微皱，东阳终于忍不住发出一声轻哼，声音惊动了牢里的李素和狱卒们。

狱卒愕然回头望去，却见一名侍卫在前，后面跟着一名蒙着黑色面纱的女子，瞧那模样，分明是冲这位李县子而来。

狱卒们彼此传递了一记心领神会的眼神，纷纷识趣地告退。

监牢外，东阳缓缓揭去面纱，露出绝美的容颜，朝他抿嘴轻笑，笑容像阳光，照进这阴暗的角落里，仿佛整个世界迎来了日出，每一个阴影都变得明媚起来。

"你怎么来了？"李素颇觉意外。

东阳笑容顿敛，狠狠地剜他一眼，气道："我怎么不能来？还以为你在里面受了多大的委屈，我叫侍卫把吃的、穿的、用的都带来了，结果你在里面过着神仙般的日子，早知我就不来了……"

"这里……"李素用手环指一圈，苦笑道，"这里能叫神仙般的日子？哪个神仙这么倒霉？"

"噗嗤"一笑，东阳神情有些异样地隔着监牢的木栅朝他招手："喂，你过来一点，让我好好看看你……"

李素见她那异样的神情便觉不妙，叹了口气，慢慢吞吞地朝她走来，边走边道："虽然我早看穿你想掐我，但是……算了，你还是掐吧。"

主动将胳膊往东阳面前一凑，东阳果然没让他失望，神情立马一变，咬着牙露出恶狠狠的样子，一双玉葱般的手使劲朝他胳膊上掐个不停。

"叫你闯祸！叫你不计后果！叫你揍人！以前我怎看不出你这么混账？"

掐了几下后，东阳终于心疼地住了手，见李素龇牙咧嘴的样子，又想笑，玉手温柔地抚过她刚刚掐过的地方，贴心地帮他揉了揉。

"还疼吗？"

"疼，这顿掐少说要赔我十贯钱，不然大理寺告你去，反正很近……"

东阳瞪他一眼，手下动作不停，仍旧帮他揉着胳膊。

缓缓环视他住的这间监牢，东阳忍不住问道："你到底用了什么邪术，让大理寺的狱卒服服帖帖，把你侍候得这么周到？"

李素不满地哼哼："你是见不得我日子过得太舒服还是怎地？"

又掐了他一下："快说！"

"监牢里这么干净，还有床榻、桌子、笔墨纸什么的都是我拿酒换的……这次坐牢真的亏了不少钱啊，以后做人一定要善良点，不然会破财的……"李素无比萧瑟地道。

东阳想笑，忍住了，瞪着他道："说说吧，到底怎么回事？你不是动辄揍人闹事的性子，旁人不懂你，我还不知道吗？那个度支司的吴郎中跟你有仇怨？"

"揍他以前，无仇无怨。"

东阳动作一顿，又继续帮他揉，淡淡地道："真只为了火器局拨钱的事？"

李素苦笑道："算是吧。"

有些事情不能跟她说，太复杂，也太阴暗了，东阳是公主，公主应该生活在城堡里，每天只见鸟语花香，无忧无愁。

东阳是个聪慧的女子，李素似是而非的答案显然糊弄不了她，揉着胳膊的玉指忽然加重了力道，狠狠又一掐……

"又骗我！父皇对你如此器重，若火器局真要拨钱，你径自进宫求父皇便是，何须对度支司大动干戈？这话根本说不通！快说实话，为何要把事情闹大，背后有什么内幕吗？"

李素有些惊讶地瞧着她，以前坐在河边发呆时不知道，东阳对这种钩心斗角居然有如此敏感的嗅觉。

东阳被李素的目光盯得有些羞涩，不好意思地扭过头，嘴角一抿，哼道："有什么奇怪的？我自小在宫里长大，宫里那些宦官、宫女们为了争宠斗来斗去，见识过不知多少，看一看就明白了。你知道吗，每年从掖庭冷宫抬出去的宦官或宫女尸首不下百具，都死得不明不白，只是他们的身份太卑微，上面懒得查问，也就任他们胡作非为……所以你这种小伎俩别想瞒过我。"

见李素支支吾吾，东阳叹道："你不愿说就算了，朝堂险恶，你一个十多岁的少年成天跟那些老狐狸们处在一起，容易交到朋友，也容易得罪人，求自保也好，除政敌也好，终究都是一步一险，日后若有什么我能帮到忙的地方你尽管告诉我，虽然我不被父皇重视，终究是他的亲生女儿，多少总有个帮衬，总好过你一人独自面对风雨……"

李素脸上一阵发麻，被东阳感动了。

反手握住她的手，李素叹道："此生能遇见你，是我一生最大幸运……"

东阳一愣，接着眼圈一红，使劲掐了他一下，笑中带泪："又骗我哭！又骗我！"

吸了吸鼻子，东阳道："里面吃的、用的我都带来了，吃的都是你喜欢的点心，以后每日我都叫侍卫送来，还给你带了点酒，别多喝，穿的、用的都有，还有不少的书……不知道你要被关多久，先用着，我这就进宫去求父皇，兴许父皇一心软，今日就把你放了……"

李素握住她的手忽然一紧："不行，你不能为了我的事去求陛下。"

"你关在里面不知何年何月才能出来，我能眼睁睁看着你坐监吗？"

"你听清楚，我犯的事自己心里有数，算不得什么大事，揍人的时候我把握了分寸，真正惹陛下生气的不是揍人，而是领着几百人冲撞官衙，这件事才是重点，但我对陛下有价值，陛下定然不会重治，顶多丢官削爵以平朝堂众怒，但过不了多久还会起复，你若去求陛下，那我就真有危险了，不死也要流放千里，此生不可再见。"

东阳吓到了，怔怔思索半晌，终于轻轻点头，她也想通了利害，若为了李素去求父皇，她和他的事免不了会被怀疑，以父皇的性子，二人暗里互生情愫一事，绝对比冲撞官衙要严重得多，龙颜大怒之下，李素的命运真说不准了。

"我要走了，还有什么要嘱咐我的吗？"东阳看着小窗外偏西的日头，依依不舍地道。

"只有一件事，回去后尽量瞒住我爹，不要让他知道我被关了，我不想让他着急，估计再过几日陛下的怒火消了，应该会放我出去了……"

东阳点头应了："还有吗？"

看着东阳绝色的面容，李素舔了舔有点干枯的嘴唇，笑道："还有一件事……"

"什么事？"

"我们再打个赌好不好？"

东阳呆了一下，接着回忆起上次在河滩边跟他打的那个羞死人的赌，那画面……

俏脸迅速染上一层血一般的鲜红，胸前只觉一阵电流般麻麻酥酥的，膝盖仿佛都软化了一般……

"你……你这个混账，人都关进牢里还惦记，惦记……"东阳羞得说不下去，狠狠地剜了他一眼，扭头便跑。

李素不甘心地看着她的背影大声道："喂，只是纯学术性的打赌……"

……

李素的猜测不错，李世民的反应基本没超出他的预计。

大理寺监牢的舒坦日子过了四五天，李世民终于下了旨，程处默、尉迟宝林、段瓒等纨绔子弟被放出监牢，罚闭门思过三个月，着令各人的老爹严加管教，"严加管教"的意思是，放回去后二话不说先抽他们一顿，抽完了在家养伤顺便闭门思过，当然，他们的老爹也不轻松，每个人被叫进太极宫狠狠地挨了顿骂,罚了三月到半年的俸禄。

闯了祸的纨绔们释放了,但对李素,李世民却毫无表示,仿佛忘记了他这个人似的。

牢底坐穿的节奏。

这次李素闯的祸有点大,虽然和上次揍杨砚一样,都是揍朝廷命官,只不过揍的品级比以前高了一点点,杨砚那时才只是七品的监丞,而吴扶风却是五品郎中,也算是可喜的胆大包天的进步。

揍朝廷命官不算闯祸,所有人的眼里,李素还只是个十六岁的孩子,一个十六岁的孩子谁能指望他多成熟?想骂就骂,想揍就揍,这才是少年真性情,若真跟那些混迹朝堂数十年的老油子一样沉稳内敛,钩心斗角,这个少年未免太妖孽了,妖到没朋友。

李素闯的祸在于领着数百人冲撞度支司,对李世民来说,这件事才是真正触碰到忌讳的地方,领着人公然冲撞朝廷官衙,这是对皇权的严重挑衅,李世民这个皇帝当得多不容易啊,杀完哥哥杀弟弟,想想自己反正惹了一身骚,索性把老爹也一脚从皇位上踹了下去,让自己骚个彻底,身体力行地告诉天下人"皇帝轮流做,今年到我家",这句俗话的正确性、前瞻性……

皇权来之不易,且做且珍惜。谁知斜刺里忽然杀出个李素,二话不说领着几百号人把他的官衙砸了,人也揍了,天下人都像他这么搞,李世民这个皇帝还当不当了?

李素犯的这桩事若换了别人,毫无悬念地斩首示众。大唐立国后,除了李世民他自己在十一年前的玄武门前干过一次出格的事外,还从没有人敢这么无法无天过,不杀何以服众?

但是……闯下这桩大祸的人,偏偏是李素!

李世民头疼了。

"天下英才皆入吾彀中",李世民曾经站在太极宫景阳殿前,看着当年的新科进士一个个走进宫闱，一时感慨而发。

然而真正的"英才"，必须可堪国用的，不能为国所用的人只能算是小聪明，算不得英才。李素明显就是真正意义上的"英才"，作诗只是小道，治病也是小道，酿酒、杀人都搬不上台面，可是，推恩薛延陀之策、发明马蹄铁、发明火药、造出震天雷，这些却是大唐非常需要的东西，不声不响做出这么多事，这样的人怎能不配称为"英才"？

现在这位少年英才闯了祸，最头疼的不是李素，也不是东阳，而是李世民。

头真的很疼，很想抽他……

冲撞官衙犯了忌讳，但李世民知道李素并没有存心挑衅皇权的意思，一个无兵无权的小子，领着一帮纨绔子弟把一个五品官狠狠地揍了一顿，这事怎么也不可能是意图不轨，任何人眼里看来都是小孩子犯浑做的混账事。

李世民当然不舍得杀李素，若杀了这个人，大唐横扫天下，将周边邻国尽数纳入版图的称霸之路至少要多走二十年，多等二十年对李世民来说，无异失了百万雄兵。

李世民愤怒过后已渐渐冷静，气归气，可理智告诉他，必须放李素一马，否则是跟自己的霸业过不去。

然而，李世民想放过，朝臣却不想放过。

以魏徵、孔颖达、褚遂良等文臣为首，御史台一帮御史群情激愤，这几天给李世民上了无数道奏疏，搬圣贤之言，数前因后果，甚至直接破口大骂者皆有之，大家的表达方式不一样，但最终的意思都是相同的。

此风不可助长，必须严惩，李素必须重罚！

李世民把程处默那帮纨绔子弟放了，除了魏徵一副唧唧歪歪赶尽杀绝的不甘模样念叨了几句外，其余的朝臣倒也没说什么，毕竟这帮家伙的老爹都是同殿为臣，脸皮撕得太破不太好，况且这帮老爹都是武力值爆表的名将，而且脾气特别暴躁，其中尤以某程姓老流氓为首……

纨绔们放了，李素却不能放，如何处置李素，李世民操碎了心。

关进大理寺十天了，李素每天大鱼大肉，吃饱了睡，睡醒了吃，日子过得比猪还幸福，而且目前而言，猪圈也很干净，这是最赏心悦目的。

当初只想平凡、恬静终老太平村的想法，这几日又渐渐抬头，不过终老的地方变了。

其实在这间牢房里过一辈子也挺不错的，如果东阳和他一起住进来就更好了，如果还能允许他偶尔出去逛逛街，偶尔放他出去跟一些狐朋狗友串串门、喝喝酒，再把这块猪圈的占地范围扩充一下，单独开辟一块地方出来做室内游泳池……

嗯，这样算计下来，监牢真的是享受人生的星级宾馆，一切都很有创意，唯一的问题是，李世民很可能不会答应……

李素住在监牢里不急，但外面却有人急坏了。

着急的是火器局。

监正闯了祸被逮进去了，火器局倒也谈不上群龙无首，有杨砚和许敬宗两位少监在，有没有李素都无所谓，本来李素也从来不管这些琐碎的事务。

琐事杂事少监可以管，人心不会乱，但火药这东西，火器局上下却没一个人会配，李素被关进大理寺十天后，火器局开始人心动荡了，因为……火药用完了。

李世民对火药这东西看得非常重，一件足以亡国灭种的利器，以李世民霸道的性子，其核心秘密是绝不可能让太多人知道的，连最宠爱的太子和魏王都不行，弑兄杀弟逼老爹的事，他就亲自干过，谁知道他的儿子们会不会照原样给他来一出？

所以全天下知道火药真正配方的人，只有两个。一是李世民，还有一个是李素，而且李世民根本没打算让第三个人知道。

现在火器局的火药用完了，上下一百多工匠只能停产，等待朝廷发来火药，但是能配火药的人现在却被关在大理寺等候处理。

第三十八章 牢底坐穿

许敬宗和杨砚没办法了，联名向中书省递了一份奏疏，态度很客气，内容却很麻烦。

原火器局监正坐牢了，要杀要剐随便，陛下开心就好，但是，火器局没火药了，这事大家都没办法，唯请陛下圣裁。

这份奏疏落在李世民的桌案上，李世民顿时龙颜大悦。

正发愁不知如何处置李素，许敬宗和杨砚便联手给他造了一个台阶，让他顺势而下。

雪白的绢纸上，李世民悬笔沉吟许久，这才沉稳落笔挥就。

原泾阳县子，火器局监正李素，年少轻狂，酗酒闹事，冲击官衙，殴打朝官，实罪无可赦，着即削去县子爵位，罢去监正官职，以白衣之身入火器局，每月造火药一千斤以将功赎罪，酌情再定起复。

削爵、罢官，还得给朝廷白干活。

这就是李世民的决定。

惩罚不算太重，李素犯下的这桩事若要认真追究起来，杀头都不为过，最后却换来削爵、罢官的结果，而且最后还有一句"酌情再定起复"，简直把话挑得非常明白了，意思很清楚，削爵、罢官只是暂时的，起复是肯定的，只看时间长短而已，只要李素这段时间低调一点，脑子不再犯抽又去殴打朝廷命官，三五月内必然官复原职，此事风波就算过去了。

……

贞观十一年八月底，无官无爵的李素……刑满释放。

大理寺沉厚的大门在一阵令人牙酸倒胃的吱呀声中缓缓打开。

一身单薄绸衫的李素在牢头和狱卒们恭敬的笑容里，意犹未尽地走出了监牢，站在监牢外，李素缓缓地回首看了一眼那扇阴森的高门，叹了口气。牢头的笑容顿时有些僵硬，他发誓自己刚才没看错，这家伙眼中居然露出依依不舍的目光……被关疯了吧？

监牢外一字排开五辆大马车，程家的、段家的、房家的、尉迟家的，还有一辆马车很眼熟，马车外站着的人更眼熟，东阳公主府上的一名侍卫朝他隐秘地笑笑。

巨灵大掌狠狠地在肩头拍落，程处默笑得很大声，李素刚咧开嘴，段瓒、房遗爱、尉迟宝林等人纷纷围上来。

这一次，大家的笑容里终于少了许多客气虚伪的成分，比上次青楼喝酒时真诚多了，唯有房遗爱的笑容有点勉强，没关系，李素跟这位绿帽子王的共同话题也不太多。

男人四大铁，今日这些人里占了三样，一起嫖过娼这个就不说了，一起扛过枪，打架也算，一起同过窗……铁窗。

大家一同经历过这些事，又都是血气方刚的少年郎，李素终于被……吸收进了纨绔圈子？

"好兄弟，是条汉子！你这朋友俺段某今日认下了！"段瓒仰天大笑。

程处默更是人来疯："走，都走，去上次那家青楼，咱们再好好喝一次！今日喝五步倒，谁先尿谁是杂碎！"

李素当即色变。抬头看看天色……

"别拿天色说事，受够你了，莫逼俺老程翻脸，走！"程处默将李素蹩脚的借口扼杀在摇篮中。

李素黯然长叹，此时只能吟诗一句以表感慨。

度尽劫波兄弟在……不如自挂东南枝。

第三十九章 家门不幸

被放出大理寺监牢的李素被程处默等一帮纨绔强行掳走了，实可谓刚出虎穴，又入狼窝。接下来的场面不用猜都能想象得到。

东阳公主府派出的马车很识趣地回去了，侍卫从头到尾没跟李素说一句话，默默地来，默默地走。本来东阳就是担心他从监牢里放出来后没人接他回家，孤零零一人回去太伤心，现在看到门口这么多马车，狐朋狗友们这么热情，东阳自然不必再凑这个热闹。

跟纨绔们第二顿酒喝下来，李素快醉死了。

这顿酒明显比上一顿和谐多了，这一次根本就是加深感情的酒宴，李素终于博得了纨绔们的敬重，一个有本事造出震天雷助大唐赢得一场战争的少年郎，而且生活里也不尿包，五品的郎中说揍就揍，还敢领着几百号人冒着犯忌讳掉脑袋的风险冲撞官衙，只因这个官衙欠了他的钱……

这种丧心病狂的神经病，大家不能不敬重，不仅要敬重，而且以后尽量别跟他借钱。

一顿酒宴宾主尽欢，程处默嘴里喷着酒气，醉醺醺地告诉李素，他坐牢的这几日，长安城里到处流传着李素的英雄事迹，一个十几岁的少年郎能干出如此惊世骇俗的事情，实在令人匪夷所思。

程处默接着满怀惆怅地告诉李素，因为李素这一支突起的异军，最近在长安城混账榜上，雄霸榜首数十载之久的老程家排名下降到第二位，长安城新的混账榜状元，非李素莫属。

如李素所愿，他终于如愿以偿成为长安城无可争议的小混账，名头非常响亮。

程处默和一群纨绔们都盯着李素，神情惋惜。

这年头对名声还是很看重的，谁干了缺德事名声差了，不是一时的麻烦，而是一辈子都抬不起头的大麻烦，古人常有因做错事而羞愧自尽的事迹，说穿了还是羞耻心太重，接受不了一辈子活在别人鄙视的目光下的事实，于是索性一横心不活了，删号消档重来。

而李素，年纪轻轻博得"长安城小混账"的雅号，在众纨绔眼里，已是很差的名声了，对将来很不利的。

李素嘿嘿直笑，脸上却不见任何悔恨羞愧之色，对小混账的名号安然受之。

唐朝人脸皮太薄了，也太低估李素的脸皮了。李素的目的就是要博得一个小混账的名号，它跟道士画的护身符一样，可以帮他躲开不少麻烦。

再说名声这种虚无缥缈的东西，很重要吗？如果真因为名声差而不活，简直愚不可及，君不见程家老流氓活得多滋润、多欢实，谁能从老流氓脸上发现一丝一毫痛不欲生想自尽的迹象？被他祸害过的人才叫真正的痛不欲生。

大醉之后，长安小混账回家了，程家的马车载着他，晃晃悠悠走了一两个时辰，终于回到了太平村的家里。

十来天没进家门了，很幸运，老爹李道正似乎并不知道李素被削爵罢官了，村里的消息毕竟闭塞，李道正从来不出村子，有些事情自然不知道。儿子十多天没着家，他还以为火器局公务太忙，根本没往心里去。

况且，那晚撞破儿子与东阳公主的私情后，李道正心里一直不踏实，吓得几晚没睡着，总觉得儿子在做一件非常危险的事，现在儿子公务繁忙不回家正好，只希望儿子更忙一点，忙得让他慢慢断掉和公主殿下的那段孽缘……

李素踏踏实实地睡了一觉,醒来时已是黄昏时分。

睁开眼头疼欲裂,恨不得把自己脑袋剁下来,修一修再装上去……

刚想继续睡个回笼觉,家里丫鬟来禀,王家老二来了。

李素愣了一下,赶紧忍着头痛起床穿衣。

这些日子在火器局里忙来忙去,每天回到家已是天黑,累得倒头便睡,第二天又继续骑马去火器局……周而复始,以往悠闲的日子全然不复,与王家兄弟见面的机会更少,说来委实是自己不地道。

来到前堂,王直不安分地坐在门槛外,新奇的目光环视周围,对李素家的新房啧啧赞叹不已。

见李素匆忙出来,王直起身笑着迎上。

李素呆了一下,指了指前堂:"咋不进屋?"

王直局促地笑笑:"要脱鞋,脚脏,还是算咧。"

李素皱了皱眉,这不对,以前王家兄弟对他没这么生分过。伸手拽住王直的袖子,李素连自己的鞋都没脱,将他使劲拽进了前堂,将他的肩往下一按,二人随便找了个地方顺势坐下。

"以后再跟我见外,我不抽你,我让你哥抽你。"李素严肃地道。

王直笑着点头。

"你哥呢?现在咋样?"

王直脸颊抽了几下,神情顿时有些黯淡。

李素心一紧:"你哥咋了?"

"我哥成家咧,婆姨是邻村周家的……"

"废话,你哥成亲的酒宴还是我包办的呢。"

王直幽幽叹了口气:"大嫂……是个能干人,屁股也大,爹娘都喜欢得紧,但是脾气……"

"你大嫂脾气咋了?"

"刚成亲那几天看不出,后来渐渐发觉不妙……我哥一天被她抽三顿啊！"王直仰天悲叹。

李素："……"

"成亲三天后，她跟我爹娘说家里以后归她管了，这个家由她来当。爹娘非常高兴，大嫂当家后，我家的日子确实比以前好多了，因为松州之战，我哥杀了十多个吐蕃贼，两月前官上来了人，按军功赐下二十亩永业田，家里的日子越过越有盼头，但大嫂对我哥管教也越来越严厉了，一言不合便是一顿抽……"

李素虎躯一震，环眼圆睁，散发出一股浓郁的王霸之气："抽她啊！还反了她了！哪有婆姨管爷们的？必须拾掇之！"

王直垂头丧气叹息："打不过她……"

李素："……"

"我亲眼见过她跟我哥交手，刚开始我哥肯定不服，想要管教管教她，后来一个照面，两招过后，大嫂就把我哥放倒了，捆野猪似的把我哥四个蹄子……不，两手两脚绑了起来，然后……死命地抽啊！我哥被她抽得嗷嗷直叫唤，谁来都劝不住。"王直眼中露出惊怖之色，显然大嫂给他留下了不小的心理阴影。

李素的脸色有些发青，沉默半晌，缓缓地道："王老二，我还一直没问过，你大嫂娘家到底什么来头？"

王直叹气："后来我打听过了，她爹曾是大唐府兵，而且曾是某位大将军身边的亲卫，曾经参加过灭东突厥之战，手下杀过的敌人一两百，真是一刀一枪从杀阵里挣扎出来的悍卒，后来年纪大退役了，大将军为报多年护卫之恩，送了他五十亩地，就在长安城的牛头村安了家，周家就大嫂一个女儿，从小就把一身战阵杀敌的硬功夫传给了大嫂，我哥那样的汉子，她一个人可以同时撂翻五六个……"

李素："……"

大将军身边的亲卫啊……那可是真正的精兵悍卒，危急关头能够以一敌十甚至敌百的变态存在，王桩娶了这家的闺女，余生……

算了，王桩有没有余生还难说呢。

"知道她的来历后，我哥哭得肝肠寸断啊，说爹娘坑了他……还不敢大声哭，被大嫂听到又是一顿抽。"王直神情索然，仰天叹道，"想我哥也曾是大唐最精锐的陌刀手，一柄丈长陌刀舞得虎虎生风，然而对上大嫂，却连两招都走不过去，实在是家门不幸……"

"你哥若过得太辛苦，要不……休了她？"李素很迟疑，毁自己的亲事倒也罢了，毁别人亲事可是真正损阴德的。

王直摇头："大嫂虽凶悍，却也并非一无是处，我家现在日子被她操持得很好，顿顿都有个荤腥，不知她怎么攒下的钱，上月居然去泾阳县骡马市买了一头小牛，而且还说现在开始给我攒钱娶婆姨，爹娘对她很满意，除了对我哥凶了一点，对爹娘、我和老四都非常照顾。"

王直的神情很复杂，想必内心很矛盾，一边是深陷水深火热的大哥，一边是家人蒸蒸日上的好日子……

李素也很复杂，娶这么一位婆姨，冷暖唯人自知。

"你哥呢？今咋没来？"

王直又叹气："昨又被抽了，脸肿了半边，没好意思出门……"

"你来找我有事？"

王直重重点头，眼含泪光看着他："活不成咧，家里太吓人咧，我每天在家担惊受怕，生怕惹大嫂不高兴，也把我每天抽三顿……李素，你最有出息，能不能帮我在长安城里找个活？干啥都行。"

"你家大嫂……有那么可怕吗？"李素眼中带着几分狐疑。

关中女人凶悍，这话倒不假，从隋乱到如今，关中经历了太多次战乱，人口越来越少，男人在外面征战顾不上家里，只能交给婆姨照顾，一个女人要撑起一个家庭，除了要付出和男人同样的劳动去种地、挑水，还要把性格磨炼得剽悍无比，才能应付生活里与邻人的摩擦。几十年上百年过来，关中女人的性格代代相传，到了如今的太平年月，女人凶悍的性格也定了型。

然而王桩娶的这位婆姨未免剽悍得太离谱了，如今毕竟还是男人的天下，女人不管怎么凶悍，也不能把自己的男人一天揍三顿啊……揍两顿也不行。

王直一副天天住在鬼宅被吓到神情，淡淡地道："一个女人，有了一身杀敌功夫，手下从无一合之将，还有什么事情她不敢干的？"

李素想了想，终于相信了。

"但你刚才也说过，你大嫂除了对你哥……略为凶悍以外，对你爹娘和你都不错，你怕啥？"

王直叹口气，神情愈发木然："她说，邻村有个十三岁的女娃，自小与她玩到大，或许还得了大嫂她几分真传，前日托了扈司户去说亲，非要把她也娶到王家来，而娶她的那个人，是我……她还说，邻村一户人家去年生个了女娃，天赋异禀，骨骼精奇，是万中无一的武学奇才，将来让老四把她娶回家……"

李素同情地看了他一眼。

这位大嫂……是要灭王家满门的节奏啊。

"所以，你要离开村子，去城里找活干？"李素现在非常理解王直的感受了，若换了他，现在恐怕已逃到关中以外了，王直到今天还老实待在村子里，足见内心很强大。

王直重重点头，神情悲怆："再不走，摸油活路咧……"

李素叹了口气："你去长安城里干活，能干什么？论力气，你比你哥差远了，扛个包都能把你压得种进土里，进官衙当差，勉强只够自己糊口，没有功名的话，一辈子基本不可能升迁，做生意，你不是那块料，进火器局的话，我一句话倒是可以让你进去，但那地方陛下特别看重，但凡进去的人没个一二十年出不来，对外敢泄露半个字就是抄家灭族的大罪，太危险了，我不能害你……"

王直越听神情越灰暗，一脸被围在垓下的楚霸王衰相，仰天悲叹："天要亡我……"

"亡个屁！"李素忍不住了，朝他后脑勺狠狠地抽了一记。

"我能眼睁睁看你身陷水深火热吗？"

王直眼中又恢复了几许希望的小火苗，满怀期待地看着他。

李素凝眉沉吟不已，许久之后，缓缓地道："我给你找个花钱的差事，干不干？"

"花钱？不挣钱？"王直愣了。

"我花钱，你挣钱！"李素瞪了他一眼。

"咋个说法？"

李素悠悠地道："这大半年呢，我陆续挣了不少家产，你知道的主要靠两样，一是印书，二是酿酒。每月大概能入账百十贯，所以能盖起这么大的房子，还能请来管家，买这么多丫鬟和杂役……"

语声一顿，李素斜眼瞟过王直，见他茫然地眨着眼，李素不由叹气。

此处该有掌声啊……

"家产渐渐多了，有些事情也该做了，但我一直缺少一个能帮我做这件事的人，本来你不是最好的人选，你和你哥出村少，没见过什么世面，也缺少与人打交道的灵醒劲儿，但是呢，救人一命胜造七级浮屠，本来没拿定主意的，现在还是让你去做吧……"

"你们王家兄弟里面，老四才一两岁且不说，你和你大哥相比之下，你大哥太憨了，你比你大哥多了几分机灵劲，而且我看得出，你和你哥一样，也不甘心在这个小村里平凡老死，既然想出去干点事情，我可以成全你……"

王直忍不住问道："到底啥事？"

李素四下环视一圈，声音忽然压得很低："我给你一笔钱，你进长安城，买个马马虎虎的小屋子，然后用剩下的钱与那些混迹于长安街巷之中的地痞闲汉游侠儿之类的人结交，前期多花钱无所谓，但是以后，你必须要在长安城的这些城狐社鼠中混出名气来，名气大小我不管，但必须要有，你能做到吗？"

王直吃惊地瞪大了眼："这就是你给我找的活？帮你花钱，还得花出名气来？"

"你可以这么理解。"

王直看疯子一样看着李素："你这么做到底为个啥？"

"钱多，任性。"

王直沉默半晌，关心地看着李素："哥，要不要我给你找个大夫看看？"

又狠狠抽了他一记，爽。

"你别管我为啥，这事你按我的话一丝不苟办好，以后我包你一世荣华，将来你肯定比你哥有出息。"

"就只是花钱结交那些闲汉地痞？"

"对，这年头人都实诚，闲汉地痞不好找，你多在东西两市转悠，一定有的，若遇到那种身手不凡又板着一张欠抽的酷脸及一副高手寂寞天下无敌的衰样，尤其喜欢背对着别人说话的家伙，先抽他一顿试试他的本事，不差的话把他带到我面前来。"

王直瞠目结舌半晌，期期地道："可是……花钱干这事，目的呢？"

"没有目的。总之，半年之内，你在长安城痞子界的名声必须是那种'小孟尝'或是'赛孟尝'之类的豪爽大方形象。切记不要混出个什么'小龙阳'或是'赛龙阳'之类的名号，我是不歧视啦，你爹怕是受不了这个刺激……还有，跟官府的差役、巡街的武侯、各坊的坊正之类的小吏也要结好关系，谁家有病、有灾、有难的尽量出手帮一把，做好了这些，我再告诉你下一步该怎么做。"

王直傻傻睁着两眼："……"

李素重重叹气，跟人沟通怎么这么难呢？

重重一记抽过去，李素怒道："你，拿着钱，去长安城找一帮看起来绝非善类的家伙，请客吃肉喝酒，会不会？会不会？"

王直秒懂："会！"

"这几天我拿钱给你，现在滚蛋，看见你就烦……"

第四十章 李家破财

在家里住了两天，削爵、罢官的李素恢复以往懒散平静的生活，每天在家里的院子里发发呆，中午吃过饭准时准点去河滩边报到，与东阳手牵手腻歪一下午，偶尔出其不意偷袭一下她那对养了十多年的小乳鸽，在她又羞、又怒、又惊的尖叫声中收获极大的满足……

平静的日子里，煞风景的人永远都会在最不合时宜的时候跳出来，搅乱一池春水。

李素在家刚过了两天平静日子，杨砚找上门了。

他不能不来，因为火器局停产好多天了，火药这个东西，除了皇帝陛下只有他李素一人会造，这叫技术垄断。

看到杨砚那张极度不满的脸，李素才赫然发觉，李世民对他的惩罚不仅仅是削爵、罢官，还有一样，那就是每月必须亲手调配一千斤火药，给朝廷干白工不能师出无名，于是英明的陛下管它叫作"将功赎罪。"

打白工不是李素的风格，但这件事他不敢不干，因为这是皇帝陛下的旨意。

不甘不愿地随着杨砚回到火器局，一切都跟往常一样，路上遇到金吾卫将士，还有那些来来往往的小吏、工匠们，见到李素后一呆，然后纷纷躬身行礼，神情跟以往一样恭敬，不，甚至比以往更恭敬。李素看得出，那是一种发自内心的敬重，每一礼行得毕恭毕敬，一丝不苟。

李素表现得很谦逊，别人行礼他急忙回礼，嘴里连连道："不敢不敢，李某犯了错，有负陛下圣恩，已被削爵、罢官，草芥白身不敢当此礼……"

行礼的人吓坏了，他们怎么当得起李素回礼，于是急忙又是躬身一礼回过去，李素又一礼回过来，大家拜堂似的在火器局院子里行礼个没完，好累。

杨砚脸颊直抽抽，板着脸将李素拽了起来，踏实受了大家一礼，众人得到了满足，纷纷四散而去。

"李监正你够了！你犯错是为火器局犯的，火器局上下谁人不知你为了给火器局请支用度，不惜痛殴度支司那个姓吴的混账，火器局得到消息时人人拍手称快，得知李监正你被陛下削爵、罢官，人人痛哭失声，仅凭此举，火器局的监正以后仍然是你，从少监到工匠，我们不会再认第二个监正。"

李素呆了片刻，老脸顿时一红。

殴打吴郎中的本意……其实跟火器局要钱的关系并不大，这个，实在是很惭愧。

杨砚看着李素的目光愈发欣赏，捋须叹道："以往只觉李监正为人懒散，不识大体，奢华无度，不堪重用……如今看来，却是杨某走眼了，监正大人痛殴吴郎中之举实为大义所趋，一往而无畏，正是一条铁铮铮的汉子，下官敬服。"

削了爵，丢了官，居然还能得到火器局上下的敬重，对李素来说委实是意外的收获。

嗯，实在是太意外了，杨砚说完后，李素呆呆看着他，半晌没出声。

杨砚对李素的表现很不满意，大家对你如此敬重，按出牌的套路，这个时候你应该开口谦虚几句，感激几句，甚至痛哭几声都好，傻愣愣地看着我是几个意思？

"监正大人，配火药的工坊还是老地方，外面已有金吾卫将士把守，监正大人径自进去即可。"

李素点点头，二人继续往前走。

走了几步，杨砚忽然叹了口气，道："监正不必忧心，陛下削爵、罢官不过一时之举，只为平息朝臣众怒，不得不说，陛下对监正还是恩宠有加。领数百人冲撞官衙，殴打朝官，若换了旁人必是杀头抄家的大罪，陛下却只削爵、罢官，足可见皇恩之隆，监正数次为国立功，陛下必不会轻易重惩你，日后若监正能立身立德，好好反省过失，相信数月之后，陛下仍会起复。陛下罢监正官职之后，却迟迟没有委任新的火器局监正便是明证，火器局监正空悬，正是为日后起复而用，监正大人不必挂心。"

李素笑道："多谢杨少监提点，其实当不当官我并不在乎，不当官亦可为大唐献一份心力，比如现在，我一介白身仍来火器局配火药，也是出自对大唐对陛下的忠心，只望我大唐雄兵能多辟疆土，陛下早日威服四海，个人得失与荣辱却不用放在心上。"

杨砚一脸欣慰之色，频频点头，难得地露出一丝笑容："监正大人能这么想善莫大焉，我大唐之福也。"

"啧！"

李素龇牙，这么好糊弄，原来博得杨砚欣赏的方式就是喊口号，表忠心，顺便跳段"忠"字舞他可能更开心……

相比之下，还是跟许敬宗相处更舒坦，许敬宗跟杨砚不一样，他是无时无刻不在变着法子博取李素的欣赏，溜须拍马无论角度还是力度都是非常令人愉悦的，就是危难时刻人就跑没影了。

李素脚步慢了许多，一想到许敬宗……总觉得今天火器局里少了点什么。

"啊呀！啊呀！监正大人！下官……想煞你啊！"极度惊喜的语气伴随着一股浓郁的马屁味道扑鼻而来。

许敬宗脚步匆忙，一副倒履相迎的姿态，跑到李素面前惊喜地握住他的手直摇晃。

"监正大人受苦了,前几日火器局正是危急关头,下官却不争气偏偏病倒,闻知大人被削爵、罢官,下官心中之痛如万箭穿心,监正大人,您这一劫,却是被下官所累,被罢官的应该是我才对……"

李素笑吟吟地瞧着他,很完美的演技,看,眼角还挤出了真诚的泪水,一脸愧色站在面前,那种羞惭得直欲撞墙却又怕疼的纠结表情生动地在脸上表现出来,而且还很有层次……

杨砚被恶心坏了,许敬宗选在那种关头病倒究竟是怎么回事,大家心里都有数,现在见许敬宗这副羞惭的马后炮模样,杨砚脸色铁青,鼻孔重重发出一声怒哼,然后朝李素点点头,拂袖便走。

许敬宗无所谓,混官场的人最不需要的东西就是脸皮。

"莫理杨少监,他就那人,许少监继续,刚才说到被罢官的应该是你,然后呢?"李素饶有兴致地瞧着他,他对许敬宗说话的内容没兴趣,反正都是屁话,没一个字能信,但对许敬宗脸上的表情很有兴趣,这是影帝级人物在授课啊。

许敬宗露出尴尬之色,这回是真尴尬了,李素那饶有兴致的目光令他如坐针毡,有种全身被人看透的感觉。

叹了口气,许敬宗垂下头,低声道:"监正大人,下官知错了……"

"你病了有什么错?发生这种事呢,大家都不想的……"李素悠悠地道。

许敬宗老老实实地道:"下官其实没病……度支司太不通情理,下官接管火器局财权后进退两难,去要钱别人不给,想还回财权怕监正大人训斥,下官走投无路,只好装病躲开了……"

李素笑得更开心了,当初对许敬宗的猜测没错,这是个典型的真小人,一件坏事干完,能瞒过去自然便瞒过去,若是被人看穿了,也非常光棍地承认,然后一副任杀任剐的样子,叫人想剁了他都不忍心……

"总之,下官错了,连累监正大人被削爵、罢官,一切罪责,皆由下官而起……所幸陛下仁厚,罢监正大人之官留了后手,大家都知道,起复监正大人是迟早的事,从今往后,下官真正唯监正大人马首是瞻,从此忠心不二,下官愿立毒誓,求监正大人再相信下官一次。"

许敬宗说完诚恳地注视着李素,无论表情还是眼神都很认真,一时连李素都有些分不清真假。

"许少监啊,其实我的信任很容易得到,这样吧,你放一千贯钱在我这里当作押金,从此以后我绝对毫无保留地信任你,若你日后又干出临阵脱逃的事情我也不怪你,一千贯押金一文不退,我全部笑纳了,下次你再拿一千贯给我,我继续信任你,你觉得怎样?"

"啊?"许敬宗吃惊地看着他,脸色渐渐变得难看,如此明码标价的信任……是不是有点贵?

"考虑考虑?"李素充满期待地看着他。

……

配一千斤火药不是轻松事,李素把自己关进工坊,足足忙了三四天才把火药配完,揉着肩膀摇摇晃晃走出工坊,许敬宗毕恭毕敬地等在门外,见李素一脸疲惫之色,立马上前殷勤地给李素揉肩,顺便厉声吆喝着小吏们将火药抬下去称重,严厉和笑脸之间来回转换,非常自然通畅。

"监正大人辛苦,可惜陛下有过旨意,配火药一事只能由监正一人可为,见大人如此辛苦,下官只恨不能为您分担……"

李素笑吟吟地道:"想分担没问题啊,明日我便向陛下求旨,说许少监忠心为国,想和我一起配火药,求陛下把火药秘方给你,陛下一定会龙颜大悦的……"

许敬宗浑身一颤,脸都绿了。

这话若真递到陛下那里,他许敬宗想要火药秘方到底存了什么心思?这岂止是作死,简直是作大死啊。

"监正,监正大人莫闹……"许敬宗脸色难看,非常明智地转移了话题,怀里掏出一份精致的名帖,"监正大人,长孙府托人送来一张名帖,明日晚间长孙府开宴,请监正大人赴宴。"

李素心一紧，眉头顿时皱了起来，也懒得追究长孙家的名帖为何会出现在许敬宗的手上。

上次领人冲撞度支司，痛殴吴郎中，历经千辛万苦终于博得长安小混账的荣誉称号，于是东宫的酒宴没下文了，魏王府的酒宴也没下文了，原以为长孙家也一样，结果罢官、削爵才几天，长孙家的名帖又不依不饶地递了过来，一副不请他李素喝一顿誓不罢休的架势。

手里捧着名帖，李素苦笑数声。

机关算尽，瞒过了太子，瞒过了魏王，终究瞒不过老狐狸的眼睛。

不去不行了，第一次可以推脱，第二次若还推脱，显然是给脸不要脸，以长孙无忌的权势，捏死他就如同捏死一只……那啥。

大人物三番两次邀请究竟存了什么心思，李素不明白，那个级别的人所思所想不是李素能触碰到的。

越是如此，李素越有危机感。

尽管深受李世民恩宠，但他知道自己并没有走进大唐的权力圈子，顶多算个外围男。

身在外围都无法避免各种不明目的的宴请，日后若官职和爵位更进一步，他将如何自处？住在长安城外，每天长安城朝野和坊间发生了什么事，有了什么传言一概不知，每次进了城就如同性命掌握在别人手里一般，莫名其妙地被人砸店，莫名其妙地被人宴请，事前毫无预兆，事后毫无防备，李素越来越不满意这样的日子。

不满意就要改变它。

所以，李素在棋盘上终于重重落下了第一颗子——王直。

以他目前的地位和能力，只能把影响力深入到坊间，所以需要王直按他的盼咐去结交闲汉地痞，还有一些来无影去无踪的神秘游侠儿，李素需要培植自己的力量了。

太平安逸的贞观盛世是让普通百姓享受的，而他既已身处朝堂，永远不可能有太平安逸的日子，朝堂风急雨骤，不将根茎深深扎进土壤里，

第四十章 李家破财

迟早会被风浪掀翻。

回家的路上，李素骑在马上，默默将未来一到两年内的规划布置妥当。

说来王直已等了他好几天，今晚回去后从家里库房提点钱出来，该让他进城了。

回到家已是傍晚，李素下马，家里杂役上前牵过马，李素匆匆进门，发现老爹不在，管家说老爷这几天很高兴，下田了。

哼着小曲进了内院，库房设在内院主厢房的内侧，非常隐秘的地方。

城里的印书坊，还有和程家合伙的白酒买卖，李家目前主要的进项便是这两样，每月大约有百来贯钱左右，月初时由印书坊赵掌柜以及程家的管事用马车运来。李家最近没有太多开销，眼看着库房里的现钱越积越多，有种金山银海的意思，每次李素进库房数钱时心情总是特别好，尽管钱太多数不清，但李素好心情的来源就是这数不清的钱，哪天若能数得清了，说明钱少了，李素的心情一定很坏。

此刻李素手里握着钥匙，满脸笑容打开库房的铜锁，慢吞吞点亮了里面的油灯。

昏黄的灯光渐渐照亮了狭窄逼仄的房间，李素回过头，脸上的笑容如同被施过冰冻术似的，瞬间僵硬了，两眼发直看着库房，许久无声。

"我钱呢？"李素嘶声吼了起来，两眼涨得通红。

没人回答他，李素早立过规矩，库房是禁地，不论管家杂役还是丫鬟，谁靠近打死谁，除了李家父子两位主人。

"我钱呢？"声音拔高了几许，透着无比的绝望和……绝望。

数不清库房里面究竟多少钱，但有账可查，大概两千多贯的样子，两千多贯，用马车载的话大概需要十辆马车左右。

而此刻，曾经堆满了铜钱的库房空空荡荡，地上厚厚的灰尘倒印着一枚枚铜钱的印记，似乎在向主人哭诉曾经的富有。

这么一大堆钱，连一文都不剩了。

"勃然大怒"已不能形容此刻李素心里的感受,李素只觉得自己快炸了……把偷钱的贼抓到后再炸。

"老薛!给我滚过来!"李素跑出内院暴喝。

薛管家脸色苍白,连滚带爬跑来:"少郎君有何吩咐?"

"库房的钱呢?"李素瞪着一双要杀人的眼睛怒道。

"钱?"薛管家露出疑惑的神情,李素看懂了,不是装傻,而是一副"你怎么可能不知道"的表情。

门外传来李道正熟悉的咳嗽声。

薛管家如释重负,几步迎上前道:"老爷回府了。"

李道正心情很不错的样子,咧开嘴笑了笑算是打招呼。

"爹,咱家库房的钱呢?"李素渐渐明白了。

李道正闻言笑得愈发开心:"钱?钱当然是花出去咧。"

李素头有点晕,大概就是传说中的"天旋地转",比"晴天霹雳"差一个等级。

"两千多贯钱……咋花的?"李素咬着牙道。

"泾阳周县令前些日子来找我,说官府决定将太平村西边的荒地开出来,召集了几百个徭役,后来官府勘定,认为是中等田,周县令来家里拜访我,问咱家有没有兴趣买下,三百亩地啊,啧!"

李素面如土色:"所以,爹你就买下了?"

李道正乐呵呵地点头:"当然要买,老天送来的好运道,一共折价三千贯,家里钱不够,周县令很大方,让咱家先打个欠条,来年再还也可以,欠了差不多六百多贯吧,尿娃,快给老子赚钱还债去!哭啥!瓜娃,是喜事,快笑一个。"